de M
est le six cent trente-deuxième ouvrage
publié chez
VLB ÉDITEUR.

La collection « Roman »
est dirigée par Jean-Yves Soucy.

VLB éditeur bénéficie du soutien du ministère du Patrimoine du Canada et de la Société de développement des entreprises culturelles du Québec pour son programme d'édition.

Nous remercions le Conseil des Arts du Canada de l'aide accordée à notre programme de publication.

L'ENFANT CIGARIER

Marie-Paule Villeneuve

L'ENFANT CIGARIER

roman

vlb éditeur

VLB ÉDITEUR
Une division du groupe Ville-Marie Littérature
1010, rue de La Gauchetière Est
Montréal, Québec H2L 2N5
Tél. : (514) 523-1182
Téléc. : (514) 282-7530
Courrier électronique : vml@sogides.com

Maquette de la couverture : Nicole Morin
Photo de la couverture : Lewis Hine

Données de catalogage avant publication (Canada)

Marie-Paule Villeneuve

L'Enfant cigarier
ISBN 2-89005-710-0

I. Titre.

PS8593.I42E53 1999 C843'.54 C99-940451-2
PS9593.I42E53 1999
PQ3919.2.V54E53 1999

DISTRIBUTEURS EXCLUSIFS :

• Pour le Québec, le Canada et les États-Unis :
MESSAGERIES ADP*
955, rue Amherst
Montréal, Québec H2L 3K4
Tél. : (514) 523-1182
Téléc. : (514) 939-0406
* Filiale de Sogides ltée

• Pour la France :
D.E.Q.
30, rue Gay-Lussac, 75005 Paris
Tél. : 01 43 54 49 02
Téléc. : 01 43 54 39 15
Courrier électronique : liquebec@cybercable.fr

• Pour la Suisse :
Transat S.A.
4 Ter, route des Jeunes
C.P. 1210
1211 Genève 26
Tél. : (41.22) 342.77.40
Téléc. : (41.22) 343.46.46

Pour en savoir davantage sur nos publications,
visitez notre site : **www.edvlb.com**
Autres sites à visiter : www.edhomme.com • www.edjour.com
www.edtypo.com • www.edhexagone.com • www.edutilis.com

Dépôt légal – 2e trimestre 1999
Bibliothèque nationale du Québec
Bibliothèque nationale du Canada
ISBN 2-89005-710-0

à Richard et à ma fille Érica

L'auteure tient à remercier Jean-Yves Soucy pour son aide inestimable ; Micheline Lachance, journaliste et romancière, pour ses commentaires et son encouragement ; la Société d'histoire de Sherbrooke, la Société d'histoire de Saint-Henri (spécialement M. Claude Richer), Joanne Burgess, professeure d'histoire à l'Université du Québec à Montréal ; la bibliothèque de Wellfleet à Cape Cod, Miriam et Alex Elson qui ont inspiré les personnages de Jacob et Anna, son mari Richard Elson et sa fille Érica pour leur encouragement. Elle tient à remercier également le syndicat du journal *Le Droit* pour avoir prévu une année sabbatique dans sa convention collective et ses patrons qui lui ont accordé ce congé : Gilbert Lavoie et Claude Beauregard. Sans oublier l'aide précieuse d'une femme indispensable, Liza Fournier.

Il y a encore des millions d'enfants qui travaillent dans le monde. Que ce soit à coudre des T-shirts, à produire des articles de sport pour les multinationales ou à casser des pierres pour dix cents par jour, le travail des enfants n'a qu'un but : servir les intérêts du libéralisme économique et de la consommation. Il y a moins de cent ans, le Québec, le Canada et les États-Unis faisaient aussi travailler leurs enfants. Jos était un de ceux-là.

Marie-Paule Villeneuve

PREMIÈRE PARTIE

Chapitre premier

Le drap fuyait. Jos avait beau s'y agripper, le drap fuyait. Et avec le drap, les couvertures de laine grise et avec les couvertures, la chaleur accumulée durant la nuit. Au pied du lit, une poigne sèche et vigoureuse voulait à tout prix briser le douillet cocon. La main qui tirait les couvertures avait une telle force que Jos renonça à lutter. Il tenta plutôt de se coller à ses frères.

Cheveux en friche, robe de nuit cousue dans une poche de farine, seins attirés vers le centre de la terre, sa mère était au pied du lit et criait : « Levez-vous, vous allez être en retard ! »

Au loin, la cloche de l'usine meuglait comme une vache. Jos regarda sa mère, qu'il associa d'abord à la cloche, puis à une vache : Georgette. Celle qui lui avait pissé dessus en guise d'adieu, le jour où l'on avait entassé matelas, bahut et chaises branlantes dans une charrette, laissant à la terre de Coaticook le soin de se débrouiller elle-même.

Jos ramassa ses pantalons glacés, sa chemise et ses chaussettes, qui gisaient par terre, et se laissa pousser par la vague des autres enfants, tentant de préserver encore un peu l'engourdissement du sommeil. Tous descendirent en rafale le raide escalier de pin. Accrochés au poêle à bois, ils guerroyaient entre eux pour s'accaparer un peu de la chaleur, et accumulaient à qui mieux mieux les couches de vêtements usés sur leurs combinaisons de la Paton. Batailleur, le vent de janvier forçait les murs de la maison.

Jos frissonnait. Un instant, il souhaita même effectuer une visite en enfer, juste le temps de réchauffer ses os. Mais là-bas, il y avait cette maudite horloge balançant son pendule : « Toujours, jamais », « Toujours y rester, jamais en sortir. » Et ses pensées, toutes ses pensées de révolte et de haine ne pourraient échapper à l'horloge : il brûlerait au milieu des flammes pour l'éternité. « J'ai onze ans et je suis l'être le plus malheureux de la terre », se dit-il en enfilant une chaussette de laine trouée. Au moins, on était samedi. La dernière journée de la semaine.

Jos ne savait pas vraiment ce qu'il y avait en dehors de la petite rue Alexandre, où il habitait, et de la *factory*, où il roulait des cigares à longueur de journée. Mais il savait qu'il y avait mieux ailleurs et c'était assez pour le rendre malheureux.

Assis par terre près du poêle, il prit une gorgée de thé noir dans la tasse de fonte émaillée que lui tendait Madeleine, sa grande sœur. Ses cheveux blonds tressés, elle était déjà habillée, prête à partir travailler au magasin général. La mère s'affairait à brasser le gruau collant. Jos avait beau tenter d'échapper à la réalité, le matin était là, avec ses obligations. Le bruit grinçant d'une pipe qu'on nettoyait, celui, plus sourd, des murs en bois de la Colombie britannique qui craquaient en se réveillant à leur tour, l'envie de pipi qu'il retenait pour ne pas affronter l'air froid du dehors. Même le Jésus accroché sur le crucifix au-dessus de la porte l'accablait du regard, lui intimant l'ordre de se remuer un peu. Pour échapper à tout cela, Jos tourna la tête vers la fenêtre qui encadrait des fresques givrées. Un cheval à la crinière effilochée s'y dessinait, un étalon blanc sur lequel le garçon de onze ans pourrait sauter pour s'enfuir vers les pays chauds dont son grand-père avait déjà parlé. Sa mère s'approcha de la fenêtre et souffla pour dégager un petit espace. « Il y a encore un banc de neige devant la maison ! » La tête du cheval avait disparu. Jos réalisa alors à quel point il détestait cette grosse femme.

Sur la table nue où chacun avalait en vitesse une bouchée de gruau à même le gros chaudron noir, il vit un feuillet jaune ombré de taches grasses, objet de cris et de chuchotements haineux entendus à la maison depuis quelques jours. Il ne put déchiffrer qu'une partie de la date : 1888. Les lettres lui parurent des araignées courant toutes dans la même direction, en rangs serrés, se riant de lui avec leurs barres et leurs chapeaux. Ses quelques mois d'école ne lui suffisaient pas pour démasquer ces signes hypocrites.

Il s'agissait, avait-il compris, d'une commission. Un mot familier à son oreille. Parfois, sa mère envoyait Catherine au magasin général pour faire des commissions. S'agissait-il de ce genre de commission ? Sûrement pas. Plutôt d'un événement important, d'une chose qui risquait de changer sa vie. Mais comment ? Tout cela lui échappait. Chaque fois qu'il posait une question, Jos se butait généralement à une réponse vague, issue de l'indifférence autant que de l'ignorance. Seul son grand-père consentait parfois à lui livrer le peu de connaissances qu'il possédait.

Comme ses frères et son père, Jos prit la boîte de métal qui contenait sa tartine. Sa mère le poussa vers la sortie.

Le vent pinçait. Ils avancèrent en troupeau jusqu'à la côte King. Là, ses frères tournèrent à gauche vers la rue Belvédère, où se trouvait la Paton, l'immense manufacture de laine de Sherbrooke d'où on voyait sortir des vieux crachant leurs poumons dans la chaleur humide de l'été ou le froid sec de l'hiver.

Silencieux, Jos et son père continuèrent leur chemin en direction de la rue Wellington. L'odeur de pain frais s'échappant de la boulangerie Fletcher tourmenta les narines du garçon. Les ouvriers comme lui devaient se satisfaire du parfum. En face, l'hôtel Continental accueillait ses premiers voyageurs arrivés de la gare du Grand-Tronc, rue Dépôt. On était déjà au carrefour de King et de Wellington, là où la vie, semblait-il à Jos, prenait son envol. Des chevaux tirés par des cochers de bonne humeur se rangeaient prestement pour laisser descendre des hommes à l'air important et préoccupé. Des carrioles tournaient en glissant vers le nord, le beau quartier où les individus comme Jos n'avaient rien à faire, ainsi que le lui avait déjà dit un policier. Des charbonniers à pied se déplaçaient rapidement avec leurs sacs pleins, laissant une traînée noire sur la neige déjà souillée par le crottin des chevaux. Une charrette remplie de poules piaillant de froid se glissa sous une porte cochère qui menait à la cuisine du Continental. Jos ralentit le pas, distrait par le va-et-vient de cette vie grouillante. Son père le tira par la manche pour qu'il continue son chemin. On arrivait toujours beaucoup trop vite à l'angle des rues Wellington et Meadow, la descente en enfer. Le décor changeait d'aspect. Les cheminots irlandais du Grand-Tronc quittaient leur misérable logis pour prendre leur *shift,* croisant leurs confrères qui rentraient dormir. C'est là que Jos avait identifié une frontière, là qu'il perdait sa langue, son territoire, son envie de s'amuser.

En bas, isolée des maisons d'ouvriers, l'attendait la Queen Cigar Factory, un édifice de quatre étages en brique rouge, solide et audacieux. À sa vue, Jos avait toujours un haut-le-cœur. Un donjon. À partir de sept heures le matin, moment où commençait la journée, jusqu'à six heures le soir, parfois plus tard, il y était retenu prisonnier, six jours d'affilée.

Toujours muet, son père lui fit un signe l'enjoignant de continuer alors que lui-même s'arrêtait au deuxième étage. C'est là qu'il emballait les cigares dans des boîtes de bois pour ensuite y accoler les étiquettes et les transporter au dépôt. Jos monta au quatrième.

Le contremaître lui remit un paquet de feuilles de tabac et inscrivit les quantités sur la carte de Jos.

« Voilà trois onces de *binder*, quatre de *filler* et une de *wrapper*. »

Comme apprenti, Jos travaillait avec Hubert, un jeune rouleur. Jos avait été embauché à la Queen le 6 septembre 1885, le jour de son neuvième anniversaire. Cette année-là, au parlement de Québec, on avait voté la Loi sur les manufactures interdisant le travail des garçons de moins de douze ans et des filles de moins de quatorze.

« Tu as les mains sales, Jos, ne te laisse pas attraper par le pingouin », lui signifia Hubert. Son compagnon était à peine plus âgé que lui et, souvent, en cachette, lui et Jos se moquaient du contremaître qui portait une redingote usée jusqu'à la corde pour imiter les propriétaires de la Queen.

Discrètement, Jos glissa ses doigts dans sa bouche, puis les frotta les uns contre les autres. La saleté roula en boules qu'il laissa tomber avec désinvolture. Par défi, il étendit deux ou trois de ces grumeaux de crasse sur une feuille de tabac.

Jos commença à placer des résidus de feuilles qu'on utilisait pour former le corps du cigare, le *filler,* dans une feuille un peu plus large qui devait tenir le tout ensemble, le *binder*. Ensuite, il devait glisser le fruit de ses efforts dans un moule en bois creusé de dix cavernes en forme de cigares, replacer le couvercle, l'enserrer dans un étau, espérer que les citrouilles se transforment en carrosses. Au bout de dix ou vingt minutes, il remettrait ses formes à Hubert pour qu'il les enveloppe de la robe, une belle feuille de sumatra bien humide : le *wrapper*. Opération fort délicate, celle qui décidait du bon cigarier, du rouleur de cigares à cinq cents ou de celui des cigares à dix cents. Hubert tourna délicatement la feuille sur elle-même autour du cigare amorcé par Jos. Il roulait toujours en diagonale, gardant une minuscule pièce de tabac, le drapeau, sur laquelle il étendait une goutte de colle végétale pour fermer le cigare.

Depuis quelques semaines, on permettait à Jos de rouler lui-même quelques cigares. Des cigares à cinq cents. L'apprentissage devait durer trois ans, mais souvent, on encourageait les enfants à travailler à la pièce avant la fin de leur contrat. Cela leur semblait d'abord attrayant, mais les apprentis se rendaient vite compte qu'il s'agissait là d'une autre façon de les exploiter.

Dès qu'il eut moulé suffisamment de cigares pour Hubert, Jos se concentra sur son propre travail. Il sortit son canif et découpa avec soin une des grandes feuilles de sumatra humides que des écôteurs avaient soigneusement débarrassée de ses nervures. Il palpa avec bonheur la texture de soie, la chose la plus douce qui existât sur terre. Puis il se mit à rouler. Ses doigts encore jeunes et minces pouvaient aller vite. Admirer son cigare terminé lui procura une certaine fierté.

Il entendit un bruit familier, un bruit qui le faisait rêver. Profitant de l'absence temporaire du contremaître, il se leva et s'approcha de la fenêtre pour voir le train passer. Et il imagina qu'il sautait dedans. La gare ne devait pourtant pas être bien loin. Dès qu'il aurait sa chance, il tenterait de la trouver.

La deuxième feuille de sumatra était beaucoup moins belle. Malgré tout le soin qu'il mit à la travailler, elle se brisa en deux sous ses doigts. Crotte ! Par chance, Hubert regardait ailleurs. Jos en profita pour faire disparaître le tabac sous sa veste. Puis il s'appliqua à rouler ses cigares les plus serrés possible pour essayer d'atteindre le nombre magique de cinquante avec la quantité de tabac qu'on lui avait allouée.

À mesure que la matinée avançait, Jos empilait les cigares. Le contremaître passait régulièrement, ramassait chaque fagot de cinquante, éliminait au moins cinq cigares considérés trop courts, trop longs, trop serrés, trop lâches ou trop minces. Jos n'écoutait plus les reproches. Il savait que les maudits cigares n'étaient pas jetés. Soustraits de sa paye, c'est tout. De même, Jos était pénalisé chaque fois qu'il brisait une des grandes feuilles de tabac, les *wrappers*. Mais pour cela, il fallait l'attraper. Tout à l'heure, quand les autres seraient occupés à manger, il glisserait la feuille abîmée dans sa chaussure. Quand il quitterait l'usine ce soir, on le fouillerait partout. Dans les poches, sous sa veste, dans les plis de son pantalon, mais pas dans ses chaussures. Pas d'amende, pas de coups, pas de prison. Il rapporterait les morceaux de tabac à son grand-père, qui les égrènerait avant de les mettre dans sa pipe. Le tabac serait toute la journée dans la bottine de Jos. Le grand-père ferait une grimace amusée quand il le lui remettrait. « Hum... une bonne récolte, mûrie à point et bien humide. »

Jos rirait.

La chaleur commençait à se faire sentir. Elle provenait de la chambre chaude où s'entassaient un moment les cigares aux noms magiques comme Queen, El Presidente, Jose Ma Garcia. Les meilleurs étaient vendus partout au Canada, mais ceux que Jos roulait, on les trouvait à Sherbrooke sur le comptoir des magasins généraux, dans les gares du Grand-Tronc et du Canadien-Pacifique, près des bonbons durs.

Bientôt deux ans et demi que Jos travaillait à la Queen. Son contrat de travail, signé d'un X par son père chez le notaire Archambault, stipulait qu'il gagnerait un dollar par semaine la première année, deux la seconde et trois la dernière. Après deux ans et demi, il ne gagnait encore qu'un dollar, salaire toujours grugé par des amendes qui lui paraissaient injustifiées.

La cloche du déjeuner sonna. Comme il faisait froid, les cigariers mangeaient à la fabrique plutôt que de rentrer à la maison.

Jos sortit sa tartine et s'assit par terre, entre les bancs, pour manger au milieu des feuilles de tabac, des bagues et des cigares à moitié roulés. L'heure du midi venue, la chaleur était étouffante d'un côté de l'atelier parce qu'on laissait ouverte la porte de la pièce chaude. De l'autre côté, on gelait. L'espace n'était pas aéré et les différentes odeurs de *water-closets,* de sueur et de tabac se mélangeaient.

Sa tartine était mince et sèche. Le lait de sa vache Georgette lui manquait. Le grand air de la campagne l'appelait. Monter Georgette comme s'il s'agissait d'un cheval et partir en balade dans le pré, boire une giclée de lait chaud directement des trayons de la vache, musarder toute la journée, cueillir une fleur des champs pour Madeleine... Jos avait un jour connu le bonheur. Un bonheur de courte durée. Il avait eu la malchance de naître en septembre. À six ans, soit un an avant l'âge requis par le Conseil de l'instruction publique de la province de Québec, on l'avait expédié à l'école parce qu'il n'était pas utile à la maison et qu'il dérangeait sa mère.

Pour s'y rendre, il devait franchir une distance de trois kilomètres à pied. Pas de chaussures avant les premières neiges. Dès que l'automne figeait le sol, y laissant une fine couche de givre, c'était pour lui l'enfer. Il lui arrivait parfois de sauter à pieds joints dans une bouse de vache fumante seulement pour se réchauffer. Après, il avait honte, lorsqu'il arrivait à l'école les pieds tachés de fiente verte et que Mlle Désilets pinçait le nez en passant près de lui. Ses compagnons de classe, de même que ses parents, ne remarquaient pas cette odeur agricole dont leur vie était imprégnée. Seule la jeune et belle demoiselle Désilets regardait Jos avec un air condescendant, déchirée entre le désir d'être à la hauteur de sa vocation et le sentiment qu'un destin cruel l'avait envoyée dans cette école de rang. En fait, Mlle Désilets aurait bien voulu se trouver ailleurs et Jos aussi. Et c'est ce qu'il faisait souvent, se laisser porter vers cet ailleurs que la maîtresse appelait la lune. La lune était petite et blanche, suspendue avec fragilité au firmament. Ce dont rêvait Jos était grand et solide. Il rêvait d'un monde à lui. Et ce monde, ce n'était pas celui de la *factory.*

De retour à son banc, Jos entendit des bruits venant du fond de la pièce. Deux ou trois hommes retenaient Alphonse Fournier pendant que le contremaître le frappait sur les fesses avec une longue règle de bois. Alphonse avait près de douze ans et on le corrigeait comme s'il eût été un enfant de six ans. Certains cigariers riaient. D'autres, comme Jos, trouvaient cela révoltant.

« Qu'a-t-il fait ?

– Il a refusé de refaire d'autres cigares pour remplacer ceux que le contremaître lui avait enlevés », lui répondit son compagnon.

Alphonse avait regagné son banc. Jos se tourna vers lui pour lui signifier du regard qu'il sympathisait, mais Alphonse le fixa avec un air de dépit pour masquer sa douleur et son humiliation.

« Ne le regarde pas, souffla Hubert, ne le regarde surtout pas. »

Aussi vite que le sifflement du train, une main frappa Jos juste derrière la nuque. Le contremaître lui tira l'oreille pour lui tourner la tête vers le tableau de règlements accroché au mur – geste inutile puisque Jos ne savait pas lire. Il regarda le tableau sans réagir.

Le pingouin le libéra. « Tu gaspilles du tabac et tu as parlé, ne sois pas surpris d'avoir une autre amende aujourd'hui. »

Après que le jour fut tombé depuis longtemps, ce samedi-là, Jos demanda la permission de descendre au bureau pour y chercher sa paie.

« Remplis d'abord la chaudière à charbon, ensuite tu pourras aller au diable si tu veux », lui lança le contremaître, l'œil mauvais. Tout ce cirque de l'après-midi lui avait fait perdre du temps et la satisfaction qu'il avait éprouvée en frappant cet entêté d'Alphonse Fournier n'avait pas suffi à lui rendre sa bonne humeur.

Arrivé en bas, Jos rejoignit la file des ouvriers qui attendaient pour recevoir leur paie. Cette semaine-là, il devait toucher un dollar pour avoir roulé cinq cents cigares. Le gérant sortit sa carte de rouleur, l'observa et, enlevant son binocle, lui dit avec sévérité :

« Vous n'auriez pas quinze cents ? Vous nous devez quinze cents. »

Jos perçut un murmure de pitié derrière lui. Les autres travailleurs le regardèrent partir sans rien dire, les yeux rageurs.

Jos était atterré. Où pourrait-il trouver quinze cents et que dirait sa mère, à qui il devait remettre sa paie ? C'était la première fois que ses amendes étaient aussi élevées.

En sortant du bureau, il croisa son père.

« Qu'est-ce qu'il y a ?

– Je n'ai pas eu de paie. Ils m'ont demandé quinze cents. »

Trop doux et trop mou de nature, le père s'enflamma cette fois. « Ils vont toujours bien me dire pourquoi. »

Contrairement aux propriétaires, M. Webster et M. Nutter, le gérant ne l'impressionnait pas. « Voulez-vous bien me dire pourquoi mon garçon n'a pas de paie après avoir travaillé soixante heures cette semaine?

– C'est très simple. Il a fabriqué cinq cents cigares, en a ruiné deux cents, a parlé à ses compagnons de travail dix fois et est arrivé une fois en retard. À l'avenir, quand il ne sera pas à l'heure, il devra se présenter au poste de police tel que stipulé dans le contrat. La compagnie a accepté de lui apprendre le métier de cigarier. C'est une chance pour lui. Vous ne voudriez pas qu'il soit emballeur comme vous toute sa vie? C'est pour son bien. Il n'est encore qu'un apprenti.»

Le père en eut assez et décida, ce soir-là, que lui et Jos feraient comme tant d'autres. Ils tenteraient de fuir la misère en espérant que celle-ci ne les rattrape pas. À Montréal, Fortier engageait, avait-il entendu dire à la *factory*. Là, il y avait les unions, mais il s'en tiendrait loin. Pour ne pas avoir de troubles. Rester dans son coin, se faire oublier, trouver une pension tranquille où habiter. Une place où ça ne crie pas du matin au soir. Où il n'y a pas de comptes à rendre.

Sur le chemin du retour, il se demanda comment il annoncerait leur départ à sa femme, Odile. En fait, il n'en avait pas le courage et décida de s'arrêter à l'auberge pour y boire un petit coup. La loi Scott visant à interdire la vente d'alcool aux travailleurs n'avait pas grand effet à Sherbrooke et les bonnes dames de la tempérance n'y pouvaient rien non plus. En sortant de la fabrique, les samedis de paie, les hommes n'avaient qu'une envie: aller noyer leur fatigue dans la bière ou le whisky. Le père ne voulait pas non plus avoir à dire à son propre père qu'il n'avait pas réussi à soutirer une cent de la paie de son fils. Une autre raison de partir, de se détacher de cet homme fort, exigeant, qui le traitait encore comme un enfant, cette espèce de dieu qui lui avait usurpé le rôle d'homme de la maison.

« Va dire à ta mère que je m'arrête un peu et que je vais rentrer plus tard. »

Jos n'osa pas répondre. Son père le laissa au carrefour de King et de Wellington. Voyant un train traverser le passage à niveau situé juste en bas, Jos bifurqua vers la gauche au lieu de monter la côte King. Lui non plus n'avait pas envie de rentrer. Le père n'étant pas là, sa mère se rabattrait sur lui pour toucher les sous nécessaires à l'achat d'une pièce de viande pour le dimanche. Tendre la main comme une quêteuse, c'est tout ce que sa mère savait faire. Demander, demander, sans rien donner, sauf des coups. Et si un jour il était riche, le serait-il assez pour qu'elle l'aime un peu ? S'il revenait à la maison avec un manteau de lainage bordé d'un col de vison, le visage haïssable s'éclairerait-il d'un sourire ? Pourquoi était-elle sa mère ? Pourquoi Madeleine n'était-elle pas sa mère ?

Troublé, le garçon demanda à un passant où se trouvait la gare. « Juste là », répondit l'homme en indiquant le sud. En fait, Jos était seulement à quelques centaines de mètres de l'édifice. Dire qu'il l'avait imaginé si lointain !

Un train entrait avec un sifflement strident. La cadence des bielles ralentit dans un bruit de métal, et l'engin s'immobilisa dans un frottement saccadé de freins. Jos n'avait jamais réalisé à quel point ce véhicule à vapeur était énorme, spécialement la locomotive qui tirait toutes ces boîtes attachées les unes aux autres.

Il vit des voyageurs élégants descendre des wagons du devant alors que d'autres, plutôt ordinaires, émergeaient des dernières voitures. Des porteurs en uniforme se pressaient autour des voyageurs de première classe pour prendre leurs bagages. L'homme de freins descendit de derrière le train pour aider à raccorder un autre wagon.

En repartant, le train laissa dans son sillage un nuage de fumée de charbon que Jos suivit jusqu'à ce qu'il disparaisse de son champ de vision. Libérant la vapeur, le halètement des pistons produisait un son qui amusait Jos. Où pouvait aller le train, si tard ? Il était vrai que l'on était samedi et que, même à dix heures, plusieurs commerces étaient encore ouverts. Sa sœur Madeleine, qui travaillait au magasin général de H. Préfontaine, ne reviendrait que plus tard, au moment où presque tout le monde serait couché.

Longtemps, Jos erra autour de la gare, comme si, à force d'attendre, il allait voir un train arriver et l'emmener. Il osa même entrer quelques instants dans la salle d'attente pour se réchauffer.

En sortant, il croisa des ouvriers saouls qui couraient le long des rails en chantant. Ils avaient l'air heureux. Pour la première fois, Jos voyait des ouvriers qui riaient et il comprit pourquoi son père buvait parfois. Pour rire, simplement pour rire. S'il avait pu, lui aussi, se réfugier dans l'alcool, le temps d'oublier cette maudite *shop*...

Il décida finalement de remonter la côte King, se laissant distraire un instant par le nouveau lampadaire à lumière blanche qui éclairait l'intersection de King et de Wellington. La lumière aussi pure que la neige contrastait avec le jaune des lampes à gaz. C'était le nouvel éclairage à l'électricité qui prenait sa source dans la rivière Magog, lui avait dit son grand-père. Jos ne comprenait pas comment on pouvait transformer de l'eau en lumière. Son grand-père non plus. Il ne faisait que rapporter ce qu'il avait entendu au magasin général. C'est peut-être parce qu'il contient de l'eau que l'éclairage est si blanc, conclut Jos.

De loin, il vit qu'une lampe à huile brûlait encore dans la cuisine. Son escapade lui coûterait cher. Il était terriblement tard et sa mère voudrait ses gages. Des papillons dansaient dans son estomac. Son père était déjà rentré puisqu'on entendait des cris dans la cuisine. Exigeant le plein salaire de son mari, Odile lui déclarait la guerre chaque samedi de paie. Jos entra par la petite dépense derrière la maison et poussa une porte qui donnait directement sur l'escalier montant au grenier. Il y grimpa discrètement tout en jetant un regard rapide dans la pièce baignée de lumière jaune. Assis à table près de la lampe qui avait l'air d'une pleine lune d'août, le grand-père curait sa pipe ; à l'autre bout, la mère sanglotait, un mouchoir chiffonné à la main. Près d'elle, un petit morceau de bœuf et des oignons oubliés dans la tourmente. Le père marchait de long en large, en gesticulant.

Madeleine, qui était assise sur une marche en haut de l'escalier, attendait une accalmie avant de redescendre porter ses trois dollars à sa mère. Consciente du penchant de la mère pour les pièces d'argent sonnant, la douce Madeleine avait trouvé cette astuce pour la calmer un peu. « Regarde, fainéant, criait alors Odile à son mari, ta fille rapporte plus d'argent que toi. »

Madeleine glissa un bonbon dur dans la main de Jos. Les premières semaines où elle travaillait au magasin général, Madeleine achetait ces merveilleuses inventions de toutes les couleurs et ces caramels de la Boston Bakery qui réjouissaient toute la famille. Toutefois, peu de temps après, la mère, considérant que le salaire de Madeleine ne devait pas servir à payer des friandises, lui confia une liste de choses qu'elle devait rapporter : du sucre, de la farine et de la mélasse. Le reste de l'argent, la jeune femme devait, comme ses frères, le remettre à sa mère pour payer le bois, la viande, le lait et l'huile pour la lampe. Madeleine réussissait pourtant à chiper pour Jos quelques bonbons qu'elle glissait dans la poche de son tablier.

La mère avait aussi poussé Madeleine à demander du crédit au magasin général, mais on lui avait répondu qu'on ne faisait pas de crédit aux employés parce qu'ils avaient déjà des réductions sur ce qu'ils achetaient. Et comme Madeleine avait peur de perdre son travail, elle n'avait pas insisté. Surtout qu'à vingt-deux ans, elle ne savait ni lire ni écrire. Au magasin, elle empilait les sacs de sucre et de farine de cinquante ou cent livres, déplaçait les coffres de bois contenant le thé et le café, remplissait les tablettes, répondait aux clients du mieux qu'elle pouvait et nettoyait les planchers et les murs. C'était encore moins payant que la manufacture, qu'elle avait dû quitter parce qu'un contremaître la pelotait constamment, mais ici, elle n'avait pas à se défendre, juste à travailler. Et ses patrons avaient promis de lui apprendre à compter si elle restait encore un an à leur service. Elle ne se plaignait point. La ville se relevait encore de la grande crise de 1885 et tout le monde redoutait le chômage.

En bas, la querelle n'en finissait plus. Une phrase lancée plus fort que les autres par le grand-père fit sursauter Jos et Madeleine. « Il a raison, pourquoi s'échiner à travailler pour cinq cents ? Ça coûte pas cher d'aller voir ailleurs. Essaie d'attraper le train de six heures avec Jos. En partant demain, tu ne manqueras pas une journée d'ouvrage. »

Ailleurs, quel ailleurs ? se demanda Jos, qui tombait maintenant de fatigue. Ayant compris que Jos allait partir, Madeleine se mit à pleurer. Il murmura :

« Ne pleure pas, je vais t'écrire.

– Tu ne sais pas écrire.

– C'est pas grave, tu ne sais pas lire. »

Un éclat de rire repoussa la boule qu'ils avaient tous les deux dans la gorge.

Affamé, Jos décida que malgré les cris, il ferait mieux d'aller dormir. Un grand voyage l'attendait. Madeleine le suivit.

Le grenier était une grande pièce sans division. D'un côté, un lit pour les filles : Madeleine et la petite Catherine, qui dormait à la maison seulement le samedi et le dimanche. À neuf ans, elle travaillait comme domestique chez les sœurs du Mont-Notre-Dame. De l'autre côté, le plus éloignés possible du premier, deux lits que se partageaient les cinq garçons. Il n'y avait ni cloison ni rideau pour séparer les garçons des filles, ce dont se plaignait Madeleine, qui devait d'abord se glisser dans son lit pour se déshabiller. Il y avait toujours un œil à l'affût d'un morceau de chair rose.

Jos choisit le lit où il y avait le moins de bras qui dépassaient et s'y glissa. Les dormeurs lui décochèrent quelques coups de pied, mais il réussit à faire sa place. Trop excité à l'idée du départ, Jos rêvait éveillé. Où irait-il ? Gagnerait-il plus d'argent ? Où vivrait-il ?

En bas, le mari repoussa sa femme qui pleurait, gagna la chambre et se laissa tomber sur le lit. Il était ivre, mais bien décidé à partir. Le grand-père tira un matelas près du poêle et reprit sa vigile au chevet du feu qu'il devait alimenter juste ce qu'il fallait pour le garder en vie.

La mère cessa de pleurnicher. L'œil méchant, elle décrocha son chapelet suspendu près de l'horloge et commença d'égrener ses *Je vous salue, Marie*. Ce qui avait le pouvoir, elle le savait, d'énerver le grand-père. « Et le fruit de vos entrailles est béni », ajoutait-il par dépit à chaque fois qu'elle arrivait à ce passage. Elle continua en silence et finit par aller s'étendre à côté de son homme, qui l'abandonnait. Ingrat comme tous les hommes. Rien à tirer de lui sinon des enfants et un soupir béat à chaque fois qu'il l'empalait.

Et cette maudite ville qu'elle avait vue comme la fin de son cauchemar. Ce quartier puant du Petit Canada où l'on vivait entassés les uns sur les autres. Cette ridicule citerne sale où il fallait attendre en file pour puiser de l'eau. Odile avait voulu quitter la terre qui ne rapportait rien pour profiter des nombreuses *factories* où tout le monde pouvait gagner sa vie. Plus besoin de traire les vaches, d'aller au champ, de cultiver le jardin, avait-elle rêvé quand elle était encore à Coaticook, il suffirait de récolter l'argent que rapporteraient les enfants. Mais, en ville, il fallait tout acheter et cela coûtait très cher. Et puis, elle n'avait presque plus d'aide à la maison. Que des bouches à nourrir, du linge à repriser, des planchers à torcher. Son vaurien de mari n'avait même pas pu apprendre à rouler les cigares, la tâche étant maintenant réservée aux enfants. Et Jos qui ne rapporterait pas vraiment de salaire avant d'avoir fini son apprentissage dans six mois.

Catherine, la dernière, ne touchait rien chez les religieuses. Celles-ci lui avaient bien appris à lire et à écrire et il restait un espoir, se disait Odile, que Catherine réussisse à entrer en communauté. Une sœur dans la famille. Son rêve. Les autres ne gagnaient pas beaucoup à la Paton et, bientôt, ils voudraient se marier. Tant qu'ils rapportaient tous de l'argent, ça allait, même si c'était difficile. Surtout en janvier, quand les salaires chutaient au même rythme que la production. Et puis il y avait eu la grève, ah! cette maudite grève! Pourtant, même si son mari buvait souvent la moitié de sa paie, il restait encore le rêve. Mais qu'en serait-il une fois qu'il serait installé à Montréal avec Jos? Elle ne pourrait pas les surveiller. Ils vont tout dépenser, pensa-t-elle en soupirant.

Ses reins la faisaient souffrir. Ce corps a porté trop d'enfants, se dit-elle. Elle aurait dû suivre les conseils de sa voisine anglaise de Coaticook et prendre une bonne infusion de sabine quand elle portait Jos. Ce sixième enfant était de trop. En fait, à part Madeleine et Catherine, les autres étaient tous de trop. Certains jours, Odile n'avait qu'une idée: prendre le balai et les frapper pour qu'ils fuient, qu'ils disparaissent de sa vie. Mais ils restaient là, comme des innocents, à laisser pleuvoir les coups.

Elle se tourna sur le côté pour chasser la douleur. L'odeur d'alcool que dégageait son mari la força à revenir à sa position initiale. Que la vie était bête! « Bonne sainte Anne, priez pour moi... »

Le grand-père profita du départ d'Odile pour oser mettre un peu de bois sec dans le feu, ce qu'elle aurait critiqué. Il ne pouvait pas dormir et n'avait pas envie de geler. À la campagne, au moins, on chauffait tant qu'on voulait. Le bois ne coûtait pas deux dollars la corde comme en ville. Il suffisait d'aller jusqu'au petit appentis attenant à la maison et d'y puiser plusieurs brassées de bois sec ou vert qu'on lançait à la volée dans le débarras sous l'escalier. La terre n'était pas riche, mais elle se laissait encore couper tous ses arbres, de beaux érables durs qui chauffaient longtemps et dont le parfum embaumait la maison.

Trop énervé pour rester sur son matelas, le vieux se leva et s'assit sur la seule chaise berçante de la maison. En allumant sa pipe, il se demanda qui lui fournirait son tabac maintenant. Et la chicane n'en finirait plus avec sa bru. Sur la ferme, il ne la voyait presque pas. L'été, il travaillait au champ avec son fils et ses petits-fils. L'hiver, il passait la majeure partie de son temps à l'étable, où un petit poêle improvisé le gardait au chaud, à côté des vaches et des poules. Là, il réparait les outils aratoires, ramassait les œufs, donnait à manger aux vaches. Parfois, il mettait ses raquettes et allait tendre quelques collets pour attraper des lièvres et des perdrix. Mais les derniers hivers, on ne savait pas pourquoi, le gibier avait été rare. L'été, le jardin potager ne donnait que quelques légumes rachitiques.

En se levant pour aller s'étendre sur son matelas, il vit que les arceaux de la berceuse étaient chancelants, c'était pour cela que la chaise grinçait tant. Il s'en occuperait le lendemain. Cela lui donnerait quelque chose à faire.

Chapitre II

Fatiguée d'attendre le sommeil, Odile se leva avant l'aurore, ajouta quelques bûches de bois sec au vieux poêle et commença de rouler des galettes en ruminant sa rancœur. Furieuse, elle faisait voler le rouleau au-dessus de la pâte, l'effleurant à peine.

À six heures, son cri retentit dans toute la maison: « Levez-vous pour la messe! » Pour une fois, la cuisine n'était pas glaciale, à cause du poêle surchauffé. Jos avait très faim et l'odeur des galettes lui torturait l'estomac. La mère le reçut avec une taloche: « Où étais-tu hier? Espèce de *tramp,* tu es comme ton père. » Comme Jos ne répondait pas, elle attrapa son rouleau à pâte pour le frapper, mais le grand-père s'interposa: « Tu vas le laisser tranquille. Si tu veux frapper, frappe-moi, je peux en prendre, des coups. » Elle jeta un regard de mépris au vieillard et se remit à la tâche. « Le fruit de vos entrailles est béni... », lui riposta le vieux. Et Jos dut se cacher pour rire.

Au moment où il mettait son manteau d'étoffe pour aller, le ventre creux, affronter le froid et la messe de l'abbé Cabana, il entendit son père de la chambre. « Tu ne vas pas à la messe, Jos, tu m'attends. Nous partons pour Montréal. »

Odile, qui avait pourtant monnayé une dispense des offices religieux en échange de ses trois rosaires par semaine, resta figée: «Mais il ne peut pas partir sans avoir communié ni s'être confessé. Tout à coup, vous mourez dans un accident de train!»

«Tu prieras pour eux», dit le grand-père.

Le père ne réagit pas. Il tira de sous le lit un vieux sac en cuir et y mit quelques vêtements.

Les autres enfants lancèrent un regard surpris au père. Un regard d'envie, songea Jos. Madeleine attira son frère dans un coin de la cuisine: «Oublie-nous pas. Reviens quand tu peux.» Voyant sa mère qui tendait l'oreille, elle se dépêcha de lui glisser dans la main une pièce de dix cents qu'il enfouit dans sa botte. Sans se retourner, elle partit rejoindre Catherine et ses quatre autres frères pour se rendre à l'église.

Les lèvres pincées, la mère enveloppa dans une serviette de coton des tranches de pain fourrées de lard salé et les galettes à la mélasse qu'elle avait préparées à l'aurore. Elle tendit le paquet au père, qui le glissa dans son vieux sac de cuir.

Le grand-père serra Jos contre lui et lui dit de se comporter en homme. Au père, il jeta seulement: «Ne le laisse pas devenir un voyou.»

Dans la cour, Jos se retourna et vit sa mère à la fenêtre. Elle lui fit un signe de la main et il eut quelques remords d'être si heureux de partir.

Le père et le fils marchèrent dans le froid et le fait pour Jos de revoir cette gare, de penser qu'il monterait dans un de ces wagons qu'il avait observés la veille le rendit presque euphorique.

Ils avaient manqué le train de six heures. Le prochain ne serait qu'à neuf heures trente. Assis sur un banc de la gare, ils avalèrent leurs tartines en silence. Il régnait dans la salle une chaleur agréable et Jos n'avait rien avalé depuis une éternité.

« Ouais, dit son père en regardant autour de lui, c'est grand et c'est beau. Il doit y avoir des gens riches qui prennent ces trains.

– Très riches, avec de belles valises et de beaux vêtements. Il y a aussi des hommes en uniforme qui portent leurs valises. Peut-être que je pourrai moi aussi porter des valises, plus tard.

– Comment sais-tu cela ? demanda le père.

– Je ne le sais pas, je l'imagine », mentit Jos.

L'attente commençait à impatienter le garçon, qui se mit à sautiller et à courir ensuite un peu partout dans la grande salle. Enfin, le train rentra en gare et ils y montèrent, dans les derniers wagons évidemment, alors que des femmes enveloppées de pelisses de lapin et des messieurs fumant le cigare surgirent tout à coup de nulle part et s'engouffrèrent dans les premiers wagons. L'un des hommes élégants jeta son cigare, qui n'était fumé qu'à moitié, et Jos eut le réflexe de le ramasser, mais son père le retint : « Un bon cigare ne se fume qu'à moitié. »

Le voyage était long. Ils s'arrêtèrent pour prendre des passagers d'abord à Richmond, puis à Saint-Hyacinthe. Le mouvement du train et les paysages amusèrent Jos un certain temps. Il ne savait pas du tout quelle route le train empruntait. Près de Richmond, il crut reconnaître Coaticook, qui était pourtant dans la direction opposée, et même Georgette dans un pré. Les derniers sandwiches furent bientôt mangés, les galettes aussi et, finalement, Jos et son père s'assoupirent, épuisés par une nuit trop courte.

Tout à coup, Jos se sentit secoué en même temps qu'un bruit terrible de métal lui fit craindre le pire. En regardant par la fenêtre, il vit qu'il n'y avait rien au-dessous d'eux, que de l'eau et des blocs de glace. De chaque côté, le néant. Mon Dieu, on roulait dans le vide! L'accident, c'était l'accident dont sa mère avait parlé. Jos s'agrippa à son père, sûr que tantôt, dans une seconde, dans une minute, ils basculeraient tous deux dans l'éternité. Puis il entendit un autre passager dire qu'on était sur le pont Victoria, qui reliait la rive sud du fleuve à Montréal. Il osa alors regarder plus loin en avant et aperçut une immense ville se déployer en panorama devant lui. Des clochers, une montagne énorme, des dizaines de bâtiments semblables à la Queen, des cheminées dessinant des nuages gris, tout cela recouvert d'un tapis de neige qui se déroulait jusqu'à une étendue de glace sans fin.

Vers une heure trente, le sifflement du train indiqua qu'on entrait en gare.

« On est à Montréal », grogna le père.

Et la peur qui tenaillait encore Jos se transforma alors en une excitation agréable.

Tant de monde, tant d'action, tant de bruit. La gare du Grand-Tronc était bien plus vaste que celle de Sherbrooke. L'horloge impressionna Jos, qui ne savait plus où regarder. Hier seulement, il découvrait la gare de Sherbrooke et voilà qu'il était à Montréal. À la fois désemparé et fébrile, Jos suivait son père, qui ne semblait pas savoir où aller. Des crieurs de journaux les interpellaient en anglais. Un boulanger leur offrit des brioches dorées qu'ils refusèrent. Assis à un bar, des voyageurs buvaient du café dans de petites tasses aux motifs fleuris. Jos n'avait jamais vu d'aussi belles tasses.

Ils demandèrent à des flâneurs comment se rendre à la *shop* de J. M. Fortier. Personne ne pouvait leur répondre. Quelqu'un leur indiqua une porte : « Là, ils vous informeront. »

Assis à son bureau, un homme aux cheveux et à la moustache foncés, portant l'uniforme du Grand-Tronc, les toisa du regard et identifia vite le genre : ouvriers canadiens-français venus de la campagne pour travailler en ville.

« *Where are you from ?*

– *Eastern Townships* », répondit le père, qui avait appris à baragouiner l'anglais.

Jos sursauta. Une sonnerie provenant d'un drôle de petit appareil s'arrêta lorsque l'homme en décrocha une partie qu'il approcha de son oreille. « Hello ! » dit-il en tenant l'autre partie, une espèce de tige surmontée d'une boule noire. Pourquoi cet homme parlait-il à ce genre de statue ? Une voix qu'on pouvait tout juste entendre provenait du récepteur.

Jos avait les yeux ronds et son père était tout aussi étonné. La ville de Sherbrooke comptait déjà une liste de plus de cent abonnés, dont la Queen Cigar Factory, mais jamais le père et le fils n'avaient eu l'occasion de voir cet appareil.

Dans ce bureau, l'employé en uniforme se donnait, à l'aide de cet accessoire, un prestige démesuré. L'homme éloigna le microphone de sa bouche pour leur indiquer le chemin à suivre jusqu'à la ville de Saint-Henri. C'est là qu'il expédiait les ouvriers canadiens-français. Et il revint aussitôt à cette conversation dont sa vie semblait dépendre. Cet objet avait une importance, pensa Jos, que son apparence ne pouvait justifier.

Montréal devait receler toutes sortes de mystères et cet appareil qui émettait des sons était un de ceux-là.

Il se prit à rêver qu'il décrochait cet appareil et parlait à sa sœur Madeleine.

En sortant du bureau, le père et le fils se regardèrent médusés.

« Croyez-vous qu'on pourrait trouver une affaire comme ça pour parler à quelqu'un à Sherbrooke ? demanda Jos.

– Je ne sais pas, mais il faudrait quelqu'un avec un appareil comme celui-là pour répondre à l'autre bout », répondit le père, un peu agacé.

Il leur tardait de se rendre au presbytère. La marche serait longue. L'homme en uniforme ne leur avait pas dit qu'ils pouvaient prendre les petits chars qui montaient la rue Notre-Dame vers l'ouest, jusqu'à Saint-Henri.

Du fleuve Saint-Laurent soufflait un vent froid qui transperçait les vêtements de Jos et, malgré la faim et la fatigue, ses yeux n'étaient pas assez grands pour voir toute la nouveauté qui se présentait à lui. La foule se frayait un chemin autour de la gare. De nouvelles gens, de nouvelles figures, une fébrilité propre aux jours de fête. Une atmosphère du dimanche qui réjouit Jos.

Derrière lui, un cri, celui d'un cocher aux commandes d'un char urbain. Jos dut monter sur un banc de neige pour éviter de se faire écraser. De là, il put observer la voiture tirée par deux chevaux et installée sur des espèces de patins. Le char ressemblait un peu à un wagon de train et transportait une vingtaine de personnes. De mauvaise humeur, le cocher tentait de faire avancer les chevaux, qui traînaient du sabot. Jos jeta un coup d'œil à l'intérieur : les voyageurs avaient l'air encore plus gelés que lui. Seule une épaisse couche de paille recouvrant le plancher isolait le char du froid extérieur. Le conducteur cria encore une fois à des passants de se tasser. À Sherbrooke, les cochers étaient plus polis et les chevaux ne régnaient pas sur les humains.

Du square Chaboillez, ils prirent la rue Saint-Joseph, comme le leur avait indiqué l'homme en uniforme. Jos et son père durent d'abord traverser les villes de Griffintown et de Sainte-Cunégonde avant d'arriver, une heure plus tard, dans cette ville qui contrastait avec les abords de la gare du Grand-Tronc et qui leur rappela le Petit Canada, en plus peuplé.

Saint-Henri regroupait en majorité des ouvriers canadiens-français. Ceux-ci travaillaient pour la plupart aux abords du canal Lachine, où des centaines de manufactures enfilées les unes à la suite des autres livraient chaque jour leurs marchandises aux bateaux qui gagnaient ensuite le fleuve Saint-Laurent.

Partout où Jos regardait, il n'y avait que des rails qui se croisaient dans un enchevêtrement compliqué. Il lui sembla alors que Saint-Henri était une immense gare autour de laquelle on avait érigé une église fraîchement construite et dont l'extérieur n'était pas encore terminé. Tout près, une maison ordinaire qui ne pouvait être autre chose que le presbytère. Le père frappa d'un poing timide. La servante les fit entrer dans un petit vestibule.

C'était l'heure du thé dominical. Ils furent reçus avec froideur par un gros curé à la bouche pleine. Sa soutane noire était recouverte à moitié par une grande serviette blanche nouée autour du cou et tachée de confiture et de crème fraîche.

« D'où venez-vous ?

– De Sherbrooke, répondit le père. On a entendu dire que Fortier engageait des hommes. »

Le curé toisa Jos du regard.

« Quel âge a-t-il, celui-là ? »

Jos resta d'abord muet. Il savait qu'on devait avoir douze ans pour travailler dans une manufacture. Alors, il affirma avoir douze ans.

« J'espère que tu vas te confesser d'un pareil péché ! Tu devrais être à l'école ou sur une ferme.

– Justement, on y était, sur une ferme, et on n'avait pas assez pour manger. »

Le père de Jos le fit taire d'une taloche et prit lui-même la parole.

« C'est vrai, monsieur le curé. Surtout que la terre ne nous appartenait pas. Puis, à la *factory*, on n'était pas mieux. Alors, on a décidé de venir ici.

– Vous ne serez pas mieux ici. Mais en faisant attention à votre argent, peut-être pourrez-vous retourner à Sherbrooke. Ou encore aller dans les Laurentides, où le curé de Saint-Jérôme gère les terres du gouvernement et les donne aux colons. Du moment que vous ne prenez pas le chemin des États, vous autres aussi. En attendant, mon thé refroidit. Vous allez vous rendre chez la veuve Girouard, qui garde des pensionnaires. Elle charge un dollar et cinquante cents par semaine. N'oubliez pas de venir à la messe dimanche prochain. Et surtout, surveillez le garçon pour ne pas qu'il se laisse entraîner par les voyous qu'il y a chez Fortier. De la graine d'école de réforme, je vous le dis. D'ailleurs, quand il n'en vient pas à bout, c'est là qu'ils se retrouvent. »

Et, d'un geste, il repoussa les visiteurs vers la sortie.

Jos et son père avaient faim. Ils marchèrent jusqu'à la maison de la veuve Girouard, rue Saint-Joseph. La bonne dame les inspecta de la tête aux pieds ; elle trouva à Jos un air mignon avec ses cheveux bouclés trop longs et son regard déterminé, et au père un côté campagnard sympathique.

« C'est le curé qui nous envoie, dit le père.

– Je sais. Je ne prends que des hommes envoyés par le curé. Les autres ont dîné, mais il me reste du pain. »

Elle sortit une pinte de lait, de la mélasse et une miche de pain enveloppée dans un papier ciré qu'elle découpa en tranches minces.

Jos trouva ce pain très pratique parce qu'on n'avait pas de mal à le briser en morceaux pour le tremper dans la mélasse. Il n'avait pas le même goût que celui que cuisait sa mère. En fait, il était léger et même après trois tranches, Jos avait encore faim. Il hésita toutefois à en reprendre.

« Vas-y, lui dit la veuve, mon garçon travaille à la boulangerie. C'est lui qui le rapporte. Je ne me donne plus la peine de cuire du pain, c'est tellement de travail avec tout ce que j'ai à faire. »

Après leur repas frugal, la veuve Girouard leur indiqua leur chambre. À sa mort, son mari lui avait laissé sa partie divise d'une ancienne maison à plusieurs logements construite dans la première moitié du XIXe siècle. Jos et son père partageraient la chambre avec trois autres travailleurs de chez Fortier. De chaque côté de la pièce minuscule, il y avait trois lits superposés les uns sur les autres dans un échafaudage curieux qui rappela à Jos les cages à poules construites dans le poulailler de Coaticook.

« Vous serez maintenant cinq. Les autres sont allés marcher du côté du canal Lachine. Ils devraient revenir bientôt. Installez-vous. »

Fatigué et un peu désœuvré, Jos grimpa au troisième étage et se lova sur le matelas. Pour la première fois de sa vie, il se retrouvait seul dans un lit et, curieusement, il s'y sentait perdu. Un voyage en train avait suffi à le faire basculer dans un nouvel univers. Sherbrooke représentait pour lui un autre monde. Que faisaient-ils tous là-bas ? Étaient-ils en train de dire la prière ? De manger les restes du midi ? Madeleine pensait-elle à lui pendant qu'elle repassait, sur un coin de la table, le tablier blanc qu'elle porterait demain au magasin général ? Et sa mère ? Peut-être était-elle, comme lui, soulagée par ce départ. Dans la couchette du deuxième étage, son père soupira. Il se demandait s'il avait fait le bon choix. Pas Jos. Tout ce qui était différent de ce qu'il avait connu représentait pour lui un bon choix. Le monde est très grand, pensa-t-il, et il lui prit l'envie d'en faire le tour. Le lendemain le préoccupait aussi, mais la fatigue l'emporta et il sombra dans un sommeil profond.

Épuisés par le voyage, Jos et son père loupèrent le souper et furent réveillés par les autres travailleurs au petit matin. Jos déjeuna de pain beurré et de gruau, puis il partit avec son père en même temps que les ouvriers. « Vous n'avez qu'à nous suivre », leur avait lancé Rudolphe, un jeune homme dans la vingtaine qui semblait plus débrouillard que les autres.

La gare de triage était encore plus active que la veille. Jos était fasciné par le nombre de rails et de trains qui se croisaient dans un vacarme qui ne semblait pas déranger les autres travailleurs. Pas plus que la suie qui se dégageait des cheminées des trains et des usines et qui retombait sur les cordées de linge propre. De nombreux nuages noirs et menaçants couvraient la ville de Saint-Henri.

À la vue d'un char urbain, Rudolphe leva le bras pour lui signifier d'arrêter. Voyant les autres fouiller dans leur poche, le père se sentit embarrassé. Il avait cru qu'ils allaient marcher. D'ailleurs, il avait dépensé toutes ses économies pour payer le billet de train. Rudolphe s'en rendit compte et lui dit de ne pas s'en faire: «Je paie le petit char pour cette semaine, vous me rendrez cela quand vous aurez votre paie.» Il donna trois pièces de cinq cents au conducteur.

Jos laissa son père s'asseoir près de Rudolphe et prit place sur un banc avec Stanislas, un autre pensionnaire un peu plus vieux que lui.

Une fois installés, les ouvriers reprirent une discussion qu'ils semblaient avoir eue plusieurs fois auparavant.

«Moi, je vais y aller témoigner devant la Commission, vous pouvez en être sûrs!» lança Rudolphe comme s'il répondait à une question qui ne lui avait pourtant pas été posée.

Son compagnon lui répliqua qu'il ne devait pas compter sur lui: «Je ne fais pas partie de l'union comme toi et j'ai trop peur de perdre ma *job*. Avec ma femme qui attend après mes gages, je ne sais pas ce que je ferais. Pensez-vous que Fortier a peur de la Commission? Il paraît qu'il a été convoqué. On va bien voir ce qu'il a à dire.» Il s'alluma un cigare.

«Hey, passe-moi une *puff*. Il m'en reste plus, le supplia Rudolphe.

– T'as qu'à faire comme moi puis t'en voler au lieu d'attendre qu'ils te donnent leurs restants. »

Le plus jeune des trois, celui qui était assis près de Jos, ne semblait pas avoir plus de quinze ans. Il ne parlait pas beaucoup, mais il se décida finalement à lier conversation avec Jos.

« Tu as quel âge ? »

Jos hésita avant de répondre.

« Tu dois avoir au moins quatorze ans pour travailler chez Fortier. Il y a quelques semaines, ils ont renvoyé tous ceux qui n'avaient pas quatorze ans, à cause de la Commission, tu comprends. »

Pour la première fois, Jos osa demander ce qu'était cette Commission.

« Des gens envoyés par le gouvernement. On peut aller dire ce qu'on sait à l'hôtel de ville. Ça commence dans deux semaines, je crois. Je connais des enfants qui ont travaillé chez Fortier qui vont y aller parce qu'ils ont été battus et que des gars de l'union leur ont demandé d'y aller. Mais pas moi, parce que dès que j'aurai ma chance, je veux aller travailler chez Jacob, une autre fabrique de cigares, ou chez Davis, le Juif. Il paie mieux et traite bien ses employés. »

Le char à patins s'arrêta à la limite de Montréal, là où la rue Saint-Joseph devenait la rue Notre-Dame. Il n'y avait qu'un petit bout de chemin à parcourir pour atteindre la rue Saint-Maurice, où se dressait la fabrique de J. M. Fortier, un édifice de pierre portant les numéros civiques 143, 145 et 147. Fortier était réputé à travers le Canada pour ses cigares. Certains étaient fabriqués à Montréal. D'autres, de qualité supérieure, étaient importés par bateau de Cuba.

À la fabrique, l'un des pensionnaires leur indiqua le bureau du gérant, situé au deuxième étage.

« Je ne peux pas prendre le petit gars, dit le gérant. Les ordres de M. Fortier sont clairs. »

Le père jeta au gérant un regard de désespoir. Mais Jos ne lui laissa pas le temps de répondre.

« J'ai quatorze ans. Je suis petit parce que j'ai été malade.

– La vérole ? » demanda le gérant, suspicieux.

La maladie qui avait frappé Montréal l'année précédente avait causé des centaines de morts et le gérant en avait encore peur.

« Non, un genre de fièvre. Je ne me rappelle pas le nom. »

L'homme se tourna vers le père, qu'il interrogea d'un signe de tête.

« Moi non plus », dit le père, stupéfait du mensonge de Jos.

« Bon, allez voir M. Fortier. Il est revenu de voyage hier. C'est lui qui va régler ça. »

Pour se rendre au bureau de Fortier, ils défilèrent devant les autres travailleurs. L'atelier était moins sombre que celui de la Queen. Les vieux rouleurs étaient installés près des fenêtres, de façon à mieux voir leurs feuilles de tabac. Regroupés dans un coin isolé, une douzaine de jeunes hommes travaillaient par groupes de trois. Un mouleur, un rouleur et un gars qui s'appliquait à poser délicatement une étiquette bleue sur chaque cigare. Parmi eux se trouvait Rudolphe. Jos comprit que c'étaient les seuls à adhérer à l'union, l'étiquette bleue en faisait foi. Un de ces rouleurs regarda Jos sévèrement et murmura : « Encore un qui n'a pas l'âge. »

Au fond d'un couloir, le bureau de Fortier contrastait avec le dépouillement de l'atelier. Des fauteuils en cuir, une table en bois foncé et un appareil parlant comme celui que Jos avait vu à la gare. De grandes fenêtres qui donnaient sur la rue.

L'homme d'affaires fumait un gros cigare au parfum délicat. Jos n'avait jamais senti une odeur de tabac si agréable.

« Tiens donc, de la visite des *Townships,* lança Fortier, déjà averti par le contremaître. J'ai besoin de monde justement, nous avons dû renvoyer la majorité des apprentis à cause de cette maudite Commission. Il faut dire qu'en janvier, c'est plus tranquille, mais je viens d'avoir une grosse commande de l'Ouest et les cigares doivent sortir. J'ai de l'ouvrage pour vous. Pour le jeune, je ne sais pas. Avec tout le monde qui va venir fouiner dans nos affaires, je ne peux pas prendre de chance. »

En prononçant les derniers mots, il regarda fixement Jos, qui répéta aussitôt son mensonge.

« J'ai quatorze ans.

– As-tu un baptistère ?

– Non, je l'ai oublié à Sherbrooke.

– Je ne sais pas quoi faire, intervint le père, l'air désemparé.

– Sais-tu rouler ? demanda Fortier au garçon.

– Oui.

– Bon, OK, tu vas travailler dans une pièce en arrière. Et si jamais tu t'avises d'en parler à quelqu'un, vous êtes clairés, ton père et toi. »

Le gérant, qui avait assisté à la scène, dirigea le père vers l'atelier et appela un des contremaîtres pour qu'il s'occupe de Jos.

Sévère et bougon, l'homme avait l'air de cuver son vin de la veille. Après avoir lutté contre une serrure rouillée, il ouvrit la porte d'un local poussiéreux dans lequel il y avait une petite fenêtre tellement sale qu'on ne pouvait voir à travers.

« Installe-toi, je reviens avec du tabac. »

Comme Jos ne devait pas figurer sur la liste de paie, le contremaître lui donna une bonne quantité de *binder* et de *filler* sans lui signer de carte d'employé.

« Essaie donc sans moule que je voie ce que tu sais faire. »

Jos commença de rouler des cigares sur une petite table bancale. Le contremaître était assez surpris de la vitesse et du soin que Jos mettait à former et à rouler ses cigares.

« Tu ne bouges pas d'ici, tu apportes ton lunch et tu manges quand tu as faim. Je viendrai chercher tes cigares pour les amener à l'inspecteur. Je te paierai moi-même chaque samedi. »

Le contremaître fit quelques pas et se retourna.

« Il y a une maudite Commission qui doit commencer à entendre des chialeux bientôt. Il se peut que des journalistes viennent mettre leur nez dans nos affaires. Si je frappe deux coups avant d'entrer, c'est que je ne suis pas tout seul. Tu devras sauter par la fenêtre et rester dans la cour jusqu'à ce que j'aille te chercher. »

Jos se retrouva seul. Habitué à une promiscuité gênante aussi bien chez lui qu'à la *factory*, il ressentit une forme de bien-être. Il se leva pour vérifier la porte. Elle n'était pas verrouillée, mais Jos savait qu'il n'était pas question pour lui d'aller se promener partout dans l'atelier, sinon on lui ferait vite son affaire. Il palpa ses feuilles de tabac. Elles étaient un peu sèches. Il les humecta avec l'eau que le contremaître lui avait laissée dans un bol, puis il se mit au travail. Mais il eut bientôt faim. Dans sa boîte à lunch, deux sandwiches au lieu d'un avec, en plus, de la viande en gelée à l'intérieur. De la tête fromagée, lui avait dit la veuve Girouard le matin, mais il n'y avait pas prêté attention. Il y avait aussi une tartine avec de la confiture. Pour la première fois depuis longtemps, Jos se sentit rassasié. Il but de l'eau du bol que lui avait apporté le contremaître et y trempa sa manche pour nettoyer un coin de la fenêtre. Cette petite ouverture sur le monde lui permit de voir des chevaux attelés à une voiture que des hommes chargeaient de caisses. Malheureusement, la fenêtre donnait sur la cour.

Le contremaître vint chercher ses cigares trois fois cette journée-là. Il ne critiqua pas le travail de Jos et aucun cigare ne revint de l'inspection. Tout à son affaire, Jos ne s'empêcha toutefois pas de rêver à sa nouvelle vie, de s'imaginer riche comme Fortier, achetant des robes à sa mère et à Madeleine. Il ressentit, l'espace d'une seconde, un peu de culpabilité vis-à-vis de ses frères et sœurs, qui n'avaient pas la chance, comme lui, d'être libre. Mais ses pensées revinrent bien vite à sa nouvelle vie qu'il ne pouvait imaginer autrement que pleine d'avenir.

Une bonne journée, se dit Jos quand le contremaître lui signifia d'un geste qu'il pouvait aller rejoindre les autres.

Le samedi suivant, c'est avec fierté qu'il empocha les trois dollars que le contremaître laissa tomber sur la table.

Quand il sortit l'argent pour le remettre à son père, ce dernier lui répondit de payer sa pension et de mettre le reste de côté pour plus tard: «On ne sait jamais.» Lui-même avait touché un meilleur salaire qu'à Sherbrooke. Le gérant lui avait offert d'en prélever une partie chaque semaine pour sa femme. L'argent serait expédié par la poste ou dans des commandes spéciales de cigares qu'on envoyait par le train à certains politiciens de Sherbrooke qui trouvaient aux cigares de Fortier un goût incomparable.

Palpant le fruit entier de son travail, Jos se sentit important. Et le petit sourire que lui fit Rudolphe, lorsqu'il le vit sortir un dollar et cinquante pour le donner à la veuve Girouard, le confirma dans son droit de vivre à sa guise.

Après le souper, Rudolphe étala les journaux devant lui, sur la table de la cuisine. La Commission avait commencé ses audiences la veille, le 1er février, et l'homme de l'union, comme l'appelait le père de Jos, fit à voix haute la lecture de *La Presse,* de *La Patrie* et du *Montreal Star,* qui relataient les témoignages d'anciens ou d'actuels ouvriers de Fortier. Rudolphe lui-même avait hâte de comparaître.

Jos était fasciné et il essayait de comprendre, jetant à l'occasion un coup d'œil sur les feuilles du journal. Après sa lecture, Rudolphe regarda Jos.

«Bientôt, il y aura une école du soir à Saint-Henri. Le curé est d'accord. Tu es jeune et pas bête, tu dois y aller.

– Pourquoi tu ne m'apprends pas à lire?

– J'ai pas la patience. C'est ma sœur qui m'a enseigné. Tu apprendrais bien mieux dans une école. Puis, ça coûtera rien. Notre union a déjà donné cent dollars pour payer le maître d'école.

– C'est quoi votre union ?

– L'Union des cigariers de New York. Le président est un cigarier comme toi et moi, Jos. C'est Samuel Gompers qui a fondé, il y a deux ans, l'American Federation of Labor pour regrouper toutes les unions de métiers d'Amérique.

– Assez parlé d'unions américaines dans cette maison. Allez vous amuser maintenant », lança la veuve Girouard, qui ravaudait une paire de bas à l'autre bout de la table.

Stanislas ramassa sa tuque et son manteau et ordonna à Jos de le suivre.

« Où on va ?

– Au carnaval, voyons. »

Le père leur emboîta le pas avec un autre ouvrier. Rudolphe se retira dans la chambre avec ses journaux.

« Apprends-les pas par cœur. Viens nous rejoindre bientôt », cria Stanislas avant de claquer la porte.

Le char urbain bondé de monde ne mit pas trop de temps à se pointer. De l'intérieur, un groupe de travailleurs fatigués mais joyeux les pressaient de se dépêcher de monter.

L'atmosphère rappela à Jos une nuit du jour de l'An en plus amusant.

Tout le monde descendit au Champ-de-Mars. Un immense palais de glace, un vrai château, se dressait devant eux. Autour, d'autres monuments plus petits ajoutaient à l'atmosphère féerique. Sur une patinoire lisse comme un miroir, des jeunes filles semblaient danser, accrochées au bras de leur cavalier. Plus haut, un amoncellement de neige permettait de glisser sur des traîneaux. Tout près, on venait de donner le signal de la course de raquette du Montreal Snow-Shoe Club. Le père et son compagnon s'arrêtèrent à une buvette improvisée où le petit-blanc coulait à flots.

Jos les quitta pour suivre Stanislas. Ils s'amusèrent à monter et à descendre des chars urbains au gré de leur fantaisie, sans payer.

En voyant les autres patiner, Jos se dit qu'il pourrait économiser pour s'acheter lui aussi des chaussures à lame, mais Stanislas lui fit valoir qu'il serait plus sage de commencer par des raquettes, plus pratiques et moins chères.

Il était près de onze heures du soir quand ils décidèrent de se laisser ramener par un char urbain. Jos paya son billet, Stanislas s'accrocha à la rampe arrière et se laissa glisser jusqu'à Saint-Henri.

Le père de Jos n'était pas encore rentré. Étendu sur son lit, Rudolphe lisait toujours, à la lueur de la chandelle.

« T'aurais dû venir, on a eu un maudit *fun.* » En disant cela, Stanislas se laissa tomber sur son lit.

« Vous faites bien, les ouvriers ont le droit de s'amuser comme tout le monde. J'ai commencé à lire le feuilleton de *La Patrie* et je m'y suis laissé prendre comme une femme. »

Jos vit Rudolphe découper soigneusement le feuilleton et le cacher sous son matelas. Du même endroit, il sortit un petit carnet de moleskine noire, une plume et un encrier. Avec application, il écrivit quelques mots avant de souffler la bougie.

Jos envia Rudolphe. Il aurait voulu, comme lui, confier au papier silencieux toutes les angoisses, les peurs et les désirs qui le rendaient malheureux. Peut-être arriverait-il, en écrivant, à calmer cette voix intérieure qui réclamait toujours davantage et qui déclenchait en lui la culpabilité de celui qui en veut plus que les autres. Jos pourrait prendre un petit outil à une cent, un simple crayon à mine de plomb, et son esprit se libérerait de la torture. S'asseoir comme Catherine le soir et couvrir des pages de mots. Pouvoir écrire à Madeleine, lire les journaux.

Chapitre III

Un vent frais s'agitait autour de lui. Jules Helbronner se leva pour fermer la fenêtre du train. Le vent continuait. Il ouvrit un œil et aperçut son fils Michel qui agitait *La Presse* devant lui pour le réveiller. Le journaliste n'était pas dans un train, mais dans son lit, à Montréal.

Autour de lui, des objets familiers. Le valet de bois sur lequel sa femme Eugénie avait déposé son complet brossé, son petit bureau de travail taché d'encre et la table de toilette où l'attendait un broc d'eau chaude.

«Je rêvais que j'étais dans un train. J'ai passé tellement de temps dans des wagons depuis novembre qu'ils sont devenus ma deuxième maison.

– Comment c'est, les trains?

– Les trains, c'est très bien, c'est quand on descend que c'est triste.

– M'amènerez-vous un jour dans un train?

– Un jour, oui. Quand tu auras bien étudié et que tu seras architecte. Va dire à ta mère que je descends.»

Il ouvrit *La Presse,* le journal où il travaillait comme chroniqueur depuis sa fondation en 1884. Les quatre derniers mois, il n'avait pas eu beaucoup de temps pour écrire. Tous ces voyages pour la Commission le prenaient tellement. Il ne savait même plus quelle date on était. Il vérifia le folio du journal: 7 février 1888.

Il parcourut rapidement un article non signé rapportant les témoignages des ex-employés de J. M. Fortier devant la Commission royale d'enquête sur les relations entre le capital et le travail. Les audiences se poursuivaient aujourd'hui. J. M. Fortier, l'important fabricant de cigares que tant d'employés avaient dénoncé, comparaissait ce matin.

Helbronner se lava et lissa sa moustache avec de la cire d'abeille. Que donnerait cette Commission ? Avait-il bien fait d'accepter d'y siéger ? N'était-il pas plus utile à écrire sa critique sociale, qu'il signait du nom de Jean-Baptiste Gagnepetit ? Dénonçant les misérables conditions de vie des ouvriers, les appelant à la solidarité et à s'instruire, le journaliste avait fait avancer bien des causes telles que l'heure de fermeture des commerces, les écoles du soir pour les ouvriers et la reconnaissance des unions comme les Chevaliers du travail.

Si les gens ordinaires ne connaissaient pas Jules Helbronner, ce Juif alsacien arrivé à Montréal en 1874, ceux qui avaient les moyens de payer une cent pour acheter *La Presse* se délectaient des chroniques de Jean-Baptiste Gagnepetit.

À la demande du premier ministre du Canada, John A. Macdonald, le journaliste avait accepté de siéger à la Commission royale d'enquête sur les relations entre le capital et le travail. En compagnie de treize autres membres, dont trois Québécois, il se promenait, depuis le mois de novembre précédent, d'une ville à l'autre, écoutant les doléances des travailleurs, tentant de faire comprendre aux propriétaires de mines et d'usines que, non, ils n'avaient pas tous les droits. En période de crise, comme c'était le cas depuis 1885, le travail était rare et les ouvriers se voyaient contraints d'accepter n'importe quelles conditions de travail.

Après avoir pris son déjeuner en compagnie de sa femme et de ses enfants, il s'emmitoufla et prit le chemin de l'hôtel de ville de Montréal, où siégeait la Commission.

En marchant dans la neige, il eut l'idée d'aller au bord du fleuve pour prendre une grande bouffée d'air frais. Il devait faire moins vingt degrés, mais la luminosité créée par le soleil de février sur cette étendue blanche réchauffait l'âme. La pureté de cette neige l'apaisait et le poussait à la réflexion. Helbronner se demandait quel commissaire s'en prendrait à lui aujourd'hui. La nécessité de remettre deux rapports différents au premier ministre se faisait de plus en plus sentir. Composée majoritairement de bons Tories, la Commission sentait la dissidence. Depuis le début des audiences, des unions affiliées aux Chevaliers du travail tiraient la couverture de leur côté pour dénoncer plus vigoureusement leur ennemi : le capitalisme. Les autres commissaires tentaient de trouver des solutions pour permettre à l'industrialisation de se poursuivre sans que les travailleurs en souffrent trop. Helbronner se rangeait plutôt de ce côté. Même si on le qualifiait souvent de socialiste, il rejetait en grande partie la prise du pouvoir par un parti unique et croyait encore moins à la faculté des ouvriers de gouverner un pays. Pour cela, il aurait fallu qu'ils fussent instruits et, malheureusement, ils ne l'étaient pas.

Il suivit le mouvement des coupeurs de glace. À l'aide de longues scies, ces derniers taillaient de grands rectangles dans la glace qui recouvrait le fleuve. En esprit, Helbronner suivit le trajet d'un des cubes, ce qui le mena au restaurant Terrapin, rue Notre-Dame, où un bloc de glace trônait en permanence sur le comptoir. À l'aide d'un pic, le garçon de bar en brisait des morceaux, qu'il déposait dans le scotch, la citronnade ou le thé. À la fin de la journée, qui serait sûrement difficile, Helbronner irait au restaurant Terrapin pour y prendre un verre avec des amis. Bonne idée, se dit-il en empruntant la rue Saint-Sulpice en direction de l'hôtel de ville. Rue Notre-Dame, le glas le fit sursauter. Il vit sortir de la cathédrale un minuscule cercueil de bois blanc, une boîte plutôt, portée par deux hommes à l'air sombre et résigné. Le curé suivait avec son goupillon. Un autre qui ne connaîtra pas la misère, se dit Helbronner en se trouvant cynique.

Puis il poursuivit son chemin vers l'est jusqu'à l'hôtel de ville.

Fortier était un dur à cuire, ce genre de capitaliste que Helbronner exécrait, un propriétaire de manufacture qui, comme d'autres, s'était arrogé le droit de se substituer à l'autorité du père.

Dans la salle, trois témoins, au moins une cinquantaine de journalistes venus de partout au pays et quelques curieux avides d'en savoir plus sur ce qu'on appelait alors « le scandale Fortier ».

Assis près du commissaire Boivin, de Saint-Hyacinthe, Helbronner amorça l'interrogatoire en français. Lorsque les témoins parlaient seulement le français, comme c'était le cas de plusieurs jeunes ouvriers, c'était lui ou les commissaires Boivin et Côté qui posaient les questions et traduisaient aux autres membres de la Commission. Les transcriptions étaient toutefois écrites en anglais.

« Est-ce que vous désirez que je vous pose des questions ou préférez-vous faire un témoignage volontaire devant la Commission ? demanda Helbronner.

– Cela ne me dérange en aucune façon, répondit Fortier.

– Vous employez un certain nombre d'apprentis chez vous, si je ne me trompe pas ?

– Oui.

– Pourriez-vous nous dire combien vous en avez en ce moment ?

– Je sais que nous avons un bon nombre d'apprentis et de travailleurs réguliers en ce moment, mais je ne m'occupe pas vraiment de ces choses-là. Mon gérant, M. McGregor, doit vous avoir fourni les chiffres, je pense.

– Connaissez-vous l'âge de votre plus jeune apprenti ?

– Non. J'ai spécifié clairement de ne pas engager de jeunes hommes de moins de quatorze ans.

– Ah oui ! rétorqua Helbronner, et quand avez-vous donné ces instructions ?

– Cet ordre a été donné il y a deux ans et je l'ai répété il y a environ deux mois. J'avais remarqué que quelques garçons qui travaillaient n'avaient pas l'âge de le faire et j'ai signifié aux contremaîtres de ne pas garder des apprentis de moins de quatorze ans.

– Mais lorsque vous embauchez un jeune homme, vous lui faites signer un contrat d'apprentissage, non ?

– Oui.

– Est-ce que vous mentionnez l'âge du travailleur dans son contrat ?

– Oui.

– Alors, si vous employez un enfant trop jeune, c'est de la faute du père ?

– Oui, parce qu'il veut trouver une place pour son gars. C'est en général la situation financière de la famille qui l'amène à vouloir mettre son enfant au travail si jeune.

– Qui dirige les apprentis chez vous ?

– Il y a un gérant et des contremaîtres.

– Comment ce gérant et ces contremaîtres traitent-ils les apprentis ?

– Ces apprentis sont traités par les contremaîtres de la même façon qu'ils le seraient par leur père ou, en d'autres mots, comme ils doivent être traités à l'école. »

À cette remarque, le journaliste fronça les sourcils et d'autres membres de la Commission ne purent s'empêcher d'échapper un rire sarcastique. Un murmure monta de l'assistance, aussitôt apaisé par le regard sévère du président de la Commission, le juge Armstrong.

Quant à Fortier, il demeura imperturbable, sûr qu'il était de son bon droit.

« Est-ce que vous êtes au courant du fait que des enfants ont été battus ? continua Helbronner.

– Non. Cela ne m'a pas été rapporté personnellement. Mais s'ils ont fait quelque chose de mal, on les a punis tout comme un parent l'aurait fait, ou encore comme un maître d'école punirait un enfant qui ne fait pas ce qu'il faut à l'école.

– Si je comprends bien votre réponse, ces enfants ont donc effectivement été battus ?

– Oui, ils ont été battus pour être corrigés. »

Helbronner sentait bien que Fortier tournait autour du pot, indifférent et sûr de lui, se jouant des commissaires. Cela le fit rager, mais il reprit la parole sans rien laisser paraître de son agacement.

« S'il vous plaît, pouvez-vous nous décrire la méthode de correction appliquée par vous-même ou par vos contremaîtres dans les manufactures ?

– Par exemple, un garçon qui désobéit aux ordres. On lui dit de faire certaines choses et il ne les fait pas. Nous avons eu un groupe de garçons qui étaient très énervés il y a un an ou deux, et c'était très difficile de les faire obéir aux ordres. C'était pendant les agitations des grèves et si on ordonnait à un garçon de ne pas faire certaines choses et qu'il les faisait quand même, qu'il prenait du tabac, le détruisait, le chef d'établi le frappait sur les doigts avec une règle.

– Avec quoi ?

– Une règle d'un pied.

– De qui le contremaître reçoit-il la consigne de battre les enfants ?

– Je leur ai donné des instructions en ce sens et ces instructions viennent du *recorder* en bas.

– Quand le *recorder* vous a autorisé à battre les enfants, est-ce qu'il vous a indiqué la manière de le faire ?

– Oui.

– Est-ce que c'était en cour ?

– Oui, parce qu'il y avait une plainte envers un contremaître accusé d'avoir battu un enfant. Le *recorder* lui a dit qu'il n'avait pas le droit de frapper un enfant et qu'il ne devrait pas frapper un enfant. Je crois que le contremaître lui avait donné une claque dans la face. Le *recorder* lui a alors dit : " Vous ne devez pas frapper un enfant sur la tête ou dans la face, mais frappez-le sur les doigts avec une règle ou quelque chose du genre comme ils le font à l'école. "

– Quand cela s'est-il passé ?

– Ce devait être il y a quatre ou cinq ans, je pense.

– Quel était le nom du contremaître qui avait frappé l'enfant ?

– Je crois que c'était Ryan.

– Vous souvenez-vous s'il a été condamné par le *recorder* ?

– Je ne m'en souviens pas.

– Avez-vous déjà battu des apprentis vous-même, que ce soit des garçons ou des filles ?

– Oui.

– Pourriez-vous nous donner le nom d'une personne que vous avez battue ?

– Georgina Loiselle.

– Étiez-vous présent ce matin lorsque Mlle Georgina Loiselle a fait sa déposition ? Voulez-vous faire un témoignage qui contredirait ce qu'elle a dit ?

– Non, je ne peux pas contredire ce qu'elle a dit parce qu'elle a dit la vérité. Je lui ai demandé de fabriquer cent cigares. C'était l'après-midi ou le matin, juste avant l'heure de repos et elle a dit qu'elle ne le ferait pas et elle m'a parlé d'une manière très impertinente. J'avais déjà eu pas mal de trouble avec cette jeune fille auparavant et lorsque j'ai rencontré sa mère, elle m'a demandé d'essayer de faire du mieux que je pouvais pour la corriger, de la façon dont je le voulais. La mère vivait seule et elle dépendait du travail de ses enfants. J'ai décidé de voir à ce que les enfants travaillent bien. Cette fois, j'ai donc pris cette jeune fille par le bras pour la faire asseoir. Elle résistait, alors je l'ai fait tourner sur elle-même pour essayer de la faire asseoir. Elle ne voulait toujours pas. J'ai pris un moule à cigares et j'ai essayé de l'asseoir sur mes genoux, mais elle était trop lourde et elle est tombée sur le plancher. Je l'ai tenue sur le plancher et je l'ai frappée sur le côté du dos avec le moule. Je lui ai demandé si elle ferait ce que je lui avais demandé et après deux ou trois coups, elle a répondu que oui. Elle s'est alors assise à la table et a roulé son paquet de cent cigares. Ensuite, elle est partie tranquillement. Elle n'a plus jamais perdu une heure et je crois qu'elle est très heureuse d'avoir reçu cette leçon parce qu'aujourd'hui, c'est une fille obéissante.

– Dans quelle position était-elle lorsque vous l'avez frappée ?

– Elle était assise par terre d'abord. Ensuite, elle s'est levée et j'ai essayé de l'asseoir sur son siège, mais elle ne voulait pas.

– Vous avez dit que vous aviez tenu cette fille par terre ?

– Oui. Je l'ai tenue comme cela, dit Fortier, esquissant le geste avec son bras et en mimant l'action, je l'ai coincée de cette façon.

– Croyez-vous qu'il s'agit là d'une façon décente de tenir une fille de dix-huit ans ?

– Quand elle est désobéissante et que c'est en présence de cinquante ou soixante autres filles, je crois que c'est la seule façon de donner une leçon à une employée qui le mérite. »

Un des commissaires chuchota quelque chose à l'oreille de Helbronner.

« M. Fortier, reprit Helbronner, un des commissaires ici présents voudrait savoir si vous seriez d'accord pour qu'une de vos filles soit placée dans cette position ?

– Si elle le mérite, oui.

– Par un étranger?

– Par une personne en qui j'ai confiance et à qui je l'aurais confiée. Cette fille m'a été confiée et je représente son père. C'est important pour vous de savoir que ces filles et ces garçons me sont confiés. Ils sont engagés par contrat d'apprentissage et, évidemment, en vertu de ce contrat, le père et la mère doivent nous aider autant que possible pour que ça marche.

– M. McGregor, votre gérant de fabrique, nous a dit hier qu'il existait une sorte de pièce, un genre d'espace fermé où les enfants étaient gardés sous verrous.

– Ils sont isolés dans cet endroit pour avoir commis un vol ou quelque délit de ce genre. Nous avons un système de vérification pour les apprentis et la plupart des hommes. Ils sont fouillés lorsqu'ils descendent. Parmi les cent hommes qui passent, il peut arriver que le dixième ait en sa possession des cigares qui ne sont pas à lui. Alors McGregor vient à l'atelier et appelle un de nous en disant: " Occupez-vous de celui-ci, je vais fouiller les autres, et emmenez-le à la station. " Alors, cet homme est placé dans cette pièce ou dans une autre.

– Saviez-vous que des enfants étaient restés dans ce trou noir de sept heures du matin jusqu'à midi ou même jusqu'à cinq heures?

– Je ne peux pas m'en souvenir.

– Est-ce que les parents considèrent votre établissement comme une espèce d'école de réforme ou encore comme un endroit qui mène à l'école de réforme?

– Oui. »

Helbronner en avait assez entendu. Non, il n'était pas nécessaire de prolonger les audiences. Cette usine avait des assises bien établies, des ventes partout au

Canada et ce Fortier contrôlait la majeure partie de ses employés, comme cette femme venue en compagnie de sa fille témoigner du fait que rien d'immoral ne se passait à la fabrique. L'existence même de cette fabrique était immorale, pensa-t-il, pas en vertu de la religion, mais de la dignité humaine.

On ajourna la séance assez tôt puisqu'on devait revenir en soirée écouter les travailleurs qui n'osaient pas s'absenter de leur travail le jour.

En sortant de l'hôtel de ville, Helbronner réalisa que les journées s'allongeaient un peu. Il était quatre heures trente de l'après-midi et le jour commençait seulement à décliner. Le journaliste décida de faire un détour à *La Presse* pour saluer ses collègues. Il héla un char à patins tiré par des chevaux et s'assit près de deux jeunes filles.

« Où allez-vous ? leur demanda-t-il.

– Nous allons voir le palais de glace au square Victoria. La *shop* ferme de bonne heure. Il n'y a presque pas d'ouvrage. On en profite.

– Dans quelle usine travaillez-vous ? »

Le mot « usine » sembla laisser les jeunes filles perplexes.

« Dans quelle *shop* ? reprit Helbronner pour se faire comprendre.

– La *shop* de Davis, on pose les étiquettes sur les cigares. C'est un juif. Le vicaire nous permet de travailler là à condition qu'on ne lui parle pas. On fait affaire avec les *foremen*. C'est tout.

– Et pourquoi ne devez-vous pas parler à des juifs ?

– Ils ne sont pas de la même religion que nous. Et puis, c'est pas le curé qui le dit, mais des commères : ç'a l'air qu'ils font des choses aux femmes et aux enfants.

– Ah bon ! Des choses aux femmes et aux enfants. Si vous posez les étiquettes, c'est que vous savez donc lire ?

– Oui, et écrire. On a étudié à l'école de la paroisse. »

Helbronner était toujours fasciné de constater qu'au Canada, les femmes étaient plus instruites que les hommes. En France, les hommes étaient deux ou trois fois plus nombreux que les femmes à savoir lire et écrire.

« Aimeriez-vous apprendre un métier ? » leur demanda Helbronner pendant que le cocher essayait de tirer vers lui une des bêtes récalcitrantes qui s'était embourbée dans un banc de neige.

« Un métier comme quoi ? demanda l'une d'elles. Domestique ? Vous cherchez une servante, peut-être ? Ça ne m'intéresse pas, je veux avoir mes soirées.

– Servante n'est pas vraiment un métier. Je veux dire maîtresse d'école ou apprendre la tenue de livres, la sténographie, la dactylographie ou la télégraphie, des métiers d'avenir. Ou encore l'économie domestique ou la couture, pour trouver un bon mari et bien éduquer vos enfants. »

Surprises d'entendre tous ces noms qu'elles ne connaissaient pas, les jeunes filles ouvrirent des yeux ahuris, mais froncèrent les sourcils lorsqu'elles entendirent le mot « couture ».

« Ah non ! rétorqua l'une d'elles. Nous avons assez de faire la couture le soir à la maison. Des heures de travail pour deux cents, merci. Dès qu'on arrive de la *shop*, la mère se met sur notre dos pour qu'on prenne sa place sur la machine à coudre pendant que les petits braillent après nous. J'aime encore mieux la fabrique de cigares. Quant à aller à l'école pour apprendre à tenir maison, c'est fou comme idée. Si j'avais le choix, je voudrais être vendeuse dans un grand magasin ou m'en aller dans les vieux pays et devenir chanteuse comme Emma Albani. Ou me trouver un bon mari. Toutes les autres affaires, il faut payer pour et on n'a pas les moyens. »

Helbronner réalisa qu'il avait manqué son arrêt et tira une corde reliée au pied du conducteur pour lui signifier d'arrêter.

« Excusez-moi, je dois descendre. »

Intriguée par sa politesse et son accent, l'une des filles lui demanda :

« Pourquoi vous parlez comme cela avec une voix pointue, faites-vous l'école au collège de garçons ?

– Non, répondit Helbronner en riant. Je suis français et je suis juif. »

Les deux filles se signèrent en entendant le mot « juif ». Un mot plus terrible que l'enfer. La communauté juive, selon certains politiciens et membres du clergé, représentait l'ennemi public numéro un.

Helbronner leur envoya la main en descendant du char à patins.

« On devra encore aller se confesser, soupira la première avec un regard désabusé.

– Et pourtant, il avait l'air si gentil avec ses grands mots en *i*. Qu'est-ce qu'ils pouvaient bien vouloir dire ? »

Au journal, les reporters qui couvraient la Commission se précipitèrent sur lui.

« Alors, comment avez-vous trouvé Fortier ? lui demanda-t-on.

– Vous savez bien que je ne peux pas faire de commentaires sur la Commission. Je l'ai promis au président. Mais si vous venez prendre un verre avec moi au restaurant Terrapin, je vous raconterai toutes sortes de choses qui ne seront pas pour publication. »

La plupart des journalistes présents prirent leur manteau et leur chapeau. Le chef de pupitre leur cria de revenir :

« On a encore une édition à sortir aujourd'hui, les gars, revenez !

– Oui, oui, répondit l'un d'eux. Le temps de prendre un verre. S'il y a une urgence, fais-nous chercher au restaurant Terrapin. »

Une fois assis au bar du restaurant, Helbronner s'informa d'abord du climat qui régnait dans la salle de rédaction. Comme il ne faisait pas partie de l'équipe régulière du journal, Helbronner n'avait pas à se soumettre aux directives du chef de nouvelles. Il était un chroniqueur indépendant. Et ça l'amusait toujours d'écouter les récriminations des journalistes.

« On nous force maintenant à écrire directement sur des dactylographes, marmonna l'un d'eux, je déteste cela. Quand on se trompe, il faut coller un petit bout de papier et réécrire par-dessus. Et le chef de pupitre ne laisse pas passer d'erreurs. Cela sauve du temps aux typographes, mais pas à nous, je peux te le dire. »

Helbronner trouva cela drôle. Il lui faudra sans doute apprendre lui aussi à écrire au dactylographe.

« Comment ça va se terminer toute cette Commission, M. Helbronner ? demanda un jeune journaliste.

– Je ne sais pas. Au début, j'étais confiant, mais c'est la guerre entre les Chevaliers du travail et moi. À

Toronto, ils m'ont accusé de vouloir faire taire les travailleurs. Je ne cherche qu'à tempérer les récriminations de chaque partie. On ne balaiera pas le système capitaliste d'un coup, tout de même. Ils veulent même produire leur propre rapport. Et le premier ministre ne semble plus s'intéresser à la Commission. Il aurait même hâte que ça se termine, vu l'attitude des hommes d'affaires qui commencent à trouver cela dérangeant. C'est la caisse du Parti conservateur qui en prend un coup.

– Alors, ça ne va pas amener de changements ?

– Le rapport ou les rapports vont sans doute s'empiler sur une tablette pendant des années. Je ne sais pas si je vais vivre assez longtemps pour voir changer les lois sur le travail.

– Est-ce que c'est la politique nationaliste de Macdonald qui est en cause ? demanda le plus jeune des journalistes.

– Je crois que sa politique, qui a pour but de permettre au Canada de s'autosuffire, est une bonne chose. Produire ici pour contrer les importations américaines devrait aider à former un pays fort dans notre Confédération, mais quand la production passe par l'exploitation des travailleurs, ça risque plutôt d'affaiblir le pays à long terme.

– Ma cousine qui travaille dans une manufacture de vêtements voudrait savoir si on va recommander d'augmenter leurs gages. Elle gagne deux fois moins que son mari et fait le même ouvrage.

– Ironiquement, ce qui semble préoccuper plusieurs membres, c'est surtout la question de savoir si les femmes ont des toilettes séparées de celles des hommes et si leur travail ne nuit pas à leur moralité. En fait, on ne parle pas des gages des femmes. Moi, je crois que si le mari gagnait un bon salaire, la femme pourrait rester dans son foyer pour éduquer ses enfants, qu'elle-même devrait aller à l'école pour bien s'occuper de sa famille.

– Mais pourquoi les femmes devraient-elles aller à l'école pour se marier ? C'est absurde, rétorqua un gars dans la quarantaine qui n'avait pas encore parlé.

– Les bourgeoises sont instruites et elles s'occupent bien de leurs enfants. En plus, l'instruction permet aux jeunes filles de travailler pour aider leurs familles avant de se marier. D'ailleurs, ces années-ci, les filles se marient de plus en plus tard justement parce qu'elles n'en ont pas les moyens. Dans la bonne société protestante anglaise, il y a déjà quelques femmes qui fréquentent l'Université McGill. Pour les jeunes Canadiennes françaises, les écoles ménagères comme celle de Roberval sont un début de solution. »

La conversation fut interrompue par l'arrivée d'un jeune commis à la rédaction.

« Le chef de pupitre vous fait dire que si vous ne rentrez pas écrire vos textes tout de suite, vous allez manquer le *dead line* et que le *prote* va tous vous crucifier. »

CHAPITRE IV

Pour la première fois depuis son arrivée à la fabrique, Jos entendit du bruit dans le corridor menant à la petite pièce. C'est la Commission, se dit-il, effrayé et heureux à la fois. Ils viennent pour me rencontrer. Que vais-je leur dire? La vérité. Non, si je parle, on va être clairés, le père et moi. Mon Dieu, que faire? se demandait Jos, tout énervé à l'idée de rencontrer ces personnes.

Rudolphe leur avait lu les articles de *La Presse* rapportant les témoignages des enfants qui avaient travaillé chez Fortier. Ils parlaient de choses terribles comme le trou noir. Jos était passé une fois sous l'escalier et en avait vu la porte. Cela avait suffi à le faire frémir. Il pouvait se montrer courageux parfois mais, pour une raison inconnue, le noir l'effrayait terriblement. Il préférait ne pas boire de la soirée plutôt que de risquer d'aller uriner dans la fosse d'aisances située derrière la maison de la veuve Girouard. C'était pire qu'à Sherbrooke. Plus noir encore et on entendait des voix et des soupirs tout près.

Sous l'effet d'un coup de pied, la porte s'ouvrit. C'était J. M. Fortier. Abasourdi, Jos leva la tête. Fortier n'était jamais entré dans ce réduit. Derrière lui se tenait un homme en uniforme. « Jos, tu ne m'avais pas dit que tu avais un contrat à Sherbrooke avec Nutter et Webster », lui lança Fortier en le toisant de haut.

Aucun mot ne pouvait sortir de la bouche de Jos. Il se mit à se gratter la tête, imaginant un instant sauter par la fenêtre pour se sauver. Que lui arriverait-il ?

Fortier prit le paquet de cigares que Jos venait de terminer, les examina et les donna au gendarme.

« J'ai déjà assez de trouble avec la Commission, emmenez-le. C'est malheureux, ajouta-t-il, il roulait assez bien. »

Le gendarme ne bougeait pas. Il regardait les cigares qui restaient sur la table. Au moins une centaine. Fortier les prit et les remit au policier.

« Autre chose ?

– Oui, M. Nutter a payé mon billet de train pour venir à Montréal. Mais pour retourner, je ne sais pas. Le garçon a-t-il les moyens de payer son voyage ? »

Jos avait renoncé à se sauver, espérant ainsi épargner son père. Mais Fortier avait déjà une idée en tête.

« Vas-y », dit-il à Jos, le gratifiant d'une taloche.

Puis il se tourna vers le gendarme : « Montez au bureau du gérant, il vous donnera l'argent du retour pour vous et pour le garçon. Je retiendrai le montant sur les paies de son père. »

Finies les balades en char à patins, fini le carnaval, finies les lectures de Rudolphe, fini le rêve de posséder des raquettes ou des patins.

En traversant la salle de confection, menottes aux poings comme un criminel, Jos passa devant Stanislas. Son père, occupé à emballer des cigares au fond de la pièce, leva les yeux lorsqu'il entendit les murmures des autres travailleurs, mais les baissa aussitôt, impuissant.

Fortier fermait la marche derrière Jos et le gendarme. Irrité par les chuchotements des travailleurs, Fortier s'arrêta et tira Jos par une oreille.

« Voilà ce qui arrive à ceux qui essaient de me jouer, lança-t-il en direction des ouvriers. Jos s'est sauvé de Sherbrooke, où il avait un contrat dans une autre *shop*. Dans la vie, les serviteurs doivent obéir aux maîtres. Tâchez de vous en rappeler. »

Stanislas regarda partir Jos après l'avoir discrètement salué du regard. Il avait d'abord cru que Jos s'était fait pincer à voler, ce qui l'aurait déçu. Lui, si habile à faire des provisions à la face même du contremaître sans qu'on le soupçonne. Apprendre que Jos avait déserté le remplissait de fierté. Stanislas n'envia toutefois pas le sort de son jeune ami. Jos lui avait confié qu'il était plus heureux dans la grande ville, qu'il haïssait sa mère et que la seule idée de retourner à Sherbrooke le rendait malade. Si Jos était resté à Montréal, il aurait pu faire comme lui, essayer d'entrer chez H. Jacob, où les cinquante rouleurs faisaient tous partie de l'union. Les étiquettes bleues marquées « Union » sur les bagues des cigares le confirmaient. Jacob traitait mieux les ouvriers. Stanislas rêvait de travailler dans cette fabrique depuis longtemps, mais il devrait attendre encore un peu parce que Jacob n'embauchait pas d'enfants ni d'apprentis. C'était contre ses principes.

Le voyage de retour s'effectua dans le désespoir pour Jos. La honte qu'il avait ressentie lui laissait un goût amer dans la bouche. D'abord, il avait dû comparaître devant le *recorder*, qui était en quelque sorte un juge chargé de veiller à l'application de la Loi sur les maîtres et les serviteurs. Inflexible devant les arguments de Jos, qui lui affirmait pourtant qu'il gagnait mieux sa vie ici et qu'il voulait rester avec son père, le *recorder* l'avait semoncé avant de le confier au gendarme pour qu'il le ramène chez lui. Ce n'est qu'avant d'entrer dans la gare que le gendarme avait libéré le garçon de ses menottes. Jos fut alors soulagé de ne plus sentir sur lui les regards accusateurs des passants ni entendre ces cris moqueurs dans la rue: « Voleur, voleur, le bon Dieu t'a puni. Ha! Ha! Ha! »

Comment sa mère le recevrait-il? Il devrait lui donner tout l'argent qu'il avait réussi à économiser: au moins quatre dollars. Non, pensa Jos, je ne les lui donnerai pas. En se rendant au cabinet de la gare, Jos enfila l'argent au fond de sa chaussure. Son père, qui lui avait acheté de nouvelles bottines la semaine précédente, les avait choisies beaucoup trop grandes pour qu'elles durent plus longtemps. Jos trouvait cela bien agréable parce qu'habituellement, les chaussures qu'il portait étaient trop petites. Usées successivement par trois de ses frères, elles lui arrivaient souvent après que sa propre pointure eut dépassé celle des savates. L'espace au bout de la bottine lui permit d'y nicher facilement les pièces de monnaie enroulées dans un mouchoir.

Puis, une fois à bord du train, pour le plaisir, il s'assit sur ce siège muni d'un trou et se soulagea en paix, ne craignant ni le noir de la fosse d'aisances ni l'odeur qui l'incommodait habituellement. Jos adorait les cabinets de toilette. Un jour, se dit-il, j'aurai une maison avec un cabinet de toilette.

Arrivés à Sherbrooke, le gendarme et Jos prirent le chemin de l'usine même s'il faisait nuit. Le contremaître attendait Jos.

« Tu crois qu'on peut se sauver si facilement quand on a un contrat ? Eh bien, tu vas voir que tu te trompes ! Je veux te voir ici demain à l'aube. Les prochains dix mille cigares que tu fabriqueras serviront à payer ton amende. Ensuite, comme nos patrons sont généreux, tu toucheras ton salaire habituel. »

Si atterré qu'il fût, Jos ne broncha pas quand le contremaître lui débita ses remontrances sur la fidélité des serviteurs vis-à-vis des maîtres. Jos se concentra assez profondément pour ne plus l'entendre. Ses oreilles pouvaient ainsi se fermer au monde extérieur, sa tête et son esprit aussi. Il entra en lui-même comme dans les profondeurs de la terre et s'imagina au Champ-de-Mars avec Stanislas, qui riait en se laissant tirer par un char urbain. Mais les cris du contremaître étaient plus forts que la rêverie et Jos revint sur terre, devant cet individu qui se plaisait tant à l'humilier.

« Demain, tu demanderas pardon à M. Nutter. M. Webster est en voyage. Maintenant, disparais de ma vue », dit-il avant de lui laisser sur le visage la trace vermeille d'une gifle qui fit tourner Jos sur lui-même.

Jos se dirigea vers la petite maison où les cris, le froid et l'ennui l'attendaient. Avant Montréal, Jos n'avait jamais réalisé ce qu'était l'ennui, ce sentiment désœuvrant qui ne menait nulle part, cette envie d'être ailleurs. Jos avait connu mieux et désormais, se dit-il, il lui faudrait lutter pour reconquérir sa liberté.

« Où est ton père ? demanda la mère, visiblement peu surprise de voir arriver Jos à cette heure tardive.

– À Montréal. Fortier l'a gardé pour qu'il puisse payer le billet de retour du gendarme qui m'a ramené. Je ne sais pas s'il va continuer à travailler là encore longtemps. Il y a de l'ouvrage en masse, en tout cas.

Personne ne loafe chez Fortier. Il a reçu une grosse commande de l'Ouest.

– Comment c'est, Montréal ? demanda Catherine, qui se trouvait à la maison ce soir-là, ses grands yeux brillants de curiosité.

– Ouais, rajouta la mère, tiraillée entre sa mauvaise humeur naturelle et l'envie de satisfaire sa propre curiosité, comment c'est ? Et ton père, fait-il beaucoup d'argent ? Va-t-il boire ? As-tu été à la messe et te confesser, au moins ? »

Cette mère confite dans la religion catholique ne saurait jamais apprécier la beauté de Montréal. Elle était une de ces créatures qui s'imaginaient que trois *Je vous salue, Marie* chaque jour conféraient le droit de rendre les autres malheureux. Mais Jos n'avait plus rien à faire de sa mère. Un jour, bientôt, sa vie changerait et il n'y aurait plus de place pour Odile.

Il décida de garder pour lui les nombreux attraits de la métropole du Canada.

En attendant, sa mère tendait une main rugueuse vers lui.

« Je n'ai presque plus rien de ce que ton père a fait envoyer. As-tu de l'argent ?

– Non. Il ne m'en a pas donné.

– Mais toi, tu n'en as pas ?

– Non, mentit Jos. Il a fallu que je paie mon billet de train.

– Combien gagnais-tu par semaine ?

– Ça dépendait. À peu près comme ici. »

Un autre mensonge. Plus la discussion avançait, plus Jos crachait des faussetés sans remords ni honte.

La vérité, peut-être la dirait-il devant la Commission, mais pas ici.

Son grand-père se leva, prétextant qu'il était tard et qu'il devait se rendre à la fosse d'aisances. Jos eut une moue de dédain. Sa mère était intraitable là-dessus. Pas de pot de chambre avant que tout le monde ne soit couché. Avant cela, ils devaient tous se rendre au fond de la cour. En sortant, le grand-père fit un clin d'œil à Jos, qui le suivit.

« Qu'est-ce qu'ils ont dit, à la fabrique ?

– Que je devrai payer une amende et que demain, je demanderai pardon. »

Le grand-père toucha la joue enflée de Jos.

« C'est le contremaître qui t'a fait cela ? Ta mère s'en est aperçue et elle n'a rien dit. C'est normal, c'est elle qui a dit au curé que vous étiez chez Fortier. Il a aussitôt averti Nutter et Webster. Je ne sais pas pourquoi, d'ailleurs. Elle est bien moins haïssable depuis que ton père n'est plus là. Elle roucoule quand elle reçoit son enveloppe. Elle fait semblant de ne pas avoir assez d'argent, mais je crois que ce n'est pas vrai. As-tu entendu parler de la Commission quand tu étais à Montréal ?

– On ne parlait que de cela chez la veuve Girouard où je pensionnais. Dans les journaux, ils ont raconté tout ce que Fortier faisait aux enfants. Moi, j'étais correct parce que les contremaîtres faisaient attention. Ils m'avaient caché dans une chambre derrière. Je ne sais pas comment ça va être quand la Commission ne sera plus là.

– Tu sais, elle arrive ici bientôt. Il y a pas mal de gars des unions américaines qui sont ici. Du monde de Toronto, de Montréal, même de New York. Madeleine en a servi au magasin général. Je pense même qu'elle est en amour avec l'un d'eux. Ils veulent que les ouvriers aillent témoigner. Mais le problème avec ces gars-là, c'est qu'ils arrivent, promettent toutes sortes de choses et s'en retournent en vous laissant Gros-Jean comme devant quand ça tourne mal. Tant que tous les ouvriers de la fabrique ne seront pas membres de l'union, ils ne pourront rien faire, ils ont dit. Mais quand on perd sa *job* comme moi et tous tes frères pendant la grève de 1883, comment veux-tu qu'on fasse quelque chose après ?

– Pourquoi vous êtes pas retourné travailler ailleurs comme les autres après la grève de 1883 ?

– Parce que contrairement à tes frères, je n'ai pas prêté le serment disant que jamais je n'entrerais dans une union. De toute façon, ça n'aurait rien donné. Tu sais, c'est moi qui avais aidé les unionistes à organiser la grève. »

Jos ouvrit de grands yeux. Le grand-père était content de son effet.

« C'était l'année où on est arrivés à Sherbrooke. Tu dois t'en rappeler. Il y avait cette petite usine de cigares qui appartenait à Louis Fortier, aucune parenté avec l'autre de Montréal, du moins je ne pense pas. C'était juste en haut du magasin Gendron, près de la gare, sur la rue King. On a été engagés. Toute la famille. Pour des petites *jobs,* pas pour rouler. Moi, je me suis retrouvé gardien de nuit. Je devais surveiller les voleurs de tabac et chauffer le poêle pour pas que les feuilles gèlent dans les baquets. Un jour, au petit matin, je sortais de l'usine quand j'ai vu deux rouleurs qui marchaient en parlant de grève. Ils ne m'avaient pas vu. Quand ils ont sursauté, je leur ai dit de ne pas s'en faire, que j'étais pas un bavasseux. Là, ils m'ont dit qu'ils étaient membres en secret de la Union

Cigar Makers de New York. Ça a pas été long qui m'ont convaincu qu'il fallait faire la grève. Le gouvernement fédéral avait réduit la taxe d'accise sur les cigares. Les profits étaient bien plus élevés que le disait la compagnie. Les cigariers devaient avoir leur part. On pouvait demander un dollar de plus pour chaque mille cigares fabriqués. On exigeait aussi que le propriétaire reconnaisse l'union. Je savais même pas comment on faisait la grève. J'avais juste à convaincre les gars de ma famille de sortir, les autres suivraient, ils m'ont dit. C'est vrai que ça a pas été long. Deux jours après, les trente-six employés de la *factory* sortaient un beau matin. Pendant quelques jours, on a défilé devant l'usine, jurant qu'on ne reviendrait pas avant qu'on ne nous ait donné notre dollar d'augmentation par mille cigares. On n'est jamais revenus non plus. Tous mis dehors après une semaine de grève. Personne n'était pour les unionistes, comme ils nous appelaient. Le curé, le maire, tout le monde était contre nous. Le journal *Le Pionnier* nous faisait la morale, disant qu'on se croyait bien importants, mais que l'usine pourrait se passer de nous sans problème. C'est d'ailleurs ce qu'elle a fait. Ils ont su pour moi, je suis sur la *black list* des *shops.* C'est pour cela que je peux plus travailler.

– Moi, je vais aller témoigner devant la Commission. Les gars de l'usine Fortier à Montréal qui y sont allés n'ont pas perdu leur *job.* La Commission promettait de les protéger. Certains avaient peur pareil. Du *boss* ou de l'union. Ils étaient pris entre les deux. Ça fait qu'ils y allaient le soir en cachette et les patrons ne le savaient pas.

– Mon pauvre Jos, tu crois que tu es à l'abri, mais tu te trompes. On n'est pas à Montréal, ici. Tu ferais peut-être mieux d'oublier ça. Essaie de toffer encore un peu. Après, tu pourras aller à l'école du soir pour apprendre un métier.

– J'ai un métier. Je suis cigarier. D'après ce que dit Rudolphe, c'est un cigarier, Samuel Gompers, qui va changer le monde avec un grand regroupement d'unions : l'American Federation of Labor.

– Cette fédération-là n'existait pas pendant la grève de 1883.

– Non, elle a été fondée il y a deux ans.

– En tout cas, ça prend du courage pour aller témoigner. J'espère que tu n'auras pas à le payer trop cher.

– Ça ne me dérange pas. Je ne veux plus de cette vie-là. J'ai connu tellement mieux à Montréal... »

En un mois, Jos avait vieilli et s'était transformé. Le grand-père l'enviait. Cet enfant agirait. Il ferait ce que son propre père n'avait pas su faire. Et le grand-père gratta une fois de plus sa blessure d'amour-propre : Qu'est-ce que j'ai bien pu faire pour avoir une guenille pareille comme fils ?

Il avertit Jos qu'il devrait être discret. Si sa mère apprenait qu'il allait témoigner, elle serait capable de le dénoncer au curé. Et les patrons pourraient l'empêcher de parler.

Jos rentra se coucher. Au petit jour, il fut réveillé par Madeleine, qui marchait sur la pointe des pieds. Elle était revenue du magasin général à onze heures, après le nettoyage, mais elle était ressortie vers minuit, discrète comme la petite poulette grise, enjambant le corps du grand-père et passant devant la chambre de la mère sans que personne ne s'en rende compte.

Ce manège durait depuis quelque temps. Depuis que Thomas, l'Américain de New York qui rôdait au magasin général, était ici.

Madeleine luttait chaque jour contre cette passion qui la dévorait, n'osant pas s'en confesser. Avant d'aller dormir, elle décida de prier pour tenter d'échapper à cette servilité amoureuse qui augmentait de jour en jour. Sa passion la conduirait directement en enfer, pensa-t-elle quand l'aube grise pointa ce matin-là, mais elle n'y pouvait rien. Madeleine avait perdu le contrôle d'elle-même, elle ne se demandait même plus comment elle se sortirait de ce guêpier. Son regard se posa sur l'image de la Vierge, suspendue au mur. « Je vous salue, Marie », commença-t-elle, puis, après s'être interrompue devant le visage figé de la Madone, elle ajouta : « J'ai péché et je vais pécher encore. Je ne sais plus quand je vais m'arrêter de pécher. Il n'y a rien qui puisse m'arrêter. Et bientôt, je le sens, je vais commettre le pire des péchés. »

Les paroles que Thomas lui avait chuchotées résonnaient toujours dans sa tête.

« Je n'ai rien, mais je veux que tu viennes avec moi, qu'on voyage ensemble pour faire entrer les unions en Amérique. On se débrouillera.

– Une catholique n'abandonne pas sa famille.

– Bien d'autres le font. Ces jours-ci, les trains sont pleins de *French Canadians* qui courent vers les usines de Manchester.

– Oui, mais je ne peux pas laisser la mère. De toute façon, elle ne me laisserait pas partir. Elle compte sur moi. Elle a déjà assez peur que je me marie, parce qu'alors je ne pourrais plus lui donner mon argent.

– Toutes des histoires de curé, ça. C'est comme ça qu'ils vous tiennent. »

Quand Thomas critiquait sa religion, Madeleine se fâchait. Thomas ne pensait qu'à lui et n'avait que les unions en tête, mais il y avait dans son âme une sorte de perfidie qui attirait Madeleine. Les yeux bleus de l'Américain et son regard déterminé la faisaient frémir.

Soudainement révoltée, Madeleine arracha l'image de la Vierge et, en prenant soin de ne pas la briser, elle la posa par terre et la piétina une fois, deux fois, trois fois, puis elle la remit à sa place délicatement. Lorsqu'elle se retourna, elle vit Jos qui faisait semblant de dormir.

« Jos, Jos, lui dit-elle en le secouant, tu es revenu. Mon Dieu, Jos, que je suis contente de te voir ! »

Jos sentit tout de suite un changement dans le regard de Madeleine. À la fois tristes et passionnés, ses yeux s'ornaient maintenant d'un cerne bleu.

« Tu as l'air tellement fatigué, Madeleine, tu travailles trop au magasin.

– Non, Jos, je ne travaille pas trop au magasin. Enfin, oui, on travaille toujours trop dans ce magasin, mais ce n'est pas cela.

– Tu as un amoureux. Grand-père me l'a dit.

– Ah non, dis-moi pas qu'il le sait !

– Énerve-toi pas, il le dira pas à la mère. C'est vrai que c'est un gars de l'union ?

– Oui, c'est un gars de l'union. Sans argent, sans *job*. Des idées puis des histoires, c'est tout ce qu'il a à offrir, mais je l'aime.

– Qu'est-ce que tu vas faire ?

– Rien, Jos, je vais rien faire. J'essaie de prier.

– Pourquoi on part pas avec lui, Madeleine, pourquoi on s'en va pas d'ici ?

– Commence pas, toi aussi, avec ces histoires-là. On part pas. On reste ici ou on part avec toute la famille. Il y a assez du père qui n'est plus là. Bon, il nous reste juste une heure pour dormir. Tu me parleras de Montréal demain. »

Mais le matin, il n'y eut pas de temps pour parler ni de Montréal ni d'autre chose. Mêmes cris, même froid, mêmes recommandations de la mère.

« Perdez pas votre temps à l'usine. Dépêchez-vous pour ne pas être en retard. »

Soudain, comme si elle venait juste de réaliser que Jos était revenu, la mère lui jeta un sandwich enveloppé dans du papier.

« Tiens, puis fais ce qu'on te dit là-bas. Arrange-toi pas pour qu'ils te mettent dehors après tout ça. »

Et, plus doucement, elle lui dit :

« T'es sûr que t'as pas un peu d'argent ?

– Non, je vous l'ai déjà dit. »

Retrouvant sa mauvaise humeur, elle le poussa dehors. Tout au long du trajet le conduisant à la fabrique, Jos se demanda ce qui l'attendait là-bas. Le pire l'attendait là-bas.

D'abord, Jos eut à demander pardon à M. Nutter, le maître, qui le menaça de le faire mettre en prison la prochaine fois. Fidèle à lui-même, Jos ne répondit rien. Mais son calvaire ne faisait que commencer. Il roula dix cigares qui lui furent enlevés. Il en roula dix autres, qui furent examinés et placés dans une boîte grande comme une caisse à beurre.

« Quand elle sera pleine, tu auras payé ton amende, lui dit le contremaître. Tu vas apprendre que la loi, c'est pour tout le monde.

– Je ne travaillerai pas toute ma vie pour rien », lança Jos, un nouveau Jos que personne dans l'usine ne connaissait. Alphonse Fournier leva les yeux et lui sourit. Hubert, son voisin de banc, lui exprima sa sympathie d'un coup d'œil, mais, mauvais coup du sort. M. Nutter se trouvait près de Jos lorsqu'il fit sa déclaration, première révélation de la révolte enfouie depuis des années dans son âme.

Alors que les autres baissaient déjà les yeux sur leur travail, guettant du coin de l'œil ce qu'il adviendrait de leur camarade, Jos reçut un coup de pied dans le dos qui le fit basculer par-dessus le banc. Hubert, pendant ce temps, tentait de sauver les cigares et le tabac.

« Tu vas travailler quand on va te dire de travailler », vociféra le patron en s'adressant à Jos, qui ne saisissait pas un mot tellement l'autre criait. Le contremaître, comme un perroquet, répétait en français ce que disait Nutter. Cette situation se produisait souvent. Les maîtres ne parlaient pas le français, si bien que pour s'assurer que tout le monde comprenait, le contremaître marchait à côté du maître et traduisait ses paroles au fur et à mesure, ce qui donnait souvent lieu à des scènes ridicules.

Jos se releva. Le coup l'avait atteint dans le bas du dos. Il s'était cogné la tête contre la petite table et il saignait au front. Hubert l'aida à se relever. « Tu peux t'en aller », dit le contremaître qui eut peur que quelqu'un aille chercher la police. Mais Jos fit signe que non de la tête et il se remit au travail. Les cigares s'empilèrent dans l'immense boîte.

Quand la cloche fit entendre son mugissement animal, Jos se leva comme les autres et sortit. Il avait mal au dos et à la tête, mais il pouvait marcher sans trop de problèmes. Alphonse Fournier le rejoignit en courant dans la rue.

« Jos, comment ça va ? » C'était la première fois qu'Alphonse lui parlait. Alphonse était un rebelle lui aussi. Jos se souvenait parfaitement de la fessée qu'on lui avait donnée deux mois auparavant.

« Un bel accueil. Malgré tout ce que le monde dit de Fortier, j'étais bien mieux traité là-bas, je peux te le dire.

– C'est peut-être à cause de la Commission.

– Peut-être, mais j'étais bien mieux là-bas.

– Les maîtres m'ont offert cinquante cents par semaine de plus si je vais dire devant la Commission qu'ils nous traitent bien. Mais il y a un gars de l'American Federation of Labor, une grosse fédération américaine, qui nous dit qu'il faut y aller et dire ce qu'on sait. Ils veulent qu'on rentre dans l'union. Penses-tu que ça peut se faire, toi ? Pas moi. Les curés sont contre, puis on les connaît pas, ces gars-là. En plus, il faut qu'on paie pour être là-dedans. On gagne déjà pas assez cher. Mais j'irai pas témoigner. Ni pour les maîtres ni pour les unions. Vas-y, toi, on a bien vu que t'avais pas peur. Dans ton cas, ça peut pas être pire que c'est maintenant. Puis ça peut nous aider.

– J'avais déjà décidé d'y aller. Mais il faut que personne le sache avant. Ma mère ou les maîtres, ils pourraient m'empêcher de parler.

– Promis. »

Jos qui, maintenant, n'avait plus peur de faire ce qu'il voulait, décida de s'arrêter au magasin général. Peut-être Madeleine pourrait-elle lui chaparder un bonbon, la seule chose agréable qu'il pouvait espérer avoir depuis son retour. Un bonbon rayé rouge et blanc, comme cela serait bon, un petit baume sur la plaie qui lui rongeait l'âme.

Madeleine était occupée à ranger des sacs de farine. Dans le coin près du poêle à bois, un jeune homme blond discutait avec un employé de la Paton en jetant des regards en direction de Madeleine. Son accent était différent de celui des maîtres et Jos essayait de saisir ce qu'il disait. En apercevant Jos avec son front enflé et sa démarche boitillante, Madeleine sourcilla. Elle avait deviné ce qui s'était passé. Elle l'amena devant Thomas, qui lui posa toutes sortes de questions. C'était l'employé de la Paton qui traduisait. Oui, Jos irait témoigner pour raconter tout ce qu'il lui était arrivé. Oui, il voulait de meilleures conditions de travail. Oui, il voulait un meilleur salaire. Mais Jos avait onze ans et ce qu'il voulait d'abord, c'était un bonbon rayé rouge et blanc. L'Américain lui en offrit un. Retournée à ses sacs de farine, Madeleine continuait de regarder Thomas avec amour lorsque Jos s'en alla en faisant retentir la clochette de la porte.

Une fois qu'il aurait convaincu le plus de gens possible de témoigner en faveur des unions, Thomas reprendrait la route. Elle ne le verrait plus. Qu'adviendrait-il alors de ce désir qui lui brûlait les entrailles chaque fois que Thomas posait les yeux sur elle ? S'il n'était plus là, cette passion disparaîtrait-elle d'elle-même ? se demandait Madeleine. Non, soupira-t-elle, ce douloureux mal ne la quitterait pas tant qu'elle n'aurait pas succombé à la tentation. Après, se dit-elle, j'aurai bien le temps d'expier. Personne ne le saura. Je ne me marierai pas. Je ne veux pas d'autres hommes. Je garderai son souvenir en moi comme on garde un secret inavouable.

Et ce soir-là, à la faveur de la nuit, Madeleine ne résista plus à ses pulsions. Au lieu de rentrer à la maison pour en ressortir une heure après, comme elle le faisait depuis quelques semaines, elle fila tout droit à l'auberge située près de la gare. Un feu brûlait en elle.

Après s'être couvert le bas du visage avec son foulard de laine, elle attendit qu'un inconnu se présente à la porte de l'auberge.

« Auriez-vous l'obligeance de dire à mon mari que je l'attends dehors ? »

Par la fenêtre, elle lui indiqua Thomas. D'abord surpris, l'Américain entraîna Madeleine dans l'arrière-cour. De là, ils gravirent un escalier étroit qui menait au grenier de l'auberge. Une fois arrivés dans la chambrette qui servait habituellement à loger les domestiques, ils mirent du papier et un peu de bois sec dans le petit poêle. Le froid n'avait pas tiédi les ardeurs de Madeleine, qui s'assit sur le bord du lit. Silencieux, Thomas se pencha sur elle et commença à défaire son chignon.

« Que veux-tu ? demanda-t-il.

– Je ne sais pas.

– Je pars bientôt.

– Je sais. »

Madeleine resta silencieuse. Entre les bras de Thomas, elle se laissa aller au plaisir d'un baiser, puis d'une caresse qui se faisait de plus en plus audacieuse, là sous la jarretelle, puis dans la culotte bouffante. Son sexe appelait le plaisir lorsque enfin Thomas y enfouit sa main. La culpabilité l'avait quittée et Madeleine se demanda un instant si ce n'était pas cela, l'état de grâce. Puis, tout à coup, la joie se transforma en douleur. Une porte qu'on force et qui ne veut pas s'ouvrir. L'hymen céda enfin et c'est dans une amère coulée de sang que Thomas lui dit pour la dernière fois qu'il l'aimait. Madeleine avait mal. Comme si Thomas l'avait brisée de l'intérieur pour la posséder. Elle ne dit rien, ramassa ses affaires et s'en alla. À quoi bon rester, puisqu'il n'y avait pas d'avenir avec Thomas ? Il n'y avait qu'un passé qu'elle s'apprêtait à porter comme une croix.

Thomas la regarda partir, puis se tourna vers le mur et se mit à pleurer dans la petite chambre.

Il ne lui avait pas redemandé de partir avec lui, il ne lui avait pas non plus promis qu'il reviendrait la chercher. Tout ce qu'il pourrait faire serait de la rendre malheureuse. Thomas n'avait pas de temps pour une femme. Il sécha ses larmes et fit ses bagages. Se revoir les ferait trop souffrir tous les deux. Le lendemain, il reprit le train. Ce n'était pas son premier amour de passage et ce ne serait pas non plus son dernier. Thomas était trop dévoué à la cause des ouvriers pour s'attarder au sort des femmes qu'il laissait derrière lui.

Chapitre V

Après une longue journée de travail, Jos remontait la rue Meadow lorsqu'il vit des voyageurs descendre d'un coche en provenance de la gare. Ils entrèrent les uns à la suite des autres à l'hôtel Grand Central, rue Wellington. Le soleil d'avril se couchait en douceur. Les rues étaient boueuses et les messieurs qui portaient des redingotes en soulevaient les pans afin d'éviter qu'ils soient souillés par la gadoue.

Jos suivait des yeux le cortège des hommes bien habillés qui transportaient de gros sacs de cuir. Il fut frappé par l'un d'entre eux. L'homme, qui devait être un peu plus âgé que le père de Jos, s'exprimait en français ou en anglais selon la personne à qui il s'adressait. Son binocle porté dignement, sa belle barbe poivre et sel et son air calme inspiraient la sympathie. Jos lui offrit de porter son sac.

« Merci », lui dit le journaliste en lui donnant une pièce d'une cent.

« Donne-moi ça et déguerpis ! » lança un des porteurs de l'hôtel en prenant le sac des mains de Jos avant qu'il ne franchisse la porte.

Jos était déçu, il croyait avoir trouvé un moyen de pénétrer dans cet immeuble qui l'intriguait tant. Avant que la porte ne se referme devant lui, il eut juste le temps d'entendre une voix qui déclarait : « Bienvenue, chers messieurs de la Commission. » S'agissait-il de la fameuse Commission ?

On était le 20 avril. Jos sortit de sa poche la lettre indiquant qu'il devait comparaître le 23. C'était Thomas qui avait fait expédier cette lettre. Les maîtres n'avaient pas le choix. Lorsqu'un travailleur était appelé, il devait se présenter et l'employeur ne pouvait lui infliger aucune pénalité. Recommander que Jos comparaisse, c'était le dernier geste que Thomas avait fait avant de s'en aller pour de bon, laissant Madeleine dans un état de désespoir qu'elle tentait de dissimuler du mieux qu'elle le pouvait. Plus blême que la craie, Madeleine se levait précipitamment chaque matin et courait vers la fosse d'aisances, dont elle revenait épuisée. Parfois, même la nuit, elle sortait en courant, refusant d'utiliser le pot de chambre, et elle revenait, imprégnée d'une odeur de vomi, se recoucher en implorant la Vierge.

« Tu es malade, lui disait Jos, il faut faire quelque chose.

– Mais non, je ne suis pas malade, Jos, laisse-moi tranquille. Et surtout, ne dis rien à la mère.

– Pourquoi ?

– Ça va l'inquiéter pour rien. »

Et Jos se rendormait. Mais la nuit qui précéda sa comparution, il était trop excité. Gare à vous, messieurs Webster et Nutter, songeait-il, tout le monde à présent va savoir ce qui se passe dans l'usine et ça va faire parler comme à Montréal. Or Jos se trompait. S'il avait pu lire les journaux de Sherbrooke, il aurait su que ni *Le Progrès* ni *Le Pionnier* ne faisaient mention de la Commission.

Levé tôt, Jos se réjouit de pouvoir sortir sans casquette ce matin-là et marcha allègrement vers l'hôtel de ville, où avaient lieu les audiences. Sa mère, qui ne savait toujours pas qu'il avait résolu de la défier, lui avait remis sa tartine de beurre comme à l'accoutumée. Il serait bien assez tôt demain pour voir venir les coups, pensa Jos, qui avait reçu tellement de taloches au cours des dernières semaines que plus rien ne l'affectait. Il rendrait tous ces coups un jour. Un par un, tranquillement. La liste était longue et Jos se demandait s'il aurait assez de toute sa vie pour se venger.

Sa mère ne pouvait lui faire du chantage comme elle le faisait à ses frères et sœurs. Le pouvoir moral qu'elle utilisait pour opprimer ses enfants, et spécialement Madeleine, n'avait plus de prise sur lui. Sa mère le détestait. Il n'y pouvait rien. Cela, il l'avait saisi et, sans comprendre beaucoup de choses de la vie, Jos se doutait que sa mère le haïssait parce qu'il était de trop.

Ce matin-là, en raccompagnant Catherine au couvent, Jos lui avait demandé de prier pour lui.

« Pourquoi, Jos ?

– Je ne peux pas le dire, c'est un secret, mais si tu veux prier pour moi, je serai très heureux. »

Et en lui-même, Jos se dit que si jamais on l'empêchait de parler ce matin, il ferait une fois pour toutes un trait sur Dieu et sur ses prétendus bienfaits.

Mais on ne l'empêcha pas de parler. Il dut passer près des maîtres Webster et Nutter pour aller témoigner. Il croisa même le maire francophone de Sherbrooke, Louis-Joseph Panneton, qui ne le vit même pas, et Andrew Paton, le grand patron de la Paton, la manufacture de laine où travaillaient ses frères.

Les membres de la Commission s'étaient tous présentés, mais Jos n'avait retenu qu'un nom, celui de Jules Helbronner. C'était le commissaire qui l'avait tant impressionné à l'hôtel Grand Central. Et justement ce fut lui qui posa la première question.

« Quel âge as-tu ?

– Onze ans.

– Depuis quand travailles-tu à la fabrique de cigares ?

– Deux ans et demi.

– As-tu été engagé par contrat ?

– Oui, monsieur.

– Est-ce que c'est ton père qui a signé le contrat ?

– Oui, monsieur.

– Est-ce que ton père est présent aujourd'hui ?

– Non, il est à Montréal.

– Quand est-ce qu'il est parti pour Montréal ?

– Il y a deux mois.

– Accompagnais-tu ton père à Montréal lorsqu'il est parti ?

– Oui, monsieur.

– Qu'est-ce qui est arrivé quand tu as accompagné ton père à Montréal ? Peux-tu dire à la Commission ce qui s'est passé là-bas ?

– On était partis d'ici parce que les salaires n'étaient pas assez élevés. Les maîtres avaient promis de me donner deux dollars la deuxième année. Mon père m'a dit que c'était dans l'entente qu'il avait signée.

– Et combien gagnais-tu par semaine ?

– Je travaillais à la *job.* Des fois, ils me payaient quatre-vingt-dix cents, des fois un dollar, des fois un dollar quatre-vingts. Mais avant que je parte pour Montréal, ils m'ont demandé quinze cents au lieu de me payer.

– Pour quelle raison ? Parce qu'ils vous imposent des amendes ou parce que tu n'avais pas assez travaillé pour gagner plus ?

– On travaille assez, ce n'est pas cela. Mais ils nous font payer des amendes pour le tabac. Ils nous accusent de gaspiller le tabac.

– Quand vous avez des amendes, est-ce que vous êtes avertis avant ?

– Oui, ils nous le disent avant, mais je ne sais pas assez bien compter pour savoir quel sera le montant à la fin de la semaine.

– Pourquoi es-tu revenu de Montréal ?

– Ils ont envoyé un policier pour me ramener.

– Un policier de Sherbrooke ?

– Oui.

– Est-ce que tu as été amené devant le *recorder* à Montréal ?

– Oui, le policier m'a amené là. Je travaillais chez J. M. Fortier, à Montréal.

– Alors, tu es revenu ici.

– Oui, monsieur.

– Est-ce que tu travailles toujours dans la même usine de cigares ?

– Oui, monsieur.

– Combien gagnes-tu maintenant ?

– Maintenant que j'ai fini de payer mon amende, je gagne un dollar, un dollar dix, des fois un dollar quarante.

– Où ton contrat a-t-il été signé ?

– Chez le notaire Archambault, ici, à Sherbrooke.

– Et est-ce qu'on t'accuse encore de gaspiller du tabac ?

– Oui, et puis j'ai été battu, répondit Jos, qui n'avait pas encore trouvé l'occasion de le dire. J'ai été battu d'abord par le contremaître puis par le maître. Il y a deux maîtres, mais je veux parler de Charles Nutter. C'est lui qui m'a frappé dans le dos...

– Avec quoi ?

– Avec son pied. Je suis passé par-dessus le banc et je me suis blessé au front. J'ai eu mal à la tête et au cœur pendant deux jours.

– Pourquoi as-tu été battu ?

– J'ai protesté parce qu'on m'enlevait mes cigares. J'avais déjà été battu aussi avant que je parte pour Montréal.

– Et pourquoi, cette fois ?

– Je jouais dans le corridor quand le maître est passé ; il m'a donné un coup de pied pour me tasser.

– Est-ce que tu as déjà vu d'autres enfants se faire battre ?

– Oui, quelques-uns, surtout par le contremaître.

– En as-tu entendu pleurer ?

– Oui, une fois.

– Combien gagnais-tu lorsque tu étais à Montréal ?

– Je gagnais parfois quatre dollars, parfois deux dollars vingt-cinq. Mais quand j'ai gagné deux dollars, c'était parce que je n'avais pas travaillé une semaine complète.

– Combien de temps es-tu resté à Montréal ?

– À peu près un mois.

– Pendant combien de jours as-tu travaillé durant le mois que tu as passé là-bas ?

– J'ai travaillé pendant environ vingt-huit jours.

– Et combien as-tu gagné pendant ces vingt-huit jours ?

– J'ai gagné à peu près huit dollars quatre-vingts.

– As-tu eu des amendes là-bas ?

– Non, aucune.

– Est-ce que tu gaspillais du tabac, là-bas ?

– Oui, mais ils ne me faisaient pas payer d'amende pour cela.

– Est-ce que tu penses que tu gaspillais moins de tabac là-bas ?

– Non. »

Pour conclure, on demanda à Jos s'il avait quelque chose à ajouter.

Cherchant dans sa tête une phrase qui resterait marquée dans la mémoire des commissaires, Jos lança : « Oui, on nous traite comme des chevaux dans cette fabrique. »

Et Jos se retira assez fier de lui-même. Il rentra à l'usine et, défiant le contremaître du regard, il s'assit à son banc et se mit à rouler ses cigares, prenant plaisir à palper le tabac humide.

Quand la cloche sonna pour le déjeuner, Jos sortit, suivi d'Alphonse Fournier.

« Et puis, comment ça s'est passé ?

– Je crois qu'ils ont compris comment c'était terrible de travailler ici.

– Qu'est-ce qui va arriver, maintenant ?

– Je ne sais pas. Peut-être qu'ils vont fermer la fabrique. Peut-être qu'ils vont mettre les maîtres en prison.

– Ah ! ce serait trop beau. Les maîtres en prison. »

Le soleil d'avril et les arbres pressés de sortir de leur hibernation remplissaient l'air d'un espoir à la fois irréaliste et débridé. Jos avait perdu la maîtrise de ses émotions et, sa tartine avalée, il se mit à courir partout pendant qu'Alphonse restait assis le long de la voie ferrée, espérant apercevoir une locomotive et des wagons, mais ce n'était pas le bon moment. Assis au soleil, il mangea sa tartine. Bien vite, la cloche les ramena à la réalité.

Ils rentrèrent en courant à la fabrique.

Après le témoignage de Jos, Helbronner emprunta la rue Frontenac et remonta vers le nord. Dans la rue Queen, il observa de majestueuses maisons de style victorien qui devaient appartenir à la bourgeoisie anglophone. En face, le Champ-de-Mars, avec un terrain de cricket encore jauni, mais qui devait être bien agréable en été. Les belles demeures se laissaient facilement voir à travers les branches squelettiques des érables à Giguère. L'autre moitié du monde, se dit-il. Puis il descendit Commercial Street pour aller rejoindre deux autres membres de la Commission à l'hôtel Magog, où ils prendraient leur déjeuner. Après, les commissaires interrogeraient un des propriétaires de la Queen Cigar Factory, Charles Nutter.

Lorsque celui-ci entra dans la salle, il affichait un air distrait, fronçant les sourcils pour bien signifier qu'on lui faisait perdre son temps.

C'est le commissaire Heakes, de Toronto, qui entreprit l'interrogatoire.

« Est-ce que vous avez apporté le relevé des amendes imposées dans votre fabrique l'été dernier ? Vous savez, celles imposées pour la perte des feuilles d'emballage et de remplissage ?

– Selon le contremaître, nous avons perçu pour un dollar cinquante d'amendes. C'est le contremaître qui s'occupe de cela. Les amendes ont été imposées à des journaliers pour avoir quitté leur siège, pour avoir perdu du temps ou pour avoir joué dans la fabrique. »

Pendant plus de vingt minutes, Nutter esquiva les questions, donnant de longues explications pour se dédouaner au sujet des amendes qu'on soupçonnait d'être beaucoup plus élevées qu'il ne voulait l'admettre.

Pour sa part, Jules Helbronner voulait en savoir plus sur le travail des enfants.

« Est-ce qu'il y a des hommes qui font le même travail que les enfants dans votre fabrique ?

– Oui.

– Les rouleurs de cigares qui font le même travail que les enfants ont-ils des amendes lorsqu'il leur manque des feuilles de tabac ?

– Quand ils gagnent le même salaire, ils paient les mêmes amendes.

– Est-ce qu'ils travaillent à la pièce ?

– Oui, ils travaillent à la pièce.

– Lorsque vous embauchez un apprenti, croyez-vous que vous embauchez un homme qui connaît son métier ?

– Non.

– Donc, vous croyez qu'il est juste d'imposer à un enfant la même amende qu'à un homme qui connaît son métier et qui le pratique depuis longtemps ?

– Nous ne lui donnons pas d'amende au début. On lui donne des amendes seulement lorsqu'il sait faire son travail.

– Vous prenez les enfants en apprentissage pendant trois ans ?

– Oui.

– Et pendant ces trois ans, vous leur imposez des amendes comme vous le faites avec les cigariers d'expérience ?

– Pas avant qu'ils ne travaillent à la pièce.

– Alors, dans votre fabrique, l'apprenti a les mêmes amendes que les hommes d'expérience ?

– Oui, quand il travaille à la pièce.

– Mais est-ce que les apprentis reçoivent les mêmes gages que les hommes ?

– Ils ne sont pas payés autant parce qu'ils ne font pas autant de travail.

– Mais pourquoi signez-vous un contrat avec ces garçons pour en changer les règles alors que le contrat est toujours en cours ?

– Nous faisons cela parce que c'est mieux pour nous, et surtout pour les garçons. Ils gagnent plus ainsi. »

Le président de la Commission intervint à son tour.

« Connaissez-vous l'âge minimal prévu par la loi pour embaucher un enfant ?

– Non. »

Des murmures se firent entendre parmi les commissaires.

« Il serait peut-être bon de vous informer. Savez-vous qu'il existe depuis 1885 une Loi sur les manufactures passée par la législation de la province de Québec réglementant les gages et les heures de travail des enfants et des femmes ?

– Je n'ai jamais entendu parler d'une telle loi.

– Elle pourrait être vraiment appliquée bientôt et comme vous êtes responsable de ces enfants, vous devriez vous donner la peine de vous tenir au courant. »

Les questions des autres commissaires à propos des amendes se poursuivirent quelque temps, assez longtemps pour les amener à la conclusion que ce régime d'amendes était une aberration. Pour une fois, les membres de la Commission étaient unanimes.

La séance fut levée et ne reprit que le lendemain.

Chapitre VI

Quand il rentra chez lui ce soir-là, Jos devina que sa mère savait. Elle avait compris que Jos n'était plus sous sa coupe et que le régime de terreur achevait. Ce qu'espérait maintenant Odile, c'était que Jos disparaisse de sa vie le plus tôt possible pour ne pas entraîner ses frères et sœurs dans cette insubordination qui en ferait tous, selon elle, des bons à rien.

À quoi cela servait-il de tant prier pour avoir des enfants comme cela ? se demandait-elle. En fait, Jos était celui dont le caractère se rapprochait le plus de celui de sa mère. Révolté contre le sort qui l'avait fait naître dans cette famille pauvre, Jos avait cependant un avantage sur sa mère : il pouvait agir, car il était un homme. Elle ne pouvait que haïr.

« T'es allé à la Commission même si je t'avais dit de ne pas y aller, grosse tête. Mais comprends bien une chose, maintenant. Tant que tu vas être dans cette maison, tu vas faire ce que je te dis. Tu me donnes l'argent que tu gagnes comme avant. Sinon, tu ne manges pas. Arrange-toi pour pas me rencontrer trop souvent et quand ton contrat d'apprenti sera terminé, tu reprendras le train pour Montréal aussitôt, puis tu te montreras plus la face ici. Compris ?

– Compris. »

Ce fut la dernière parole qu'il adressa à sa mère. Elle vivrait encore plusieurs années. Ils se reverraient aux mariages et aux enterrements. Elle lui écrirait même pour lui demander de l'argent. Mais lorsqu'elle s'adresserait à lui, ses paroles se heurteraient désormais au silence de Jos ou à quelques mots polis.

Odile enrageait de ne pouvoir contrôler ce garçon, mais la bonne nouvelle que lui apportait Madeleine lui fit oublier ses griefs. D'un pas lent, pâle comme un linge, la jeune fille entraîna en effet sa mère dans la cuisine pour lui annoncer qu'elle entrait au couvent.

« Je viens de rencontrer mère du Très-Saint-Nom-de-Jésus et elle accepte de me prendre comme sœur converse. Je vais rentrer comme postulante dès demain. J'ai donné ma *notice* au magasin. »

Madeleine ne dit pas que depuis quelques jours la patronne était toujours sur son dos pour savoir pourquoi elle était si faible et pourquoi, si elle était malade, elle ne se soignait pas. Elle ne valait plus rien au magasin, lui avait enfin dit celle-ci en lui donnant une semaine pour se reprendre ou trouver un autre emploi.

« Qu'est-ce que ça veut dire sœur "converse" ? demanda Jos.

– Ce sont celles qui s'occupent du nettoyage, du jardinage, toutes ces affaires-là », lui répondit Madeleine.

Le grand-père, qui essayait de comprendre, fit le lien entre le départ de Thomas et la décision subite de Madeleine, mais n'en laissa rien paraître.

« Je pars aujourd'hui », dit la jeune femme à sa mère, qui l'aida à préparer son trousseau.

Le cœur serré, Jos accompagna Madeleine jusqu'au couvent. Il avait l'impression d'enterrer sa mère. Madeleine n'avait que douze ans lorsque Jos était né, mais devant l'indifférence qu'on avait témoignée à ce rejeton non désiré, elle s'était mise à jouer à la maman avec cette poupée vivante, s'attirant ainsi la bienveillance de sa mère, soulagée de ne pas avoir à s'occuper du marmot. C'est Madeleine qui avait langé, bercé et nourri Jos. Elle lui avait appris à marcher alors qu'elle-même n'était pas encore sortie de l'enfance. Elle lui avait manqué lorsqu'il avait dû quitter la maison pour entrer à l'école.

« Est-ce que tu vas revenir ? demanda Jos.

– Quelques fois avant de prononcer mes vœux. Enfin, je suppose… »

Voyant son air sombre, Madeleine sortit deux bonbons rouges de sa poche et les lui remit. Jos la sentait déjà ailleurs.

« Tu pourras m'écrire, si tu apprends un jour, suggéra Madeleine.

– En espérant que toi-même, tu puisses lire. »

Madeleine rit faiblement. Jos ravala sa peine.

« Thomas…, commença-t-il.

– Thomas n'existe pas, Jos. Ou, si tu préfères, il n'existe que pour nous deux. Peux-tu me promettre cela ?

– Oui. »

Ils étaient arrivés à la porte du couvent et Madeleine s'appuya contre la grille pour actionner la grosse cloche de zinc.

Jos partit sans se retourner, comptant déjà dans sa tête les jours qu'il restait avant Pâques. Sa sœur reviendrait pour Pâques, se répétait-il, il n'y avait qu'à l'attendre.

Madeleine revint bien avant cela.

Trois jours après son entrée au couvent, la jeune femme fut trouvée baignant dans son sang, à peine consciente. Après avoir lavé et couché Madeleine, la jeune postulante qui en prit soin nettoya soigneusement le plancher de ce sang visqueux et ne se douta pas, en jetant le contenu de la cuvette, qu'elle jetait aussi un embryon de six semaines.

Ce n'est qu'à la deuxième dose de l'ergot de seigle qu'une amie lui avait donné pour provoquer l'accouchement que le fœtus avait libéré l'utérus de Madeleine. Mais celle-ci n'avait pas prévu que ce serait douloureux à ce point ni qu'elle perdrait autant de sang.

Appelée en hâte, la mère supérieure lui demanda ce qui s'était passé.

« Je n'en sais rien.

– Une faiblesse de jeune fille. Cela peut arriver quand on entre en communauté. Nous avons eu peur de vous perdre. Reposez-vous maintenant, et priez. »

Il arrivait souvent qu'en entrant en communauté, certaines filles aient des hémorragies ou cessent tout bonnement d'avoir leurs règles. Certaines le supportaient sans problème, tandis que d'autres vieillissaient très vite et mouraient alors qu'elles étaient encore jeunes.

Madeleine estimait s'en être bien sortie, mais la semaine suivant l'avortement, la sœur économe reçut la patronne du magasin général, qui lui demanda des nouvelles de son ancienne employée. « Elle était si faible et semblait si malade depuis le départ du gars de l'union, dit-elle d'un ton malicieux. Comment va-t-elle maintenant ?

– Elle a eu une hémorragie, mais elle se porte mieux.

– Une hémorragie, dites-vous, n'est-ce pas curieux? Des poumons, peut-être ? »

La sœur économe était embarrassée.

« Non, pas des poumons.

– Alors, il faudrait voir avec la sœur supérieure ce qui a pu provoquer cette hémorragie, vous ne croyez pas ? »

Dans sa naïveté, la sœur économe ne comprit rien aux propos de la marchande, mais elle les rapporta tels quels à sa supérieure.

« Ça va », dit celle-ci à la sœur économe en lui indiquant la porte après avoir écouté son rapport.

La mère supérieure avait du mal à se contenir. L'offense lui paraissait tellement grande qu'elle voulut la vérifier d'abord et se rendit dans la cellule de Madeleine pour exiger qu'elle se confesse.

« Je veux une confession générale, où rien ne devra être oublié, surtout s'il s'agit d'un péché mortel. Je vous envoie l'aumônier. »

Bien décidée à ne pas laisser émerger le secret qui ruinerait sa vie entière, Madeleine mentit d'abord effrontément au prêtre. Puis, devant son insistance doucereuse, elle céda.

« Des dizaines de chemins de croix ne suffiront pas à effacer cette faute grave, déclara son confesseur, mais Dieu est miséricorde, peut-être te pardonnera-t-il un jour. »

L'aumônier ne se sentit nullement lié par le secret de la confession et alla tout droit au bureau de la mère supérieure rapporter l'aveu qu'il avait arraché à Madeleine.

« Quel scandale ! Elle doit partir d'ici au plus vite ! s'écria la mère supérieure.

– Quelle enfant perfide ! Sa pauvre mère n'en voudra sûrement pas non plus. Qu'allons-nous faire de cette âme en perdition ?

– Cela n'est pas mon problème. Ce qui me préoccupe, c'est qu'elle parte d'ici au plus tôt pour cesser de souiller ces lieux bénis. »

Ni l'aumônier ni la religieuse ne pensèrent à Marie-Madeleine, repentante, lavant les pieds de Jésus. À leurs yeux, Madeleine était entrée dans cette communauté pour laver les planchers, pas les pieds de quiconque, et elle avait failli à la tâche. De plus, elle avait tenté de les berner.

La mère supérieure n'en revenait pas ; une fois l'aumônier parti au réfectoire, histoire de se sustenter un peu, elle laissa s'exprimer sa rage et s'engagea dans l'escalier menant à la chambre de Madeleine en faisant voler sa robe noire et ses nombreux jupons. Agité par tant de mouvements, le rosaire qu'elle portait accroché à la taille n'en finissait pas de retentir. Seule la cornette restait bien en place sur le dessus de la coiffe.

En voyant entrer la mère supérieure, Madeleine comprit bien vite et se leva pour rassembler ses affaires. Une traînée rouge apparut sur la longue robe de nuit. Dégoûtée par le sang et subitement plus indulgente, la mère supérieure ordonna à Madeleine de se recoucher.

« Vous n'aurez pas assez de toute votre vie pour vous repentir. Comment avez-vous pu, Madeleine, faire une chose aussi horrible ? D'abord, manquer au sixième commandement : "Œuvre de chair ne désireras qu'en mariage seulement." Ensuite, vouloir entrer en communauté, souillée comme vous l'étiez, pour finalement tuer cet enfant de Dieu que vous auriez pu donner en adoption. Vous êtes le Diable en personne, Madeleine, voilà ce que vous êtes. Je devrais vous dénoncer à la justice pour avoir tué votre enfant. Mais je ne veux pas de scandale dans ma communauté. Alors dès que vous pourrez vous lever, vous rentrerez chez vous et vous prendrez le train pour Montréal pour éviter que cette honte rejaillisse sur nous toutes. Avez-vous au moins du repentir ? Était-ce pour vous faire pardonner que vous vouliez entrer en communauté ? Ne saviez-vous donc pas qu'il fallait être chaste pour être religieuse ? Chaste, répéta la supérieure en sifflant entre ses dents, chaste et pure. »

Sur ce, elle repartit dans le même froissement de jupes et de chapelet.

Laissée à elle-même, Madeleine se mit à rêver d'une vie avec Thomas. Voyager, c'était bien beau, mais qui aurait pris soin du bébé ? Elle aurait sans doute dû l'attendre comme le font les femmes de marin. Et peut-être un jour aurait-il oublié son port et, comme son père, il aurait omis de revenir à la maison.

Madeleine réussit à se lever et, emplissant son sous-vêtement à longues manches de tout ce qu'elle pouvait trouver pour absorber le sang, elle s'habilla pour retourner à la maison.

Le soleil lui fit l'effet d'une gifle en pleine figure. Madeleine se dit qu'elle devait rentrer chez elle d'abord, et qu'elle verrait ensuite ce qu'elle pourrait faire. Elle franchit à pied la longue distance qui séparait le couvent de la maison. Épuisée, elle sentit en arrivant sur le seuil de la porte que ses forces la lâchaient et qu'elle avait atteint, pour cette journée, la limite de son long calvaire.

Aidé de Catherine, le grand-père la souleva et la porta dans la maison. Dans la cuisine, la mère resta de glace devant sa fille aînée, une autre déception. Catherine était revenue du couvent plus tôt que d'habitude cette journée-là. Les religieuses lui avaient dit qu'elles ne pouvaient la garder et que sa sœur aussi rentrait à la maison.

Du coup, Odile avait compris. Elle ne voulait plus voir Madeleine, ni maintenant ni jamais. Elle cria au grand-père : « Montez-la en haut », en souhaitant un instant, malgré son âme de chrétienne, que Madeleine meure là, au bout de son sang.

Que penseront le curé, les bonnes sœurs ? On colportait peut-être déjà la nouvelle, se dit-elle en se signant. Assise à la table de la cuisine, elle repoussa le pot de fèves au lard qu'elle était en train de préparer, se couvrit le visage de ses mains et se mit à pleurer d'abord silencieusement, puis avec de grands sanglots, comme il lui arrivait souvent de le faire en implorant la Vierge Marie.

Fidèle à la promesse qu'il s'était faite, Jos ne s'arrêta pas devant sa mère, pourtant en larmes lorsqu'il rentra de la fabrique à la brune. Il ne lui demanda pas pourquoi elle pleurait. Seule une lueur de crépuscule éclairait la pièce sombre et la silhouette de sa mère ainsi penchée lui fit pressentir le drame. Plus tard, dans ses cauchemars, il reverrait cette silhouette accablée par son propre malheur.

C'est ainsi que le curé de la paroisse trouva Odile lorsqu'il vint l'avertir que Madeleine devait quitter la ville au plus tôt. Séparer le bon grain de l'ivraie, disait la Bible.

« Elle pourrait rejoindre son père à Montréal pour qu'il la place à la maison des Repenties ou qu'il lui trouve un travail. Vous comprendrez que je ne peux garder parmi mes paroissiens une telle dévoyée. Quel mauvais exemple ! Avec un Américain en plus, un membre de cette nouvelle organisation païenne qui veut enrôler nos travailleurs. »

Cloîtrée la plupart du temps dans sa cuisine, Odile apprenait après tout le monde que sa fille voyait un Américain. C'était donc lui le père.

« Qu'est-il arrivé à ce gars ? demanda-t-elle.

– Parti comme le vent, après l'avoir engrossée. »

Odile se remit à pleurer.

« Je voudrais mourir.

– Seul Dieu peut décider du moment où il nous rappellera. Vous n'avez pas le droit de laisser mourir votre fille non plus. Vous devez la soigner avant de la faire partir. »

Sur ce, le curé prit son chapeau à large bord et partit en relevant le bas de sa soutane pour ne pas la salir.

Jos était déjà monté voir ce qui se passait en haut.

Catherine lavait Madeleine avec une serviette imbibée d'eau froide et le grand-père avait soulevé le pied du lit à l'aide de gros morceaux de bois pour tenter de contrôler le sang. La mère ne monta pas ce soir-là ni les jours suivants. Le matin, elle se contentait de crier encore plus fort pour réveiller ses fils, qui devaient se rendre à l'usine. Elle appelait parfois Catherine d'en bas pour l'envoyer au magasin général. Celle-ci devait faire un détour et se rendre à l'angle des rues King et Wellington, chez Bourque et Brosseau, puisqu'il n'était plus question d'aller chez Préfontaine, où Madeleine avait travaillé.

La mère, qui ne sortait déjà pas beaucoup auparavant, ne mettait plus le nez dehors, même pour suspendre le linge sur la corde, et le grand-père, honteux lui aussi, n'osait plus se promener en ville pour recueillir les dernières nouvelles. Il aurait bien voulu savoir ce qui arrivait avec la Commission, mais maintenant ils vivaient comme s'ils avaient été en quarantaine dans cette maison où la mère avait cessé de crier et ne faisait plus que chuchoter des *Je vous salue, Marie,* indifférente à ce qui l'entourait.

Jos n'avait pas réussi à soutirer un mot de la bouche de son grand-père sur le malheur qui les frappait. Madeleine était malade, c'était tout. Et Jos, dans son innocence, se demanda si on pouvait mourir d'avoir aimé. Si c'était le cas, se dit-il, mieux valait éviter ce fléau à tout prix.

Chaque soir, il montait s'asseoir au pied du lit de Madeleine et il lui parlait. Mais Madeleine ne faisait que l'écouter, elle ne lui répondait pas.

Puis, un soir du mois d'avril, celui du 28 précisément, Jos trouva Catherine penchée sur une planche à laver, occupée à frotter des draps dans un cuvier dont ses mains de petite fille n'atteignaient même pas le fond. Elle frottait les draps du mieux qu'elle le pouvait dans cette eau d'un rose grisâtre.

Elle regarda Jos et les larmes lui montèrent aux yeux. « Ce sont les draps de Madeleine. Maman lui a donné deux beurrées ce matin et de l'argent pour prendre le train. Peux-tu m'aider à tordre les draps ? Je ne suis pas capable. »

Mais Jos laissa Catherine aux prises avec ses draps et courut dans le jardin, où son grand-père agrandissait la fosse d'aisances à l'aide d'une tarière. Avec la terre souillée, il faisait un tas que les pompiers viendraient chercher pour en faire de l'engrais. En cette période de fonte des neiges, le temps doux charriait toutes les odeurs de fond de cour.

« On est tous dans la crotte, Jos, ne m'en demande pas plus, lui dit le grand-père en soulevant une pelletée d'excréments.

– Mais où est Madeleine ?

– Partie. Madeleine ne reviendra pas, Jos. Madeleine a disparu de nos vies maintenant. Il ne faut plus compter la revoir. Et ne prononce pas son nom dans la maison. Ta mère a perdu la tête, je crois. Il faudrait aller chercher ton père à Montréal. Je ne sais plus quoi faire. Et Catherine devra aller travailler pour remplacer les gages de Madeleine, même si on a besoin d'elle à la maison. Ta mère ne fait plus rien. »

Le seul fait d'avoir aimé un Américain pouvait-il entraîner tant de bouleversements dans une vie ? Jos, qui comprenait de moins en moins vers quoi cette galère les menait, se demandait quand il pourrait se sauver de nouveau comme son père.

Partie sans même penser à l'emmener, Madeleine. Partie sans rien lui dire, sans lui laisser un message, une parole, par l'entremise de Catherine ou du grand-père. Partie rejoindre Thomas ? Mais où et comment ?

Le grand-père enfonça profondément son chapeau sur sa tête pour éviter de croiser les regards hostiles des voisins et s'en alla directement au presbytère, demander au curé d'intercéder auprès des maîtres Webster et Nutter pour qu'ils laissent partir Jos à Montréal ; celui-ci jurerait sur la Bible qu'il ne se sauverait pas, qu'il reviendrait avec son père. Il y avait urgence, la mère était au lit.

Les maîtres consentirent à libérer Jos, qui, dès le lendemain, prit les tartines de lard que Catherine lui avait préparées. Il n'y eut pas de galettes, ce jour-là. Il marcha vers la gare et se remit à rêver, ce qui ne lui était pas arrivé depuis longtemps. Plus familier avec les trains, il goûtait d'avance le plaisir qu'il aurait à se faire bercer par le roulis des wagons.

À travers les teintes de rouille et de marron délavé, les arbres laissaient émerger ici et là des bourgeons verts, signe d'espoir dans ce sombre abysse qu'était la vie de Jos.

Chapitre VII

Le contrôleur le regardait avec mépris. Jos s'était trompé de wagon.

À son entrée dans l'immense voiture de tête, il avait été surpris par le luxe qui y régnait. Des sièges recouverts de velours grenat avec accoudoirs en cuir fauve. Une table en bois de rose sur laquelle on avait déposé des carafes de liqueur et des chocolats. De riches tentures couleur or aux fenêtres. Jos n'avait jamais vu d'aussi belles choses et il en eut le souffle coupé. Mais voilà que derrière lui, le contrôleur le tirait par la manche, en lui jetant des regards dédaigneux.

« Tu n'as pas d'affaire ici. Tu t'es trompé de wagon. Descends, et en vitesse. »

Puis, se tournant vers un groupe de passagers à l'allure distinguée, le contrôleur fit une courbette et les laissa monter. Sur le marchepied, Jos resta figé. Devant lui se tenait Jules Helbronner en personne.

D'abord, celui-ci ne remarqua pas sa présence, puis, comme Jos restait dehors à regarder par la fenêtre, il se retourna et aperçut le jeune garçon. Voyant alors les chocolats sur la table, il lui fit signe de venir le rejoindre. Le contrôleur lui bloqua d'abord le passage, mais Helbronner lui signifia par un geste de le laisser monter.

« Tu veux un chocolat ? Comment t'appelles-tu ?

– Jos, je m'appelle Jos. Je vous ai déjà vu. À la Commission. Vous m'avez posé des questions.

– Ah oui ! Jos. Le petit qui est allé travailler à Montréal. »

Un autre commissaire assis à la droite de Helbronner intervint en riant. « Montréal, c'était pas assez loin. J'espère que cette fois, tu te sauveras aux États-Unis. Là, ils ne pourront pas aller te chercher. Mais qu'est-ce que je dis là ? Un enfant, tu n'es qu'un enfant, tu ne peux pas aller aux États-Unis tout seul comme cela. Tu ne t'en vas pas aux États-Unis, n'est-ce pas ?

– Non, je vais chercher mon père à Montréal. Ma mère est malade et ma sœur est partie.

– Où ta sœur est-elle partie ? lui demanda Helbronner.

– Je ne sais pas. Aux États-Unis, je crois », dit Jos, qui fixait maintenant le chocolat qu'on lui avait offert et qui se demandait s'il devait attendre qu'on lui présente la bonbonnière.

Helbronner suivit son regard.

« Tiens. Prends-en quelques-uns avec toi. Mais ne les mets pas dans tes poches, sinon ils fondront comme de la neige au soleil. »

Jamais Jos n'avait goûté à quelque chose d'aussi délectable. La saveur du chocolat fondant d'abord, ensuite la crème aux parfums de fruits qui se nichait à l'intérieur. Ses papilles se réveillaient à cette douce sensation. Il eut envie de sortir la friandise de sa bouche pour voir comment on avait caché la crème à l'intérieur mais il se retint, conscient qu'il était avec des gens du monde. Dès qu'il eut fini le premier chocolat, il en glissa un deuxième dans sa bouche, puis un troisième, sourd aux questions que lui posaient les commissaires.

Ces messieurs voulaient savoir ce qu'il comptait faire de son avenir. Envisageait-il d'aller à l'école du soir ? Qu'est-ce qui pourrait aider les enfants qui étaient comme lui obligés de travailler ? Que ferait-il si on le forçait à rentrer chez lui parce qu'il y avait bien une loi qui empêchait les enfants de travailler ?

Jos prit subitement peur en entendant cela et tenta de se sauver, mais Helbronner le retint. « Rassure-toi, Jos, nous ne te ferons pas de mal, nous voulons seulement savoir ce que tu ferais si tu ne travaillais pas. Retournerais-tu à l'école ? Traînerais-tu dans les rues de Sherbrooke ? Tenterais-tu encore de te sauver pour aller à Montréal ? Qu'est-ce que tu voudrais faire de ta vie ? »

C'était la première fois qu'on demandait à Jos ce qu'il voulait faire de sa vie et il était très embarrassé parce que sincèrement, il n'en avait aucune idée. Il voulait seulement avoir plus d'argent, des cabinets de toilette et savoir lire et écrire comme Catherine.

« Lire. »

C'est le seul mot qui sortit de sa bouche. Sans sujet, sans verbe, sans complément, parce que Jos ne savait rien de la grammaire et qu'il ne savait pas toujours comment exprimer les choses. De plus, il ne savait pas que ce sentiment de gêne et d'étouffement qui empêchait de formuler une idée n'était rien d'autre que de la timidité et que si cette maladie frappait tout le monde à un moment ou à un autre, et ce à divers degrés, elle le frappait, lui, de façon particulière. Il n'y avait pas de vaccin contre la timidité. Et justement en raison de ce manque d'audace et de décision dans l'action et la pensée, les petites gens étaient des proies faciles.

Les commissaires se plongèrent dans leur journal, détournant volontairement leur attention de Jos, qui sentait le rouge lui monter aux joues. Helbronner, pour sa part, sortit un livre relié en cuir. Un signet brodé à la main indiquait qu'il ne lui restait que quelques pages à lire. *Germinal*, était-il écrit sur la couverture. Jos posa un regard sur ces lettres et n'y comprit rien. Helbronner leva les yeux et ôta son binocle.

« C'est un livre sur les travailleurs dans les mines en France. La France, c'est de l'autre côté de l'Atlantique, très loin. C'est de là que je viens. Les travailleurs là-bas ont les mêmes problèmes qu'ici. Dans ce roman de Zola, ils font la grève, mais ça tourne mal. La situation des travailleurs est peut-être pire en Europe. As-tu déjà entendu parler des Chevaliers du travail ?

– Oui, un peu. À cause de l'Américain qui a fait envoyer une lettre pour que je témoigne.

– Ah oui ! mais lui, il représente une nouvelle fédération ouvrière, l'American Federation of Labor, fondée par Samuel Gompers, un cigarier comme toi. »

À ce nom, Jos se rappela ce que Rudolphe lui avait dit.

« Pour l'instant, ce sont les Chevaliers du travail qui regroupent le plus de monde à Montréal. Aimerais-tu travailler pour faire entrer les Chevaliers du travail dans ta fabrique à Sherbrooke ?

– Je ne crois pas que je suis capable », réussit à marmonner Jos.

Helbronner lui offrit un dernier chocolat. Jos commençait à ressentir une légère nausée, mais il accepta, ne pouvant réprimer sa gourmandise, surtout lorsqu'il pensait aux sandwiches de lard salé qui l'attendaient. Le chocolat produisait chez lui une sorte d'euphorie proche de l'ivresse, ce qui lui délia la langue.

« Mon grand-père et mes frères ont fait la grève et ils ont tous été clairés. Mon grand-père est sur la *black list.* Mes frères qui travaillent à la Paton savent bien qu'ils perdront leur *job* s'ils essaient de faire quelque chose. Alors moi, pour les Chevaliers du travail, comment je serais capable ?

– Tu n'es pas capable tout seul. Mais en vous mettant à plusieurs, vous réussirez à faire quelque chose.

– Il est trop jeune, Jules, intervint un autre commissaire, laisse-lui le temps, il apprendra.

– C'est vrai que je suis trop jeune. Je ne sais même pas lire et je n'aime pas l'école.

– As-tu vraiment été à l'école ? lui demanda Helbronner.

– Oui, un peu, quand j'avais six ans. À Coaticook.

– Mais ce n'est pas pareil, l'école du soir.

– On finit bien trop tard à la fabrique. Je ne vois pas quand je pourrais aller à l'école.

– Et chez toi, personne ne sait lire ?

– Ma sœur Catherine. Elle a appris chez les sœurs.

– Alors, j'ai une idée, lança Helbronner. Tu vois ce livre, ce beau livre ? Je te le donne. Tu demandes à ta sœur de t'aider à le lire et quand tu auras fini, tu auras compris pourquoi il faut t'instruire et essayer d'améliorer ton sort. Il n'y a que toi qui puisses le faire, Jos.

– Mais après la Commission et les questions que vous nous avez posées, qu'est-ce qui va arriver avec les maîtres ? Ils ne vont pas être punis ?

– Nous n'avons pas le pouvoir de punir ces gens-là, Jos. Nous ferons des recommandations au premier ministre du Canada et nous espérons que dans quelques années, des lois seront adoptées pour faire changer les choses. Mais cela prend du temps et nous ne pouvons pas nous contenter d'attendre. Nous devons continuer de lutter et de faire des efforts. Le travail à faire est grand, Jos, et tu dois t'y mettre toi aussi. »

En entendant cela, Jos perdit ses illusions d'un seul coup et cela lui fit mal, plus mal que les fessées qu'il avait reçues de sa mère, plus mal que les coups de pied du maître ou du contremaître, plus mal que d'avoir faim et froid. Et lui qui n'avait pas pleuré quand le policier l'avait arrêté, quand sa mère l'avait balayé de sa vie ni quand Madeleine était partie sans l'emmener ne put contenir cette grosse boule qui lui nouait la gorge, et il s'effondra en sanglots sur un siège. La Commission, cette allégorie de la liberté que son imagination avait interprétée comme une panacée sociale, venait de perdre tout intérêt à ses yeux ; les paroles du commissaire avaient anéanti l'espoir qu'il avait placé dans cette opération qui l'avait relégué dans un monde à part, tant à la maison qu'à la fabrique.

Jos avait honte de pleurer ainsi et il tentait de dissimuler, à travers les coussins moelleux, les secousses qui soulevaient ses épaules malgré lui. Il y avait un contraste frappant entre la douceur du tissu et les larmes amères qui s'y répandaient. Jos réalisa qu'il n'était pas à sa place dans ce wagon luxueux et que si des gens aussi importants qu'eux ne pouvaient rien pour lui, personne ne pouvait rien. Il devrait se débrouiller tout seul.

Jos se leva pour sortir du wagon, mais le train était en marche.

« Ne t'en va pas, Jos, lui dit Helbronner. Tu ne peux pas sortir. Quand le contrôleur reviendra, il te fera passer par le soufflet. »

Jos regagna son siège et fixa le plancher jusqu'à l'arrivée du contrôleur. Les commissaires s'étaient replongés dans leurs journaux et Helbronner terminait son livre. Un employé du Grand-Tronc déploya des tables nichées dans le mur, les habilla de nappes blanches et entreprit de les dresser avec des couverts en argent.

Helbronner lui demanda d'aller chercher le contrôleur. Le jeune homme voulait retourner dans son wagon, dit-il à l'employé. « À moins que tu ne veuilles rester avec nous pour manger », suggéra le journaliste. Mais devant le regard antipathique de l'employé de chemin de fer, Jos fit signe que non. Il avait bien compris. Sa place était ailleurs.

Avant que Jos ne s'engage dans le couloir à la suite du contrôleur, Helbronner lui glissa le roman de Zola dans les mains. Jos pensa d'abord refuser mais, attiré par la texture et par l'odeur du livre, il s'en empara sans dire merci et partit en silence. L'employé du Grand-Tronc déposa avec affectation une délicate serviette en lin brodée sur le dossier du siège où Jos avait épanché sa peine.

Quand le contrôleur revint, Helbronner demanda au secrétaire de la Commission de signer un coupon pour le wagon-salle à manger et le remit à l'homme en uniforme en lui demandant de le porter à Jos.

Les factures étaient expédiées directement au bureau du premier ministre et les cinquante cents que Jos dépenserait cette journée-là ne représenteraient pas grand-chose dans la fabuleuse somme de quatre-vingt-un mille sept cents dollars que coûterait cette Commission.

Arrivé dans son compartiment, Jos se recroquevilla sur son siège. L'air était plus lourd que dans la voiture de première classe, les sièges très ordinaires et les passagers avaient des allures grossières, en comparaison des élégants messieurs de la Commission. La fascination que le train exerçait sur Jos s'était maintenant évanouie, estompée par le luxe de la voiture de tête.

Un homme d'une vingtaine d'années, qui portait un veston aux revers élimés orné d'un écusson des Frères des écoles chrétiennes, l'observait du fond du wagon avec ses yeux de belette. Le livre, voilà ce qui excitait la convoitise du jeune homme qui suivait du regard tous les mouvements de Jos. Il n'attendait que l'occasion de s'emparer de son livre. Mais Jos pressa *Germinal* sur son cœur et décida de le mettre à l'abri dans le sac en tissu grossier qui contenait ses tartines et une lettre écrite de la main de Catherine, mais dictée par le grand-père.

Pendant un instant, le wagon de troisième classe fut l'objet de curiosité. En effet, tous les passagers se tournèrent vers Jos quand le contrôleur en personne vint déposer sur ses genoux un coupon pour le char-salle à manger en faisant bien attention de ne pas trop effleurer l'enfant.

Oubliant l'étudiant qui en voulait à son Zola, oubliant la terrible déception qui l'avait atterré, Jos décida de profiter de cette manne pour découvrir ce qu'était un vrai repas. Ne pouvant lire les panonceaux qui indiquaient le chemin du char-salle à manger, Jos circula quelque temps dans le corridor du train en essayant de s'orienter. Tout à coup, une main l'agrippa et tenta de lui arracher son coupon et son sac. Jos se débattit du mieux qu'il put, mais l'autre était plus fort que lui et le mouvement des rails déstabilisait Jos encore davantage. Personne ne passait et Jos crut qu'il perdrait, en l'espace d'une minute, les deux seules choses qui lui avaient été données de toute sa vie. Il lutta contre cette rapine avec l'énergie du désespoir, comme si sa vie en dépendait. Il mordit d'abord, puis se mit à crier à tue-tête, espérant que les messieurs loin en avant l'entendraient. Finalement, c'est un couple revenant du char-salle à manger qui alerta le contrôleur pour qu'il sépare les deux garçons.

« Il m'a volé mon livre, dit l'étudiant.

– Ce n'est pas vrai, dit Jos, c'est mon livre. Le monsieur de la Commission me l'a donné.

– Il ne sait même pas lire », riposta l'autre.

Le contrôleur savait bien que Jos devait avoir raison, mais il décida de s'en laver les mains, insensible aux protestations de cet enfant mal fagoté qui était constamment dans son chemin.

« Bon, dégagez, dit-il en poussant Jos et l'étudiant.

– Mais, mon livre... », cria Jos au contrôleur qui s'en retournait, indifférent.

L'homme qui avait appelé le contrôleur prit alors le livre des mains de l'étudiant et en consulta la première page.

« Lequel de vous deux est Jules Helbronner ? demanda-t-il en voyant la signature du propriétaire.

– C'est moi ! s'écria l'étudiant alors que Jos ne disait mot.

– Menteur, répondit l'homme. Jules Helbronner est un journaliste réputé. Où l'as-tu rencontré ? demanda-t-il à Jos.

– Il est en avant du train, dans une voiture comme un salon.

– C'est vraiment lui qui te l'a donné ?

– Oui, il m'a dit que ça me servirait dans la vie.

– C'est un livre très important que peu de gens peuvent avoir. Il est à l'Index. C'est pourquoi ce jeune étudiant a tenté de te le voler. Garde-le comme un trésor et ne le montre à personne. Et attends pour le lire, tu es encore trop jeune. »

L'étudiant avait déjà quitté le corridor qui reliait les wagons et Jos demanda au couple comment se rendre au char-salle à manger.

En plus d'être accoutré d'un vieux veston usé par ses frères avant lui, Jos portait les marques de sa bataille avec l'étudiant. Cheveux en broussaille, chemise sortie du pantalon et souliers délacés, il se poussa avec toute la force de sa volonté vers l'allée centrale. Un employé de la salle à manger l'arrêta, mais il dut se résoudre à le laisser entrer en voyant le coupon signé de la main du secrétaire de la Commission. Il lui trouva une place discrète près de la cuisine, mais plusieurs regards hostiles le suivaient. Décontenancé, Jos prit le menu que lui offrait le serveur et ne sut qu'en faire. Il le regarda d'abord, ne pouvant le lire, essayant d'imiter l'attitude des autres clients, mais le serveur le lui prit des mains et lui dit qu'on lui apporterait un plat, qu'il n'avait pas à s'inquiéter.

En attendant, Jos ne savait pas quoi faire de ses mains. Connaissant désormais la valeur du livre qu'il possédait, il ne put résister à l'envie de le regarder et il le plaça du mieux qu'il put devant ses yeux, en tournant les pages de temps à autre pour se donner une contenance. Les gens qui l'observaient purent ainsi lire, sur la couverture que Jos présentait aux regards des autres, le titre *Germinal* à l'envers.

Jos ne sut pas exactement ce qu'il mangea ce jour-là, mais il trouva cela délicieux. En fait, on lui avait apporté une pièce de bœuf qui aurait pu nourrir sa famille entière, des pommes de terre en purée, des petits pois en conserve et, pour dessert, un gâteau au chocolat à trois étages.

Une odeur familière détourna son attention du festin qu'on lui avait offert. L'odeur du tabac, plus précisément celle du tabac à cigare. Jos osa, pour la première fois depuis son entrée dans la pièce, lever les yeux de son assiette. Un gros monsieur portant un complet trois-pièces avec une chaîne accrochée à sa poche trempa son cigare dans un liquide rouge foncé après en avoir coupé le bout avec un petit ciseau travaillé en argent. Auparavant, il en avait retiré la bague aux dessins sophistiqués, beaucoup plus sophistiqués que ceux que Jos avait vus chez Webster et Nutter ou chez J. M. Fortier. À l'aide d'un briquet à longue flamme, un employé du restaurant vint allumer le bout du cigare et le parfum rappela à Jos celui qui embaumait le bureau de J. M. Fortier.

Ces cigares-là n'étaient pas fabriqués au Canada, ils étaient importés directement de La Havane par bateau.

Jos examinait ce monsieur et se disait que bientôt, comme d'autres garçons de son âge, il goûterait un cigare. Mais il songeait aussi qu'il serait agréable de l'accompagner, comme l'homme à la chaîne en or, d'un peu de ce liquide rouge foncé qui avait la couleur d'un bonbon.

Il regagna le wagon de troisième classe et s'abandonna au sommeil. Comme lors du dernier voyage, Jos fut réveillé par le sifflement du train. Mais, cette fois, sa tête était lourde et il n'avait pas envie de sortir de ce sommeil de bête gavée qui l'avait gardé pour un temps à l'abri du malheur. Un seul bon souvenir : les chocolats et le repas. Il fallait maintenant affronter la réalité.

Jos traversa la gare en prenant son temps. Il n'avait ni faim ni froid, mais pour se gâter un peu, il décida de sortir quelques pièces de sa chaussure et sauta dans un char urbain pour se rendre chez la veuve Girouard.

C'était un soir de semaine et les ouvriers, qui devaient travailler de plus en plus fort pour de moins en moins d'argent, étaient fatigués lorsqu'ils rentraient. Certains fumaient dehors, dans l'air du printemps. D'autres, comme Rudolphe, lisaient le journal. Le jeune homme venait de se joindre aux Chevaliers du travail. Contrairement aux autres unions de métiers déjà existantes, les Chevaliers du travail accueillaient des travailleurs de tous les métiers, tels les cigariers comme Rudolphe, qui adhéraient déjà à une autre union américaine.

Jos lui demanda où était son père.

« Parti faire un tour, répondit Rudolphe.

– À l'auberge ?

– Non, ton père ne va presque plus à l'auberge. Et toi, comment s'est passé ton retour à Sherbrooke ?

– Assez mal. En fait, tout va mal. J'ai été devant la Commission. Mais aujourd'hui, dans le train, les commissaires m'ont dit qu'il ne fallait pas espérer voir des changements. Dis-moi, pourquoi ont-ils fait tout ce travail, si cela ne change rien ?

– Mais qui t'a dit cela ?

– M. Helbronner, un des membres de la Commission.

– Helbronner lui-même, en personne! Raconte-moi.»

Et Jos raconta la rencontre, le repas, sa déception, sans omettre les chocolats.

Il avait oublié une chose: le livre de Zola, qu'il sortit de son sac pour trouver la lettre de Catherine.

«Il faut que je donne au plus vite cette lettre à mon père. Il faut que je le ramène à Sherbrooke. Tout va tellement mal qu'on ne sait plus quoi faire et les maîtres ne veulent pas que je sois parti trop longtemps. Sinon, ils me feront arrêter encore une fois.»

Tout en prêtant l'oreille à Jos, Rudolphe avait commencé à feuilleter le livre.

En fait, il n'écoutait plus Jos, déjà absorbé par sa lecture. La vérité dont Jean-Baptiste Gagnepetit parlait dans ses chroniques était ici décrite à travers le quotidien de cette famille Maheu qui vivait dans le nord de la France. Rudolphe feuilletait le livre et en lisait des passages ici et là. Il en choisit un au hasard. «Écoute, Jos.»

> Et la Maheude continua d'une voix morne, la tête immobile, fermant par instants les yeux sous la clarté triste de la chandelle. Elle disait le buffet vide, les petits demandant des tartines, le café même manquant, et l'eau qui donnait des coliques, et les longues journées passées à tromper la faim avec des feuilles de choux bouillies. Peu à peu, elle avait dû hausser le ton, car le hurlement d'Estelle couvrait ses paroles. Ces cris devenaient insoutenables. Maheu parut tout d'un coup les entendre, hors de lui, et il saisit la petite dans le berceau, il la jeta sur le lit de la mère, en balbutiant de fureur...

Jos ne comprenait pas tous les mots, mais il réalisait que ce que racontait ce livre, c'était leur vie. À des centaines de kilomètres, de l'autre côté de l'océan, des travailleurs manquaient de tout comme eux, étaient pauvres et malheureux comme eux.

Où faudra-t-il aller pour échapper à la misère ? se demanda Jos, qui avait trouvé dans son premier séjour à Montréal un peu de réconfort, même si c'était encore bien loin du wagon de première classe. Et il se mit à rêver qu'il passait sa vie dans un train sans contrôleur, à manger des chocolats et à voir défiler le paysage.

Rudolphe n'arrêtait pas de tourner les pages du livre dans tous les sens et les froissait au passage, ce qui déplut à Jos. C'était son bien, après tout. Il ne s'agissait pas d'une vulgaire feuille de journal. Il s'agissait d'un trésor, mais dont il ne savait malheureusement que faire.

Jos voulut reprendre son livre, mais Rudolphe s'esquiva.

« Je te le rendrai dès que j'aurai fini. Sois raisonnable, enfin. »

Cette fois, Jos renonça à lutter. Le livre n'était pas tout à fait perdu.

Jos sortit sur la petite galerie qui donnait dans la cour. La fosse d'aisances et les différents déchets qui couvraient le sol lui firent détourner la tête. Posséder quelque chose devenait bien compliqué pour Jos. Et il se mit à penser à ceux qui possédaient tant de choses comme Webster, Nutter et J. M. Fortier. Cela expliquait peut-être leur méchanceté. Se battre constamment pour conserver son bien doit être très fatigant, se dit-il. Et il lui vint à l'idée que ces gens seraient moins méchants s'ils étaient moins riches.

«Jos, que fais-tu là? Manquez-vous de quelque chose à la maison?»

Son père était derrière lui. Jos sentit qu'il n'était pas le bienvenu.

«Non, pas plus que d'habitude, mais ça va mal. J'ai une lettre pour vous.»

Le père fit venir Rudolphe sur la galerie pour lui demander de lire la lettre. Après une première lecture silencieuse, Rudolphe se sentit très mal à l'aise.

«Vaudrait mieux que le garçon entre dans la maison.»

Jos se vit aussitôt offrir un verre de lait et une tartine à la mélasse par la veuve Girouard, qui était rentrée elle aussi.

Rudolphe se mit à lire.

Mon garçon,

J'envoie Jos pour te chercher. Toutes sortes de malheurs sont arrivés ici et Odile est rentrée dans une espèce de folie. D'abord, Catherine a été renvoyée par les religieuses comme Madeleine, qui y était entrée il y a quelques semaines seulement. Madeleine a dû partir te rejoindre à Montréal comme tu dois le savoir maintenant. Essaie de la placer à la maison des Repenties ou de lui trouver une job. Demande à la dame chez qui tu pensionnes d'essayer de la remettre dans le bon chemin. Nous avons besoin de toi ici pour voir ce qu'on doit faire avec Odile et Catherine. Prends le train avec Jos dès que tu peux.

Ton père.

Quand Rudolphe rentra, Jos alla rejoindre son père sur la galerie.

La tête entre les mains, il semblait effondré.

« Quand Madeleine est-elle partie, Jos ?

– Il y a deux jours. Elle était malade, puis un soir, quand je suis revenu de la fabrique, grand-père m'a dit qu'elle ne reviendrait pas. Pourquoi est-elle partie ? Pour rejoindre Thomas ? »

Son père le regarda, accablé, et rentra dans la maison.

Après avoir glissé un mot à l'oreille de la veuve Girouard, le père prit son chapeau et sortit.

« Tu vas dormir avec nous, Jos. Tu ne peux pas repartir ce soir, il n'y a sans doute plus de train de toute façon », lui dit la veuve Girouard.

Et la nuit venue, Jos grimpa dans le petit lit à étages qu'il connaissait déjà.

Incommodé par l'envie d'uriner, il eut du mal à s'endormir. Finalement, après quelques heures de sommeil, il dut se contraindre à sortir pour se rendre à la fosse d'aisances. La lune était pleine et avant de quitter la chambre, Jos put voir Rudolphe et les autres gars profondément endormis. Dépassant de l'oreiller de Rudolphe, son livre, son trésor. Jos s'approcha tranquillement et récupéra le roman qu'il cacha sous son propre matelas. En dessous du lit de Jos, à l'endroit où son père était censé dormir, la place était vide. Le lit n'avait pas été défait. En y regardant de plus près, Jos vit qu'il n'y avait même pas de drap. Juste une catalogne déposée à même le matelas.

En passant dans la cuisine, Jos entendit d'abord des respirations animales provenant de la chambre de la veuve Girouard, suivies d'une discussion à voix basse dont il ne put comprendre le sens. Son père et la veuve

Girouard… Un secret qu'il valait mieux garder pour lui. Il ne se rendit pas jusqu'à la fosse d'aisances, se contentant d'asperger le sol de son urine juste au bout de la galerie. Avec toutes les odeurs qu'il y avait dans cette cour, la veuve Girouard ne sentirait pas la différence.

Le lendemain matin, Jos reprit le train, seul, avec une lettre de son père écrite par la veuve Girouard et de l'argent qu'elle avait sorti d'un vieux sucrier aux bords ébréchés.

DEUXIÈME PARTIE

Chapitre VIII

En compagnie de vingt-cinq mille autres travailleurs, Jos escortait le fondateur de l'American Federation of Labor, Samuel Gompers, depuis la gare Centrale jusqu'au parc Sohmer. Le cigarier de New York dont Jos entendait parler depuis son enfance s'apprêtait à monter sur l'estrade où l'attendait Jules Helbronner.

Après l'épisode du train, Jos avait plusieurs fois rendu visite à Jules Helbronner. La première fois, en 1888, avant de retourner à Sherbrooke, il avait attendu pendant des heures au nouvel édifice de *La Presse,* rue Saint-Jacques, pour enfin parler au journaliste. Il avait une requête importante à lui adresser : l'aider à retrouver Madeleine. Depuis son mystérieux départ, Jos n'avait toujours pas perdu espoir, même si Helbronner lui avait suggéré d'oublier sa sœur aînée.

L'agitation montait dans la foule et Jos sentit une tape amicale sur son épaule. C'était Rudolphe, l'autre pensionnaire de la veuve Girouard. Grisé d'utopie, Rudolphe ne savait plus s'il devait joindre officiellement la nouvelle American Federation of Labor, qui semblait la voix de l'avenir, ou rester fidèle aux Chevaliers du travail. Le courant socialiste, dont s'inspiraient ces derniers, correspondait davantage à ses idées de justice, mais Gompers, connu pour sa rigidité, semblait déterminé à obtenir ce que voulaient les travailleurs : de bons salaires et des journées de travail de huit heures. Pour lui, refaire le monde était une autre histoire.

La foule scandait le nom de Gompers. Helbronner présenta donc ce cigarier qui proposait un partage des profits entre les capitalistes et les travailleurs. Pas de cité idéale pour Gompers, pas d'abolition des classes, mais des travailleurs unis par un corps de métier pour empêcher que lors des grèves, d'autres ouvriers ne viennent les remplacer aussitôt.

Gompers parla longuement en anglais devant un public de travailleurs de toutes nationalités : Canadiens anglais, Irlandais, Écossais, Allemands, Juifs d'Europe de l'Est, des gens que Jos avait appris non pas à connaître, mais à côtoyer depuis qu'il travaillait chez le Juif Samuel Davis. Il y avait parfois des accrochages entre personnes de cultures et de religions différentes, mais la production ne devait pas en souffrir.

Malgré l'interdiction de l'archevêque de Montréal, plusieurs Canadiens français avaient profité de l'ampleur de la foule pour s'y glisser et tenter de comprendre ou de se faire traduire le discours de Gompers.

Les cigariers, qui étaient maintenant plus de mille à Montréal, se sentaient touchés, encore plus que les autres travailleurs, par ce discours qui les exhortait à adhérer à cette fédération qui se voulait internationale. On leur promettait des cartes de travail leur ouvrant les portes de tous les États américains.

« Les frontières entre les États-Unis et le Canada ne sont qu'une illusion exploitée par des nationalistes réactionnaires : mêmes patrons, mêmes unions », lança Gompers, incitant ainsi, sans le savoir, les travailleurs à émigrer encore davantage aux États-Unis, lui qui travaillait par ailleurs à promouvoir un projet de loi américain limitant l'immigration.

Cette idée plut à Jos. Les paroles lancées cinq ans plus tôt par un commissaire lui revinrent en mémoire: «La prochaine fois, sauve-toi aux États-Unis, là, ils ne pourront pas t'attraper.»

Jos avait souvent eu envie de fuir, mais Rudolphe l'avait encouragé à rester: «Un jour, les choses vont changer, Jos, et tu dois m'aider à faire quelque chose.»

Helbronner l'avait aussi exhorté à persister dans ses études. Mais Jos n'avait pas cette patience. À seize ans, il était toujours apprenti à la fabrique de cigares de Samuel Davis. Il y était entré à treize ans, lorsque sa mère lui avait donné l'argent du train pour Montréal, lui ordonnant de rejoindre son père et de ne pas faire comme Madeleine. En fait, il pouvait bien faire ce qu'il voulait. Depuis la Commission, Jos et sa mère ne s'adressaient plus la parole, pour ainsi dire.

Chez Davis, les conditions étaient meilleures que chez Fortier et la distance que sa culture et sa religion créaient entre lui et les autres travailleurs lui procurait une liberté d'esprit et le sentiment d'être différent des autres membres du clan canadien-français. Tout en assistant à la messe le dimanche et en disant son bénédicité comme l'exigeait la veuve Girouard avant le repas du soir, Jos ne croyait plus vraiment à tout ce qui l'avait effrayé lorsqu'il était jeune: l'enfer, le Diable, Dieu descendu du ciel. Mais il trouvait réconfortante cette vie de paroisse, et il voyait comme un refuge cette communauté fermée aux autres et dévouée au prêtre, repliée sur elle-même face à la domination britannique. En même temps, il se sentait étouffer dans ce carcan. Les menaces d'excommunication que lançait chaque dimanche le curé à ses paroissiens tentés de joindre les rangs des unions américaines faisaient rire sous cape Jos et Rudolphe, toujours assis à l'arrière de l'église, dans la section réservée à ceux qui n'avaient pas les moyens de payer leurs bancs.

Ce matin même, le curé avait averti ses paroissiens de ne pas se rendre au parc Sohmer. La veuve Girouard n'avait pas demandé à Jos et à Rudolphe où ils allaient. Fermer les yeux, faire semblant de ne pas savoir, interdire à Rudolphe de parler des unions chez elle, telle était sa ligne de conduite, même si elle aurait aimé que toutes ces sangsues qui s'enrichissaient aux dépens des femmes et des enfants crachent un peu de leur magot. Mais sa peur des commérages était plus forte que le reste. Il y avait déjà les apparences à sauver avec le père de Jos. Silencieuse, elle restait.

Depuis longtemps, Jos rêvait de partir. En fait, il avait toujours semblé à Jos que l'ailleurs était mieux. Parfois, c'était vrai, parfois ça finissait par être la même chose. Jos faisait partie de cette masse de travailleurs qui devaient obéir. Obéir à sa mère, à son père, à la veuve Girouard, aux contremaîtres, aux propriétaires des fabriques où il travaillait, aux lois édictées par les gouvernements et enfin aux lois du marché, qui justifiaient, selon M. Davis, le fait qu'il ne pouvait pas augmenter les salaires, comme il l'aurait bien voulu. Comme à d'autres, le travail des femmes et des enfants lui procurait une marge de profit intéressante.

Jos devait obéir, mais cela n'était pas dans sa nature. Il tenait ce trait de caractère de son grand-père. Son père aimait obéir. Sa mère quoique révoltée aimait obéir aux curés, Catherine, aux religieuses. Mais Jos n'avait jamais aimé obéir, il ne s'y résignerait jamais tout à fait, et, chaque jour, il maudissait le ciel d'appartenir à cette partie du monde maintenue par l'autre dans la servitude.

Mais comment partir, se demanda Jos, et où aller? Rudolphe lui donna un petit coup dans les flancs. Gompers avait terminé son discours. « On va le voir de plus près ? »

Les jeunes gens ne purent s'approcher à plus de cinquante pieds. Un cordon de fidèles collaborateurs protégeait Samuel Gompers. L'homme était de petite taille, comme Jos. Peut-être le travail dans les fabriques de cigares l'avait-il empêché lui aussi de devenir plus grand. Mais son complet noir trois-pièces, son chapeau à large bord, sa moustache en forme de T et ses cheveux noirs parsemés de gris lui donnaient un air sérieux qui compensait sa petite taille. Il avait même un certain air de jactance qui agaçait Jos. Cet homme, né pour être dominé, attirait les foules. Les travailleurs le suivaient et voulaient le toucher, mais la poigne solide de ses anges gardiens les en empêchait. Soudain, parmi cette foule tiraillée, Jos aperçut un visage qui lui sembla vaguement familier. L'homme devait avoir environ vingt-cinq ans. Grand, l'air déterminé, il formait le premier maillon de cette chaîne humaine destinée à protéger Samuel Gompers de sa trop grande popularité.

« Thomas ! » cria Jos, qui avait finalement cru reconnaître le compagnon de Gompers.

En entendant son nom, le jeune homme tourna les yeux en direction de la voix et tenta de repérer dans la foule étrangère la personne qui l'avait appelé. Mais, poussé du coude par Gompers, il continua de lui frayer un chemin dans la foule criarde qui leur barrait le passage.

Jules Helbronner remonta sur scène pour demander aux gens de laisser passer Gompers. Ne pouvant rien faire d'autre pour attirer l'attention de Thomas, Jos s'approcha d'Helbronner.

« Tiens, Jos, tu étais du nombre. Comment as-tu trouvé Gompers ? »

Jos était toujours intimidé par le journaliste. Il demeurait entre eux une distance infranchissable, due peut-être à l'accent français de Helbronner, à son importance, à sa prestance. Jos sentait toujours une certaine condescendance chez cet homme qu'il trouvait remarquable par ailleurs. Une certaine pitié qui caractérise les gens favorisés qui veulent faire du bien à ceux qu'ils considèrent miséreux. Mais Jos ne se laissa pas arrêter par ces considérations et exposa son problème à Helbronner qui se dépêchait de quitter la scène pour rejoindre en calèche l'équipe de Gompers.

« Il y a un gars avec Gompers que je voudrais voir, mais je ne peux pas le rattraper. Il s'appelle Thomas. C'est le gars que Madeleine a connu à Sherbrooke avant qu'elle parte. Pouvez-vous m'aider ?

– Cesse de rougir quand tu me parles, Jos, je t'en prie. Écoute-moi bien. Gompers se rend dans un hôtel tout près d'ici. Ses gars vont l'attendre à l'arrière. C'est de là qu'il partira à la nuit tombante. Nous ne voulons pas d'émeutes. L'archevêque est déjà assez contrarié par sa venue. Quand Gompers sera rentré dans l'hôtel, tu te faufileras à l'arrière. Mais je ne crois pas que ce Thomas sache beaucoup de choses sur ta sœur.

– Est-ce que je pourrai parler à Gompers? dit Jos d'une voix mal assurée.

– Jos, tu me demandes l'impossible. Tu viens de le voir et de l'entendre. Allez, je dois me sauver maintenant. Je suis attendu. »

Jos chercha Rudolphe dans la foule, mais il ne parvint pas à le repérer. Par contre, il vit Stanislas, le jeune cigarier qui travaillait autrefois avec lui chez Fortier, s'extirper d'en dessous de l'estrade.

« Stanislas, comment ça va?

– Pas si mal. Tu as su que j'étais allé à l'école de réforme?

– Non.

– Mais oui, je me suis fait prendre à voler des cigares chez Fortier, il y a trois ans. Alors le bonhomme s'est fâché et m'a enfermé dans le trou noir pendant une journée complète. Moi, j'ai peur de rien qui bouge ou qui peut m'attaquer, mais le noir, pendant des heures, j'en pouvais plus. Je suis devenu comme fou. Je te jure. Quand ils ont ouvert la porte pour m'envoyer chez le *recorder*, j'ai sauté sur le premier que j'ai vu. Je l'ai frappé de toutes mes forces avec mes pieds et mes poings parce que je voulais sortir. Je voulais pas rester là, tu comprends. Pas de chance, c'était Fortier. Le constable Goudreau m'a tapé tellement fort sur le crâne que j'ai perdu connaissance pour une heure ou deux. Quand je me suis réveillé, j'étais à l'école de réforme. Je ne me souviens même pas avoir vu le *recorder* qui m'a envoyé là pour deux ans.

– Comment c'était?

– Pas si pire. À part la soupe qui était toujours pareille et pas mangeable. On avait des leçons avec un maître d'école et, si on se tenait loin des gardiens, on était correct. Moi, je les avais à l'œil. Pas question qu'ils me tripotent. En fait, le jour, c'était mieux que chez Fortier. Pas besoin de travailler comme des esclaves. Le soir, je m'ennuyais des soupers de la veuve Girouard. Elle est même venue me voir une fois, un dimanche. Elle m'a apporté un gâteau et m'a dit qu'elle prierait pour moi, mais quand je suis sorti de l'école, elle n'a pas voulu que je reste chez elle parce que le curé et les voisins auraient jasé. Mais c'est pas grave, là-bas, j'ai appris plein de combines. »

Et Stanislas sortit une montre en or qu'il agita devant Jos comme un pendule.

Le balancement de la montre rappela à Jos l'horloge de l'enfer. « Toujours, jamais. Toujours y rester, jamais en sortir. » Et cette peur de la punition éternelle dont il croyait s'être débarrassé à jamais lui revint.

« Mais Stanislas, tu voles !

– Un peu. En fait, pas mal. Après l'école de réforme, j'étais sur la *black list* des manufactures. Alors j'ai essayé cela. Je me ramasse une petite fortune. Après, je saute dans un train. Tu comprends, on peut pas piquer des montres et des portefeuilles comme ça bien longtemps sans se faire prendre. Au plus deux ans, dans des coins différents, les gars m'ont dit à l'école de réforme. Aujourd'hui, c'est une journée spéciale. Tout ce monde, puis les policiers occupés ailleurs, c'est parfait. Tu sais, je préfère opérer tout seul, mais toi, je te fais confiance. Si tu veux, on se voit ici dimanche prochain. Après la messe, c'est plein de monde, il y en a pour deux sans problème. Tu peux surveiller pendant que je glisse la main dans les poches des messieurs. Ça demande de l'adresse, mais je pourrai t'apprendre ça aussi.

– Quand penses-tu partir? lui demanda Jos. Je veux aller aux États-Unis, mais je ne sais pas si j'ai assez d'argent pour payer le billet.

– Un billet? Tu veux rire, Jos. Je m'entraîne depuis des mois à sauter dans des trains en marche. Ça aussi, je pourrai te l'apprendre.»

Et Jos se rappela Stanislas riant, accroché à un char urbain, alors qu'ils se rendaient au carnaval d'hiver.

«Pour le train, ça va, mais pas pour le vol. J'aurais trop peur de me faire prendre et de perdre ma *job*. Je veux devenir un homme de métier. Ça fait plus de six ans que je roule des cigares et je suis toujours un apprenti. Et j'en ai encore pour deux ans!

– Mais pourquoi?

– Parce que chez Davis, c'est pas pareil qu'à la Queen. Ce que je faisais là-bas, c'était pas les vrais cigares de chez Davis. Il faut que tu apprennes à rouler comme il faut, ils m'ont dit. Rouler des mauvais cigares, ça s'apprend en six mois, mais rouler de bons Clear Havans – des cigares à quinze cents, tu t'imagines! –, ça prend des années, ils ont expliqué. Alors, je roule un peu, puis je laisse un homme de métier finir. Je travaille aussi avec des moules pour les cigares à cinq cents, faits avec du tabac d'ici. Mais c'est pas ça que je veux faire!

– Et combien tu gagnes pour ça?

– Quatre dollars. C'est mieux qu'à Sherbrooke. Et quand j'ai payé ma pension d'un dollar cinquante, il m'en reste assez pour aller au parc le dimanche. Je me suis même acheté des raquettes. Et puis j'ai réussi à me faire une petite réserve pour partir. Ailleurs, quand on ne connaît personne, il faut pouvoir se débrouiller.

– Quatre dollars, c'est ce que je fais en dix minutes quand je suis chanceux.

– Moi, je voudrais avoir le salaire d'un cigarier. Il y en a qui gagnent jusqu'à dix dollars par semaine, qu'ils soient de l'union ou pas.

– Es-tu mieux traité qu'on l'était chez Fortier ?

– Ah oui ! Là, personne ne nous frappe et il n'y a pas d'amende. Mais je suis tanné pareil. Je vais à l'école du soir, sauf que je suis tellement fatigué que des fois, je tombe endormi. J'ai réussi à apprendre à lire et un peu à écrire, mais quand j'ai fini ma journée à la manufacture, j'ai les mains mortes. Puis je veux voir autre chose. Du nouveau monde.

– Eh bien, je suis ton homme ! D'abord, je t'apprends à sauter sur le bord des wagons de marchandises quand ils roulent dans Saint-Henri. Après cela, on se pousse à New York. Attends-moi devant l'église dimanche prochain après la messe. »

Stanislas avait aperçu deux gendarmes qui semblaient chercher quelque chose et il s'enfuit en courant. Le vol de la montre avait déjà été signalé. Jos espéra que ce n'était pas celle de Jules Helbronner.

Il se mit à courir pour rattraper la foule qui scandait en anglais : « Vive l'union, vive la journée de huit heures ! » Plusieurs cigariers qui étaient dans la foule ajoutèrent un nouveau cri : « Des cigares au label bleu ! Des cigares au label bleu ! »

Les cigares fabriqués par les membres de la Union Cigar Makers, maintenant associée à l'American Federation of Labor, devaient porter une étiquette bleue indiquant que le cigare avait été roulé par des ouvriers syndiqués.

Il y avait des manufactures comme Jacob, où travaillait Rudolphe, qui n'employaient que des rouleurs affiliés à la Union Cigar Makers. Là, seuls les écôteurs n'étaient pas de l'union. Ce n'était pas une manufacture aussi grosse que chez S. Davis and Son, où travaillait Jos. Avec ses cinq cents employés, cette dernière était la plus importante de Montréal. Mais là, seulement une centaine de rouleurs faisaient partie de l'union.

Il fallait concurrencer avec les cigares portant le label bleu, disait souvent M. Davis. C'est pour cela qu'il devait employer des femmes et des enfants, avait-il expliqué à la Commission en 1888. Mais pourquoi les femmes et les enfants étaient-ils si peu payés alors qu'ils travaillaient autant que les hommes ? se demandait Jos. Car M. Davis était par ailleurs un homme généreux. Il avait fait venir des familles juives de Russie pour les sauver des massacres. Il donnait beaucoup d'argent aux hôpitaux et aux écoles. Il traitait bien ses employés. Mais cette différence de salaire restait prise dans la gorge de Jos comme un os de poulet qu'il ne réussissait pas à recracher.

Fatigué tant par sa réflexion que par sa course, Jos se contenta, une fois qu'il eut rattrapé la foule, de suivre le cortège qui se dirigeait vers l'hôtel. De là, Gompers salua la foule. Il devait rencontrer des militants locaux et tenter de convaincre ceux qui faisaient partie des Chevaliers du travail de laisser tomber cette organisation ouvrière aux buts utopiques pour rejoindre la grande fédération ouvrière que deviendrait l'American Federation of Labor, l'AFL, comme l'appelaient ses membres.

Pendant que les travailleurs se dispersaient pour aller prendre un verre ou pour retourner se balader au parc Sohmer, Jos se faufila sans peine à l'arrière de l'hôtel. Des employés installaient des tables et des chaises dehors. L'un à la suite de l'autre, les hommes qui protégeaient Gompers de la foule arrivèrent et s'assirent pour faire le guet. Le président de l'AFL discutait dans un salon privé.

« Une bonne bière canadienne », lança Thomas en français. Et il vida sa chope d'un coup. Intrigué par un bruit, il détourna le regard, prêt à bondir au besoin, mais il ne vit qu'un jeune homme entre l'enfance et l'âge adulte. Les joues rouges d'avoir couru et victime d'une de ses crises de timidité maladive, Jos observait Thomas en silence.

« Eh bien, que veux-tu ? De l'argent ? » lui demanda Thomas en fouillant dans sa poche pour lui lancer une pièce de cinq cents.

Jos regarda la pièce rouler puis s'arrêter à ses pieds. Les autres hommes se mirent à rire. Il eut envie de ramasser la pièce et de se sauver, fatigué d'être traité comme un enfant en raison de sa petite taille, mais il se reprit.

« Thomas, je suis Jos, le frère de Madeleine. Je veux savoir si Madeleine est avec vous. »

Thomas fouillait dans sa mémoire. Ce nom lui disait bien quelque chose. Sûrement une des nombreuses filles qu'il avait connues au hasard de ses voyages, mais si le nom français lui était familier, il ne réussissait pas à se rappeler clairement cette fille et ne pensait pas connaître ce jeune homme qui la cherchait.

« On s'est déjà vus quelque part ? demanda Thomas.

– Bien sûr qu'on s'est déjà vus. C'était avant la Commission, à Sherbrooke, il y a cinq ans. Tu faisais les yeux doux à ma sœur. Et puis, un beau matin, tu as disparu, comme cela. Ni vu ni connu. Et ma sœur a été malade et elle est partie tout de suite après. Je la cherche depuis ce temps-là. »

Alors le souvenir de cette madone blonde lui revint en mémoire. À la fois tellement désirable et tellement sage. Une autre pucelle déflorée au passage. Elle aurait fait une bonne épouse, mais Thomas n'avait pas besoin d'une épouse à ce moment-là. Et puis, elle était catholique. Il aurait fallu qu'ils partent ensemble, ailleurs, dans un endroit où ni la langue ni la religion ne comptaient et qu'ils vivent d'illusions et de batailles gagnées les unes après les autres.

« Ah ! oui, je me souviens. Malade, dis-tu, de quoi ?

– Je ne sais pas, mais je me rappelle qu'il y avait du sang partout. »

Les autres semblaient tout à coup s'intéresser à la conversation. Thomas se sentait mal à l'aise.

« Viens faire un tour, Jos. »

Ils s'engagèrent dans une allée du jardin intérieur de l'hôtel.

« Maintenant, je me rappelle de toi et de Madeleine. Elle travaillait au magasin général et tu avais été battu à la fabrique, c'est bien cela ? Ensuite, j'ai fait envoyer une lettre pour que tu comparaisses devant la Commission. Tu sais, j'avais demandé à Madeleine de venir avec moi, mais elle ne voulait pas. Et moi, je vais ici et là, je ne peux pas m'installer quelque part. Et je ne suis pas d'ici. Mon monde n'est pas ici.

– Alors pourquoi Madeleine est-elle partie ? »

Thomas ne savait plus quoi dire. Jos était trop jeune à l'époque pour comprendre ce qui se passait. Et comment le héros que Thomas croyait être pouvait-il expliquer à un garçon de seize ans qu'il avait abandonné sa sœur alors qu'elle était enceinte ?

« Je ne sais pas pourquoi elle est partie, ni où elle est partie, mais je connais des gens un peu partout ici à Montréal et aux États-Unis. Je vais chercher. Si j'ai des nouvelles, où puis-je te trouver ? »

Jos ne répondit pas. Tout cela, c'était la faute de Thomas. Si sa vie avait chaviré du jour au lendemain, lui enlevant le peu de joie que lui apportait sa sœur, c'était la faute à ce grand Américain sûr de lui, sûr de sauver le monde et même pas capable de lui dire où était sa sœur.

« Allez, ne boude pas, Jos. Dis-moi où je peux te trouver. Où travailles-tu ?

– Chez Davis, la fabrique de cigares. Mais je n'y suis plus pour longtemps. J'en ai assez d'être ici. Bientôt, je passe les lignes.

– Pour aller où ? »

Jos tenta de se rappeler où il souhaitait aller avec Stanislas, mais il avait oublié le nom de la ville.

« Quelque chose comme York.

– New York, tu t'en vas à New York, Jos ? Mais ce n'est pas le temps d'aller en Nouvelle-Angleterre avec la crise qu'il y a là-bas. Il y a une grande dépression qui va durer encore longtemps. Il faut dire que ce n'est pas beaucoup mieux ici. Tu devrais plutôt aller à Chicago, une nouvelle ville de l'Ouest et, avec la grande exposition universelle, il y aura du travail pour un bout de temps.

– Chicago, c'est loin ?

– Très loin, mais il y a de bons trains. Une fois à New York, tu prendras un train qui te mènera directement au Grand Central Station de Chicago. »

Jos écoutait sans trop comprendre. Chicago, pourquoi pas ?

« C'est quoi, une exposition universelle ?

– Quelque chose d'extraordinaire. Il y a des pavillons de plusieurs pays, un pavillon de l'électricité, un autre pavillon pour les manufactures. Je vais bientôt aller à Chicago avec M. Gompers et je compte bien visiter cette exposition. Une ville entière construite au bord du lac Michigan avec des bâtiments presque tous blancs. Si tu allais à Chicago juste pour cela, ce serait le voyage de ta vie. Et tu sais, là-bas, il y a une maison qui s'occupe des immigrants. Tu peux prendre des cours, faire de la musique, lire les journaux, aller à des conférences, même si je n'ai jamais vu de Canadiens français à Hull-House, cela s'appelle Hull-House, retiens bien le nom. Il y a tout un quartier canadien-français au nord-ouest de Hull-House, mais les gens ne se mélangent pas beaucoup. C'est comme ici : le curé, la paroisse, les péchés. Enfin, bon ! Si tu vas à Chicago, tu pourras dire à Mlle Adams, la propriétaire du Hull-House, que c'est un gars de Gompers qui t'envoie, elle va s'occuper de toi. Bonne chance et ne perds pas espoir. Si j'ai des nouvelles de Madeleine, je t'envoie une lettre à Hull-House. »

Thomas voulait maintenant se débarrasser de Jos. Le remords d'avoir ainsi abandonné sa sœur le tiraillait soudain. Pour se sentir moins coupable, il sortit de sa poche un portefeuille en cuir et en extirpa un billet de cinq dollars.

« Tiens, c'est pas assez, mais ça va t'aider à payer ton billet. »

Cela représentait quand même plus d'une semaine de salaire pour Jos ; il empocha le billet, ce qui ne changea toutefois pas son opinion vis-à-vis de Thomas. Celui-ci était responsable du départ de Madeleine, et cela, Jos ne le lui pardonnerait jamais. Ironiquement, il arrive parfois que le bien vienne de l'ennemi et il faut alors le saisir avec encore plus d'énergie.

Jos marcha longtemps malgré la chaleur. Il s'arrêta dans une taverne pour prendre une bière et fumer un cigare, puis il rentra chez la veuve Girouard pour souper. C'était dimanche et il ne voulait pas manquer le plat de légumes frais du marché mijotés avec un morceau de lard salé qu'elle cuisinait tôt le matin et qu'ils mangeaient à midi et le soir. Et si les petits fruits n'étaient pas trop chers au marché Bonsecours, il y en aurait pour le dessert, avec de la crème fraîche.

Assise sur la galerie donnant sur la rue, la veuve Girouard équeutait des fraises qu'elle mettait dans une terrine. Le père de Jos lui tenait compagnie en sirotant un petit verre d'alcool. Il y avait toujours, cachées dans un placard de la cuisine, plusieurs bouteilles que la veuve Girouard distillait elle-même. Cela l'amusait. Et c'était le moyen qu'elle avait trouvé pour garder à la maison le père de Jos.

À ce moment de l'année, la veuve Girouard remplissait un bidon de tiges de pissenlits, de mélasse et de blé. Elle y ajoutait de l'eau jusqu'aux trois quarts et laissait fermenter le tout jusqu'à l'automne. Parfois, elle oubliait d'en relâcher le couvercle et ses pensionnaires sursautaient en entendant un *boum!* magistral, qu'ils attribuaient d'abord à une explosion de gaz quelque part dans la ville. L'automne venu, elle transvidait l'alcool dans des bouteilles et le laissait décanter quelques mois.

Avant Noël, la veuve Girouard éteignait toutes les lampes à huile et installait sur le poêle à bois un énorme chaudron de métal soudé de toutes parts et muni d'un serpentin. En rampant pour ne pas être vus, ses pensionnaires allaient chercher de grandes quantités de neige qu'ils plaçaient dans une cuve. Le contenu de l'alambic domestique était d'abord chauffé, puis il distillait lentement en sillonnant le serpentin enfoui dans la neige. Selon la teneur en alcool désirée, on le passait une fois, deux fois ou trois fois même dans l'appareil avant de le mettre dans des bouteilles scellées. Évidemment, il fallait y goûter et la soirée se terminait généralement sur une agréable beuverie, qui restait toutefois civilisée. Surtout, il fallait prendre garde à ne pas ameuter le voisinage. Les fortes vapeurs qui montaient de l'alambic suffisaient déjà à étourdir un peu, surtout Jos qui n'avait pas l'habitude de l'alcool.

L'odeur qui se dégageait du verre de son père lui rappela l'alambic et il détourna le regard. Il ne voulait pas de cet alcool-là. Il aurait voulu boire une autre bière bien fraîche, mais il n'y en avait pas chez la veuve Girouard.

« As-tu déjà entendu parler de Chicago ? demanda-t-il à son père.

– Non, c'est où ?

– Très loin, aux États-Unis.

– As-tu l'idée de t'en aller ?

– Non, mentit Jos. C'est un gars de l'union qui m'en a parlé cet après-midi.

– Encore ce monde-là ! Tu sais bien ce que ça fait, les unions, ça nous fait perdre nos *jobs*. C'est tout ce que ça fait. Puis parle pas de ça ici. Tu sais que c'est pas la place.

– J'ai compris. »

Jos se leva pour aller écrire à Catherine. La tâche était pénible. Il avait beaucoup de mal à former les lettres et il s'y appliquait avec énergie. Quand elle le vit accoudé à la table de la cuisine comme un petit écolier, la veuve Girouard eut pitié de lui et demanda comme à l'accoutumée :

« Tu veux que je t'aide, Jos ?

– Non, répondit-il cette fois. Je vais me débrouiller. »

Malgré les fautes d'orthographe et les taches d'encre, Catherine comprendrait ses gribouillages. Contrairement à Madeleine, il ne partirait pas comme un déserteur sans laisser d'adresse. Quand sa lettre arriverait à Sherbrooke, il serait déjà dans un train en direction de New York ou de Chicago. À son père, il écrirait plus tard. La veuve Girouard ne serait pas malheureuse de le voir partir. C'était une brave femme, mais elle avait toujours peur qu'on vienne lui chercher son homme, celui qu'elle avait dérobé à la mère de Jos.

Puis, en s'appliquant encore davantage, Jos écrivit à Jules Helbronner pour lui dire qu'il partait aux États-Unis et que si jamais il avait des nouvelles de Madeleine, il pourrait lui écrire à Hull-House. Le journaliste devait sûrement savoir ce que c'était et où cela se trouvait. Lui n'en n'avait par contre aucune idée.

Chapitre IX

L'odeur devenait de plus en plus insupportable et Jos mit son mouchoir devant son nez. Lorsque le train ralentit, Stanislas se leva et fit signe à Jos de se préparer à sauter. Vert de peur, Jos cacha sa couardise en se tournant vers la sortie. Stanislas tira vivement la trappe du wagon et s'élança, puis se laissa rouler sur le côté. Jos était figé. À chaque fois qu'il devait sauter, il laissait passer Stanislas le premier et il devait ensuite se faire violence pour s'abandonner au hasard de la route.

Parfois, la chute lui causait une douleur terrible à la hanche ou au coude. Contrairement à Stanislas, qui se roulait en boule et qui retombait toujours sur le côté en gardant la tête légèrement surélevée, Jos planait littéralement, voulant voir où il atterrirait, et ce n'était qu'au dernier moment qu'il pensait à se replier sur le côté.

« Ouache, quelle odeur ! Il fallait qu'on tombe sur un convoi de peaux de castor. Si les dames et les messieurs savaient ce que ça sent avant d'être tanné, ils ne porteraient pas de manteaux de fourrure ! »

Jos se mit à rire. En fait, depuis leur départ de Montréal, lui et Stanislas s'étaient amusés la plupart du temps, se dirigeant au gré de leur fantaisie, dormant dans des wagons de marchandises ou dehors au soleil, changeant de train lorsqu'ils avaient besoin d'air, se souciant peu de savoir quand et comment ils arriveraient à New York. Ils sautaient du train juste avant son entrée en gare et ils marchaient jusqu'à celle-ci. Stanislas, le plus audacieux, s'enquérait du prochain départ pour New York. Afin de suivre une bonne piste, les deux voyageurs attendaient parfois que le train entre en gare, puis ils demandaient aux passagers d'où ils venaient et dans quelle direction allait le train. Il fallait ensuite courir sur les rails pendant quelque temps et se cacher dans les buissons. Lorsque le sifflet du train perçait l'air tranquille, Jos et Stanislas se préparaient à enjamber le joint qui reliait les voitures entre elles. Si jamais la voiture avant venait à ralentir, il fallait sauter très vite sur le bord du wagon pour éviter de rester coincé entre les deux voitures. Ce genre d'accident arrivait fréquemment et plus d'un passager clandestin y avait laissé une jambe et souvent même sa vie. Ensuite, il fallait ramper sur le toit d'une voiture et trouver une façon de pénétrer à l'intérieur. Souvent, l'été, la porte du wagon était entrouverte et il suffisait de s'y laisser glisser.

Habitué à être mené à la baguette depuis sa plus tendre enfance, Jos découvrait avec plaisir les charmes de la vie de vagabond. Pas de cloche pour l'usine, pas d'école, aucune obligation envers qui que ce soit. Jos eut envie de suivre Stanislas dans sa vie de chapardeur, mais il pensa à Rudolphe et à Jules Helbronner, et il se dit qu'il valait mieux rester dans le droit chemin, même si celui-ci prenait parfois des contours sinueux. De toute façon, sa vie en liberté surveillée ne lui avait pas donné comme à Stanislas le goût de la délinquance et il craignait de ne pouvoir survivre grâce à la filouterie.

Arrivés à New York, Jos eut du mal à se séparer de Stanislas, mais ce dernier ne voulait pas aller jusqu'à

Chicago. « Ce sera pour plus tard, lorsque je serai trop connu ici. Mais je te rejoindrai un jour, ne t'inquiète pas. »

Impressionné par Grand Central Station, les allées et venues des gens, Jos ne s'aventura même pas en dehors de celle-ci. Il ne fit que jeter un coup d'œil à l'extérieur. Un grand nombre de bicyclettes se frayaient un chemin à travers les lignes de tramways et Jos eut soudain peur de toute cette agitation.

« Comment vas-tu t'y retrouver dans tout cela ? » demanda-t-il à Stanislas, qui observait les gens riches qu'il détrousserait un peu plus tard.

« Je vais me débrouiller. Je crois que je vais d'abord me faire vendeur de journaux. Ça me permettra d'aiguiser mes talents. Va t'informer pour les billets. »

Et, d'une main de magicien, Stanislas extirpa de sa poche une montre en or de la même façon qu'il aurait sorti un lapin d'un chapeau.

« Tiens, tu vas en avoir besoin pour l'horaire des trains. Puis, si jamais t'es mal pris, tu pourras la vendre.

– C'est la montre que tu as volée au parc Sohmer, le dimanche où Gompers est venu.

– Oui. C'est à lui, justement. »

Jos était confus. D'une part, il était embarrassé à l'idée de porter une montre volée à l'homme qu'il admirait le plus au monde. D'autre part, il se plaisait à l'idée de garder sur lui, comme une amulette, la montre de Gompers. Cela me portera bonheur, se dit-il en caressant du bout des doigts l'or ancien et les gravures qui entouraient le cadran.

Stanislas envolé, Jos pensa à ce qu'il devrait dire au guichetier. Il craignait qu'on ne le comprît pas à cause de son accent français. Soudain, il vit un panneau annonçant un voyage de rêve dans le Chicago Limited Express. Il demanda donc un billet pour le Chicago Limited Express. Seul un léger froncement de sourcil de la part de l'employé le fit se sentir étranger, mais l'homme ne le fit pas répéter.

Vingt-huit dollars. Quand Jos apprit le montant du billet pour Chicago, il en resta abasourdi. Il ne se doutait pas qu'il allait monter dans l'un des plus luxueux trains du monde, le joyau et la fierté de Chicago. Il ne pensa pas à se renseigner sur le prix d'autres billets et se retira dans un coin pour compter ce qu'il transportait dans son sac. Pendant trois ans et demi, il avait glissé chaque semaine une, parfois deux pièces de un dollar dans un bas de laine dissimulé derrière une planche du placard de sa chambre. Comme il avait un peu de mal à compter, il décida de faire des piles de dix. Il en aurait besoin de deux, plus huit autres pièces pour payer le billet. Une fortune !

À mesure que les piles se formaient, les yeux de Jos s'agrandissaient. Il avait devant lui quinze petites tours de dix dollars chacune. Sans compter le billet que Thomas lui avait donné. S'il s'était donné la peine de compter ses pièces avant, il aurait su qu'il était en mesure de partir depuis longtemps. Mais il ne devait pas se réjouir trop vite. Il n'avait pas de travail et devrait d'abord trouver un endroit où habiter à Chicago. Le calcul fait, il dissimula prestement son bien dans le bas de laine avant que quelqu'un ne l'aperçoive.

Arrivé au comptoir de billets, il eut toutefois une mauvaise surprise. « Nous ne prenons pas cet argent, lui dit l'employé. Vous devez le changer en dollars américains. »

Jos ne savait pas quoi faire. Il se tourna vers les portes de la gare par lesquelles entraient des dizaines de personnes. La gare elle-même était pleine d'animation avec ses petits marchés et ses vendeurs ambulants qui offraient toutes sortes de babioles aux passagers, ses cireurs de chaussures qui n'avaient pas plus de six ans et ses crieurs de journaux qui se disputaient les lecteurs. Un aveugle qui récoltait des pièces dans son chapeau actionnait un orgue de Barbarie et cette musique faisait à Jos l'effet d'un appel au calme au milieu de toute cette cacophonie. Devant l'air désemparé du garçon, l'employé ajouta: « Il y a là-bas un comptoir de la Chase Bank. On vous donnera des dollars américains en échange de vos pièces anglaises. » Jos ressentit un grand soulagement. Il avait eu peur de devoir sortir de la gare pour trouver une banque et de se perdre dans New York.

Le caissier de la Chase Bank lui remit des dollars verts et tout en s'inquiétant de voir ainsi diminuer le volume de sa richesse, Jos se sentit beaucoup plus léger lorsqu'il retourna au comptoir. Muni d'un billet, Jos s'apprêtait à effectuer le voyage le plus agréable de sa vie.

Le train du Chicago Limited Express quitterait New York à neuf heures le matin même pour arriver à Chicago exactement vingt-quatre heures plus tard.

Quand il prit place dans le wagon, Jos remarqua que des passagers le toisaient du regard avec mépris, mais il ne s'en formalisa pas, se concentrant sur la beauté du paysage et sur le confort des banquettes.

Impressionné par la salle à manger aux sièges recouverts de soie ivoire et au plafond décoré de fresques,

Jos, se croyant soudain devenu riche, y flamba près de trois dollars pour un repas de première classe. Ses habits démodés et fatigués ne semblaient pas déranger les employés, qui étaient tous des Noirs et qui portaient des uniformes d'une blancheur immaculée. Du moment qu'il sortait de sa poche une pile de billets verts, il pouvait demander n'importe quoi. C'est donc aussi à cela que sert l'argent, se dit Jos. C'était la première fois qu'il voyait des hommes de couleur et tout en mangeant une délicieuse tranche de jambon en provenance des abattoirs de Chicago, il ne pouvait détacher ses yeux des serveurs noirs. Ils étaient partout. Dans le fumoir du train, dans la petite bibliothèque où Jos lut avec attention quelques pages de journaux, dans les corridors, transportant avec aisance les bagages des voyageurs, récoltant dans leur main tendue un petit quelque chose que Jos ignorait. C'est l'absence de ce petit quelque chose qui fit se refroidir le regard que les employés noirs posaient sur Jos à mesure que le voyage avançait.

Pour le dessert, il s'offrit cette nouveauté qu'on annonçait sous le nom de *ice cream*. D'abord, il fut surpris par l'aspect du dessert, qui se présentait comme une petite montagne de neige. Il y toucha avec ses doigts et constata que c'était bel et bien froid comme de la neige. C'est seulement en le portant à sa bouche qu'il put mesurer l'effet que ce doux mélange de crème et de sucre produisait sur ses papilles. Comment pouvait-on, en plein mois de juin, conserver de la crème aussi froide ? se demanda Jos. Il ignorait que les wagons Pullman étaient équipés de réfrigérateurs actionnés au gaz et dont on pouvait faire descendre la température en dessous de zéro. Après le jambon de Parme qu'on servait en entrée et la poule des Prairies rôtie à point, la crème glacée lui offrit une fin de repas joyeuse. Il se leva ensuite, décidé à explorer plus à fond toutes ces merveilles dont regorgeait le train.

En déambulant à travers les wagons, Jos lut sur une des portes : *Men Bath Tubs, 75 cents.* Cette mystérieuse inscription intrigua Jos, qui poussa la porte. Des odeurs agréables envahirent ses narines. L'humidité de la pièce était bienfaisante ; un employé noir tendit à Jos deux serviettes blanches aussi immaculées que son uniforme et lui demanda de payer avant de se plonger dans la baignoire. Il détailla ses vêtements en faisant une grimace de dégoût, mais s'abstint de tout commentaire. Les employés noirs de George Pullman, le propriétaire de ces wagons luxueux, ne devaient pas adresser la parole aux passagers autrement que pour répondre à leurs questions. De la condition d'esclaves, ces Noirs étaient passés à celle de domestiques des passagers. Ils touchaient des salaires raisonnables et leur travail comme employés de chemin de fer leur conférait une supériorité par rapport aux autres personnes de leur race.

Jos se laissa glisser dans ce qui lui sembla être une immensité d'eau en comparaison de la petite cuvette qu'il utilisait chez la veuve Girouard. De plus, ce petit lac sur pattes était chaud et parfumé. Il suffisait de tourner un robinet pour qu'en jaillisse une eau bouillante qui venait réchauffer le contenu de la baignoire lorsqu'il se refroidissait. Jos se prélassa longuement dans cette eau colorée d'un bleu azur, mais qui s'assombrissait à mesure qu'il se frottait avec le doux savon beige. Quand il en sortit, il fut gêné par le cerne noir qu'il avait laissé sur les parois de la baignoire blanche. Il rougit en voyant l'employé noir, dans sa livrée de valet, accroupi à frotter la baignoire. «Je peux le faire», dit Jos. Mais l'autre, avec un regard mauvais, lui fit signe de partir.

Fuyant le regard du travailleur d'ébène comme Caïn celui de Dieu, Jos se rendit au fumoir et dégusta un cigare. Il se sentait lourd et ensommeillé. Le repas et le bain l'avaient engourdi et le manque de sommeil des derniers jours le fit s'assoupir dans un fauteuil confortable, son cigare à la main.

Une sensation de brûlure suivie d'une averse d'eau froide le tira brutalement du sommeil. Un petit homme à la moustache fine et à l'allure sévère l'aborda sévèrement: «Vous avez failli mettre le feu au wagon.»

Jos baissa les yeux sur son pantalon. Un immense trou entouré d'un cercle brun laissait voir sa cuisse rougie et douloureuse. Personne ne sembla se préoccuper de sa brûlure. Un employé vint nettoyer le fauteuil. Se sentant de nouveau poursuivi par les yeux du Noir, Jos quitta les lieux. En sortant dans le couloir, il entendit l'homme à la moustache lancer à la ronde: «Cela lui donnera enfin l'occasion d'en acheter un nouveau.» Et tout le monde se mit à rire. Dans un élan d'audace et grisé par le pouvoir artificiel que procure l'argent, Jos eut l'aplomb de rétorquer: «Vous pourriez m'en prêter un, mais il serait trop court.»

Jos vit tout de suite que le coup avait porté. Lui-même petit, il s'était toujours senti désavantagé par sa taille, mais il n'avait jamais essayé de jouer aux personnes importantes pour compenser son handicap, comme le faisait cet homme du haut de sa petitesse. Celui-ci rougit jusqu'à la racine de ses cheveux qui étaient peu nombreux. Les autres messieurs, réprimant un sourire, détournèrent la tête et regardèrent dehors, le temps que le visage à moustache retrouve sa couleur habituelle.

Jos goûta alors le plaisir de l'effronterie qui ne portait pas à conséquence. Personne ne l'avait frappé ni puni d'une amende. En remettant ses vêtements après le bain, Jos avait constaté que non seulement ils étaient vieux et usés, mais qu'en plus, ils sentaient mauvais. En fait, il ne pouvait dire depuis combien de temps il portait ce complet. La brûlure le faisait souffrir et l'odeur de roussi qu'il dégageait maintenant faisait se détourner les passagers du wagon de luxe.

Quand il regagna son siège, Jos se sentit mal à l'aise. De toute évidence, son retour dans le compartiment de première ne semblait pas plaire à tout le monde. Une dame vêtue d'une robe aubergine à manches bouffantes et dont le derrière semblait rebondir d'une façon exagérée s'adressa à Jos.

« Peut-être auriez-vous besoin de vous changer ? Mon fils fait à peu près la même taille que vous. Suivez-moi. »

Une fois changé, Jos réalisa qu'il ne dégageait plus d'odeur désagréable. Le complet trois-pièces taupe et la lavallière qu'on lui avait donnés lui allaient parfaitement. La généreuse passagère lui prêta des boutons de manchette qu'il devrait lui restituer à la fin du voyage.

La dame ne parla pas beaucoup à Jos ; elle faisait partie de ce nouveau cercle de la bonne société de Chicago qui croyait qu'en donnant aux pauvres l'apparence des riches, on les amènerait à agir comme eux. Elle ne lui demanda pas comment il s'était retrouvé dans ce train luxueux ni où il avait trouvé l'argent pour payer son voyage. Elle lui demanda seulement ce qu'il comptait faire une fois arrivé à Chicago.

« Je ne sais pas. Je dois d'abord trouver Hull-House, puis le quartier des Canadiens français.

– Vous connaissez Hull-House ?

– Non, mais un gars de l'union m'a dit qu'on pourrait m'aider là-bas.

– Eh bien, intéressant ! Une fois arrivée à Chicago, je demanderai à mon cocher de vous y déposer. »

La dame regagna alors son siège sous les regards reconnaissants des autres passagers, heureux de voir qu'on avait si facilement masqué l'évidence de cette pauvreté embarrassante qui s'était infiltrée dans leur univers. Maintenant, ils pouvaient faire comme si Jos n'était pas là. Et la bonne dame se sentit remerciée de son geste lorsque Jos, pour se donner une contenance, sortit de son sac le livre de Zola.

« J'étais sûre, dit-elle à son fils, que ce n'était pas un gamin comme les autres.

– C'est ce qu'on verra lorsqu'il filera avec mes boutons de manchette. »

Lentement, comme dans un rêve, Jos vit le paysage se teinter de rose. Le coucher de soleil dura longtemps, jouant sur le temps que l'Ouest avantageait d'une heure. À dix heures, les voyageurs commencèrent à se lever et à quitter le wagon. Les hommes souhaitaient bonne nuit à leurs épouses, qu'ils ne reverraient pas avant le lendemain matin. Un employé signifia à Jos que son lit était prêt.

« Un lit ? demanda Jos, surpris.

– Oui, votre billet comprend aussi le lit. »

Jos suivit l'employé dans le char-dortoir réservé aux hommes. Là, il se vit indiquer un compartiment meublé d'un lit encastré dans le mur. Au-dessus de la couchette, on pouvait lire : « S'il vous plaît, retirez vos chaussures. »

Si rustre qu'il fût, il ne serait certainement jamais venu à l'idée du garçon d'entrer avec ses bottines dans ce qui lui semblait un cercueil de luxe. Il retira aussi ses beaux vêtements et les boutons de manchette, qu'il plaça sous l'oreiller.

Il était épuisé et, après avoir baissé la mèche de la lampe à huile, il s'endormit profondément. Son sommeil fut pourtant hanté par le fantôme de sa mère, qui le suppliait de lui envoyer de l'argent.

Réveillé par le contrôleur qui annonçait que le déjeuner était servi à la salle à manger, Jos se demanda où il était. Le fait de se réveiller ainsi en pleine nature lui parut fantastique et longtemps, il laissa ses yeux balayer l'immensité du paysage. Des plaines verdoyantes et un lac scintillant se déployaient devant lui, majestueux.

Après un déjeuner somptueux, Jos n'eut que le temps de ramasser son maigre sac avant d'entendre crier ce qui lui sembla être : *She cow go.* Et, encore une fois, il pensa à Georgette, sa vache préférée à la ferme. Ce monde était bien loin et Jos se sentit tout à coup immensément seul. Seul et petit. Il fallait descendre du train, sortir de Grand Central Station et trouver Hull-House, puis le quartier canadien-français. Jos aurait voulu pouvoir rester indéfiniment dans le train, ce lieu douillet entre l'espace et le temps, protégé contre les agressions extérieures. L'immense gare était conçue comme une vraie ville, dans un style que Jos ne put identifier, mais qu'il trouva décidément plus sobre que celui de la gare de New York. Il y avait de grandes vitrines donnant sur l'extérieur. En sortant de la gare, il sentit quelqu'un le toucher au coude.

« Vous n'auriez pas oublié quelque chose ? »

C'était le fils de la généreuse passagère. Et soudainement, Jos se rappela ce qu'elle lui avait promis.

« Ah oui, est-ce que vous pouvez m'amener à Hull-House ?

– Ce n'est pas de cela dont je parlais, répliqua froidement le jeune homme en pointant du doigt les boutons de manchette.

– Oh ! J'avais oublié, dit-il en espérant qu'on le croirait. »

La mère du jeune homme s'approcha. Ses yeux gris avait un air consterné.

Voyant que personne ne le croyait, Jos essaya tout de même de se justifier.

« Je vous demande pardon, j'avais oublié.

– Ces boutons valent plus que ce que vous gagnez durant toute une année, répondit la dame offensée. Il faut savoir reconnaître la bonté de ceux qui vous tendent la main, jeune homme, et ne pas tenter de les voler.

– Mais j'avais oublié », répéta Jos une dernière fois pendant que le cocher, venu à la rescousse, le sommait de lui remettre les boutons de manchette. Jos regarda s'éloigner la dame et dut obtempérer. Dans sa naïveté, il avait cru qu'on oublierait les boutons de manchette et s'était déjà figuré combien ils pourraient lui rapporter s'il devait se résoudre à les vendre.

Il devrait donc trouver son chemin lui-même. Étourdi par les bruits de la ville, Jos marcha un peu et contempla l'immense tour de deux cent quarante pieds qui s'élevait au milieu de Grand Central Station. Les édifices de la 5e Avenue étaient si hauts et si droits qu'on aurait dit qu'ils voulaient toucher le ciel. Jos compta dix rangées de fenêtres. Plus loin, il aperçut une immense boucle surélevée où circulaient les nombreux trains qui sillonnaient la ville. Les hennissements des chevaux à travers les cloches des tramways électriques et le sifflement des trains l'étourdissaient. Jos se sentait effrayé par tout ce va-et-vient ; il se dirigea vers un employé de chemin de fer pour lui demander sa route.

Heureusement, Hull-House était assez proche de la gare. Comme on le lui avait indiqué, il descendit la rue Wells vers le sud, ce qui le conduisit rapidement à la rue Polk, laquelle débouchait directement sur Hull-House, au 800 de la rue Halsted. Jos fut impressionné en voyant le beau manoir. Il tourna un peu autour, puis descendit la rue Halsted vers le sud. Et c'est là, après son voyage féerique en train, que Jos se rendit compte qu'il était vraiment très loin de chez lui.

Montréal lui sembla un petit village. Là-bas, on dissimulait sa pauvreté au fond des logis de misère. Ici, cette pauvreté s'étalait au grand jour, dans toutes les langues et dans tous les accoutrements. Une Italienne déambulait péniblement avec un paquet de vêtements sur la tête. Coiffée d'un foulard, elle était grande et mince et ne semblait pas avoir plus de trente ans, mais son dos était voûté comme celui d'une vieille femme. Plus loin, deux petits garçons à boudins récitaient des prières dans une langue que Jos ne comprenait pas. Pendant ce temps, un boucher offrait à une dame portant de faux cheveux un morceau de viande qu'elle examina scrupuleusement avant de le faire envelopper. Partout, des gens demandaient l'aumône et Jos eut du mal à se frayer un chemin à travers les étals et les gens assis par terre pour reprendre la direction du manoir. Un véritable sentiment de panique s'était emparé de lui et il lui semblait que tous ces gens le dévisageaient au passage. Ce qui était vrai. Jos était l'inverse du caméléon. Ses nouveaux vêtements détonnaient autant dans ce quartier que ses loques dans le train luxueux. Bientôt, trois garçons se mirent à le suivre, ne sachant pas ce que faisait cet égaré parmi les démunis, mais bien décidés à profiter de l'aubaine. Sentant le danger, Jos se mit à courir en restant le plus près possible des étals, estimant que c'était sa seule chance de leur échapper. Quand il eut atteint le numéro 800, il sauta sur la première marche, sans hésiter cette fois. En le voyant se diriger vers Hull-House, les autres s'éloignèrent comme s'il s'était agi d'un temple sacré.

Quand on lui ouvrit la porte, Jos était effondré.

« *Help!* cria-t-il, il y a des gars qui courent après moi pour me voler.

– Ce n'est peut-être pas pour vous voler, mais parce que vous leur semblez un peu différent, répondit une dame à l'air sympathique. Je vais chercher Mlle Addams. »

Jos était fasciné par le beau salon ; il se sentit un peu rassuré par l'atmosphère joyeuse qui régnait dans la maison. Quelques personnes qui discutaient dans une pièce hexagonale adjacente au salon levèrent la tête un instant, mais ne firent pas davantage attention à lui.

Quand Jos vit Jane Addams descendre l'escalier, il la trouva à la fois imposante et apaisante.

« Alors, on me dit que vous avez été suivi. Il ne faut pas trop s'inquiéter. Il suffit de ne pas se trouver au mauvais endroit au mauvais moment. La vie est dure dans ce quartier et si on n'y prend pas garde, on devient vite une proie facile. Mais une fois que les gens vous connaissent, vous êtes tranquille en général. »

Jos trouva Jane Addams plus impressionnante encore que Jules Helbronner, peut-être en raison de son maintien et de sa corpulence. Elle semblait être d'une grande générosité, mais Jos sentit à son regard qu'elle se forçait pour lui être agréable.

Jane Addams remarqua tout de suite l'accent de Jos et lui demanda s'il arrivait de France.

« Non, je suis de Montréal. Je suis venu ici pour trouver du travail.

– Ah, vous êtes Canadien français. »

Elle semblait déçue.

« Oui, on m'a dit qu'il y avait un quartier canadien-français pas très loin d'ici. Je dois trouver un endroit où habiter avant de me chercher du travail.

– Il y a effectivement des Canadiens français qui habitent le quartier voisin depuis des années ; ils sont installés un peu plus au nord, mais je n'en ai jamais rencontré un. Ils forment un clan et ne se mélangent pas du tout avec nous. Pourquoi ne vous mêlez-vous pas aux autres Américains, puisque vous avez choisi de vivre ici ?

– Je ne sais pas, je viens seulement d'arriver, moi, répondit simplement Jos, pressé d'en finir.

– Eh bien, j'espère que vous serez différent. Chez nous, il y a de la place pour les gens de toutes les nationalités. Vous viendrez assister à nos rencontres. Il y a des danses le samedi soir, vous y verrez d'autres immigrants comme vous. Et nous célébrons la fête du 4 Juillet, celle de Noël et plusieurs autres. Vous pourrez emprunter des livres et prendre des cours de musique. Quel est votre métier ?

– Je suis cigarier. »

Jane Addams dissimula sa surprise, mais Jos réalisa qu'elle examinait son costume, qui n'était certes pas celui d'un ouvrier, sauf si, comme elle l'espérait, il travaillait aussi pour une union.

« Vous me semblez bien habillé pour un cigarier. Comment avez-vous obtenu notre adresse ?

– L'habit, c'est une dame dans le train qui me l'a donné. Et c'est un gars de Gompers qui m'a dit de venir ici.

– Ah oui ? Vous travailliez pour une union au Canada ?

– Non. Je n'étais qu'apprenti et j'allais à l'école du soir.

– Bien, bien, vous pourrez continuer à vous instruire ici. Je vais demander à quelqu'un de vous diriger vers le quartier canadien-français. Soyez prudent. »

Jane Addams appela un jeune homme qui travaillait au jardin et lui demanda de montrer à Jos où était ce quartier.

En voyant des vêtements de travail suspendus sur une corde à linge, en entendant une voix à l'intérieur qui chantait *Fais dodo, Cola mon petit frère,* Jos se sentit chez lui et cela lui fit du bien. Les maisons étaient simples, construites en bois. L'atmosphère paisible n'avait rien de commun avec l'agitation de la rue Halsted. Lorsque Jos aperçut une petite église et son presbytère, il signifia à son compagnon qu'il pouvait repartir. Tout irait bien maintenant. Effectivement, le curé lui indiqua une pension où il fut reçu par une dame dans la jeune trentaine, coiffée d'un chignon désinvolte. Mariée, elle avait des enfants qui pleurnichaient, accrochés à ses jupes. Jos devina que tout n'allait pas pour le mieux dans cette maison qui avait visiblement connu des jours meilleurs, comme en témoignaient le beau mobilier et les tentures aux fenêtres.

« L'ouvrage ne cesse de diminuer à l'usine de chaussures, alors nous avons décidé de prendre un pensionnaire pour ne pas que je sois obligée de travailler aussi, lui dit la femme, mais nous ne pourrons pas vous garder longtemps si vous ne trouvez pas une *job*. Ce sera trois dollars par semaine. »

Jos eut pitié des enfants et pour rassurer la mère, il sortit de sa poche trois billets de un dollar et les lui remit.

« Je vais vous payer d'avance, j'ai ramassé un peu d'argent avant de quitter Montréal. »

C'était le double de ce qu'il payait à la veuve Girouard, mais la vie était plus chère à Chicago et les salaires étaient, l'espérait-il, en conséquence.

La jeune dame enfouit prestement les billets dans la poche de son tablier, puis conduisit Jos à sa chambre qui était en fait un petit coin aménagé dans le grenier et isolé par trois couvertures grises qui pendaient du plafond. Elle partit ensuite au marché, suivie par les enfants toujours agrippés à ses jupes.

Jos voulut se désaltérer un peu et descendit de sa petite cellule torride pour prendre un verre d'eau. Il y avait une pompe à eau dans la maison et une fosse d'aisances bien fermée pas très loin dans la cour. Ce n'était pas un wagon Pullman, mais ça irait très bien. Jos n'avait qu'une inquiétude: comment ferait-il pour dormir dans un pareil four ? Les vents du lac Michigan, auxquels la cité devait son surnom de Chicago la venteuse, répondirent le soir même à sa question.

CHAPITRE X

Après le départ de Jos, Jane Addams sentit cette terrible douleur au dos qui la faisait souffrir périodiquement et grimaça en prenant son courrier. Son amie Mary Roset Smith, qui venait d'arriver, la força à se reposer. « Vous avez l'air tellement fatigué, montez vous étendre un peu. »

En fait, Jane Addams semblait toujours fatiguée. Une attaque de tuberculose à la colonne vertébrale, survenue quand elle était jeune, lui avait légèrement déformé le dos, qu'elle tenait voûté, et ses pieds étaient courbés vers l'intérieur. Cette déformation la forçait à tenir sa tête légèrement sur le côté. À trente-trois ans, elle avait l'air plus vieille que son âge. De plus, cette douleur lancinante au dos la faisait souffrir atrocement et la forçait parfois à garder le lit, ce qui, en général, ne ralentissait pas ses activités.

Jane Addams était en effet la femme la plus célèbre de Chicago, même avant la féministe mondaine Bertha Palmer. Elle était connue aussi ailleurs dans le monde. Seule la reine Victoria, disait-on, la détrônait en termes de popularité. Ce qui différenciait Jane Addams des autres bonnes dames de la société de Chicago qu'elle fréquentait, c'était son engagement social. Élevée par un père libéral ami d'Abraham Lincoln, Jane Addams avait eu la chance de faire des études au collège et de visiter l'Europe, ce qui aurait fait d'elle une bonne candidate au mariage, si tel avait été son idéal. Après quelques années de questionnement, elle avait décidé en 1889 d'ouvrir ce qu'elle croyait être la première maison d'œuvre sociale dans un quartier d'immigrants pauvres. En fait, il en existait déjà une à New York depuis quelques années, mais Jane Addams elle-même l'ignorait.

Installée dans un ancien manoir ayant appartenu à Charles Hull, Mlle Addams et ses résidents, qui étaient habituellement des résidentes, organisaient des conférences, accueillaient des enfants d'immigrants, leur donnaient des cours, intervenaient auprès des patrons trop exigeants et récoltaient auprès de ces mêmes patrons des fonds destinés à venir en aide aux immigrants. Les uns à la suite des autres, de nouveaux édifices étaient apparus autour du manoir : une garderie pour les mères qui se rendaient à l'usine tôt le matin, une école d'art pour initier les jeunes à la musique et au théâtre, une bibliothèque, des salles de rencontres pour le club de Platon, une cuisine où les jeunes filles apprenaient à concocter des plats américains et un club de lecture pour ces mêmes jeunes filles.

Le manoir lui-même représentait un lieu de convergence des idées où des femmes et des hommes aux idéaux socialistes ou capitalistes venaient alimenter l'âme de cette maison. L'hexagone, une petite pièce à six murs, tenait lieu de bibliothèque et de salle de travail. La cuisine donnait sur la cour arrière. Le bureau et la chambre de Mlle Addams étaient situés à l'étage, de même que celles des résidents. La maison était décorée de peintures rapportées d'Europe par Mlle Addams et

Mlle Ellen Starr, cofondatrice de la maison. Elle était meublée d'un mélange de tables en acajou, héritage familial, et de meubles modernes.

La rue Halsted, où était située Hull-House, était une immense artère où il y avait des marchés de fruits, des boulangeries et des boucheries en plein air que tenaient des immigrants de toutes cultures. Dans les petites rues parallèles se trouvaient des maisons à plusieurs logements mal entretenues où des dizaines de personnes s'entassaient dans la même pièce. Sur les un million sept cent mille habitants que comptait Chicago, plus de trois cent mille vivaient dans des taudis. Chaque ethnie partageait bon gré mal gré son petit espace, dessinant ainsi à l'échelle urbaine une carte des pays où chacun colorait son bout d'existence d'une teinte différente de celle du voisin. Et de ce mélange composite, Jane Addams essayait de tirer une aquarelle aux nuances américaines.

Entre la rue Halsted et la rivière Chicago, on retrouvait une dizaine de milliers d'Italiens; au sud de la 12e Rue, des Allemands et, dans les petites rues transversales, comme Maxwell, des Juifs venus de Russie ou d'Europe de l'Est, différents des Juifs allemands qui habitaient Chicago depuis plusieurs années. Habillés de manteaux et de chapeaux noirs, portant des papillotes de chaque côté de la tête, ils étaient la source de rires méchants de la part des enfants et ils étaient souvent attaqués à coups de pierre par les catholiques irlandais qui habitaient plus au nord.

La jeune ville qu'était Chicago se voulait le point de rencontre de l'Est et de l'Ouest. Aussi peuplée que New York, elle était le lieu de transit des trains et des bateaux. C'est là également que s'arrêtaient ceux qui cherchaient un ailleurs meilleur.

En circulant à travers les étals des marchés en plein air de la rue Halsted, on pouvait entendre tout à la fois du russe, du polonais, du grec, de l'italien et du yiddish, auxquels s'ajoutaient parfois quelques mots formulés dans un anglais approximatif.

Jane Addams se leva pour fermer la fenêtre. Cette cacophonie qui montait de la rue l'agaçait. Elle préférait la tiédeur de la maison à la brise de juin qui venait de l'extérieur. Allongée dans la pénombre, elle tenta de se détendre. Parfois, par la seule force de sa pensée, elle réussissait à sublimer la douleur et à sombrer dans un sommeil profond, le temps de se reprendre. La journée était trop chargée pour se laisser aller à la maladie. À midi, elle devait rencontrer Me Clarence Darrow, un avocat réputé qui appartenait au cercle des amis de Hull-House, pour lui demander de s'occuper du cas de cette enfant mise en prison parce qu'elle avait volé un bout de tissu. Mlle Addams estimait qu'il fallait absolument faire changer cette loi qui permettait d'emprisonner les enfants de moins de seize ans.

La douleur ayant l'air de s'atténuer, Jane Addams se leva pour répondre à son courrier, mais elle entendit des rires et des éclats de voix montant du rez-de-chaussée et décida d'aller voir ce qui se passait. Il y avait toujours de l'action dans cette maison et Jane Addams pensa qu'il serait bon d'embaucher un portier, au moins le soir, pour ne pas devoir se préoccuper constamment des allées et venues de chacun.

C'était sa grande amie, Florence Kelley. En voyant Jane Addams dans l'escalier, elle la taquina : « Alors, on s'abandonne à la paresse, Mlle Addams ? À moins que vous ne soyez en train de dire vos prières ? »

Le jour où Florence Kelley était entrée à Hull-House, cette maison en avait été métamorphosée. Cette pionnière avait incité Jane Addams à transformer ce qui était à l'origine une œuvre de charité en une école de pensée où tous les idéalistes de ce monde pouvaient se rencontrer. Florence Kelley se moquait gentiment des thés que donnait son amie pour attirer chez elle les riches femmes d'industriels à la bourse généreuse et de son habitude de réciter la prière du soir, en compagnie des autres résidents.

Fuyant un mari violent, Florence Kelley s'était présentée à la porte de Hull-House par un froid matin de décembre 1891. Ses trois enfants mis en pension, elle commença à faire ce pour quoi elle s'était préparée depuis des années : lutter contre les injustices du capitalisme, dont la pire, selon elle, était l'exploitation des femmes et des enfants. Sa correspondance régulière avec le philosophe Friedrich Engels impressionnait ses amis.

Avec Jane Addams et d'autres résidentes de Hull-House, elle s'était lancée dans une enquête sur le travail des femmes et des enfants, les petites filles surtout qui, à dix ans, s'arrachaient les doigts à fabriquer des boutons taillés dans des coquillages, travaillaient plus de douze heures par jour dans des usines de chaussures ou, lorsqu'elles allaient à l'école, tombaient endormies sur leur pupitre parce qu'elles cousaient, la nuit, les vêtements que leurs parents rapportaient à la maison.

« Vos études à l'université Northwestern sont terminées pour l'été, à ce que je vois. Cela nous donnera plus de temps pour travailler à notre livre, proposa Jane Addams.

– Oui, mais ce ne sera pas ma seule occupation. Si la Loi sur les manufactures passe bientôt, comme nous l'espérons, il serait possible, d'après certaines rumeurs, que le gouverneur me nomme inspectrice en chef des manufactures.

– Merveilleux, n'est-ce pas, Mlle Smith ?

– Oui », répondit distraitement Mary Roset Smith qui, penchée sur sa broderie à petits points, ne semblait pas partager l'enthousiasme de Jane Addams. Elle félicita cependant Florence Kelley, mais assez froidement et, apercevant son cocher devant la porte de Hull-House, elle se leva précipitamment.

« Je dois y aller maintenant, au revoir. »

Demoiselle de la bonne société, Mary Roset Smith était la fille d'un riche homme d'affaires de Chicago et l'une des plus importantes bienfaitrices de Hull-House. Lorsqu'elle sortit, elle remarqua l'anxiété de son cocher. Il n'aimait pas se rendre dans ce quartier et il retournait toujours à la maison plutôt que de patienter devant le manoir, prétextant que l'air n'était pas bon pour les chevaux.

Florence Kelley regarda par la fenêtre pendant que s'éloignait l'attelage de couleur isabelle. Elle vint s'asseoir sur le divan à côté de Jane Addams.

« Êtes-vous prête pour la conférence que vous donnerez à l'Exposition colombienne ? demanda-t-elle.

– Non, mais j'y travaille. Je ferai de mon mieux.

– C'est quand même malheureux qu'il n'y ait rien eu sur Hull-House à l'Exposition universelle. Alors que cet événement se veut le reflet de la vie urbaine, on n'y retrouve, semble-t-il, que deux exemples de maisons de travailleurs, et pas de celles qu'on visite, j'en suis sûre.

Je compte aller voir tout cela moi-même bientôt. J'étais venue pour travailler à notre livre, mais je vois que vous êtes bien fatiguée, alors je vous laisse. Avec toutes nos occupations et cette fameuse Exposition, nous avons du mal à trouver le temps de travailler ensemble. »

Jane Addams remonta le long escalier qui menait à sa chambre à coucher et cette fois, elle s'endormit en rêvant de ces extraordinaires pavillons blancs symbolisant la richesse de Chicago.

La ville blanche cachait tout ce qu'il y avait de noir dans cette cité qui avait poussé à la vitesse d'un champignon en oubliant l'essentiel, selon elle : les travailleurs qui avaient bâti la ville. Chicago n'avait pas échappé à la rapacité des capitalistes. Ces mêmes hommes d'affaires qui contribuaient généreusement aux finances de Hull-House se préparaient à mener une guerre sans merci contre le projet qui lui tenait tant à cœur : que cessent le travail et l'exploitation des enfants, qu'on les laisse aller à l'école et qu'on les intègre à la société américaine.

À onze heures, Mary Keyser, qui était responsable de la maison, lui apporta du thé et l'édition du midi du *Chicago Tribune*. Le succès phénoménal de l'Exposition colombienne, quelques semaines seulement après son ouverture, faisait la une du journal. Un entrefilet signalait qu'on n'avait pas encore retrouvé le sac de « sainte Jane », qui lui avait été dérobé le premier jour de l'Exposition. Jane Addams n'aimait pas qu'on l'appelle « sainte Jane ». Elle n'était pas sainte et il lui importait peu qu'on retrouve son sac. Elle devait avant tout respecter l'engagement social qu'elle s'était imposé, même s'il lui pesait parfois. Et cette lourde responsabilité s'appelait pour l'instant Marika, qui croupissait en prison pour avoir voulu colorer sa vie d'un ruban incarnat.

Chapitre XI

Le matin, Jos fut réveillé par les enfants qui, à l'intérieur, couraient en criant et en se bousculant. Ils n'étaient visiblement pas habitués à la présence d'un étranger dans la maison. De toute façon, Jos devait se lever pour voir le mari avant qu'il ne parte à l'usine. Il sentit son cœur se serrer lorsqu'il vit un jeune garçon de onze ans préparer lui-même son goûter avant de partir pour l'usine. Il se revit, poussé par sa mère vers la porte, alors qu'il n'avait même pas fini de manger son gruau, à l'époque où il devait suivre son père à la Queen Cigar Factory.

« Comment t'appelles-tu ? demanda Jos au gamin.

– Jean, mais à l'usine le *foreman* m'appelle John.

– Tu ne vas pas à l'école ?

– Non, mais j'ai fait ma troisième année à l'école de la paroisse. Pour l'instant, mes parents ont besoin d'argent. Quand ça ira mieux, peut-être que je vais aller à l'école américaine, à Chicago. »

La famille Houde vivait juste un peu à l'ouest du centre-ville, et pourtant, Jean parlait de Chicago comme d'une ville voisine, là où on prenait le tramway pour faire des courses.

Derrière Jean, un homme costaud, à la chevelure foncée, observait Jos. Le père qui était rentré tard la veille et que le jeune homme rencontrait pour la première fois, lui demanda quel genre de travail il voulait faire.

«Je suis cigarier, répondit Jos, j'ai décidé que j'avais fini mon apprentissage. Maintenant, je veux être rouleur.

– Personnellement, je ne connais aucune fabrique de cigares. Habituellement, ce sont les Russes ou les Ukrainiens qui travaillent dans les fabriques de cigares. Ici, ça marche comme cela. Les Polonais travaillent avec les Polonais dans les abattoirs, les Italiens avec les Italiens dans les manufactures de vêtements et les Irlandais avec les Irlandais dans les usines de construction de chemins de fer. Enfin, c'est ce que j'en sais. Nous, les Canadiens français, on reste surtout dans le textile, le vêtement ou la chaussure. Comme ça, on se tient entre nous, surtout quand les temps sont durs dans la production. On ne sait jamais comment ça va tourner, alors quand le vent va d'un côté, on le suit tous ensemble. Ces derniers temps, il y a beaucoup de gars qui sont partis travailler à l'Exposition, mais moi, je préfère rester à l'usine de chaussures et attendre que ça remonte. Les autres, quand ils vont revenir de l'Exposition, peut-être qu'ils ne trouveront plus de place dans les usines. Mais si j'arrivais comme toi, je tenterais ma chance là-bas. La Ferris Wheel vient d'ouvrir et puis il paraît qu'il y a des files à n'en plus finir.»

L'idée de la grande roue plut à Jos. Il prit donc le tramway jusqu'au Loop, ainsi qu'on appelait l'immense boucle que dessinaient les rails au-dessus de Chicago. Le Loop désignait aussi, par extension, le quartier des affaires et des magasins. De là, Jos prit un train en direction du sud pour se rendre à l'Exposition. Il dut faire preuve d'ingéniosité pour réussir à pénétrer sur le site sans avoir à payer le tarif prohibitif de cinquante cents, mais Jos commençait à connaître le monde et il affirma avec assurance qu'il était attendu par le propriétaire de la grande roue. La jeune fille au guichet le toisa de la tête aux pieds ; elle scruta son complet et sa lavallière, mais ne remarqua pas que les poignets de sa chemise avaient été habilement cousus pour suppléer à l'absence de boutons ; finalement, dans sa naïveté, elle crut qu'il connaissait réellement George Ferris et le laissa entrer.

Jos se laissa d'abord porter par la foule. L'ampleur et la somptuosité de l'Exposition le fascinèrent. La ville blanche, comme on l'appelait, avait été construite par les plus grands architectes américains, entre autres Daniel Burnham et John Root, d'audacieux artistes qui avaient déjà fait leur marque à Chicago, réputée pour son architecture novatrice. L'emplacement de l'Exposition universelle colombienne avait été dessiné par le célèbre architecte paysagiste Frederick Olmsted. Il avait fait dévier les eaux du lac Michigan pour créer des canaux pareils à ceux de Venise. On pouvait donc se rendre d'un pavillon à l'autre en gondole ou circuler à l'intérieur des pavillons en empruntant un des petits trains prévus à cet effet.

La majestueuse fontaine de Colomb signée par MacMonnies accrocha le regard de Jos. Elle représentait l'arrivée, en 1492, de Christophe Colomb en Amérique. L'Exposition était précisément axée sur ce thème. Toutefois, l'ampleur du projet en avait retardé l'ouverture jusqu'en 1893.

Jos marcha longtemps, s'arrêtant parfois pour entrer dans certains pavillons, mais il n'y comprit pas grand-chose, surtout dans celui des manufactures, et poursuivit son chemin. Il aurait bien voulu s'arrêter au pavillon de l'électricité, l'invention du siècle, mais il y avait trop de monde. Il atteignit finalement Midway Plaisance, l'immense parc d'amusement où était située la grande roue. Il pria le ciel de lui accorder un emploi dans cet endroit féerique. Thomas avait raison, se dit-il, même si je n'étais venu que pour cela, le voyage en aurait valu la peine.

La journée était déjà avancée lorsqu'il arriva à la grande roue, qui l'appelait depuis longtemps de toute sa hauteur. Jos en fit d'abord le tour, examinant avec curiosité le pivot de quarante-cinq tonnes, forgé d'une seule pièce, qui faisait tourner l'immense cercle. Suspendus dans les airs, les gens criaient de peur ou d'excitation. Exactement trente-six voitures semblables à des wagons de train tournaient ainsi comme les aiguilles d'une montre. Les passagers faisaient deux tours, puis la roue s'arrêtait six fois par rotation pour leur permettre de descendre et pour laisser monter soixante nouvelles personnes dans chacune des six voitures arrêtées.

À force d'observer le mouvement de la roue, Jos commençait à se sentir étourdi. Il décida d'aller luimême tenter l'expérience, mais quand il vit le prix du billet, il se ravisa. Cinquante cents. Il n'en croyait pas ses yeux. Une famille venue du Wisconsin faisait elle aussi demi-tour. « On ne payera pas cinquante cents pour aller se promener dans une roue, disait la mère aux enfants déconfits. Il y a des limites. » Malgré cela, les files d'attente étaient longues et les gens s'impatientaient sous le soleil de juin. Heureusement, une brise légère en provenance du lac Michigan et les énormes fontaines rendaient l'air plus tolérable.

Je dois d'abord trouver du travail, pensa Jos. Après, si tout va bien, j'essaierai toutes les choses qu'il y a ici. Mais son regard ne pouvait se détacher de la roue, et il tenta d'en évaluer la hauteur.

« C'est haut, hein ? Deux cent cinquante-quatre pieds, lui lança un monsieur qui en sortait, et quel plaisir ! On se prend pour des oiseaux là-haut. »

Après un moment d'hésitation, Jos s'enhardit et demanda à un employé occupé à diriger les visiteurs où il pourrait trouver du travail. L'employé lui indiqua un pavillon situé à quelques mètres de là.

Un homme grassouillet était assis devant un immense livre dans lequel il alignait des chiffres. Il leva les yeux vers Jos en souriant : « Ça marche, vous ne pouvez pas vous imaginer comme ça marche. On va faire une fortune inimaginable avec cette roue. Ça marche encore mieux que la tour Eiffel. »

Jules Helbronner avait parlé à Jos de la tour Eiffel. Le journaliste avait été représentant du Canada à l'Exposition universelle de 1889.

« Ah oui ! Je suis sûr que c'est mieux qu'à Paris », lança Jos dans un élan d'enthousiasme. Depuis quelque temps, il avait constaté qu'il pouvait dissimuler sa timidité en s'exprimant d'une façon plus assurée, ce qui trompait en général son interlocuteur.

Induit en erreur par l'accent et les vêtements du garçon, l'homme aux chiffres crut que Jos était venu de Paris pour visiter l'Exposition.

« Que puis-je pour vous, cher monsieur ? lui demanda l'homme d'un ton très poli.

– Je cherche du travail. On m'a dit que vous auriez peut-être besoin de monde pour la Ferris Wheel. »

Jos vit le regard de l'homme se durcir.

« Ah ! Tu es Canadien français. Je t'avais pris pour un Parisien. Tu as l'air instruit. J'ai besoin de quelqu'un aux guichets, sais-tu compter assez rapidement pour cela ? »

Jos fut d'abord tenté de mentir comme il l'avait souvent fait avec ses maîtres ou avec sa mère, mais il savait bien que cela ruinerait ses chances de trouver un travail à cet endroit.

« Non, malheureusement, pas beaucoup. »

L'homme semblait déçu. Il avait surestimé ce mioche.

« Pour le reste, j'ai tout le monde qu'il me faut. Tu aurais dû arriver plus tôt. T'as manqué le bateau. Reviens dans deux semaines, il y en a peut-être qui vont se fatiguer d'ici là. Mais le travail est rare, ces jours-ci. »

Jos était découragé. Il ne pouvait se résoudre à repartir les mains vides. Il insista :

« Je dois absolument travailler. J'arrive de Montréal et je suis seul. »

L'homme eut un sourire malin et décida de tirer parti de la situation.

« Il y a une chose que tu pourrais faire. Les gens attendent longtemps en file et ça les agace. Tu pourrais leur offrir de l'eau, parler un peu avec les enfants – ils vont trouver ton accent amusant –, les faire patienter, quoi ! Et ensuite, tu pourrais nettoyer le terrain autour de la Ferris Wheel. Les employés réguliers devraient s'en occuper, mais ils font toujours semblant d'oublier et je dois le leur rappeler constamment. Si je peux me fier à toi, tu seras payé soixante-quinze cents par jour, sept jours par semaine. Ça te va ? »

Le salaire était ridicule. Autour de cinq dollars, calcula Jos. Il fit la moue en pensant qu'il passerait ses journées à transporter de l'eau et à nettoyer les détritus que les gens s'amusaient à laisser tomber des voitures avant de sortir de la Ferris Wheel.

« Ça me va, répondit-il du bout des lèvres.

– Bon ! une bonne chose de réglée. Demain matin à la première heure, avant l'ouverture de l'Exposition, tu te présenteras à la guérite des employés. On te dira quoi faire. »

Jos continua de se promener dans Midway Plaisance, mais les nombreuses attractions qui s'offraient à lui, comme cet éléphant de trois pieds de haut, ne le firent même pas sourire, surtout qu'il ne savait pas qu'il en existait de plus gros. À seize ans, il était un homme et il désirait un travail d'homme, avec un salaire d'homme. Sinon, comment arriverait-il à faire ce qu'il voulait dans la vie ? Il aurait bien aimé s'amuser encore un peu, mais il en avait perdu l'envie. Au moins, il s'était trouvé du travail dès la première journée. Après l'Exposition, Jos se mettrait vraiment à la recherche d'une fabrique de cigares. En attendant, le bas de laine devrait rester bien caché, au cas où il devrait repartir.

Pour rentrer, il prit des tramways parce que cela coûtait moins cher que le train ; il se perdit à plusieurs reprises en changeant de voiture, mais il se sentit rassuré à chaque fois qu'il aperçut le Loop au-dessus de la ville. Au moins, je suis toujours à Chicago, se disait-il en riant.

Il arriva finalement chez la famille Houde et prit son repas en parlant de l'Exposition. Lorsqu'il suggéra d'y amener les enfants, vu que c'était gratuit pour eux, les sourcils du père se froncèrent.

« Le temps n'est pas à l'amusement, ces jours-ci. Il y a encore des gens qui ont du temps et de l'argent pour aller à l'Exposition. Pas nous.

– Raconte-nous ce que tu as vu, ça fera toujours ça », dit la mère pour alléger l'atmosphère.

Quand Jos mentionna son salaire, le père se montra encore plus découragé.

« Avec les billets de tramway à cinq cents juste pour l'aller, plus tes dépenses, t'auras pas les moyens de payer une pension de trois piastres. Il te restera plus rien. Tu ferais peut-être mieux de chercher ici autour. Tu pourrais trouver une *job* à cinq piastres par semaine dans une usine de chaussures. Puis tu serais avec les tiens. Tu serais pas mêlé à n'importe qui.

– Oh, mais ce n'est pas pour longtemps. Ensuite, je vais chercher un vrai travail dans une usine de cigares. Vous n'avez pas à vous inquiéter pour la pension, je vais trouver un moyen de la payer. »

Jos réalisa alors que malgré le maigre salaire, il voulait vraiment travailler à l'Exposition. Il y avait trop de belles choses à voir. Quant à l'appel de la race, Jos n'y tenait pas du tout. Apprivoiser d'autres gens, fréquenter Hull-House, gagner de l'argent, telles étaient ses nouvelles priorités.

Jos trouvait le père de plus en plus antipathique, mais il restait poli. Il n'avait pas l'habitude de voir des hommes autoritaires comme lui, ni des femmes soumises comme la mère. Cette dynamique familiale le déroutait.

La mère, pour sa part, ne semblait pas inquiète pour la pension. La discussion était close ; à la fin du souper, toute la famille se mit à genoux pour dire la prière. Jos se dit qu'il ne pourrait pas y échapper. Alors, il se mit à genoux et répondit aux *Je vous salue, Marie,* récités par la mère. Tant qu'à être obligé de prier, il décida de le faire pour Madeleine, où qu'elle fût, et pour Catherine, qui travaillait toujours à la Paton et qui s'occupait de leur mère. Catherine avait quatorze ans maintenant, et Jos la plaignait. Elle était la seule à rester à la maison avec le grand-père et la mère, et devait se sentir coincée entre l'arbre et l'écorce. Ce soir même, il lui écrirait. Il demanderait à Jean de l'aider. Il aurait aimé pouvoir envoyer à sa sœur un peu d'argent sans que la mère ne mette la main dessus.

Après les prières, ils sortirent tous prendre l'air de juin sur une petite véranda. Jos fuma un cigare et le père prit sa pipe.

« Ça doit coûter cher, ces cigares-là.

– Ouais, mais j'ai pris l'habitude de fumer de bons cigares en travaillant chez Davis. J'ai fait une provision avant de partir. »

Subitement mal à l'aise, Jos sauta sur ses pieds et décida d'aller prendre l'air dans la rue. Jean le suivit.

« J'aimerais bien aller à l'Exposition, mais le père ne voudra jamais.

– Je vais essayer d'arranger cela. Mais j'ai un service à te demander en échange. Je voudrais que tu m'aides à écrire à ma sœur. »

Jean réprima sa surprise. Son propre père ne savait pas lire. Et pourtant il aurait pu apprendre, il n'avait que dix ans lorsqu'il avait suivi ses parents dans l'un des plus grands mouvements migratoires qui aient touché les habitants du Québec. Au lieu de s'arrêter dans les usines de la Nouvelle-Angleterre, la famille avait poussé l'aventure vers le Mid-West où Chicago, à peine sorti des cendres du grand feu de 1871, avait besoin de main-d'œuvre pour la reconstruction. À ce moment-là, le travail ne manquait pas, ni les riches spéculateurs venus de l'Est.

Ce soir-là, ils s'assirent à la table de la cuisine et s'amusèrent à décrire à Catherine un Chicago que Jean lui-même ne connaissait pas.

Tout en voulant se considérer comme un adulte, Jos, toujours accroché à cette enfance dont on l'avait privé, appréciait plus la compagnie de Jean que celle de ses parents.

Monté dans sa chambre, Jos réalisa que quelqu'un avait fouillé dans ses affaires. Légèrement, très légèrement vers la gauche, le vieux sac de son père avait été déplacé. À l'intérieur, un des cigares rapportés de chez Davis avait disparu ; en constatant que le livre de Zola avait été feuilleté, Jos se prit à espérer que son voleur ne savait pas lire. Il vit que le matelas avait été soulevé et qu'un coin du drap n'avait pas été remis en place. Vite, il glissa la main sous la latte qui cachait son bas de laine. Après ses folies du train et les trois dollars donnés à Mme Houde, il lui restait cent dix-sept dollars. Jos se mit à compter ses billets. Il était beaucoup plus difficile pour lui de manipuler des bouts de papier que des pièces de un dollar. Il y avait toutes sortes de chiffres et de visages différents sur les billets et ils étaient tous d'un vert tellement semblable que c'en était décourageant. Déjà, la veille, il les avait recomptés avant de les ranger dans leur cachette, et cela lui avait demandé plus d'une heure.

La montre de Gompers que Jos gardait cachée dans sa poche indiquait seulement trois heures alors que le soleil était déjà couché. Déjà brisée, pensa-t-il, interprétant cela comme un signe de Dieu. Sa chance l'abandonnait-elle alors que l'aventure venait à peine de commencer ?

Jos se mit à examiner la montre et vit qu'il pouvait faire tourner la petite vis qui dépassait. Le tic-tac rassurant se fit entendre, mais la montre avançait encore trop lentement. Il y verrait demain. Pour l'instant, il devait compter son argent. Une fois, deux fois, trois fois, les figures des présidents défilaient devant lui.

Tout à coup, il se rappela. Le billet de cinq dollars que Thomas lui avait donné avait disparu. Il était plus froissé que les autres, et Jos se souvint de l'avoir mis la veille au-dessous de la pile.

Le lendemain, Jos prit son déjeuner rapidement. La femme Houde lui offrit un morceau du pain qu'elle achetait au marché et du lard fumé entremêlé de viande : du bacon que Jos adora. Les nombreux abattoirs de porcs situés à l'est de Chicago fournissaient en viande fumée une grande partie de l'Amérique. En regardant autour de lui, Jos ne vit aucun goûter qui l'attendait. Il devrait s'en acheter un.

Il sortit d'un pas pressé, guettant du coin de l'œil ceux qui marchaient à ses côtés. Ne trouvant plus de cachette qui lui semblât sûre, Jos avait décidé de porter sur lui les cent douze dollars qui lui restaient. Cette petite fortune commençait à embarrasser Jos. À onze ans, il avait dû se battre pour conserver un simple livre. Que lui arriverait-il maintenant dans cette ville grouillante de voleurs à la tire ?

Il demanda son chemin à plusieurs personnes pour ne pas risquer de se tromper une nouvelle fois, mais à peu près tout le monde dans le Loop connaissait par cœur le trajet pour se rendre à l'Exposition et Jos n'eut pas trop de mal à s'orienter. Il se sentait toutefois en danger à chaque fois qu'un tramway surgissait devant lui et qu'un cheval épouvanté se mettait à piaffer devant cet énorme engin. À plusieurs reprises, il dut reculer pour éviter les mastodontes qui continuaient leur route comme si les piétons n'existaient pas. Il fallait avoir du nerf pour circuler dans Chicago ; Jos comprit alors pourquoi tant de gens vivaient dans des ghettos, retranchés dans les quartiers ouvriers où ils n'avaient qu'à marcher pour se rendre au travail et revenir le soir, dans leur petit monde. Mais Jos aspirait à mieux et cela demandait du courage, se dit-il.

Lorsqu'il arriva à l'Exposition, il sentit que ce long trajet lui avait fait déjà perdre une bonne part de son énergie.

« Tu es en retard, lui dit sévèrement un employé qui n'était pas plus vieux que lui.

– Je viens de loin.

– Ah oui ? Eh bien ! comprends tout de suite une chose, mon petit gars. Ici, tous les gens qui travaillent comme nous viennent de loin. Il n'y a personne à la Ferris Wheel qui habite Hyde Park ou la ville de Pullman. Il y a des tramways à partir de cinq heures le matin, alors, tu te lèves et tu t'arranges pour être à l'heure. Tu dois être ici à sept heures et t'en aller après le dernier tour de roue. »

Jos se mit à ramasser des morceaux de papier gras qui traînaient par terre. Au bout de vingt minutes, il avait terminé, alors on lui donna un seau et une serpillière pour qu'il nettoie le plancher des wagons de la grande roue. Cela ne devait pas normalement faire partie de son travail, mais Jos comprit que les autres employés s'étaient entendus pour tirer avantage de sa présence en se libérant des tâches qui les ennuyaient. Inutile d'aller se plaindre, l'homme aux chiffres ne l'écouterait pas. Quand il monta dans une des voitures pour la nettoyer, celle-ci se mit à se balancer ; Jos eut peur, mais il réussit à reprendre son équilibre. La voiture se balançait dans le vide, mais elle n'était pas en action. Jos se plut toutefois à imaginer qu'elle s'élevait dans les airs, qu'il voyait de haut toute l'Exposition. Qu'il avait le monde à ses pieds.

Dès que les portes de l'Exposition s'ouvrirent, les visiteurs commencèrent à affluer. La grande roue était l'attraction la plus courue. Impressionnante par sa taille et son mouvement, illuminée chaque soir de milliers de petites ampoules électriques, elle attirait les travailleurs et les fermiers qui ne comprenaient pas grand-chose à l'art et aux sciences et qui venaient d'abord à l'Exposition pour s'amuser. Un tour de Ferris Wheel représentait pour plusieurs le salaire d'une journée de travail. Une bonne partie de ces gens avaient économisé pendant trois ans afin de se payer cette visite et le grand *crash* de la Bourse, quelques semaines plus tôt, ne semblait inquiéter personne dans ces lieux oniriques.

Jos ne savait trop comment aborder les visiteurs qui attendaient en ligne. En jetant un regard autour de lui, il aperçut une des fontaines d'eau potable où les gens pouvaient s'abreuver gratuitement. Offrir de l'eau au monde, ce serait une bonne idée. Il se rendit compte toutefois qu'il ne pourrait pas transporter l'eau sans récipient. Se tournant vers l'employé qui lui avait fait des remontrances le matin même, Jos lui demanda où il pourrait trouver une tasse. L'autre haussa les épaules en guise de réponse. Jos courut alors jusqu'au pavillon où travaillait l'homme aux chiffres et le supplia de lui fournir un récipient. « C'est vrai, si on veut que les gens boivent, il faut qu'ils aient un verre. Tu as raison », répondit l'employé de bureau. Il vida d'un trait le godet de whisky qu'il était en train de boire et le tendit à Jos. Celui-ci repartit en courant jusqu'à la fontaine et le rinça plusieurs fois avant de le remplir. Il offrit d'abord de l'eau aux enfants. Puis, voyant que c'était gratuit, les adultes en réclamèrent à leur tour. Et le gobelet passa ainsi d'une bouche à l'autre sans égard aux germes et aux parcelles de tabac laissées par les uns et les autres. Seules quelques dames à la toilette élégante sortirent de leur sac un mouchoir brodé pour essuyer le rebord du verre avant d'y plonger les lèvres. Jos passa donc la matinée à courir de la fontaine à la grande roue, bousculant au passage les visiteurs occupés à boire, dans ses efforts pour éviter de perdre du temps. À onze heures, il était épuisé et le rythme de sa course ralentissait. Il était en sueur et ne prenait même pas le temps d'étancher sa soif à la fontaine de peur de se faire houspiller par les gens mécontents.

La faim le tenaillait depuis longtemps. Il attendit jusqu'à midi pour voir si on lui ferait signe d'arrêter, mais l'autre employé, qui l'avait pris en grippe, ne dit rien. Jos continua donc sa course jusqu'à la fontaine, essuyant les remarques de plus en plus nombreuses des visiteurs qui, irrités par la chaleur et l'attente, déchargeaient sur lui leur mauvaise humeur. C'était pour cela que l'homme aux chiffres l'avait placé là, pour endiguer les plaintes de façon à éviter qu'elles se rendent aux oreilles des administrateurs.

Jos entendit tout à coup un couple parlant le français avec cet accent aigu qu'avait Helbronner. Il s'approcha pour leur tendre un verre d'eau dans l'espoir d'engager la conversation, mais il se ravisa quand la dame à l'accent pointu, superbe dans une robe jaune agrémentée d'une ombrelle de même couleur, dit à son mari : « Donne-lui donc un *penny,* il est misérable, ce gamin. » Puis, se tournant vers lui avec élégance, elle lui dit en anglais : « *You are a good boy.* »

Honteux, Jos recueillit la pièce et continua de transporter son gobelet d'eau. Vers une heure, n'en pouvant plus, il alla trouver l'homme aux chiffres. Il n'était plus un enfant et il avait cent douze dollars dans ses poches. Si on ne le laissait pas s'arrêter un peu, il s'en irait. Ce ne serait peut-être pas plus difficile de travailler dans une usine de chaussures. Au moins, il pourrait s'asseoir. Mais lorsqu'il arriva à l'endroit où se tenait auparavant l'homme aux chiffres, il n'y avait plus personne et le pavillon était fermé à clef. « Parti déjeuner », dit un balayeur.

Qu'à cela ne tienne, lui aussi irait déjeuner. Il verrait bien après. En s'approchant d'un endroit qui affichait une enseigne, CAFÉTÉRIA, et où on se servait soi-même, il vit des personnes défiler avec de petits bouts de nourriture dorés et emballés dans un papier brun plié en cornet. Intrigué, il observa une dame qui salait d'abord les petits morceaux dorés avant de les grignoter tranquillement. Elle en offrit un à son amie, qui sembla trouver cela délicieux. S'approchant du comptoir, Jos vit une pancarte où on pouvait lire : *French Fries, 3 cents.* Un employé lui donna un cornet de *French Fries* qu'il paya à une caisse située au bout de la pièce. Jos trouva la cafétéria amusante. Il ne sut pas avant des mois qu'il avait mangé des pommes de terre tous les midis pendant les cinq mois qu'il avait travaillé à l'Exposition.

Quand il revint, la file s'était allongée et les gens qui étaient là avant son départ le regardaient méchamment.

L'autre employé lui demanda d'où il venait et Jos répondit qu'il s'était senti mal parce qu'il n'avait pas mangé : « À l'avenir, tu m'avertis quand tu pars et quand tu reviens, rétorqua son collègue. Les autres apportent leur *lunch* et trouvent dix minutes pour le manger. »

Jos ne répondit pas et lui tourna le dos.

Continuant son travail, qui consistait donc principalement à transporter de l'eau, Jos réalisa qu'ici personne ne serait jamais content de lui. Certains visiteurs étaient toutefois plus sympathiques et plus polis. Jos décida de les servir en premier. Encore mieux, certains l'attiraient discrètement avec un *penny* ou parfois même avec un *nickel* et lui demandaient d'aller leur acheter une eau minérale au comptoir des boissons. Jos glissait rapidement le pourboire dans sa poche avant que quelqu'un ne le voie. Il comprit enfin ce qu'était le petit quelque chose que les employés noirs de Pullman recueillaient dans leur main. Quand il quitta Midway Plaisance ce soir-là, il était tard et seuls quelques gardiens de nuit surveillaient la ville blanche.

Rentré chez les Houde après le long trajet en tramway, il vit un morceau de fromage et une miche de pain sur la table de la cuisine et les engloutit en deux bouchées sans même se demander si c'était pour lui, après quoi il monta se coucher. Il avait eu chaud et les vêtements que lui avait donnés la passagère du train commençaient à sentir mauvais. Porter l'eau ainsi au verre était ridicule. Demain, il demanderait une cruche. Sur son oreiller, il sentit un froissement de papier. C'était le billet de cinq dollars qui était revenu avec une note : « Ce n'était qu'un emprunt. »

Chapitre XII

En ce dimanche 30 août, l'atmosphère était calme à l'Exposition et plus encore à la grande roue. En fait, lorsque le Congrès américain avait désigné la ville de Chicago comme hôte de l'Exposition colombienne, il avait inclus une clause précisant que celle-ci devrait fermer le dimanche. Les administrateurs n'en n'avaient pas tenu compte et l'Exposition était restée ouverte tous les dimanches, sauf quatre. Toutefois, les tramways fonctionnaient au ralenti cette journée-là et les offices dominicaux retenaient plusieurs visiteurs potentiels chez eux.

Le dimanche matin, il n'y avait jamais de longues files devant la grande roue et Jos bénéficiait alors de quelques heures de liberté. Il en profitait pour se promener dans Midway Plaisance et pour visiter le village étranger, composé de pavillons de plusieurs pays ; celui de l'Irlande était certes le plus impressionnant avec ses tourelles.

Certains dimanches, il poussait l'aventure plus loin, sautait dans le petit train de l'Exposition et descendait où c'était le moins achalandé. Un jour, par hasard, il s'était retrouvé au pavillon des enfants et s'était demandé ce qu'on pouvait y trouver. Pour les adultes, les enfants pouvaient-ils représenter autre chose qu'une source d'embarras et plus tard, un moyen de subsistance? Pouvaient-ils être autre chose que des esclaves dont on tirait le plus possible avant de les laisser, démunis, continuer leur chemin dans la vie?

En pénétrant dans l'édifice de deux étages, Jos fut surpris d'y trouver un gymnase où jouaient des enfants de dix ou onze ans. Il y avait aussi un endroit qu'on appelait une garderie et où des enfants se tenaient par la main en chantant une ritournelle, encouragés par deux demoiselles portant des tabliers rose bonbon. Plus loin, on donnait des cours sur l'éducation des enfants et on vendait des jouets comme Jos n'en avait jamais vu. En sortant du pavillon, Jos prit conscience de tout ce qui lui avait manqué et se dit que ses enfants, eux, ne seraient pas privés comme il l'avait été.

Ce matin-là, il s'était proposé de visiter le pavillon des transports pour y admirer les trains qui le fascinaient tant. Peut-être arriverait-il ensuite en retard, mais peu lui importait. Le tyran de la grande roue semblait l'avoir oublié depuis quelque temps et l'homme aux chiffres n'était jamais là le dimanche.

L'extérieur du pavillon des transports était assez amusant à voir avec son entrée dorée et ornée de nombreuses arches et sa base d'un rouge délicat qui s'étirait en dégradés d'orange et de jaune. Deux anges situés aux extrémités de l'entrée donnaient une allure curieuse à cet édifice par ailleurs moderne et Jos, comme plusieurs autres, se demanda ce qu'ils faisaient là.

Une fois à l'intérieur, Jos perdit la notion du temps. Il examina d'abord avec attention la copie du Pioneer, qui fut construit en 1833 et qui fut également le premier train à effectuer le trajet de Chicago à Galena en 1848. Il s'arrêta ensuite devant les autres modèles de trains anciens et modernes avant de se laisser tenter par une balade en ascenseur jusqu'au sommet de la coupole de cent soixante-cinq pieds qui surplombait l'édifice. Ce n'est qu'en redescendant qu'il pensa à regarder l'heure sur la montre de Gompers : trois heures. Sachant qu'il se ferait étriper par le tyran de la grande roue s'il s'y présentait, il décida de prendre le reste de la journée pour visiter Chicago. Le lendemain, il trouverait bien une façon de s'en sortir. Jos décida alors de prendre le frais au bord du lac Michigan et marcha vers l'est en passant près du pavillon des manufactures. À sa gauche, il vit ce qui lui sembla être un petit château avec des fenêtres ovales ornées de frises et un long escalier extérieur qui se divisait en deux pour aboutir au second étage. C'était le pavillon Baker, celui du chocolatier bien connu aux États-Unis et au Canada. Jos ne savait pas qui était Baker, mais le parfum qui flottait à l'entrée du pavillon l'attirait irrésistiblement à l'intérieur. Là, il put voir comment on faisait le chocolat, ce merveilleux produit qu'il associait toutefois à sa terrible déception du train quand il avait onze ans et qu'il avait compris qu'il devrait se débrouiller seul dans la vie. Il en goûta quelques morceaux et en acheta deux barres ainsi qu'une carte postale qu'il enverrait à Catherine. Il mangea la première barre et garda l'autre pour les jours de tristesse. Il ressentait à chaque fois qu'il dégustait du chocolat une euphorie délicieuse, différente de l'excitation causée par l'alcool qui le laissait souvent déprimé.

Au bord du lac Michigan, Jos aperçut un groupe de manifestants. Ils étaient nombreux à scander : « Du pain et du travail ! » Venant du centre-ville, où se tenait une autre manifestation devant l'édifice du Board and Trade, des milliers de travailleurs vinrent s'ajouter à la foule. Tous étaient au chômage.

Jos décida de se joindre à eux. Oui, il y avait bien, en dehors du site de l'Exposition colombienne, une terrible crise qui frappait l'Amérique et dont il serait bientôt lui aussi une des victimes. Autant prendre de l'avance, se dit Jos, perdu au milieu des travailleurs affamés et désabusés. Et il se mit à crier comme les autres avec l'énergie du désespoir. Depuis quelque temps, lorsqu'il se rendait au travail, Jos apercevait quelques-uns de ces malheureux qui tentaient de solliciter les visiteurs, mais les policiers et les agents chargés de la sécurité à l'Exposition les faisaient vite disparaître. Les plus récalcitrants étaient mis en prison pour la nuit.

Les cris s'apaisèrent et Jos vit Samuel Gompers monter sur une estrade improvisée pour lancer un appel aux autorités : « Il est du devoir d'une ville riche comme Chicago de donner du travail à ses ouvriers et de soulager la famine dont souffrent maintenant vingt pour cent des travailleurs de Chicago ! »

Gagné par l'enthousiasme de la foule, Jos ressentit un frisson, une envie irrésistible d'être lui aussi sur cette estrade et de s'adresser aux travailleurs. Il chercha Thomas des yeux, mais il n'y avait que des policiers autour de Gompers. Jos tâta la montre du syndicaliste dans sa poche et se sentit malheureux. Il devait trouver un moyen de la lui rendre, même si cette montre le protégeait comme un talisman.

C'était maintenant au tour de Clarence Darrow, avocat réputé et ami de Jane Addams, de s'adresser aux manifestants. Jos ne connaissait pas Me Darrow, mais son ton pondéré et rassurant, après le discours enflammé de Gompers, calma les ardeurs de Jos. Darrow encourageait les gens à chercher de l'aide et à persévérer. La crise se terminerait bien un jour et, pour sa part, il ne les laisserait pas tomber. Le maire de Chicago, Carter Harrison, avait demandé au Congrès de prolonger d'un mois l'Exposition colombienne, jusqu'à la fin de novembre, et de la rouvrir l'année suivante. Si le Congrès acceptait, cela aiderait la population à passer l'hiver.

Comme l'avait suggéré Darrow, les manifestants se dispersèrent en silence et les centaines de policiers appelés en renfort n'eurent pas à intervenir. Les administrateurs ne laissaient rien au hasard. Ils avaient voulu montrer au monde entier que Chicago n'était pas la ville barbare que plusieurs imaginaient. Pendant l'Exposition, les policiers avaient pour mission de faire disparaître au passage toute trace de pauvreté comme les balayeurs avaient celle de nettoyer les rues auparavant jonchées de détritus.

Assoiffé, Jos eut tout à coup envie d'une bonne bière froide. Depuis son arrivée à Chicago, il avait entendu parler des *saloons* qui faisaient la réputation de la ville et qui offraient même parfois un repas gratuit à l'achat d'une bière. En circulant dans le Loop, Jos n'eut pas de mal à y repérer un *saloon*. L'atmosphère à l'intérieur était gaie. Des hommes riaient bruyamment et jouaient aux cartes. Un musicien en complet blanc s'activait assis à un piano. Jos aima le son qui sortait de ce gros meuble brun. Des demoiselles vêtues de robes rouges ou noires très décolletées tournaient autour des tables. Jos commanda une bière en fût pour cinq cents et eut droit à un sandwich au *baloney* et au fromage qu'il dévora avec appétit. Une des filles qui l'observaient depuis son entrée vint lui offrir de polir sa tête de clou, ce que Jos ne comprit pas du tout. « Si c'est la première fois, ça ne te coûtera pas cher », ajouta-t-elle. Quand il sut qu'il fallait en plus payer, il déclina la proposition d'un signe de tête.

Il se promena encore un peu et décida de ne rentrer chez les Houde que vers huit heures afin d'éviter le chapelet en famille.

Le père et la mère n'étaient pas couchés et ils semblèrent surpris de voir Jos rentrer de si bonne heure. Mme Houde lui fit cuire un œuf et le lui servit avec du pain. Pour trois dollars par semaine, Jos ne se trouvait pas très bien nourri.

« Il n'y avait pas beaucoup de monde aujourd'hui, alors j'ai fini tôt », dit Jos en mangeant rapidement son œuf pour ne pas avoir à supporter plus longtemps la compagnie du père.

En haut, il aperçut Jean qui jouait avec un petit cheval de bois à l'allure rustique. Avec l'arrivée du pensionnaire, l'enfant avait changé d'endroit pour dormir. Il partageait maintenant le reste du grenier avec les petits. Il avait son propre matelas, mais les trois autres dormaient sur une grande paillasse. Le dernier, qui n'avait qu'un an, se réveillait souvent la nuit, mais la mère ne montait jamais, sauf si l'un des enfants était malade. C'était Jean qui, assis à même le sol, devait le bercer pour le rendormir.

Lorsqu'il entendit Jos monter, le jeune garçon tenta de dissimuler son cheval sous le matelas, mais Jos lui dit de n'en rien faire. Il aurait bien aimé, à son âge, pouvoir s'amuser un peu. Comme il l'expliqua à Jean pour le rassurer, il avait vu, à l'Exposition, des enfants comme lui jouer dans un gymnase.

Alors le petit ouvrier sortit de sous le matelas des bonshommes de bois qu'il avait sculptés lui-même à l'aide d'un couteau de cuisine. Mais son trésor ne se limitait pas à cela. Il y avait aussi une enveloppe pleine d'illustrations découpées dans un vieux catalogue de Montgomery Ward. Jos, amusé par l'imagination du garçon, se mit en devoir de préparer avec lui les récoltes à l'aide de tous les outils et appareils que suggéraient les illustrations du catalogue. Jean n'avait jamais vu une ferme de sa vie, mais il était passionné par le sujet. Jos lui raconta en riant la scène de la vache qui l'avait baptisé de son urine avant qu'il ne quitte la ferme. Ensuite, il lui décrivit avec force détails sa journée à l'Exposition.

« Tu m'amèneras à l'Exposition. Je ferai tout ce que tu voudras, mais promets-moi de m'amener à l'Exposition.

– Trouve une bonne raison à donner à tes parents pour t'en aller un dimanche et moi, je m'occupe du reste.

– On ne sort jamais d'ici. Avant, c'était mieux. Il nous arrivait de prendre un *street car* et de pique-niquer à Lincoln Park. Mais depuis que l'usine baisse les salaires en plus de couper les journées en deux, on ne fait plus rien. Pourtant, on a plus de temps. »

La voix du père se fit entendre d'en bas : « C'est l'heure de dormir, en haut. Il faut se lever tôt demain pour aller travailler. »

Jean fit une grimace en singeant la voix de son père et les deux garçons rangèrent sous le matelas le petit monde de Jean.

Jos détacha son bas de laine, qu'il portait attaché à la taille et qui le faisait transpirer toute la journée. Il y ajouta un *penny,* ce qu'il restait de ses pourboires de la journée. Il avait beaucoup dépensé à l'Exposition et il se rendit compte qu'il devrait puiser dans sa réserve pour manger et payer le tramway le lendemain, mais il savait qu'il avait la chance de pouvoir travailler alors que tant de monde souffrait de la faim.

Il s'endormit en pensant aux manifestants en colère. Pourvu qu'on prolonge l'Exposition jusqu'en novembre, se dit-il, ce serait toujours ça de gagné. Il mesura tout à coup les conséquences de son geste de la journée. Et si on allait tout bonnement le renvoyer ? S'il n'y avait plus de place pour lui à la grande roue ? Même s'il l'avait voulu, il n'aurait pas pu entrer dans une usine de chaussures maintenant. On n'embauchait plus depuis deux semaines. Les stocks étaient au plus haut. Jean et son père ne travaillaient que quelques heures par jour, mais devaient rester disponibles en permanence au cas où on aurait besoin d'eux. Jos savait bien que c'était sa pension de trois dollars qui servait à nourrir toute la famille. Les salaires de Jean et de son père étaient versés directement à la compagnie qui finançait la petite maison.

Le lendemain, quand il vit le visage chafouin du tyran de la grande roue, Jos comprit qu'il devrait se défendre pour sauver son travail.

« Hier, t'es parti sans avertir et t'es jamais revenu. Je l'ai dit au gérant, qui t'attend dans son bureau. »

Jos se dirigea vers le pavillon de l'homme aux chiffres, croyant que tout était fini pour lui. Heureusement, il pouvait encore se payer un billet pour retourner au Canada, pensa-t-il. Il se sentit tout à coup tellement étranger dans ce pays dont il avait rêvé pendant si longtemps. Il eut envie de reprendre le train pour retourner chez Davis et retrouver son lit chez la veuve Girouard.

L'homme aux chiffres ne souriait plus en regardant son grand livre : « Mauvaise journée, hier, bien mauvaise journée. Finalement, c'était peut-être pas une si bonne idée d'ouvrir le dimanche. Pourquoi es-tu parti comme cela hier ? Même s'il n'y avait pas beaucoup de monde, les gars avaient besoin de toi pour nettoyer et tu n'es jamais revenu.

– J'ai été malade.

– Ah oui ? Alors, si tu étais malade, qu'est-ce que tu faisais devant le pavillon Baker à t'empiffrer de chocolat ? »

Jos ne savait plus quoi dire. Malgré ses six cent trente-trois acres, le site de l'Exposition n'était pas assez grand pour que Jos puisse s'y promener sans être vu. D'autres employés qui ne travaillaient pas le dimanche avaient dû l'apercevoir.

« Tu n'es plus un enfant pour t'enfuir comme ça. Tu es pourtant un bon travailleur, soumis en plus comme les autres Canadiens français. Je te donne une autre chance, mais je retiens ta journée d'hier sur ta paie.

– En entier ? eut l'audace de demander Jos.

– Bien sûr, en entier. »

Jos était content de s'en être si bien tiré, mais il n'avait pas apprécié que l'homme aux chiffres lui dise qu'il était soumis. Jos n'était pas soumis. Seulement, le volcan qui dormait en lui n'avait pas encore eu vraiment l'occasion de se manifester. Amer d'avoir été dénoncé par le tyran de la grande roue, Jos se dit qu'il se vengerait d'une façon ou d'une autre.

Lorsque Jos prit sa serpillière pour nettoyer les voitures, son collègue le toisa de la tête aux pieds et lui demanda ce qu'il faisait là. Jos, qui parlait peu au travail, ne savait rien de lui, même pas son nom.

« Je nettoie les voitures, répondit Jos avec impatience.

– Tu n'as pas été renvoyé ?

– On dirait que non. »

Dans un élan de rage, le tyran se lança sur lui pour le frapper. Jos le vit venir et se retourna assez vite pour le repousser de ses deux bras. Il n'avait pas l'habitude de se battre, ayant réussi jusque-là à se tenir loin des querelles de rue, croyant qu'il en sortirait perdant, mais les nombreux voyages à la fontaine et le poids de la cruche d'eau lui avaient donné une force qu'il ne soupçonnait pas. Lorsqu'il se heurta à son adversaire, le despote rebondit comme ces poussahs du kiosque d'à côté qu'on faisait basculer en les frappant d'une balle. Surpris lui-même par sa force, Jos s'enhardit et attrapa l'autre par le revers du collet. Immobilisé, celui-ci lui lança un regard haineux et l'avertit : « Si tu ne me lâches pas tout de suite, je t'attendrai ce soir avec ma bande et on t'arrachera le cou, compris ? »

Jos avait compris. Il avait pour l'instant le dessus sur le tyran, mais il savait qu'il ne pouvait compter sur personne pour l'aider. Il n'était pas un homme de clan. Il relâcha donc son adversaire, mais il sentit un courant de sympathie passer parmi les autres employés. L'un d'eux, un Polonais, s'avança vers lui et lui dit : « C'est un Irlandais et parce qu'ils parlent anglais couramment, certains Irlandais se croient supérieurs aux autres immigrants. Mais ne t'en fais pas, ils ne sont pas tous comme cela. D'ailleurs, tu n'auras plus à t'inquiéter, il est étudiant et il retourne au collège la semaine prochaine. »

Jos se réjouit de cette bonne nouvelle et monta le cœur léger dans une des voitures qu'il devait nettoyer. Il songea qu'il n'avait toujours pas fait le grand tour, mais il se dit qu'il attendrait que Jean soit avec lui. Il voulait aussi lui montrer le petit pavillon du Canada, un peu à l'étroit entre ceux de l'Espagne et de la Grande-Bretagne. Jean saurait ainsi à quoi ressemblait le pays de ses ancêtres.

Lorsque Jos rentra chez les Houde ce soir-là, il trouva à côté de son quignon de pain une petite motte de beurre et une lettre qui lui était adressée. Il reconnut l'écriture fine et serrée de Catherine, cette écriture pareille à celle des religieuses et qui économisait l'espace.

Il mangea en vitesse son souper frugal et monta aussitôt allumer sa lampe à huile pour lire la lettre.

Sherbrooke, le 15 août 1893

Mon cher frère,

Nous avons appris avec tristesse ton départ pour les États-Unis. Mais grand-père trouve que c'était peut-être la meilleure chose que tu pouvais faire, surtout que tu as trouvé une job là-bas, parce qu'ici à Sherbrooke, ça va plutôt mal. Ils coupent encore les salaires à la Paton et j'ai bien hâte d'avoir fini le cours de secrétaire que je fais par correspondance pour changer de job.

On m'a promis une place dans un bureau si je réussis bien mon cours, alors je travaille tous les soirs jusqu'à dix heures pour y arriver. Après la manufacture, je dois aider maman parce que comme tu sais, les autres sont tous partis. En plus, grand-père tousse beaucoup, surtout la nuit, et je dois aussi m'occuper de lui. Maman voudrait que grand-père rejoigne papa à Montréal pour qu'il s'en occupe, mais papa a dit non.

D'ailleurs, je ne t'ai pas encore dit le pire à ce sujet. À la fin du mois de juin, en apprenant que tu étais parti, maman a pris le train pour Montréal pour aller demander à papa s'il savait où tu étais et lui demander de prendre grand-père. Lorsqu'elle est arrivée chez la veuve Girouard, elle a compris que papa vivait dans le péché avec cette femme. C'est d'ailleurs elle qui a dit à maman que papa ne reviendrait sans doute pas à Sherbrooke, mais qu'il continuerait à lui envoyer de l'argent si elle se tenait tranquille. Papa, lui, n'a rien dit. Maman était très en colère quand elle est revenue et elle a demandé conseil à monsieur le curé, qui lui a répondu que ni l'église ni la loi ne permettaient aux femmes de demander l'annulation du mariage quand c'était le mari qui trompait la femme. Je trouve cela injuste. Le curé a aussi dit à maman de ne pas faire de trouble pour continuer à avoir de l'argent, sinon, elle serait plus mal prise. Il a finalement conseillé à maman de continuer à prier pour que papa revienne, mais je ne suis pas sûre que c'est cela qu'elle veut.

Je te laisse avec les bonjours de grand-père.

Je te salue,

Ta sœur Catherine

P. S. – Maman te supplie de nous envoyer un peu d'argent si tu en as.

Jos cacha la lettre dans sa bottine, éteignit la lampe et s'étendit dans le noir. Tout à coup, il se sentit nostalgique. Il n'avait pas vu Catherine depuis trois ans, et Madeleine depuis plus de cinq ans maintenant. Quant à Stanislas, qu'était-il devenu seul dans New York? Rudolphe, lui, croyait-il encore qu'il changerait le monde? En pensant finalement à sa mère, Jos se dit que pour rien au monde il ne voudrait retourner chez elle. D'ailleurs, elle ne le reprendrait pas, sauf s'il avait de l'argent. Mais s'il avait de l'argent, ce n'est certainement pas là qu'il irait. Alors, la question était réglée. Il n'avait qu'à se débrouiller pour que sa vie soit meilleure dans cette ville où tous les rêves étaient permis à condition qu'on y sacrifie un peu de sa vertu. Comme Jos n'avait pas beaucoup de vertu, cela ne devrait pas être si difficile. Depuis qu'il travaillait à l'Exposition, il n'était pas allé une seule fois à la messe, ne s'était pas confessé et n'avait pas communié ni dit ses prières, exception faite du chapelet qu'il avait récité le soir de son arrivée, et sa conscience ne s'en portait pas plus mal.

Le bonhomme Houde lui avait demandé s'il récitait au moins quelques *Je vous salue, Marie* lorsqu'il ne pouvait pas aller à la messe le dimanche. Jos avait menti en répondant qu'il disait au moins un rosaire pendant la journée.

Chapitre XIII

L'atmosphère était remplie d'électricité, et ce n'était pas seulement en raison du spectacle de lumière que donnait la General Electric Company. Il ne restait plus que deux jours avant la fin de l'Exposition et les visiteurs, qui n'auraient pas d'autre occasion de contempler un tel spectacle avant le XXe siècle, se serraient comme des sardines, se poussaient du coude et se bousculaient sans ménagement.

Jos, qui s'était maintenant habitué aux sautes d'humeur du public, sentit toutefois une tension inhabituelle dans la foule qui attendait. Cette soirée de fin octobre était fraîche et plusieurs grelottaient sous leur petit manteau de toile.

Depuis la fin des grandes chaleurs, Jos n'avait plus à transporter d'eau et ses pourboires avaient disparu, mais, après le départ du tyran de la grande roue, il s'était vu confier son travail. Jos avait été promu aux sièges et recevait désormais un meilleur salaire. Il accueillait donc les visiteurs, rassurait les plus craintifs et faisait monter tout ce monde le plus calmement possible dans les voitures de la Ferris Wheel.

Il n'y eut toutefois pas de sursis pour Jos. Le Congrès avait refusé la prolongation de l'Exposition et rien ne laissait entrevoir qu'elle rouvrirait l'été suivant. De toute façon, il ne serait pas revenu. Il aurait sûrement trouvé un emploi avec un bon salaire d'ici là. L'Exposition colombienne serait bientôt le meilleur souvenir de sa vie. Avec Jean, la semaine précédente, il était finalement monté à son tour dans la grande roue. Ensemble, ils avaient visité les pavillons des pays étrangers et tenté de comprendre le monde ancien dont ils étaient séparés par beaucoup plus qu'un océan. Ils avaient observé ces grandes sculptures qui leur semblaient parfaitement inutiles, mais qui avaient sûrement une signification et une raison d'être qui leur échappaient.

Pendant qu'à Midway Plaisance, la grande roue tournait sans arrêt, de l'autre côté de l'Exposition, Carter Harrison, le réputé maire de Chicago, qui était aussi le président de l'Exposition, prononçait un discours à l'occasion de la journée des Villes du monde.

« Il est vraiment malheureux, déclarait le maire, que des milliers d'Américains n'aient pas vu la plus extraordinaire exposition universelle que le monde ait connue. Cela me rend malade de penser qu'on laissera cette beauté tomber en poussière. »

Ce soir-là, alors que les employés fermaient le site et que Jos était occupé à nettoyer les débris autour de la grande roue, la nouvelle se répandit comme une traînée de poudre. Le maire Harrison avait été fusillé à bout portant en rentrant chez lui. Un sombre activiste à l'esprit dérangé était à l'origine de ce meurtre.

Lorsqu'il prit le tramway pour rentrer chez lui, Jos se dit que personne n'était vraiment en sécurité dans cette ville. À l'arrêt, il courut à perdre haleine, persuadé qu'un fou le pourchassait pour le tuer.

Tôt le lendemain, il décida d'acheter le *Chicago Daily News,* le seul journal qui se vendait un *penny*. Le garçon qui criait la mort du maire Harrison était encore plus jeune que Jean et une petite fille d'environ cinq ans, probablement sa sœur, suçait un morceau de sucre, assise à ses pieds. Installé dans le tramway, Jos se mit à lire la description du meurtre ainsi que l'éloge funèbre consacré à l'un des maires les plus appréciés de Chicago, un maire près du peuple, pouvait-on lire.

Jos réalisa qu'il lui était maintenant plus facile de lire en anglais qu'en français, les mots étant plus courts et leur signification plus facile à saisir, et il se dit qu'il était peut-être en train de devenir américain.

À l'Exposition, le programme avait été changé. L'immense défilé prévu pour le lendemain, jour de la fermeture, avait été annulé. La foule était encore plus excitée que la veille. Tout près, des fêtards avaient tenté de piller le théâtre chinois, mais la garde colombienne chargée de la sécurité les en avait empêchés.

La journée avait été éprouvante pour Jos. Plusieurs travailleurs de l'Exposition comme le jeune Polonais qu'il côtoyait tous les jours, se retrouveraient bientôt sans travail. La mort du maire de Chicago et l'agressivité de la foule laissaient planer un sentiment d'insatisfaction contenue que Jos percevait, mais dont il ne trouvait pas de traces tangibles. Ce soir-là, il rentra de nouveau chez les Houde en courant à toute vitesse.

Quelque chose avait changé dans la petite maison habituellement bien rangée. Une machine à coudre trônait au milieu de la cuisine et des piles de vêtements non cousus jonchaient le sol tout autour. Jos dut se frayer un chemin à travers les étoffes pour gagner l'escalier.

Le lendemain, pendant qu'il avalait sa dernière bouchée de gruau – il n'y avait plus de bacon depuis longtemps –, le père l'informa que Jean et lui avaient quitté l'usine de chaussures. Il peinerait maintenant dans une *shop* de vêtements et Jean travaillerait avec sa mère à la maison. Le soir, le père rapporterait des vêtements déjà taillés et prêts à être cousus et on le payerait à la pièce. Quelques sous seulement par vêtement. Il faudrait donc en coudre beaucoup.

« C'est ta dernière journée à l'Exposition, aujourd'hui. Ensuite, tu pourras t'y mettre toi aussi. Je ne peux pas te faire entrer à l'usine, mais tu vas pouvoir coudre ici. Ma femme va te montrer comment faire. »

L'idée ne plut pas du tout à Jos. Le simple fait de voir tous ces tissus le dégoûtait. L'odeur d'huile qui se dégageait de la machine, les bouts de fils qui traînaient partout sur la table et le plancher de même que la poussière qui emplissait l'atmosphère le rebutèrent et il répondit au père Houde que non, il ne ferait pas cela.

« Je peux payer ma pension encore un bout de temps. Je vais plutôt chercher du côté des usines de cigares.

– Mais quelles usines de cigares ? On ne connaît pas d'usines de cigares et il n'y a pas d'ouvrage ici sauf si on travaille au tiers du salaire comme je le fais. Et encore, il faut pouvoir se trouver une place à la manufacture. »

Le père était irrité, mais pour une fois, la mère intervint pour le calmer.

« Si Jos te dit qu'il a assez d'argent, ça va. Laisse-le tranquille. »

C'était donc la mère qui avait fouillé dans ses affaires. Elle savait que Jos avait un peu d'argent et elle ne voulait pas risquer de voir partir la poule aux œufs d'or. Mais qui avait fumé le cigare ? se demanda-t-il soudain, imaginant, pour s'amuser, Mme Houde avec un cigare à la bouche.

Lorsqu'il pénétra pour la dernière fois sur le site de l'Exposition, Jos promena son regard sur toutes ces merveilles et se dit que le monde était vraiment intéressant. Il lui fallait seulement trouver un moyen de le visiter. Un jour, il monterait dans un de ces immenses bateaux et il irait de l'autre côté de l'océan, voir les vieux pays. Pour graver dans sa mémoire cet été de découvertes, Jos décida d'ouvrir son bas de laine et d'entrer dans le magasin parisien qu'il avait admiré tant de fois de l'extérieur. Là, il acheta ce qu'il trouva de moins cher: un signet à l'effigie de la tour Eiffel.

Son compagnon polonais ne se sentait pas bien. Il avait la fièvre, disait-il. Pour réussir à tenir debout jusqu'à la fin de la journée, il avait emporté avec lui un flacon de whisky. L'après-midi était venteux et frais. Jos se laissa tenter par la rasade d'alcool que lui offrit son compagnon.

Au coucher du soleil, lorsque les canons retentirent pour souligner la fin de l'Exposition colombienne et le décès du maire de Chicago, Jos passa chercher sa dernière paie. L'homme aux chiffres leur donna à chacun deux dollars de plus en disant qu'ils en auraient besoin pour les temps durs qui s'annonçaient. Lui-même glissa quelques dollars dans ses poches et modifia les chiffres dans le grand livre de comptes. « C'est pas quelques dollars de moins qui vont faire une différence, avec tous les profits que les actionnaires vont toucher », marmonna-t-il en avalant une gorgée de whisky.

Jos accompagna le Polonais jusque chez lui, rue Halsted, parce qu'il était trop malade pour se déplacer seul. Il marcha ensuite un peu dans les environs ; il prenait garde de ne pas pénétrer dans un territoire qui n'était pas le sien, respectant en cela les instructions que lui avait données le Polonais. Les enfants d'immigrants jouaient dans la rue et chaque petit coin du bas-quartier constituait le fief d'une bande qui protégeait férocement son espace. Une fois seul, Jos se sentit de nouveau envahi par l'angoisse ; il se dirigea d'un pas rapide vers Hull-House, qu'il reconnut. Il lui fallait un prétexte pour y entrer. Après avoir réfléchi longuement, en sécurité sous le porche, il pensa à Jules Helbronner qui devait lui écrire. Pourquoi ne pas demander s'il n'avait pas, par hasard, reçu une lettre de Montréal ?

Jos donna son nom. Le portier le fit entrer dans la pièce hexagonale que Jos avait aperçue lors de sa première visite et il se mit à fouiller dans une pile de courrier. « Nous recevons des lettres de partout. »

Il vérifia la pile deux fois et secoua la tête négativement.

Maintenant qu'il était là, Jos ne pouvait se décider à partir sans avoir au moins essayé de s'informer.

« Je travaillais à l'Exposition, mais maintenant, je n'ai plus rien à faire. Je voudrais bien apprendre des choses. Mlle Addams m'a dit l'autre jour qu'on pouvait s'instruire ici.

– Mais bien sûr que vous pouvez vous instruire. Pourquoi ne venez-vous pas demain matin à la séance de lecture ? Il y a un *coffee-shop* en bas et vous y rencontrerez des gens très intéressants. Vous pouvez y prendre votre petit-déjeuner si vous n'avez pas ce qu'il vous faut à la maison. »

Le portier, qui avait à peu près le même âge que Jos, mit de côté le livre de philosophie qu'il était en train de lire et l'amena visiter l'édifice où l'on donnait des cours.

Dans un local, une dame peignait ; dans un autre, un petit garçon prenait un cours de violon.

« Est-ce que l'on doit payer ?

– Pas si vous n'en avez pas les moyens.

– Alors, je peux venir demain ?

– Oui. Je vous amènerai au salon de lecture. »

Mais le lendemain matin, il ne put se rendre à Hull-House. Une inspectrice des manufactures, Mme Florence Kelley, visitait le quartier canadien-français pour connaître les conditions de vie des gens et pour enquêter sur le travail qui se faisait à la maison. La Loi sur les manufactures avait finalement été passée en juin par le gouverneur de l'État et les inspecteurs tels que Mme Kelley avaient pour mission de vérifier si le travail en usine et le travail à domicile étaient faits en conformité avec cette loi.

La nouvelle de l'inspection avait circulé de porte en porte, suscitant le mécontentement général. En effet, les habitants du quartier voyaient d'un mauvais œil la visite de quiconque n'était pas délégué par le curé ou par une autorité de la paroisse.

Le père Houde était déjà parti au travail. Ayant appris l'arrivée de l'inspectrice, la mère décida qu'il fallait cacher les tissus et les empila dans le coin où dormait Jos. La machine à coudre fut vite transportée chez une voisine, et Jos reçut l'ordre de se recoucher sur le tas de vêtements, que la mère avait dissimulé sous des couvertures, lui donnant ainsi l'apparence d'un lit.

Mme Kelley, accompagnée d'une assistante, s'informa seulement du travail du père et ne poussa pas l'indélicatesse jusqu'à visiter la maison. Elle salua les enfants et dit à la mère que si jamais elle avait besoin de quelque chose, la Civic Federation, une organisation qui tentait de régler les problèmes amenés par la crise, ouvrirait bientôt un comptoir de nourriture et de vêtements.

Quand l'inspectrice fut sortie, la mère se tourna vers Jos : « Si elle pense qu'on va demander la charité comme des miséreux, elle se trompe ! On est capables de se débrouiller dans notre paroisse. Et je suis sûre qu'on peut compter sur les nôtres, et en particulier sur toi, n'est-ce pas, Jos ? »

Jos sentit alors qu'il devrait faire sa part pour aider cette famille, sans quoi il risquait d'être montré du doigt par tous les paroissiens.

Il aida la mère et Jean à ramener la machine à coudre et à redescendre les étoffes, puis il fallut faire manger les enfants. Jean s'en occupa tandis que la mère s'installait devant la machine à coudre, qu'elle actionnait du pied. Ensuite, Jean prit la relève : « J'ai les jambes mortes, dit la mère, je vais m'étendre un peu avant d'aller au marché. Ne parlez pas de cette visite au père. Cela l'inquiéterait pour rien. »

Ne supportant plus cette maison transformée en usine, Jos décida de fuir le bruit de la machine à coudre et les cris des enfants qui se chamaillaient. Jean avait peine à contrôler le petit dernier, qui se déplaçait en rampant et voulait grimper sur la machine à coudre. La veille, il s'était piqué une aiguille dans la fesse et il avait fallu l'extirper avec une pince tant elle était enfoncée profondément.

Une fois dehors, Jos tourna en rond comme une boussole ayant perdu le nord ; il s'arrêta finalement devant la petite église et y pénétra pour la première fois depuis son arrivée à Chicago. Il y faisait chaud et l'odeur de cierge et d'encens le pacifia pour un instant. Appuyé au prie-Dieu, il réfléchit à son sort. Quelques jours plus tôt, il rêvait de voir le monde. Il avait un travail, même s'il ne lui rapportait pas beaucoup d'argent, et chaque nouvelle journée était l'occasion d'une découverte. La grisaille de la vie se dissipait lorsqu'il arrivait à l'Exposition. Aujourd'hui, il n'était rien. Il ne lui restait que le contenu du bas, environ cent dollars maintenant, qu'il gardait précieusement sur lui. Le montant du billet de retour et de quoi subsister quelques semaines. Puis il songea qu'il n'était pas allé aussi loin pour revenir comme un mendiant. Il épuiserait d'abord les cent dollars, ensuite il verrait.

Le jeune garçon se tourna vers les scènes du chemin de croix et les marcha les unes à la suite des autres, non par conviction, car il ne croyait plus qu'il y avait un Dieu quelque part capable de faire quelque chose pour lui, mais parce qu'il était bien et qu'on le laissait tranquille.

Maintenant, Jos avait trop chaud. Il sentait la fièvre monter. Étourdi, il chercha la sortie et c'est en chancelant qu'il se rendit jusqu'à la maison des Houde. Une fois arrivé, il refusa que Jean lui réchauffe un peu de soupe et gagna directement son coin au grenier. Il tomba comme une masse sur son lit et sombra dans le néant. Vaguement, très vaguement, il entendit des voix, puis quelqu'un le faisait boire. C'était Jean. La nuit fut agitée. Des fantômes vivants venaient le hanter. Jules Helbronner d'abord, qui lui ordonnait de revenir au Québec. Le tyran de la grande roue que Jos faisait voler jusqu'au ciel. Puis sa mère qui lui souriait. Décidément, il délirait.

Deux ou trois jours passèrent. Un matin, Jos fut arraché des ténèbres par les cris de la mère Houde. En essayant de glisser sa main sous le matelas de Jos pour s'emparer du bas de laine, elle avait aperçu des marques rouges sur son corps. « Mon Dieu, que nous a-t-il rapporté, celui-là ? » s'était-elle exclamée alors. En y regardant de plus près, elle soupçonna vite Jos d'avoir attrapé la petite vérole, qu'elle-même avait eue durant son enfance. Mais on n'avait pas vu de cas depuis plusieurs années. La mère envoya chercher le docteur de la paroisse, qui confirma ses craintes.

« C'est un des premiers cas, mais il y en aura d'autres. J'ai entendu dire que le mal serait venu de l'Exposition, sans doute apporté par des étrangers. L'infection couve pendant deux ou trois semaines avant que la maladie n'apparaisse. Vos enfants sont sûrement déjà contaminés. Pour l'instant, de l'eau et un peu de bouillon de poule vont faire l'affaire. Il est jeune, il devrait s'en sortir. Comme si on avait besoin d'une épidémie de petite vérole ! Faites-moi appeler quand les autres l'auront et essayez de les nourrir comme il faut en attendant. »

Jos délira encore pendant quelques jours. Il avait mal à la tête et n'avait même pas la force de se soulever pour voir s'il faisait clair ou si c'était la nuit.

Un matin, il se sentit un peu mieux, mais ce ne fut que pour quelques instants. La fièvre qui l'avait engourdi l'avait protégé jusqu'alors des démangeaisons terribles causées par les pustules qui lui couvraient le corps. Soudainement il n'eut plus qu'une envie : se gratter jusqu'au sang.

Il n'entendait aucun bruit dans le grenier, ce qui le surprit. Il avait froid et regarda dehors. Une couche de neige s'était déposée sur le sol. C'est le père Houde qui lui amena son bouillon. Il avait quitté son travail, lui dit-il, pour s'occuper des autres.

D'abord, Jos ne comprit pas ; il se contenta de se retourner dans son lit, faisant semblant d'être trop faible pour parler. C'est lorsqu'il descendit quelques jours plus tard qu'il mesura l'étendue du drame qu'il avait causé sans le vouloir. Près du poêle à charbon, sur les paillasses qu'on avait descendues du grenier, s'alignaient les trois petits. À côté d'eux, Jean n'était pas dans un meilleur état. Devant ce triste spectacle, Jos se sentit accablé.

Assis à la machine à coudre, le père pédalait aussi vite qu'il le pouvait, tandis que la mère lui apportait les étoffes. En passant près des malades, elle leur jetait un regard désespéré.

Jos grimpa l'escalier en courant et trouva son bas de laine près du lit. En l'ouvrant, il vit que le paquet était moins épais. Il en retira quand même vingt dollars, qu'il donna à la mère Houde. « C'est pour leur acheter ce qu'il faut », dit-il.

La mère le remercia avec un soupir et continua de transporter et de ranger les piles de vêtements. Le soir venu, le père alla comme à l'accoutumée livrer les vêtements cousus. Dans la pièce sombre, la mère s'assit près des enfants. Elle fit signe à Jos qu'il pouvait se réchauffer de la soupe sur le poêle à charbon s'il le voulait. Il n'y avait pas de pain. Jos mangea sa soupe. De temps à autre, le gémissement d'un enfant malade troublait le silence.

Lorsqu'il entendit le père rentrer, Jos déclara qu'il était fatigué et se retira dans sa petite cellule pour se gratter en paix, mais le soulagement éphémère fit bientôt place à une pénible sensation de brûlure et il essaya de se changer les idées en lisant quelques chapitres de *Germinal*.

Depuis cinq ans qu'il trimbalait ce livre, il n'en était qu'au chapitre deux de la quatrième partie, et c'était grâce à Rudolphe et à Catherine qu'il avait pu s'y rendre. Il alluma la lampe à huile et fit un effort pour se plonger dans l'histoire.

> Dès la veille, dans une réunion tenue chez Rasseneur, Étienne et quelques camarades avaient choisi les délégués qui devaient se rendre le lendemain à la Direction. Lorsque, le soir, la Maheude sut que son homme en était, elle fut désolée, elle lui demanda s'il voulait qu'on les jetât à la rue. Maheu lui-même n'avait point accepté sans répugnance. Tous deux, au moment d'agir, malgré l'injustice de leur misère, retombaient à la résignation de la race, tremblant devant le lendemain, préférant encore plier l'échine. D'habitude, lui, pour la conduite de l'existence, s'en remettait au jugement de sa femme, qui était de bon conseil. Cette fois, cependant, il finit par se fâcher d'autant plus qu'il partageait secrètement ses craintes.
>
> « Fiche-moi la paix, hein, lui dit-il en se couchant et en tournant le dos. Ce serait propre, de lâcher les camarades!… Je fais mon devoir. »

Jos avait saisi l'esprit de sa lecture. Il n'y avait que le mot « délégués » qu'il ne connaissait pas, mais il put se figurer sans problème ce que cela signifiait. Il laissa tomber le livre et se demanda si un jour, il aurait lui aussi l'occasion de lutter contre ce qui l'oppressait ou s'il continuerait de fuir comme il l'avait fait jusqu'à maintenant.

Le lendemain matin, personne ne se manifesta. Jos comprit qu'on le considérait guéri, mais il se sentait encore extrêmement faible. En bas, le spectacle de désolation était toujours le même. La mine grisâtre du plus petit était particulièrement inquiétante et lorsque la mère se releva après avoir tenté de le faire boire, elle jeta un regard angoissé au père: « Il faut aller chercher le docteur. Il est bien pire que les autres. Il ne veut pas boire et on dirait qu'il ne me voit même pas. »

Le père quitta sa place devant la machine à coudre et mit son manteau. Il sortit et rentra avec deux bouteilles de lait avant de repartir. Le livreur de lait, averti de la maladie par les voisins, ne pénétrait plus dans la maison des Houde. Le froid du dehors fit frissonner Jos. La mère prit le lait et en mit à chauffer sur le poêle à charbon. Elle y jeta une poignée de sucre et de la farine de maïs, puis servit cette bouillie à Jos, qui mangea rapidement. Ni l'un ni l'autre ne savaient quoi dire. À tort ou à raison, Jos ressentait un terrible sentiment de culpabilité que l'atmosphère de la maison ne faisait qu'alimenter.

Impuissant, il monta bien vite se coucher afin de continuer sa lecture. Quand il entendit le père revenir avec le docteur, il s'approcha de l'escalier pour écouter la conversation. « Ils sont tous très malades, disait le médecin. On a ouvert un hôpital pas très loin. Il faudrait les y transporter, sinon vous risquez de contaminer toute la paroisse. Pour l'instant, vous êtes les seuls frappés, mais à

Chicago, c'est bien pire. Le bureau de santé craint une épidémie terrible.»

La mère se plaça devant les enfants.

«Jamais ils ne sortiront d'ici. Je vais m'occuper d'eux moi-même. Je ne veux pas qu'ils meurent tout seuls là-bas.

– Ce n'est pas moi qui décide, Mme Houde. Je ne vous dénoncerai pas, mais le bureau de santé pourrait envoyer quelqu'un chercher les enfants.»

Après le départ du docteur, le père s'assit à sa machine à coudre et la mère se laissa aller à pleurer doucement.

«Ça ne donne rien de pleurer, dit le mari. On n'aurait pas dû laisser entrer un étranger dans la maison. J'aurais pas dû lui dire d'aller à l'Exposition. S'il était resté ici dans la paroisse, il ne nous aurait pas amené de maladie. Puis qu'est-ce qu'on va faire de lui, maintenant? Il est malade, il n'a plus de *job.*

– Il a encore un peu d'argent. Puis on peut pas le mettre dehors comme ça. Ce serait pas chrétien. Il se décidera peut-être à m'aider avec la machine à coudre si jamais tu retournes à l'usine.»

Et elle se remit à pleurer en silence pour ne pas impatienter son mari.

Jos en avait assez entendu. Il se recoucha et tenta de penser à des choses amusantes qu'il avait vues à l'Exposition, mais ses souvenirs se ternissaient déjà, balayés par toute cette misère.

Pendant quelques jours, Jos erra dans le grenier, le seul endroit où il ne se sentait pas jugé. Un matin, il entendit la voix de Jean et descendit l'escalier en dévalant les marches étroites. Le jeune garçon se plaignait de démangeaisons terribles. Jos essaya de l'encourager, lui disant que le pire était passé. Lui-même se sentait maintenant à peu près rétabli. Pour la première fois depuis deux semaines, le visage de la mère s'éclaira légèrement. Mais au moment où l'espoir renaissait dans la maison et où le regard lourd de reproches de Mme Houde se posait ailleurs que sur Jos, l'inspectrice des manufactures, celle-là même qui leur avait rendu visite au début de novembre, apparut dans le cadre de la porte.

Florence Kelley tenta de leur expliquer que le germe de la petite vérole se transmettait par les vêtements et que tous les manteaux qu'ils cousaient apporteraient la maladie dans d'autres familles. Elle avait la responsabilité d'assurer la sécurité des gens qui achetaient les manteaux, c'est pourquoi elle leur demandait de brûler ceux qu'ils avaient confectionnés et d'attendre que la maladie soit complètement disparue de la maison avant d'en fabriquer de nouveaux.

Le père refusa.

«Je ne peux plus travailler à l'usine. Ce travail est notre seule ressource. Si je ne couds plus de manteaux, on n'aura plus rien pour manger et se chauffer. D'ailleurs, là-bas à l'usine, ils n'ont rien dit. Ils continuent de prendre les manteaux.

– Je sais, je sais. Il y a beaucoup de gens qui ne veulent pas nous aider à éviter l'épidémie. Je ne peux pas vous forcer, enfin pas encore, mais je vous demande de brûler ces vêtements si vous êtes de bons chrétiens.

– Mais ce ne sont pas les manteaux qui ont la petite vérole, ce sont les enfants. Je ne crois pas ce que vous dites.

– C'est comme vous voulez.»

Florence Kelley se rendit compte qu'elle ne parviendrait pas à les convaincre et que tant que le bureau de santé ne serait pas plus sévère, rien ne pourrait empêcher l'épidémie de se propager.

La mère s'approcha timidement.

« Est-ce que c'est vrai qu'ils vont peut-être venir chercher les enfants ?

– Cela ne relève pas de ma responsabilité. Ce sont les autorités de la ville qui vont décider. Mais si on vient chercher les enfants, c'est pour éviter que des centaines de gens meurent, comprenez-vous cela ? »

La mère fit signe que non et elle fouilla dans son tablier pour en sortir le billet de vingt dollars que Jos lui avait donné. Elle le tendit à Florence Kelley, croyant qu'elle pourrait ainsi acheter son silence.

L'inspectrice ne savait comment réagir. À la fois choquée et désolée, elle réalisa que non seulement ses conseils étaient inutiles, mais qu'on la percevait comme une ennemie venue cueillir un pot-de-vin.

Elle repoussa la main tendue de la femme Houde : « Ce n'est pas pour cela que je suis ici. Les politiciens acceptent des pots-de-vin, mais pas moi. Je veux seulement vous faire comprendre que les manteaux transmettent la maladie à d'autres personnes. »

Puis, devant le regard fermé du père et de la mère, elle jeta un coup d'œil aux enfants étendus sur le matelas et aux manteaux qui envahissaient la pièce avant de se résigner à partir.

La peur s'était installée dans la maison et la mère craignait à tout moment qu'on vienne chercher ses enfants. Elle courut chez la voisine pour quérir de l'aide. Celle-ci lui fit signe de ne pas entrer dans la maison, mais sortit sur la galerie pour lui parler après l'avoir fait reculer jusqu'au fond de la cour.

La mère Houde lui demanda de cacher les enfants.

L'autre ne savait quoi faire. Elle ne pouvait pas risquer la vie des siens, mais elle ne pouvait pas non plus abandonner sa voisine en détresse. « Je vais en parler à monsieur le curé demain. Ils ne viendront sûrement pas aujourd'hui. Il fait bien trop froid », dit-elle pour gagner du temps.

Cette nuit-là, la femme Houde veilla ses enfants toute la nuit de peur qu'on ne vienne les lui enlever. Au matin, assoupie, elle fut réveillée par Jean. Le petit ne respirait plus. Elle le prit dans ses bras et tenta de le réchauffer. Il avait rejoint l'autre monde et son visage gris s'était détendu, libéré de toute souffrance. Un instant, elle envia l'enfant, puis la douleur de la perte fut plus forte et elle s'effondra en sanglots, étendue près du corps sans vie. Le père ordonna à Jos d'aller vite chercher le curé. Jos n'avait pas encore la force de courir, mais il marcha aussi vite qu'il le put, se demandant pourquoi il fallait se dépêcher maintenant que le petit était mort.

Le curé lui confia les saintes espèces et c'est Jos qui dut l'assister pour donner l'extrême-onction au cadavre. Le visage de l'enfant mort le hanta toute la journée.

Le lendemain, Jos assista aux funérailles avec le père. Seul le curé, qui avait été vacciné, les accompagna au cimetière. Les voisins avaient trop peur de la contagion. La mère, atterrée, était restée à la maison pour s'occuper des autres enfants.

Le soir, Jos, qui pourtant ne priait plus depuis longtemps, s'agenouilla auprès de son lit et demanda à Dieu de lui pardonner la mort de cet enfant. Ensuite, il s'étendit dans le noir et souffrit de toute son âme. Il ne dormit pas de la nuit, torturé par le remords et par les sanglots de la mère, qui montaient vers lui comme un psaume.

Chapitre XIV

Jos ne pouvait réprimer son rire. La scène était trop drôle. Jacob, un étudiant juif de son âge, avait choisi le personnage de Joseph dans la pièce qu'on préparait pour Noël à Hull-House, mais comme il n'avait qu'une vague idée de qui était Joseph, il s'en remettait à son imagination pour le parodier. Jos tenait le rôle d'un berger et s'acquittait lui aussi de sa tâche du mieux qu'il pouvait, même si avant de venir à Hull-House, quelques semaines auparavant, il n'avait jamais eu l'occasion de voir une pièce de théâtre. Mais le résident de Hull-House qui montait la pièce avait trouvé à Jos une allure de berger et lui avait demandé de prendre ce petit rôle, qui n'était en fait que de la figuration.

Jos était quand même fier de jouer dans une pièce de théâtre et après les répétitions, il se rendait au *coffee-shop* avec les autres membres de la troupe et on leur servait du chocolat chaud avec des tartines.

Depuis la mort du petit Houde, Jos ne se montrait presque plus à sa pension. Il donnait quand même ses trois dollars par semaine à la mère. Il déjeunait rapidement et enfilait un manteau que le père Houde avait fabriqué pour lui en échange de l'argent qu'il leur avait donné pour les enfants. Jos préférait oublier celui qu'on lui avait dérobé.

Même s'ils demeuraient un peu faibles, les enfants allaient mieux. Le père était retourné à l'usine. L'épidémie s'était propagée à la vitesse de l'éclair. Quand Jos circulait dans les rues avoisinant Hull-House, il croisait de pleines charrettes de cadavres que les autorités faisaient transporter en dehors de la ville. Là, on les couvrait de chaux et on les enterrait tous ensemble. Plusieurs immigrants refusaient ce traitement ; un matin, Jos vit ainsi une mère italienne se sauver avec son enfant enveloppé dans un linceul pour le cacher chez une voisine. À la nuit tombée, elle lui ferait une sépulture convenable.

Chaque matin, Jos quittait la maison pour chercher du travail. Il frappa à la porte de toutes les usines de cigares. Il devait d'abord s'informer pour savoir où elles étaient situées puisque aucune enseigne n'ornait la façade de ces endroits habituellement sombres et relégués aux arrière-cours. Souvent, on le détaillait de la tête aux pieds avant de lui signifier d'un geste qu'on n'avait besoin de personne.

Vers onze heures, Jos était transi de froid et découragé. Il se dirigeait alors vers Hull-House, le seul lieu où il pouvait se sentir en paix et en sécurité. L'atmosphère d'optimisme et la solidarité qui y régnait lui faisaient oublier sa condition de chômeur étranger. Quand il allait à la messe le dimanche, à laquelle il ne pouvait désormais plus échapper, il ne comprenait pas pourquoi le curé s'acharnait tant contre les endroits comme Hull-House qu'il qualifiait d'antres de socialistes et où il estimait que les gens perdaient leur langue et leur religion.

En fait, Jos se préoccupait assez peu de sa langue et de sa religion pour l'instant. Ce qu'il voulait le plus au monde, c'était trouver du travail. Comme il n'avait rien à faire, il passait une bonne partie de ses journées à aider les résidents de Hull-House à accomplir les tâches domestiques. Il transportait le charbon, nettoyait les lampes à huile, déplaçait des objets ou des meubles avant et après les soirées-rencontres. Il courait parfois à la poste ou transmettait les messages des résidents d'un édifice à l'autre. Souvent, il aidait Florence Kelley à ranger ses nombreux dossiers. Elle ne l'avait pas reconnu et c'était mieux ainsi. À midi, il s'arrangeait pour traîner du côté du *coffee-shop,* où on lui offrait de goûter les dernières préparations. Mais le moment le plus agréable, c'était quand les étudiants arrivaient de leurs cours de l'après-midi pour répéter la scène de la crèche. Jos prenait son bâton de berger et se plaçait près de Jacob. Un jour, celui-ci lui demanda ce qu'il faisait et d'où il venait.

Jacob fut impressionné par toutes les aventures que Jos avait vécues depuis des années, lui qui ne sortait de son petit appartement de la 14e Rue que pour aller à l'école et à Hull-House. La vie de Jos lui apparut comme une épopée. De son côté, Jacob avait fait le plus grand des voyages. Avec sa famille, il était venu d'Ukraine alors qu'il n'avait qu'un an. Son père, un professeur d'hébreu, croyait qu'en Amérique, les Juifs avaient les mêmes chances que les autres pour peu qu'ils veuillent retrousser leurs manches et travailler. Le père de Jacob était désormais contremaître dans une usine de cigares appartenant à son neveu. Il n'aimait pas ce parent dur et autoritaire, trop pressé de remplir ses poches. Jacob croyait d'ailleurs que son père était socialiste, même s'il ne lui avait jamais fait part de ses convictions politiques.

Le mot « socialiste » résonnait à l'oreille de Jos comme un vocable magique et entouré d'une aura nébuleuse, c'était un mot qui évoquait pour lui le péché. On lui avait toujours parlé du socialisme comme d'une menace aux bonnes mœurs. Même Rudolphe, qui voulait pourtant changer le monde, n'avait jamais prononcé ce mot devant Jos. Il faudra, se dit Jos, que je cherche la définition dans le dictionnaire de la bibliothèque avant de partir.

Il implora Jacob de demander à son père s'il pouvait lui trouver une place à l'usine de cigares. « Je vais lui en parler, répondit le jeune étudiant. Mais tu sais, tous les gens qui travaillent là sont juifs et la plupart ne parlent que le russe. En plus, les salaires sont bas. »

Pourtant, quelques jours plus tard, Jos put revenir chez les Houde en annonçant fièrement qu'il avait un travail. Ses hôtes, qui dépendaient toujours du revenu de sa pension pour manger et se chauffer, se réjouirent de la nouvelle. Le salaire n'était pas extraordinaire : environ six dollars par semaine. Jos serait payé à la pièce. Le propriétaire disait qu'en travaillant vite, Jos pourrait toucher une paie raisonnable.

Jos entra à la fabrique de cigares quelques jours avant Noël. L'atmosphère y était très différente de celle des autres fabriques qui l'avaient employé. Le travail se faisait dans une petite pièce assez haute, mais peu éclairée. Les bancs des rouleurs étaient étroits et disposés très près les uns des autres. Les ouvriers plus âgés avaient le droit d'être à proximité de la fenêtre pour y voir plus clair. Les cigariers utilisaient des lames cubaines bien affûtées au lieu de simples couteaux. Les feuilles de havane étaient humides comme Jos les aimait. Quand il toucha sa première feuille, la texture veloutée lui procura un plaisir sensuel. Il se mit à rouler avec application, sentant avec bonheur le cigare s'arrondir sous ses doigts. Il eut un peu de mal à former les deux premiers, mais ses doigts retrouvèrent rapidement leur agilité et leur souplesse au contact du tabac. L'endroit était bien chauffé. Les rouleurs, des hommes mûrs, parlaient seulement le russe, sauf le père de Jacob. Il pouvait s'entretenir avec les gens en russe, en anglais ou en hébreu et parlait quelques mots de français. Le matin, il disait bonjour à Jos, puis il portait les feuilles de tabac d'une table à l'autre, en prenant le temps d'expliquer à chacun quel type de cigares on devait rouler pour la journée.

Il n'y avait pas de moules dans cette petite fabrique de cigares où on utilisait la méthode espagnole, et les feuilles de havane étaient grandes et généreuses. Lorsqu'on gaspillait du tabac ou qu'on en déchirait une feuille par erreur, le contremaître ne disait rien. Il prenait souvent le blâme sur lui lorsque son neveu tempêtait contre le gaspillage, les retards ou les commérages. Le propriétaire ne voulait pas que les employés se parlent durant les heures de travail. Pourtant, seuls les doigts des rouleurs étaient occupés. Leur pensée et leur langue restaient libres. Pour éviter le bavardage et surtout les discussions au sujet des unions et des conditions de travail, on confiait à un lecteur le soin d'occuper l'esprit des ouvriers. Le père de Jacob avait embauché une jeune Ukrainienne de seize ans pour faire la lecture. À part elle, il n'y avait ni femmes ni enfants dans cette fabrique.

Le premier matin où Jos entendit la voix de la lectrice, il fut envoûté par le rythme harmonieux des phrases déclamées en russe. Il ne comprenait rien à ce qu'elle lisait, mais il voyait quelques travailleurs lever la tête à l'occasion et sourire à leurs camarades. Au bout de quelques jours, le seul fait d'entendre la voix de la jeune Ukrainienne suffisait à mettre Jos de bonne humeur.

Un soir, alors que la jeune fille parlait au père de Jacob, Jos s'arrangea pour s'approcher d'elle. Le lendemain, il s'offrit à porter ses livres jusqu'à l'arrêt du tramway. Intrigué par le roman qu'elle lisait aux ouvriers à ce moment, il lui demanda quels en étaient le titre et l'auteur.

« Le titre, c'est *Anna Karénine* et l'auteur est Tolstoï. C'est l'histoire d'une jeune femme mariée à un fonctionnaire ennuyeux et qui tombe amoureuse de Vronsky, un séducteur qui la rendra malheureuse.

– C'est dommage que je n'y comprenne rien, ça a l'air très beau comme histoire. Je m'appelle Jos, et vous ?

– Anna, répondit-elle en riant. Comme Anna Karénine. Mon père aimait beaucoup lire le comte Tolstoï.

– Il n'aime plus ?

– Mon père est mort. Il s'est donné beaucoup de mal pour quitter Kiev et nous amener en Amérique. Six mois après notre arrivée ici, il a été tué dans un accident de tramway, c'est pourquoi je travaille maintenant pour aider ma mère. En Ukraine, j'ai fait le *gymnasium.*

– *Gymnasium*, n'est-ce pas un endroit où les gens jouent ?

– Oui, mais en allemand, *gymnasium* signifie aussi "école supérieure".

– Combien d'années avez-vous été à l'école ?

– Huit ans. J'ai dû arrêter. Mon père m'avait promis que j'irais à l'université. Mais je dois travailler. »

Jos n'osa pas lui demander ce qu'était une université. Il irait vérifier dans le dictionnaire. Il lui demanda toutefois pourquoi sa famille avait quitté la Russie.

« Parce que mon frère aurait été appelé dans l'armée du tsar et que les Juifs dans l'armée sont les premiers envoyés au combat. »

Jos n'y comprenait pas grand-chose, mais il ne posa plus de questions. Il se contenta de marcher près d'Anna.

La veille de Noël, même s'il ne travaillait que depuis quelques jours, Jos eut droit à une paie. Le propriétaire était content de sa production. Jos avait roulé suffisamment de cigares pour toucher quatre dollars. Il pourrait payer sa pension sans puiser dans sa mince réserve et acheter un petit quelque chose pour Jean.

En marchant sur Halsted, il vit un petit cheval de bois qu'il put marchander pour vingt-cinq cents. Sur un étal, il aperçut des oranges. Elles étaient fraîchement arrivées de Floride, lui dit le marchand. Jos en prit quatre, qu'il offrirait au père, à la mère et aux deux plus jeunes.

La famille Houde poussa des cris de joie en voyant les oranges. Lorsque Jean ouvrit le papier coloré qui emballait le cheval, tout le monde trouva le petit objet beau et mignon. Le père demanda ce que c'était.

« Un cheval, répondit Jos.

– Je sais bien que c'est un cheval, je ne suis pas aveugle. Mais à quoi ça sert, un petit cheval de bois ?

– À jouer.

– On est trop pauvres pour jouer. De toute façon, Jean a passé l'âge de jouer. Et il n'a pas le temps. »

Mais Jean ne lâchait pas son cheval de bois et il monta en courant le cacher en haut.

Jos le rejoignit pendant que le père et la mère haussaient les épaules.

« J'aurais dû attendre pour te le donner. En plus, tu n'as pas eu d'oranges.

– Je suis très content de mon cheval. Je vais continuer de jouer avec lui en cachette comme je le faisais avant avec l'autre. »

Et pour égayer ce Noël gris, Jos décida qu'il était temps de déguster la barre de chocolat Baker qu'il avait gardée précieusement, et partagea avec Jean. La surface en était un peu blanchie et le goût avait perdu de son raffinement, mais Jean trouva cette gâterie délectable. C'était sa première barre de chocolat.

Jean aurait bien aimé que Jos restât avec lui toute la soirée, mais le jeune homme devait se sauver. Il avait promis d'être là pour la représentation de la pièce *La Nativité* à Hull-House. Il importait peu qu'il eût manqué quelques répétitions. Il n'aurait qu'à enfiler un costume de berger et à rester debout près de la crèche.

Lorsque la mère Houde lui demanda s'il reviendrait pour la messe de minuit et le petit réveillon qu'elle avait préparé, il répondit négativement, prétextant une urgence à la fabrique de cigares. Il avait promis d'y retourner, dit-il.

« Mais quels païens ils peuvent être pour travailler la veille de Noël ! » s'exclama le père.

Jos marcha dans la neige qui s'accumulait sous ses pieds. Il lutta contre le vent pour se rendre à Hull-House. Les gens entraient en grand nombre dans le petit théâtre. Lorsqu'il rejoignit les autres acteurs, un jeune homme qu'il ne connaissait pas avait déjà endossé un costume de berger et circulait le long de la scène.

Quand ils le virent arriver, les autres furent un peu gênés. L'un des étudiants prit Jos à part et lui dit :

« Il est tard, nous ne croyions pas que tu allais venir. Jacob nous a dit que tu travaillais maintenant.

– Mais j'avais dit que je serais là », riposta Jos d'un ton boudeur.

Jacob poussa l'autre.

« On va arranger cela. Est-ce que dans l'histoire, on dit combien il y a de bergers ?

– Non », répondirent les autres.

Jos lui-même ne s'en souvenait pas.

« Eh bien, voilà ! » Jacob donna à Jos un morceau de tissu et lui prêta sa canne. « Va vite te déguiser en berger. »

Après la pièce, tout le monde se retrouva au *coffee-shop* de Hull-House. Il y avait là des pâtisseries, du chocolat chaud et des dizaines de petits sacs de bonbons préparés pour tous les enfants qui fréquentaient Hull-House. Jane Addams demanda à Jos de l'aider à distribuer les paquets. Le refus de deux petites filles à l'air famélique les surprit. Les fillettes devaient avoir environ onze ans. Lorsque Jane Addams leur demanda pourquoi elles ne voulaient pas de bonbons, elles répondirent qu'elles passaient plus de quatorze heures par jour dans une confiserie pour préparer les commandes de Noël. La seule vue des bonbons leur soulevait le cœur.

Jos, qui aimait encore ces délices sucrés, se revit au magasin général, demandant à Thomas de lui acheter un sucre d'orge rouge et blanc. Cette mince consolation, ces fillettes n'y avaient même pas droit.

Jacob l'appela discrètement. Il avait un petit flacon de whisky et le passait en cachette à ses amis. Jos en but une gorgée, mais il n'avait plus envie de s'amuser. Le contraste entre les deux petites filles qui se détournaient les yeux de dégoût et les autres qui s'empiffraient de friandises le mettait mal à l'aise.

Au fond du *coffe-shop,* on entendit un piano retentir. Une jeune Irlandaise assise au piano entonnait un chant de Noël.

Mlle Addams quitta les enfants pour rejoindre ses invités dans la salle à manger.

Jos tenta de chanter comme les autres, mais il en avait perdu l'envie. Il avait hâte que Noël soit fini. Il restait toute la journée du lendemain. La fatigue lui servirait d'excuse pour se mettre à la lecture de Zola. Il ne voulait pas passer pour un parfait ignorant aux yeux d'Anna.

En rentrant chez les Houde, le jeune homme croisa des gens qui lui souhaitèrent un joyeux Noël dans toutes les langues. Il se contentait de sourire aux fêtards, heureux de voir que les différentes bandes du quartier s'accordaient une trêve en cette nuit de Noël.

Étendu dans son coin de grenier, Jos se sentit épuisé après sa journée à la fabrique et la soirée mouvementée à Hull-House. Pouvait-il faire quelque chose pour que cesse cette différence trop grande entre les gens ordinaires et ceux qui ne l'étaient pas ? Il pensait au confort qui régnait à Hull-House et à Jane Addams, cette femme riche, sans enfant, qui avait l'autorité d'un homme et la générosité d'une madone. Il compara sa mère à Jane Addams. Il compara la femme Houde à Jane Addams. Et il ne comprit pas. Mlle Addams faisait partie de cette catégorie de femmes qui lui échappaient. Anna appartenait-elle aussi à cette catégorie ? Anna était belle et douce. Voilà comment était Anna. Le reste avait-il de l'importance ?

La maison était silencieuse lorsque Jos se réveilla, la machine à coudre ayant été mise au repos pour cette journée de célébrations. Jos, qui était le premier réveillé, se plongea dans la lecture de Zola. Pour aller plus vite, il notait à présent sur un morceau de papier les mots qu'il ne comprenait pas. Dans la bibliothèque de Hull-House, il y avait un dictionnaire français que Mlle Addams avait rapporté de son premier voyage en France. Les mots étaient écrits petit et Jos avait peine à s'y retrouver, mais parfois Jacob ou un autre étudiant l'aidait. Plusieurs voulaient lire le livre de Zola et Jos avait dû promettre de le leur prêter dès qu'il aurait terminé sa lecture.

La mère Houde avait préparé un déjeuner spécial, ce matin-là. Il y avait des œufs et du pain frais ; même le bacon était revenu sur la table pour ce repas de Noël. Depuis la mort du petit dernier, les Houde travaillaient beaucoup plus sur la machine à coudre parce qu'ils n'avaient plus constamment le bambin dans les jambes. En fait, lorsque Jos rentrait le soir après son travail, tout le monde était encore occupé à coudre les manteaux. Il fallait travailler davantage parce que la demande continuait à baisser et que la compagnie payait les manteaux de moins en moins cher. Jean avait demandé à son père l'autorisation de rejoindre Jos à la fabrique de cigares, mais le père lui avait lancé un regard noir avant de déclarer sur un ton sans appel que ce n'était pas leur monde et qu'il n'y mettrait jamais les pieds.

Jos sentit une fois de plus que ses hôtes le toléraient parce qu'ils avaient besoin de ses trois dollars, sans quoi ils l'auraient mis à la porte. Et il pensa que dès que la situation financière des Houde s'améliorerait, il devrait se trouver un gîte ailleurs.

Jos ne se donna pas la peine de chercher une excuse pour expliquer le fait qu'il sortait pour la journée. Il savait que les membres de la famille préféraient qu'il ne fût pas là, sauf Jean bien sûr, qui trouverait sa consolation sous son matelas lorsqu'il en sortirait son petit cheval de bois. La veille, Jos avait demandé un paquet de bonbons supplémentaire. Sans doute, lui aurait-on permis d'en prendre pour les deux autres enfants, mais il ne voulait pas avoir à se justifier devant les Houde, qui voudraient sûrement savoir qui avait les moyens d'acheter des bonbons en ces temps de crise.

Jos marcha dans la neige et le froid et, ne sachant où s'arrêter, il se retrouva encore une fois à la porte de Hull-House. Il passa par-derrière et décida de pelleter la neige qui s'était accumulée durant la tempête de la nuit précédente. Il y mit deux bonnes heures. Par la fenêtre, Jane Addams lui fit signe d'entrer se réchauffer. Elle l'accueillit dans sa propre salle à manger, et lui offrit du café. Jos n'avait jamais bu de café. Le breuvage avait un goût âcre et surprenant, mais il entraînait un effet stimulant qui plut au jeune homme. D'autres résidents prenaient du café eux aussi, mais ils y ajoutaient du sucre et du lait. Jos était trop timide pour en demander et le regretta un peu.

On discutait du chômage, des soupes populaires de plus en plus fréquentées et de la nécessité de trouver du travail aux gens.

« C'est la responsabilité des gouvernements de faire quelque chose ! déclarait l'un.

– C'est ce que disent les unions, mais pour cela, il faut qu'il y ait de l'argent quelque part et l'argent, ce sont toujours les mêmes qui l'ont, répondit l'autre.

– Samuel Gompers était découragé lorsqu'il est arrivé à Chicago la semaine dernière. Le nombre de malades et de mendiants l'a surpris. Ce n'est pas l'image qu'il avait de notre ville riche et prospère. Il est reparti hier pour New York, afin de passer Noël avec sa famille, mais il va revenir en janvier pour une série de conférences. Il aimerait recruter de nouveaux travailleurs du tabac. Il y a encore plusieurs petits ateliers qui ne sont pas avec l'union.

– Nous devrions l'inviter à rencontrer les résidents et à discuter avec eux », dit Jane Addams.

Plusieurs, parmi ces derniers, se montrèrent intéressés.

Jos se dit qu'il aimerait bien voir Samuel Gompers de plus près et peut-être même lui parler. Il avait un bon prétexte. N'était-il pas un cigarier dans un atelier sans union ? Il pourrait demander à Gompers comment procéder pour en créer une. La perspective d'une rencontre avec l'homme qu'il admirait le plus au monde réjouit le jeune homme, qui espérait avoir bientôt l'occasion d'améliorer son sort.

Avant de quitter la salle à manger, Jos aida les résidents à nettoyer les assiettes. Même s'il y avait des employés au manoir, chacun était tenu d'enlever son couvert et de participer au travail de la maison. De son côté, Jos n'avait jamais de peine à se trouver du travail tant il y avait à faire dans cette maison. Ensuite, il se rendit dans l'édifice latéral où les livres, les instruments de musique et les journaux semblaient dormir. Les gens célébraient Noël en famille. Jos prit du papier et écrivit à Catherine et au grand-père pour leur souhaiter une bonne année. Avec le temps, sa calligraphie s'embellissait et lorsqu'il relut sa lettre avant de la cacheter avec de la cire, il en fut satisfait.

Comme il lui restait du temps, il écrivit également à Jules Helbronner et lui donna l'adresse des Houde. Encore une fois, il le suppliait d'essayer de retrouver Madeleine. Jos avait maintenant de la peine à se représenter le doux visage de sa sœur. Il ne lui restait d'elle que le souvenir de ses cheveux de couleur moisson qu'elle coiffait en chignon pour travailler, mais qu'elle s'amusait à défaire et à peigner longuement avant de se mettre au lit. Une fois, elle lui avait raconté l'histoire de Rampuzelle, une jeune fille qui dénouait ses cheveux pour laisser monter son amoureux jusqu'à sa tour. « Rampuzelle, Rampuzelle, défais tes cheveux », s'amusait-elle à dire en enfonçant dans sa longue chevelure un peigne aux dents disparates. Tout ça, bien sûr, c'était avant Thomas. Anna aussi avait de longs cheveux. Les défaisait-elle le soir avant de s'endormir ? Pourrait-il un jour y grimper pour se rendre jusqu'à elle ?

Quand le soleil commença à décliner, Jos décida de rentrer. Avant de partir de Hull-House, il passa au manoir pour remplir de bûches de bois la boîte en métal près du foyer et salua les résidentes.

« Viendras-tu à la danse ce samedi ? » lui demanda Jane Addams.

Jos avoua qu'il ne savait pas danser. Alors, l'une des résidentes le prit par la taille tandis qu'une autre s'assit au piano pour entamer un boston, une petite valse au mouvement décomposé. Jos était aussi rouge que la robe de sa partenaire, mais les dames présentes se gardèrent de le lui faire remarquer. « Il faut suivre la musique, Jos, lui dit sa cavalière. Et surtout, évite de marcher sur les robes des jeunes filles, elles détestent cela. En plus, cela risquerait de vous entraîner dans une chute fâcheuse. »

Jos suivait de son mieux pour imiter les pas. Après quelques instants, une deuxième partenaire vint prendre la relève alors que les autres résidentes commençaient à danser ensemble. Jane Addams, assise aux côtés de Mary Roset Smith, admirait ce tourbillon joyeux. Quand la valse fut terminée, elle se leva pour prendre congé : « Je vous laisse vous amuser. Je serai de retour demain. S'il y a une urgence, faites-moi appeler chez Mary. »

Après les salutations d'usage, Jos aida les deux demoiselles à monter dans l'attelage de Mlle Smith. En marchant dans le froid, il se dit que finalement, les jours de grand vent, Chicago n'était pas mieux que Sherbrooke ou Montréal. Il commençait à rêver de visiter la Floride, dont il avait admiré le pavillon à l'Exposition colombienne et où on faisait pousser des oranges en hiver.

Le samedi suivant, ayant bon espoir de maîtriser les pas de danse qu'il s'était exercé à répéter avec Jean, Jos se présenta à Hull-House. Il fut content d'y rencontrer Jacob, mais ce qui le surprit le plus, ce fut d'y voir Anna. Le père de Jacob avait suggéré à la jeune fille d'y venir pour danser avec des personnes de son âge. En fait, le père de Jacob souhaitait qu'Anna rencontre quelqu'un de bien et qu'elle se marie au plus tôt afin de ne plus avoir à travailler dans une usine de cigares. Là n'était pas la place d'une jeune fille juive.

Après la danse, Jos voulut raccompagner Anna chez elle, mais le père de Jacob avait confié cette responsabilité à son fils. Les trois jeunes gens firent quand même un bout de chemin ensemble.

En rentrant, Jos se dit qu'il avait vraiment de la chance d'avoir des amis comme Jacob et Anna. Ils n'étaient pas catholiques comme lui, ils n'étaient pas vraiment américains non plus, ils étaient très différents de tout ce qu'il connaissait, mais cela ne lui semblait pas un problème. N'étaient-ils pas tous des étrangers balayés par la misère dans cette ville tout aussi étrangère ?

CHAPITRE XV

Jos observait Samuel Gompers. Ses jambes étaient tellement courtes qu'elles ne touchaient pas le plancher. Elles pendaient comme celles d'un enfant assis dans un siège trop haut. Discrètement, très discrètement, Gompers repéra un tabouret près du foyer et l'attira à lui avec désinvolture pour s'y appuyer les pieds. Maintenant qu'il avait réglé ce petit problème d'esthétique, Gompers était prêt à répondre aux questions des résidents.

« Pourquoi refusez-vous de créer un parti politique des travailleurs ou au moins d'appuyer des candidats ? lui demanda une résidente de Hull-House.

– C'est très simple, voyez-vous. Quand je pratique ma religion, je suis un ouvrier. Quand je fais de la politique, je suis un ouvrier et je suis d'abord du côté de celui qui va faire avancer les intérêts des travailleurs. Les hommes riches laissent rarement la politique interférer dans leurs affaires. J'adopte exactement la même attitude, sauf que je représente mon côté, celui des ouvriers qui travaillent dur pour gagner leur vie. Selon moi, on doit être l'homme d'un principe, pas d'un parti. Et chaque travailleur est un électeur. C'est à lui de choisir le candidat qui peut le mieux défendre la cause des travailleurs et voter les lois qui les protégeront. »

Jos se dit que pour parler ainsi, Gompers devait être un homme très intelligent. Il repensa à la fameuse Commission de 1888 qui n'avait encore rien donné pour les travailleurs au Canada.

Le syndicaliste évoqua ensuite les mesures que la Civic Federation prenait pour aider les gens, après quoi Jane Addams poussa discrètement Jos devant Gompers.

« Ce jeune homme travaille dans une fabrique de cigares. Il aimerait en savoir davantage sur votre fédération.

– Es-tu rouleur ?

– Oui, depuis quelque temps. Je travaille tout près d'ici.

– Ah ! si tu savais comme ça me manque parfois de m'asseoir à mon banc et de rouler un bon gros havane... As-tu du tabac avec toi ? Je suis sûr que tu en as un peu dans ton veston. »

Jos avait effectivement sur lui un peu de tabac qu'il avait chipé dans les *water-closets.* Dans les fabriques, on utilisait des feuilles de tabac pour s'essuyer lorsqu'on allait aux cabinets. On se séchait également les mains avec de grandes feuilles de havane.

Gompers se mit à rouler avec application. Comme il n'avait pas de *filler,* il égrena les grandes feuilles après les avoir mises à sécher sur l'écran du foyer. Tout le monde regardait avec admiration. Quand il eut terminé son cigare, Gompers le montra à Jos. Le rouleau était un peu lâche, mais Jos ne dit rien. Il tira une flamme du foyer et offrit de lui allumer son cigare.

Gompers dit qu'il n'y avait rien de meilleur, avec un bon cigare, qu'une bière fraîche tirée de la cave. Il n'était pas dans les habitudes de la maison de servir des boissons alcoolisées, mais pour lui, Jane Addams faisait une exception ; elle envoya Jos à la cave. Sans demander la permission, le jeune homme remonta deux chopes. Il était bien connu que Gompers n'aimait pas boire seul.

« À quel âge as-tu commencé à travailler, Jos ?

– À neuf ans, dans une fabrique de cigares.

– Moi, j'ai commencé à onze ans, à Londres. L'Angleterre, tu connais ?

– J'ai vu son pavillon à l'Exposition colombienne.

– Toute une exposition, n'est-ce pas ? D'abord, j'ai travaillé dans la chaussure et, franchement, je n'aimais pas cela. J'ai donc demandé à mon père l'autorisation de le suivre à la fabrique de cigares. Depuis ce temps-là, je suis cigarier. Quand on me demande ce que je fais, je dis que je suis cigarier. C'est mon métier. Si jamais je devais retourner dans une fabrique pour gagner ma vie, je retournerais dans une fabrique de cigares.

– Je voudrais faire quelque chose pour faire monter les salaires dans la fabrique où je travaille. À Montréal, j'étais apprenti et je gagnais quatre dollars par semaine alors que les hommes de métier en gagnaient dix ou douze. Ici, je suis un cigarier de métier et je ne gagne que six dollars par semaine. Je travaille à la pièce. Selon moi, nous devrions être payés au moins six dollars pour chaque millier de cigares. Je roule presque deux mille cigares par semaine. Cela revient seulement à trois dollars pour mille cigares.

– Tu as raison, c'est assez peu. Les entreprises essaient partout de réduire les salaires. Dans ta ville, Montréal, on veut encore baisser les paies des ouvriers. On vient d'envoyer notre appui aux cigariers de Samuel Davis avec un chèque de deux cents dollars. Plusieurs autres unions vont le faire aussi et les Chevaliers du travail ont recommandé à tous leurs membres de ne fumer que les cigares portant l'étiquette bleue. »

Jos voulait en savoir plus sur son ancienne fabrique.

« Combien d'hommes sont en grève ?

– La plupart des six cents employés, ceux qui appartiennent aux unions numéros 58 et 226. La compagnie avait augmenté les salaires à deux reprises, mais maintenant, elle les a ramenés à un taux plus bas qu'avant les augmentations. Elle offre désormais quatre dollars par millier de cigares au lieu de cinq en ce qui concerne les cigares domestiques et sept dollars au lieu de huit dollars cinquante pour les mille cigares de La Havane. Je suis sûr que les ouvriers vont gagner. Je dois d'ailleurs retourner à Montréal au printemps. Mais j'ai des problèmes au Québec parce que je ne parle pas aux ouvriers en français, même si je connais très bien cette langue. Je l'ai apprise à l'école du soir. »

En entendant cela, Jos était sceptique ; il eut envie de tester Gompers, mais il craignit de le mettre dans l'embarras et se contenta d'écouter ses arguments. Il sourit en entendant la réponse de Gompers.

« Je n'ai déjà pas assez de temps pour dire ce que j'ai à dire en anglais, alors si je commence à changer de langue à chaque fois que je rencontre des étrangers, je n'en finirai plus. L'important dans une union, Jos, ce n'est pas les langues, mais les droits qu'il faut défendre. Lutter, lutter et encore lutter ensemble pour obtenir une vie décente. Les Chevaliers du travail sont encore forts à Montréal, mais ça ne mènera à rien, tout cela. Les coopératives, le socialisme, c'est pas le jeu des travailleurs. »

Contrairement à Rudolphe, Gompers n'accusait pas les gens riches. Il voulait simplement qu'un peu de toute cette richesse aille aux travailleurs. Et là-dessus, Jos était plus que d'accord.

« Mais que devrais-je faire ? redemanda-t-il.

– D'abord, t'instruire, Jos. Lire Marx, Engels, comprendre pourquoi le rôle des travailleurs est important. C'est difficile, mais tu trouveras sûrement quelqu'un pour t'aider ici. Lis aussi les journaux et regarde comment fonctionne notre économie. En même temps, bien sûr, tu dois essayer de convaincre les autres cigariers qu'ils ont intérêt à se regrouper. L'Union internationale des cigariers est une union forte, Jos. En devenant membres, tes collègues feront automatiquement partie de l'American Federation of Labor et tu vas voir qu'ensemble, on se laissera pas faire.

– Si je fais quelque chose, moi, un étranger, ils vont me mettre dehors tout de suite.

– Si tu as peur, Jos, les patrons vont toujours t'exploiter. Tu sais que j'ai été sur la liste noire après la grève de 1877. Pourtant, j'ai une femme et des enfants. Ma pauvre Sophia, elle nous en a fait manger, de la soupe à la farine. Elle croyait en moi. Il faut croire en ce qu'on fait, Jos. C'est mieux de lutter pendant que tu es jeune. Plus tard, tu seras fier de récolter les fruits de la victoire. Tant qu'on ne meurt pas de faim, on peut continuer. Il ne faut pas s'attacher qu'aux choses matérielles, il faut aussi se sentir fier d'être un travailleur. Quand je suis parti d'Angleterre, tout ce que j'avais en poche, c'était la montre de mon grand-père. Il s'appelait également Samuel. Je crois que c'est la personne qui m'a le plus appris dans la vie. L'an passé, à Montréal, on m'a volé cette montre, qui était le seul objet auquel j'étais attaché. Pas pour sa valeur matérielle, mais parce qu'elle me rappelait mon grand-père. Et puis finalement, je me suis dit que son réel héritage, c'était ce qu'il m'avait laissé : la fierté. »

Jos sentait ses joues rougir comme du fer chauffé à blanc. Discrètement, il porta la main à son veston, là où était cachée la montre. Il avait l'impression que Samuel Gompers voyait à travers le tissu. Cet homme était tellement fort, croyait-il, qu'il pouvait deviner des choses comme celles-là.

Quand Gompers sortit de Hull-House, il vit son attelage qui l'attendait. « Veux-tu que je te dépose chez toi ? » demanda-t-il à Jos, qui l'avait suivi. Mais celui-ci enfonça ses mains dans ses poches et s'éloigna de la calèche, affirmant qu'il préférait marcher, ce qui était faux, surtout avec ce froid mordant. Il ne pouvait tout bonnement plus supporter le regard que Gompers, imaginait-il, posait constamment sur l'endroit où était dissimulé le souvenir de famille.

Le lendemain, Jos ne voyait toujours pas comment il pourrait convaincre les cigariers d'adhérer à l'union. Le passage de *Germinal* qu'il avait lu la veille l'avait pourtant enthousiasmé. Les ouvriers français menaçaient le gérant de la mine d'adhérer à l'Internationale socialiste. Depuis qu'il avait cherché la définition du mot « socialisme » dans le dictionnaire, il comprenait un peu mieux le livre de Zola. Il décida aussi de consulter Anna. Celle-ci lui expliqua tout ce qu'elle savait du socialisme et Jos fut impressionné par l'étendue de ses connaissances. Quand elle sut qu'il lisait Zola, la jeune femme rougit un peu avant de lui demander si c'était aussi cru qu'on le disait.

« Cru dans quel sens ? lui demanda Jos.

– Euh, en ce qui concerne les rapports entre les hommes et les femmes. »

En fait, Jos avait été lui-même embarrassé en lisant certains passages, sur lesquels il s'était attardé plus que nécessaire. Mais il était bien trop timide pour répondre franchement à cette question.

« Oui, c'est..., c'est pas mal, enfin..., il y a beaucoup d'histoires d'amour », dit-il pour résumer le commerce charnel et les tristes coucheries que décrivait Zola.

Anna se sentait honteuse d'avoir posé la question et Jos chercha une solution pour clore ce délicat sujet.

« Mais ce n'est pas ce qui est le plus important dans le livre ; l'important, c'est de voir comment les travailleurs essaient de s'en sortir. Mon ami Rudolphe m'a dit que la fin était triste, mais qu'il ne fallait pas se laisser décourager par cela.

– Non, sûrement pas.

– Gompers m'a dit que nous devrions essayer de faire entrer les travailleurs dans l'Union des cigariers. Comme cela, ils feraient aussi partie de l'American Federation of Labor. On pourrait ainsi exiger que les cigares portent l'étiquette bleue. Les travailleurs qui veulent aider leurs confrères n'achètent que des cigares avec l'étiquette bleue. »

Anna lui promit de faire circuler une lettre écrite par Jos qu'elle traduirait en russe et qu'on n'aurait qu'à remettre discrètement aux cigariers. Il ne faudrait surtout pas que le contremaître qui était tellement bon pour elle s'en aperçoive, encore moins le propriétaire, sinon Jos et Anna risqueraient de se retrouver bien vite à la rue.

Avec l'aide de Jacob, Jos se plongea dans les livres de Marx, Engels, Owen, Cabet et Fourier. En général, il lisait la nuit dans son coin de grenier et le dimanche, il rencontrait Jacob à Hull-House pour lui demander des explications. Jacob lui-même ne comprenait pas tout, et ils s'adressaient alors à Florence Kelley, qui avait traduit de l'allemand à l'anglais *La Condition de la classe laborieuse en Angleterre* de Engels.

Souvent, Jos avait l'impression que sa tête allait éclater tant l'effort exigé par ses lectures était grand. Rouler des cigares était tellement plus simple. Parfois, il se décourageait, mais il savait que Jacob l'attendait à Hull-House et que le lendemain, Anna lui demanderait quelles avaient été ses dernières lectures. Alors il continuait.

Malgré cela, au quotidien, la vie était toujours aussi difficile pour Jos. Le pain beurré qu'il avait exigé de la femme Houde pour son dîner était sec, le morceau de lard bouilli qui l'attendait le soir au souper, gris et minuscule. Les beaux jours de l'Exposition étaient loin. Son seul divertissement consistait à s'entourer du mieux qu'il pouvait de couvertures pour lutter contre le froid et tenter de comprendre le *Manifeste du parti communiste.*

Gompers lui avait dit : « Lis beaucoup sur le socialisme, va aux réunions si tu veux, mais n'adhère pas au parti, tu y perdrais ton temps. »

Quand il avait trop froid, Jos collait ses doigts sur la lampe à huile. La brûlure le faisait souffrir un peu, mais elle le réchauffait pour un temps. Il se roulait aussi un cigare avec une des feuilles de tabac qu'il prenait aux *water-closets,* ce qui lui procurait un sentiment de bien-être général et l'aidait à mieux se concentrer.

La nuit, les scènes avec la Mouquette dans *Germinal* le faisaient rêver. La jeune fille qui faisait la culbute dans les décombres embrasait ses quelques heures de sommeil et lorsqu'il se réveillait au matin, ses draps poisseux d'un liquide crème, il se demandait si c'était cela, le péché de chair. À dix-sept ans, il n'avait jamais embrassé une fille et c'est grâce à la lecture de Zola qu'il se frottait aux choses de la vie.

Ce soir-là, le visage d'Anna ne vint pas le hanter dans son sommeil comme le faisait la Mouquette, mais pendant qu'il était bien éveillé. Il se plut à imaginer son corps mince, un peu trop à son goût. Ses chevilles, qu'il pouvait observer lorsqu'il se penchait en feignant de ramasser une feuille de tabac, semblaient délicates. Elles étaient en général cachées par la grande robe noire et les bas de coton, qui devaient monter jusqu'à son sexe qu'il voulait posséder. Jos eut soudain le sentiment d'avoir perdu le contrôle de ses pensées. Il se dit qu'il devrait peut-être faire une prière, mais n'en eut pas envie. Son sexe enflait dans son caleçon de laine. Celui-ci étant devenu trop petit, il glissa les mains sous les couvertures pour l'enlever. En touchant son pénis, il sentit une sensation trop agréable pour l'abandonner. Prenant alors le livre de Zola, il relut les passages concernant la Mouquette et cela l'excita tellement que ses mains, par un mouvement naturel, amenèrent Jos à une extase qu'il n'avait jusque-là imaginée qu'en rêve. Il essuya ses mains dans les draps de coton et s'endormit en évitant de penser à Anna. Il avait l'impression de l'avoir salie. « Œuvre de chair ne désireras qu'en mariage seulement. »

À la fabrique, le lendemain, Jos se détourna d'elle pendant qu'elle lisait, faisant semblant de se concentrer sur ses cigares. En fait, observer son visage et ses yeux noirs le torturait. Il ne pouvait s'empêcher de penser à ce qui aurait pu se passer la veille s'il avait eu Anna à ses côtés.

À la fin de la journée, c'est Anna qui, avec sa bonne humeur coutumière, vint lui demander s'il pouvait l'accompagner à l'arrêt du tramway. Elle avait quelque chose à lui dire.

« Des ouvriers m'ont dit qu'ils souhaitaient faire partie de l'union. Ils veulent maintenant savoir comment faire. La plupart ne savaient même pas qu'il y avait une union pour les cigariers. Il faut trouver des cartes pour les faire signer. Nous demanderons à Jacob. »

À chaque fois qu'il était question de quelque chose de sérieux ou qui demandait des connaissances particulières, Anna voulait toujours qu'on demande à Jacob, ce qui offusquait Jos.

« Ce n'est pas nécessaire. Je sais où trouver les cartes.

– Nous en parlerons à Jacob quand même.

– Oui, puisque tu y tiens, nous en parlerons à Jacob. Nous le verrons dans deux jours à Hull-House. En attendant, je m'informe. »

En fait, Jos ne savait pas où aller. Gompers lui avait dit beaucoup de choses, mais il n'avait pas parlé des cartes de membres.

Jos décida de prendre les devants et de se rendre à Hull-House pour se renseigner. Il voulait sauver la face devant Jacob. Surtout, il voulait impressionner Anna. Il s'adressa à un résident, qui lui donna les coordonnées du bureau de l'Union internationale des cigariers à New York. Jos se mit en devoir de rédiger sa demande. Dans quelques jours, il recevrait tout le matériel nécessaire.

Le dimanche, il discuta de ses projets avec Jacob, qui se trouvait dans une situation bien délicate étant donné les responsabilités de son père, mais qui encouragea Jos à continuer, bien que selon lui, les immigrants russes n'étaient pas prêts à entrer dans une union.

« La plupart ne sont arrivés que depuis quelques mois. Et ceux qui sont là depuis des années n'ont pas d'autre endroit où travailler. Ils ne parlent pas l'anglais et ne savent rien faire d'autre que de fabriquer ou d'emballer des cigares. Vont-ils prendre le risque de perdre leur travail ?

– Ils ne savent pas qu'en entrant dans l'union, ils risquent de perdre leur emploi, répondit Anna. Je ne le leur ai pas dit, parce qu'ils n'auraient pas voulu m'écouter.

– Je crois que tu dois le leur dire, Anna. »

De son côté, Jos se sentait partagé, mais il était plutôt d'accord avec Jacob. Il fallait informer les ouvriers des conséquences possibles d'une telle démarche.

Le lendemain, Anna distribua en douce un petit feuillet aux employés.

Dans l'après-midi, Jos comprit à leurs signes de tête négatifs que les ouvriers n'étaient pas prêts à prendre des risques.

Anna était aussi déçue que Jos lorsqu'ils se rencontrèrent pour prendre le tramway.

« C'est difficile de convaincre les gens d'entrer dans les unions, lui dit Anna. Et peut-être ne sommes-nous pas les bonnes personnes pour le faire.

– Moi, je veux le faire. Je suis cigarier. Le maître a besoin de moi pour rouler ses cigares autant que j'ai besoin de lui pour avoir une paie.

– Mais il y a toujours de nouveaux ouvriers pour remplacer ceux qui s'en vont. Ça va tellement mal…

Quand ce ne sont pas des Juifs immigrés qui prennent la place des Américains, ce sont des Polonais ou des Chinois.

– Gompers veut faire passer une loi pour empêcher l'immigration des Chinois parce qu'ils travaillent à n'importe quel salaire et dans n'importe quelles conditions.

– Il n'est qu'un étranger qui veut empêcher les autres étrangers de travailler ici.

– Gompers ne se considère pas comme un étranger, même s'il est britannique.

– Nous sommes tous des étrangers intolérants envers les autres étrangers. Nous sommes tous comme cela, Jos, et c'est la vie, je crois. »

Jos ne comprit pas la réflexion d'Anna, ni son regard songeur lorsqu'elle se détourna de lui.

Ils se quittèrent un peu tristes ; Jos salua Anna, qui le regardait derrière la vitre du tramway. Ensuite, il prit sa route habituelle.

Les jours s'allongeaient un peu et les journées à la fabrique étaient un peu plus courtes puisque les surplus de cigares dormaient sur les étagères. Le crépuscule se faisait pâle et Jos ressentit avec nostalgie cette heure d'entre chien et loup. Il eut l'impression que l'Amérique le rejetait. En fait en y pensant davantage, il eut le sentiment que c'était Anna qui le rejetait, mais il se persuada finalement qu'il se trompait. Anna l'aimerait. Un jour, il serait aussi important que Gompers et Anna l'aimerait. Peut-être d'ailleurs l'aimait-elle déjà. Peut-être n'avait-il pas besoin d'être important comme Gompers. Peut-être l'aimait-elle déjà, se répéta-t-il. Probablement ne savait-elle pas comment le lui dire. À cette seule pensée, Jos se réjouit et rentra de bonne humeur chez les Houde.

Quand il reconnut sur la table la petite écriture de Catherine couchée sur une enveloppe bise, il se réjouit encore davantage.

Il monta vite dans son coin de grenier pour lire les nouvelles que lui envoyait sa sœur.

Sherbrooke, le 30 janvier 1894

Cher frère,

C'est avec beaucoup de chagrin que je t'écris. Hier, nous avons enterré grand-père. Depuis le début de l'hiver, il ne s'était pas levé. Alors, nous nous y attendions un peu, mais ça m'a fait de la peine quand même. Surtout que tu n'auras pas eu la chance de le voir avant qu'il parte. Sur son lit de mort, il m'a fait promettre de te dire ceci :

« Jos, tu es le seul dans la famille à avoir du courage. Moi, je crois que j'en ai eu avant, quand j'étais jeune. Mes garçons, surtout ton père, n'en n'ont jamais eu. Je me suis battu contre la terre et j'ai perdu. Je me suis battu contre les maîtres de la compagnie de cigares et j'ai perdu. À quoi bon se battre, diras-tu ? Il faut se battre pour arrêter d'être traités comme des nègres. Tu es en Amérique et je veux que tu y restes jusqu'à ce que tu aies compris pourquoi il faut se battre. Après cela, si tu pars pour les vieux pays, il faudra ensuite que tu reviennes ici parce que les tiens auront besoin de toi, de tout ce que tu sais. Apprends tout ce que tu peux des unions là-bas, cela pourra servir aux autres ici. Nous ne serons pas toujours des lavettes. Quand tu recevras cette lettre, je serai dans la terre depuis longtemps, mais pense à dire une petite prière pour moi, un Je vous salue, Marie, peut-être... »

Jos pleurait. En même temps, il riait de la plaisanterie de son grand-père. Un *Je vous salue, Marie.* Jos se rappela à quel point son grand-père détestait que sa bru se promène dans la maison en récitant des *Je vous salue, Marie* et il se mit à genoux pour prier.

Jean le trouva ainsi prostré et lui demanda s'il venait souper.

« Non, je ne vais pas souper. Mon grand-père est mort. Je vais prier. »

Il pria un moment, puis reprit la lettre de Catherine et continua sa lecture.

Comme nous n'avons plus de raison de rester à Sherbrooke et que la mère ne veut plus revoir notre père, elle veut que nous allions te rejoindre à Chicago, où elle espère que je pourrai trouver un travail payant. J'aurai terminé mon cours de secrétaire en juin et je parle et je lis en anglais. J'aurai besoin d'améliorer mon écriture, c'est tout. Les autres garçons ont déjà leur vie et on ne les voit pas souvent. Nous n'avons pas de nouvelles de Madeleine, et lorsque je questionne maman là-dessus, elle ne veut pas me répondre, elle dit simplement que Madeleine n'existe plus pour nous. Te demandes-tu parfois où est passée notre sœur, Jos?

Je te quitte, j'espère que tu n'auras pas trop de peine à cause de grand-père. Je sais que tu l'aimais et que tu étais son préféré, même s'il me disait toujours que c'était moi. En tout cas, je m'ennuie beaucoup de lui et j'aimerais bien partir d'ici et commencer une nouvelle vie, si tu le veux bien.

Ta sœur Catherine

Jos ne voulait pas. Il aurait bien accueilli Catherine, mais sa mère, jamais. Il avait réussi à se sortir de ses griffes, il ne désirait surtout pas la voir réapparaître à Chicago. Il écrirait à Catherine qu'il n'avait pas les moyens de les loger et que le travail se faisait rare, ce qui d'ailleurs était vrai.

Il se roula un cigare et s'étendit en pensant à son grand-père et à Madeleine. Bien sûr qu'il se demandait ce qu'elle était devenue. Tant qu'il ne l'aurait pas retrouvée, cette angoisse qui l'habitait en permanence ne le quitterait pas. Il s'abandonna aux larmes, même s'il était un homme et que les hommes ne pleuraient pas. En bas, il entendit la mère Houde dire qu'on allait prier pour son grand-père et le murmure confus des *Je vous salue, Marie* le mit hors de lui. Il aurait aimé leur crier que son grand-père haïssait les *Je vous salue, Marie.* Il se boucha plutôt les oreilles et enfonça sa tête dans l'oreiller.

Chapitre XVI

Avant d'entrer dans la fabrique de cigares, Jos arracha rapidement le ruban blanc qu'il portait à sa veste et le cacha dans sa poche. Tous les habitants de la rue Halsted et des environs portaient ce ruban blanc, en signe d'appui aux grévistes de la Pullman qui avaient quitté le travail le 11 mai 1894. On était en juillet et Pullman refusait toujours de rencontrer les travailleurs, qui dépendaient maintenant des dons et des soupes populaires pour manger.

À Hull-House, cette grève constituait un sujet délicat. George Pullman, le riche fabricant de voitures de train, n'était-il pas un généreux donateur de Hull-House et une connaissance de Mlle Addams ? Pendant l'Exposition colombienne, la ville de Pullman, cette communauté de douze mille habitants construite par lui en 1880 et qui portait son nom, avait ébloui les visiteurs étrangers. La ville de Pullman était présentée comme l'endroit idéal pour les travailleurs. Les lois qui régissaient son fonctionnement étaient édictées par Pullman lui-même, qui choisissait les individus dignes de venir y habiter. Les usines de fabrication de voitures de train Pullman donnaient du travail à environ cinq mille ouvriers, qui n'avaient pas le droit de voter aux élections, sauf pour les écoles, ni d'appartenir à des unions ouvrières.

Plusieurs d'entre eux devenaient toutefois membres d'une union à l'insu du patron.

La ville de Pullman était dotée d'une bibliothèque, mais les ouvriers ne la fréquentaient pas parce qu'il fallait payer pour cela. Elle avait aussi un gymnase, que les enfants n'utilisaient pas parce qu'ils jouaient dans la rue, et une église méthodiste qui devait verser un montant prohibitif pour la location de l'édifice ; le révérend Cawardine, responsable de cette église, avait finalement pris le parti des travailleurs contre Pullman.

La cité « idéale » avait commencé à montrer son vrai visage lorsque les travailleurs avaient subi des réductions de salaire de trente pour cent en janvier tandis que la compagnie avait continué de prélever le même montant pour le loyer, déjà élevé, des ouvriers, ce qui ne leur laissait parfois que deux ou trois dollars par semaine pour acheter de la nourriture au magasin ou du charbon à l'entrepôt de Pullman. Un comité mandaté pour rencontrer l'homme d'affaires avait été éconduit et, quelques jours plus tard, plusieurs membres du comité avaient été congédiés. C'est ce qui avait déclenché la grève.

Le nouveau syndicat des chemins de fer, l'American Railroad Union, avait décidé, lors de son congrès de juin, d'appuyer les travailleurs de Pullman. Depuis, ses cent cinquante mille membres refusaient systématiquement d'accrocher les wagons Pullman aux autres trains, ce qui avait pour conséquence de retarder le transport partout en Amérique. Plusieurs ouvriers avaient été remplacés par des briseurs de grève, mais le combat était de taille pour les compagnies de chemin de fer. Le syndicat était déterminé.

Jos suivait l'évolution de la grève dans les journaux, mais il réalisa vite que la presse était contre les grévistes. Plusieurs résidents de Hull-House estimaient pour leur part que les ouvriers exagéraient à propos de la violence qu'ils subissaient. Jos avait également appris que Samuel Gompers, qui n'avait jamais approuvé le choix d'Eugène Debs comme président de l'American Railroad Union, se tenait à l'écart. Les chances de réussite de cette grève lui paraissaient trop minces pour valoir la peine d'y engager l'American Federation of Labor. Depuis quelques jours, plusieurs regroupements de travailleurs insistaient pour qu'il agisse, mais Gompers ne semblait pas pressé d'intervenir dans ce dossier.

La veille, en allant prendre le tramway, Jos avait été choqué par la présence de centaines de soldats fédéraux qui circulaient partout. Ils avaient été envoyés par le président Cleveland pour mater la grève, et ce malgré l'opposition du gouverneur de l'Illinois. Une injonction avait été votée deux jours avant la fête du 4 Juillet pour forcer les ouvriers des chemins de fer à reprendre le travail, mais Debs n'en avait pas tenu compte.

À la porte de la fabrique, Jos vit un autre rouleur de cigares faire disparaître son ruban blanc. Quand il aperçut Jos, le Russe sembla effrayé. Jos sortit son ruban et le lui montra. Et ces deux cigariers séparés à la fois par la langue, la culture et la religion se mirent à rire ensemble en constatant que chacun avait un ruban caché.

L'un après l'autre, les cigariers qui passaient près du banc de Jos lui signifiaient qu'ils portaient le ruban. Tous les cigariers de Chicago qui faisaient partie d'une union avaient débrayé une journée ou deux en appui aux travailleurs de Pullman, mais pas ceux de la fabrique où travaillait Jos.

Quelques mois plus tôt, après avoir reçu les cartes de l'American Federation of Labor, Jos les avait remises à Anna, qui les avait distribuées aux cigariers en leur demandant de les garder même s'ils refusaient d'adhérer à cette union pour l'instant. Jos savait désormais que les cigariers de sa fabrique étaient en faveur des grévistes ; il décida alors de consulter Anna et Jacob pour trouver un moyen d'aider les gens de Pullman. Il aurait été difficile de demander de l'argent à ces hommes, qui étaient pour la plupart des pères de famille. Le volume de la production avait encore diminué depuis le printemps et les salaires avaient baissé en conséquence. De plus, l'épidémie de petite vérole qui, heureusement, tirait à sa fin avait coûté cher aux travailleurs qui avaient dû payer un médecin ou, plus triste encore, des funérailles. Depuis que le beau temps était revenu, Jos et Anna marchaient pour rentrer de la fabrique. Jos raccompagnait la jeune femme à son logement, situé rue Maxwell, dans le quartier juif. Parfois, à travers le rideau, il voyait l'œil sévère de sa mère, qui le regardait s'éloigner. Anna ne parlait pas beaucoup de sa mère ni de son frère. Jamais elle n'avait offert à Jos d'entrer chez elle, ce qu'il ne savait pas comment interpréter. Tout ce qu'il savait, c'était que lorsqu'il pensait à Anna, une étrange sensation lui parcourait le corps. Lorsqu'elle lisait, Jos devait se concentrer sur ses feuilles de tabac pour ne pas laisser son regard se fixer sur elle.

Ce soir-là, les deux jeunes gens décidèrent de s'arrêter à Hull-House pour voir comment ils pourraient aider les grévistes de Pullman. L'atmosphère au manoir était lugubre. Deux résidents discutaient à voix basse. Le premier prétendait que c'étaient des voyous ou même des agents spéciaux embauchés par Pullman pour assurer la sécurité dans la fabrique qui avaient renversé et pillé les wagons.

« Pourtant, on a reconnu des grévistes de Pullman parmi les agitateurs, rétorqua le deuxième. Ils se servaient comme les autres.

– Ils se sont peut-être servis, mais ce ne sont pas eux qui ont renversé les wagons du côté des abattoirs. »

Lorsqu'ils virent Jane Addams descendre l'escalier, les deux hommes se turent. Mlle Addams était très déçue de la tournure que prenaient les événements. Depuis qu'elle avait vu Pullman pour le faire changer d'avis et pour le convaincre de rencontrer les travailleurs, elle se sentait dans une situation gênante. Elle aurait préféré qu'il n'y eût pas de grève. À plusieurs reprises, elle avait été reçue par des familles de travailleurs dans leur petite maison modèle appartenant à Pullman. Elle avait toujours considéré George Pullman comme un homme généreux qui avait tenté d'éduquer les travailleurs. Toutefois, plusieurs ouvriers lui avaient dit qu'ils préféraient l'indépendance au paternalisme. Mais si elle condamnait maintenant l'attitude de Pullman, Jane Addams croyait encore au capitalisme et souhaitait qu'on vote bientôt une loi exigeant le recours à l'arbitrage avant le déclenchement d'une grève.

Lorsque Jos et Anna lui demandèrent ce qu'ils pouvaient faire à la fabrique pour aider les grévistes, elle les supplia de se tenir loin des manifestations. « J'ai perdu beaucoup d'amis depuis le début de cette grève. Pour l'instant, ce qu'il faut, c'est essayer de nourrir les femmes et les enfants. Organisez une collecte si vous tenez vraiment à soutenir les grévistes.

– Mais les ouvriers n'ont pas d'argent !

– C'est tout ce que je peux vous suggérer pour l'instant. Surtout, n'allez pas du côté des abattoirs, il y a du grabuge là-bas. »

Cette mise en garde ne retint pas les jeunes gens, au contraire. Anna et Jos étaient trop curieux d'en savoir plus sur ce conflit. Ils coururent chercher Jacob qu'ils trouvèrent sans difficulté dans un des *saloons* où il vidait les crachoirs et nettoyait le plancher durant l'été.

Jacob accepta de se diriger avec Jos vers les abattoirs, mais il refusa qu'Anna les accompagne. « Ce n'est pas ta place. Ta mère va être inquiète », expliqua-t-il à la jeune femme. Celle-ci se tourna vers Jos. « Je crois que Jacob a raison », déclara-t-il, un peu honteux de ne pas y avoir pensé lui-même.

Anna insista pour venir avec eux. Jos était partagé. D'un côté, elle était son amie, son alliée dans cette lutte qu'ils menaient tous les deux à la fabrique pour tenter d'y faire entrer l'union. D'un autre côté, il ne voulait pas qu'elle soit blessée. On voyait rarement des femmes aux rassemblements. Pourtant, elles travaillaient elles aussi. La plupart des militants d'unions voulaient interdire le travail des femmes parce qu'il contribuait à maintenir les salaires à un niveau très bas. On les considérait comme des ennemies, alors qu'elles étaient des victimes, pensait Jos.

Gompers, de son côté, encourageait les femmes à former leurs propres unions, mais il pensait qu'elles n'avaient pas leur place dans les assemblées des hommes.

La fermeté de Jacob eut finalement raison des protestations d'Anna ; les deux jeunes hommes l'accompagnèrent jusqu'au tramway pour qu'elle n'ait pas à marcher seule dans la rue Halsted.

Avant qu'Anna saute dans le tramway, le crieur du *Chicago Tribune* passa à proximité :

« Le dictateur Debs enfin arrêté et mis en prison. »

En entendant cela, plusieurs ouvriers qui sortaient des usines accoururent pour acheter le journal et Jos dut les bousculer un peu pour en avoir une copie.

Lorsqu'ils arrivèrent près des abattoirs contigus aux immenses parcs d'animaux qui occupaient cette partie de Chicago, Jos et Jacob entendirent d'abord les bœufs mugir curieusement, comme s'ils partageaient avec les humains le mauvais sort qui se jouait d'eux.

Avec le soleil qui déclinait, on pouvait maintenant apercevoir de loin les flammes qui s'élevaient vers le ciel aux abords du chemin de fer. Jos et Jacob aperçurent les wagons incendiés. Plusieurs d'entre eux avaient été saccagés. Des milliers de jeunes, chômeurs désœuvrés ou bandits à la petite semaine, profitaient de l'occasion pour se venger des souffrances que la vie leur faisait endurer. Peut-être quelques travailleurs de Pullman voulaient-ils eux aussi prendre leur revanche, Jos ne le savait pas. Les jeunes cachés derrière les wagons ripostaient aux nombreux soldats en leur lançant des pièces de métal, protégés par des dormants de chemin de fer arrachés aux rails. Certains étaient armés. Les forces semblaient presque égales.

Les coups de feu ne cessaient de retentir et Jacob se boucha les oreilles pendant un instant, ne pouvant supporter davantage une pareille barbarie.

À un moment, Jos eut envie de se joindre à la mêlée, éprouvant lui aussi le désir de se venger de toutes les injustices qu'il avait subies, quitte à y laisser sa vie, mais Jacob réussit à le retenir.

« Tu es fou, Jos. Toute cette violence, ça ne donne rien. Nous, les juifs, nous souffrons depuis des siècles et pourtant, nous ne nous révoltons pas. La violence ne sert qu'à engendrer la violence.

– Vous devriez peut-être essayer de vous battre une fois, juste pour voir ce que ça donnerait, lui lança Jos avec dépit.

– Pas besoin. Tu vois, ce soir, ce que ça donne. »

Jos s'en voulait d'avoir attaqué Jacob au sujet de ses croyances. Il avait du mal à comprendre cette résignation qu'il trouvait parfois un peu sotte chez certains juifs. Il s'en excusa.

« Ne t'excuse pas, Jos, il faut bien connaître le Talmud pour comprendre. »

Jos trouvait le langage de Jacob bien hermétique, ce soir-là. Il lui semblait que la vie de son ami avait soudain pris un nouveau tournant.

« Qu'est-ce que c'est, le Talmud, Jacob ?

– C'est l'enseignement des grands rabbins, la base de notre religion.

– Ah bon ! » se contenta de dire Jos. Et ils retournèrent vers le tramway en rampant pour éviter les balles perdues.

Pendant deux jours, les coups de feu continuèrent de retentir autour des parcs d'animaux. Une douzaine de personnes avaient été tuées. Les dommages faits aux wagons et aux rails s'élevaient à plusieurs milliers de dollars. Dans le journal du 8 juillet, Jos put lire qu'il y avait eu des affrontements terribles à Hammond, en Indiana. Anticipant une bataille entre les grévistes et les soldats, les autorités avaient donné l'ordre de tirer sur quiconque obstruerait les rails. Quatre personnes avaient été tuées. Par ailleurs, Debs, le président de l'union, ainsi que ses officiers avaient été libérés après avoir payé une caution de dix mille dollars.

Le lendemain matin, Jos se leva tôt pour courir aux nouvelles.

Il sauta dans le tramway, son journal à la main, pour arriver plus vite à l'usine. Il déjoua sans difficulté le conducteur, trop occupé à déblatérer contre les grévistes. «On devrait les pendre au bout d'une corde et fusiller leur chef», maugréait le chauffeur. Jos avait économisé cinq cents. La vie n'était pas si terrible.

Les gens semblaient maintenant se retourner contre les grévistes. Plusieurs avaient abandonné le ruban blanc. L'arrestation de Debs en avait interpellé plusieurs, les faisant douter tout à coup du bien-fondé de cette révolte. Le capital était encore trop fort, pensa Jos, tentant d'utiliser ses lectures de Marx.

À son arrivée à la fabrique, il attendit dehors afin de pouvoir parler à Anna avant qu'elle entre. Les cigariers qui passaient près de lui le saluaient avec plus de chaleur qu'à l'accoutumée. Jos perçut une certaine sympathie dans leur regard. Ils avaient appris ce qui était arrivé à Debs.

Lorsque Anna arriva enfin, il lui demanda de communiquer aux travailleurs ce qu'il venait de lire dans le journal. Une réunion spéciale du comité exécutif de l'American Federation of Labor aurait lieu bientôt. Plusieurs unions seraient représentées, et peut-être appellerait-on à la grève générale. Il faudrait être prêts. En temps normal, pour diffuser le message, Anna aurait écrit une petite note et l'aurait glissée sous le banc des rouleurs. Les cigariers, qui pour la plupart ne savaient pas lire, devaient souvent attendre d'être rentrés chez eux pour demander à leurs enfants de déchiffrer le message. Mais il fallait faire vite, la rencontre était prévue pour le 12 juillet, dans quatre jours.

Le père de Jacob sortit de la chambre humide où l'on gardait le tabac et vint distribuer les ballots de feuilles aux rouleurs. Puis le propriétaire l'appela dans son bureau.

Anna commença alors la lecture d'*Anna Karénine.* Soudain, sans que son ton de voix change, Jos sentit qu'il y avait quelque chose de différent. Les yeux des rouleurs se tournaient vers lui. Il regarda Anna, qui lui fit un clin d'œil. Entre deux phrases de Tolstoï, elle expliquait aux rouleurs qu'il y aurait une rencontre de l'AFL. Plusieurs se tournèrent vers lui et firent signe que non de la tête. Mais pas tous, cette fois.

En rentrant chez les Houde ce soir-là, Jos sortit quatre dollars de son bas de laine, qu'il cachait maintenant sous le matelas de Jean, et remplit avec soin deux cartes de l'Union internationale des cigariers, affiliée à l'American Federation of Labor. Une pour lui, une pour Anna. Peut-être Jacob le désapprouverait-il, mais il n'était pas obligé de lui en parler. C'était leur combat et Anna avait le droit d'y participer, même si elle n'était pas rouleuse.

En voyant la carte prête à être signée, Anna sauta de joie. Ils se rendraient ensemble à l'assemblée. Il leur faudrait trouver une excuse pour justifier leur absence à la fabrique, mais c'était un risque à prendre. Leur premier risque commun, pensa Jos.

Le 12 au matin, ils se présentèrent à la réunion, mais on leur fit savoir qu'elle était réservée au comité exécutif et aux représentants des unions invitées. On les remercia toutefois d'avoir joint les rangs de l'AFL et on prit les quatre dollars de Jos. On ne leur dit pas que la carte d'Anna n'était pas valide, puisqu'on n'acceptait pas de femmes dans l'union des cigariers. Ils pourraient revenir plus tard pour avoir des nouvelles des délibérations.

Jos et Anna avaient déjà manqué une heure de travail et ils n'avaient pas envie, par cette chaleur suffocante, de se terrer dans une fabrique sombre où l'on étouffait. Ils préférèrent monter dans un tramway pour se rendre au parc Lincoln, au nord de la ville, avec l'idée de se rafraîchir. Ils firent une balade en canot et se trempèrent les pieds dans un des lacs artificiels. Jos et Anna restèrent dans le parc jusqu'à la tombée de la nuit. Ensemble, ils contemplèrent la fontaine Yerke lorsqu'elle s'alluma, projetant une multitude de teintes derrière la cascade d'eau. Pendant la journée, ils s'étaient plu à parler tantôt le russe que Jos saisissait de mieux en mieux, tantôt le français qu'Anna appréciait à cause de sa sonorité, disait-elle. Jos lui déclara en français qu'il l'aimait, mais Anna ne comprit pas et Jos n'osa pas le lui répéter en anglais.

L'American Federation of Labor n'existait plus pour Jos. Il ne se préoccupait pas des conséquences possibles de son absence au travail ni de la réprimande que subirait Anna en rentrant. Il était avec elle et c'était tout ce qui importait. Il aurait seulement voulu que le temps s'arrête et que cette journée ne finisse pas.

Après avoir déposé Anna chez elle, Jos retourna à proximité du lieu de la réunion. Il était plus de minuit, mais les délibérations se poursuivaient. Eugène Debs venait de quitter la salle, l'air découragé. Ne pouvant en apprendre davantage, Jos décida de rentrer et d'attendre le lendemain pour avoir des nouvelles.

Comme il faisait chaud, il n'était pas pressé de retrouver son grenier et s'arrêta dans un *saloon* pour y boire une bière. Anna occupait ses pensées. Jos aurait dix-huit ans en septembre, mais il ne gagnait toujours que six dollars par semaine, parfois seulement cinq dollars et cinquante. Même en comptant le maigre salaire d'Anna, ils n'arriveraient pas à vivre convenablement dans un logement. Il devrait attendre encore pour l'épouser.

En lisant le *Chicago Tribune* le lendemain, Jos apprit que la grève lancée par Debs était maintenant terminée. En sous-titre, le quotidien précisait que les unions avaient frappé en premier en refusant de lancer un mot d'ordre de grève générale et que le comité exécutif de l'AFL avait porté le coup fatal.

Jos aurait aimé en savoir plus, mais il n'avait pas le temps de s'arrêter à Hull-House. Il n'avait dormi que quelques heures et s'était tiré du lit avec peine. Par ailleurs, il allait devoir mentir au père de Jacob en lui disant qu'il avait été malade la veille. Cela lui ferait une journée de paie en moins, à lui qui ne gagnait déjà pas beaucoup.

Une fois installé sur son banc, Jos réalisa qu'Anna n'était pas à sa place habituelle. Quelques minutes plus tard, il la vit sortir du bureau du propriétaire en pleurant.

Peu de temps après, ce fut son tour. Le père de Jacob lui signala que le propriétaire l'attendait. Il n'avait pas l'air fâché. Le père de Jacob n'avait jamais l'air fâché. Il avait l'air déçu, c'était tout. Son regard était encore plus triste que d'habitude.

Jos se dit qu'il lui faudrait persister dans le mensonge jusqu'à ce que le propriétaire le crût. Sinon, il risquait de nuire à Anna.

« Eh bien ! tu as été malade hier toi aussi, je suppose ?

– Oui, la chaleur m'a étourdi et j'ai eu du mal à rentrer chez moi. Ensuite, j'ai dû rester couché toute la journée.

– Couché avec qui, Jos ? Elle est belle, n'est-ce pas, la petite Anna ? »

La seule idée que cet homme puisse penser qu'il ait dormi avec Anna le révolta. Il sentit son poing se refermer et les veines de ses tempes s'enfler, mais il réussit à se contrôler. Non, cela ferait trop de gâchis. Il se vengerait, mais autrement. Il avait tout son temps.

« Tu sais, Jos, tu es un bon travailleur. Pas entêté. Tu parles bien l'anglais et même un peu le russe maintenant. Je ne connais pas le Canada et, en fait, je m'en soucie très peu. Ce que je sais, c'est que la mère d'Anna est venue me voir hier. C'est une personne très religieuse. Elle voulait savoir où était Anna. Elle voulait aussi savoir si tu étais juif. Es-tu juif, Jos ?

– Non, je suis catholique.

– Ah ! lança le propriétaire en se prenant la tête entre les deux mains, catholique, en plus ! Jos, tu n'y penses pas. Moi, je suis né ici. Je suis Américain et même si je suis également juif, ces histoires de religion, je n'en ai rien à faire. Seulement, j'ai là vingt Russes juifs, dont mon oncle, un idéaliste qui vit dans les nuages. J'ai une fabrique à faire marcher et je n'ai pas de temps à perdre avec les amours de mes employés. Surtout que ça ne donnera rien, tout ça.

– Pourquoi ? osa demander Jos.

– Pourquoi ? Mais parce qu'Anna est juive et que tu es catholique. Elle a fait des études en Russie et va épouser un homme juif et instruit dès qu'elle en aura l'occasion. Ne te fais pas d'illusions, comme je te l'ai dit, moi, ça ne me dérange pas, mais sa mère n'acceptera jamais un *goy* dans la famille.

– Qu'est-ce que c'est, un *goy*?

– Un *goy,* c'est un étranger. Et pas dans le bon sens du terme, je peux te le dire. Enfin, t'es un bon rouleur, tu le sais, et je veux te garder, mais laisse tomber toutes ces histoires. »

Jos ne dit rien. D'un côté, il ne croyait pas que l'amour qu'il portait à Anna puisse se terminer ainsi. D'un autre côté, il n'était pas en mesure de lutter et il le savait. S'il perdait son emploi, il ne verrait plus Anna. À son tour, il eut envie de pleurer en sortant du bureau. Quand il s'assit à son banc, il entendit Anna qui lisait le roman de Tolstoï. Entre chaque phrase, elle s'arrêtait pour essuyer ses yeux et continuait malgré tout de sa voix brisée.

> Mais si elle ne rentrait pas à la maison, que faire ? Elle suivit le quai jusqu'à son extrémité. Un train de marchandises arrivait. Tout à coup, elle se rappela l'homme écrasé le jour de sa rencontre avec Vronsky.
>
> Alors, elle descendit l'escalier qui menait aux rails et regarda les roues du train.
>
> « Là, il faut que je me jette là. Et tout sera fini. Il regrettera... »

Elle fit un signe de croix et pensa que c'était comme si elle voulait entrer dans son bain. Un wagon avançait. Elle se débarrassa de son sac rouge et plongea dessous les mains en avant. Elle était tombée à genoux. Aussitôt la folie de son geste lui apparut. Elle voulut se relever, mais une masse énorme lui frappa la tête, la rejeta en arrière. « Mon Dieu, pardonnez-moi », dit-elle.

Jos, qui comprenait assez bien le russe à présent, leva la tête vers Anna. Elle détourna le regard. Autour de lui, les Russes semblaient à la fois attristés et compatissants devant le désarroi des jeunes amoureux.

Pourquoi avait-elle choisi de lire ce passage cette journée-là ?

Chapitre XVII

Le simple fait de voir Anna était devenu une torture pour Jos. La jeune femme avait enfin décidé de changer de livre. Maintenant, elle débitait sur un ton monocorde *Les Frères Karamazov* de Dostoïevski. Depuis deux mois, depuis le passage qui avait tant inquiété Jos, Anna n'avait plus touché à *Anna Karénine.*

Après le travail, le frère d'Anna l'attendait à la sortie de la fabrique pour la ramener à la maison. Jos avait osé le saluer une fois et le jeune homme avait répondu poliment. Dans sa douleur, Jos s'était même rendu à la maison d'Anna pour tenter de lui parler, mais sa mère était sortie en lui criant en russe de laisser sa fille tranquille.

À l'heure du déjeuner, le père de Jacob mangeait son sandwich au saucisson en compagnie d'Anna dans le bureau du patron, comme celui-ci le lui avait ordonné.

Jos et Anna continuaient d'échanger des informations sur de petits billets qu'ils faisaient circuler d'un banc à l'autre avec la complicité des autres cigariers. Jos était la principale source d'informations de ses collègues; il leur permettait de savoir ce qui se passait dans le monde du travail et ils comptaient sur lui. Or, pour qu'il puisse jouer ce rôle, il fallait qu'Anna continue à faire l'intermédiaire. Si elle acceptait toutes les notes que Jos lui envoyait, elle ne répondait qu'à celles traitant de la condition des travailleurs. Les lettres d'amour qui tombaient chaque jour à ses pieds restaient sans réponse, mais Jos était patient. Il attendrait. Un jour, ils seraient tous les deux majeurs. Anna pourrait alors se passer de la bénédiction de sa mère, si elle aimait vraiment Jos.

La production reprenait tranquillement, mais les salaires n'augmentaient pas en conséquence. Samuel Gompers était sorti gagnant de la grève à l'usine Pullman. C'est lui qui avait négocié le retour au travail des ouvriers. Pour sa part, le président de l'American Railroad Union, Eugène Debs, purgeait une peine de six mois de prison pour avoir défié l'injonction. Gompers avait finalement lancé une collecte de fonds pour payer un avocat à Debs. Toutefois, seulement deux cent quarante dollars avaient été amassés. L'American Federation of Labor avait souscrit pour sa part cinq cents dollars.

Quand Jos sortit de la fabrique ce soir-là, Anna ne lui fit même pas signe discrètement, abandonnant ainsi la solidarité muette dont elle avait fait preuve depuis leur séparation forcée.

Désœuvré, Jos réalisa qu'on était le 4 septembre. Le lendemain, ce serait sa fête. Le même jour que celle des travailleurs. Il irait, avec d'autres ouvriers comme lui, défiler dans les rues pour demander la journée de huit heures. Le Congrès venait tout juste de décréter que le premier lundi de septembre serait désormais une fête nationale aux États-Unis, comme le réclamaient depuis longtemps les Chevaliers du travail.

Peu d'usines avaient donné congé à leurs employés. Mais plusieurs ouvriers avaient décidé de prendre leur journée tout de même. Jos avait fait passer le message par Anna. Lui ne se rendrait pas à l'usine lundi. Il espérait qu'Anna se joindrait aux manifestants et qu'il pourrait lui parler.

Le dimanche, il se sauva de l'église en courant juste après la messe. Le sermon, qui portait encore une fois sur les dangers du socialisme et sur la nécessité, pour les Canadiens français, de rester solidement unis, avait été particulièrement long et éprouvant. Un instant, Jos avait souhaité voir le visage rouge carmin du curé éclater en mille morceaux sous la pression du discours moral.

Jos avait rendez-vous avec Jacob pour étudier le premier tome du *Capital,* celui qui était intitulé « Développement de la production capitaliste ». Quand il arriva à Hull-House, Jos vit Jacob en compagnie du frère d'Anna. Lorsque ce dernier aperçut Jos, il se leva et s'installa dans un autre coin de la bibliothèque pour travailler.

Jos se sentit exclu. Jacob devait pourtant savoir au sujet de sa rupture avec Anna, mais il n'en avait jamais parlé. La question était entourée d'une ombre de mystère. Jacob et Anna ne se rendaient plus aux danses du samedi maintenant.

Jos avait envie de parler d'Anna à Jacob.

« As-tu vu Anna dernièrement ?

– Oui, en sortant de la synagogue vendredi.

– A-t-elle parlé de moi ?

– Non, pas vraiment, Jos. D'ailleurs, je ne crois pas que tout cela me concerne.

– Penses-tu comme les autres que nous n'avons pas le droit de nous marier ?

– Je pense en effet qu'Anna doit épouser quelqu'un de sa religion. Je ne savais pas que c'était sérieux entre Anna et toi. Je suis désolé, Jos, mais je ne crois pas que ce soit possible.

– Crois-tu, toi aussi, que je suis un *goy*? »

En entendant le mot, Jacob fronça les sourcils.

« Qui t'a traité de *goy*?

– Ça n'a pas d'importance. Je veux savoir ce que tu en penses.

– Je pense que tu es mon ami, mais que la religion nous sépare sur certains plans, même si je respecte tes croyances.

– Je me moque de ma religion. Elle m'ennuie profondément et je n'ai pas besoin de la permission du curé pour me marier avec Anna. Nous pourrions nous marier devant un rabbin, si cela pouvait régler le problème.

– Ce n'est pas aussi simple que cela, Jos. Je ne crois pas que la mère d'Anna soit d'accord avec votre amour.

– Tu ne pourrais pas lui parler?

– Non. Ce n'est pas ce qu'elle attend de moi. »

Tout à coup, Jos comprit. Jacob et Anna. Pourquoi n'y avait-il pas pensé avant? Le père de Jacob qui surveille Anna. Le cousin de Jacob qui surveille Anna. Le frère d'Anna qui est l'ami de Jacob.

« Tu es promis à Anna, c'est ça?

– C'est ce que nos parents ont décidé dernièrement. Mais c'est récent, Jos, je ne t'ai pas trahi, si c'est ce que tu crois.

– Et qu'en pense Anna?

– Je n'ai pas osé le lui demander. Elle souffre encore trop.

– L'aimes-tu?

– Dans notre religion, la question ne se pose pas ainsi. J'ai beaucoup d'amitié pour Anna. Je l'aimerai sans problème. Nous devons nous donner du temps, c'est tout. »

Jos était atterré. Il repoussa *Le Capital* et s'éloigna.

Jacob le laissa partir. Le frère d'Anna leva les yeux de son livre. Il était soulagé que cela fût dit.

Finies les illusions, finis les rêves, Jos n'avait plus rien à faire dans ce monde. Il rentra chez les Houde et joua avec Jean et son cheval de bois. Il n'avait plus envie de manger ni de travailler, et encore moins de dormir. Il passa la nuit à relire des passages de *Germinal* qu'il avait enfin terminé et, au petit matin, il alla marcher comme une âme en peine.

Sans l'avoir voulu, Jos se retrouva tout à coup au milieu du défilé des travailleurs. Il commença à parler avec les gens qui l'entouraient. Ils étaient des milliers qui formaient une longue file tranquille et enjouée. Pour ces hommes, ces femmes et ces enfants qui avaient décidé, l'espace d'une journée, d'être des héros, ce qui les attendait le lendemain n'avait pas d'importance. Depuis le début de la crise, les lendemains étaient toujours tristes quoi qu'il arrive. On parlait de cette idée merveilleuse qu'avaient eue les Chevaliers du travail de réclamer une fête des travailleurs. Les Chevaliers étaient sur leur déclin, mais l'idée, elle, avait fait son chemin et le gouvernement encourageait même les entreprises à payer leurs travailleurs cette journée-là pour qu'ils puissent célébrer ensemble.

Il y avait de l'espoir et de l'euphorie dans l'air, mais Jos ne pensait qu'à Anna, qui aurait dû être à ses côtés et qui n'y était pas. Il ne pouvait imaginer ses jours sans elle. Petit à petit, il se mit à la détester, elle pourtant si douce, si joyeuse, elle qui voulait comme lui améliorer leur sort. Il éprouvait plus que du ressentiment envers elle. Il souffrait autant de dépit que de manque d'amour. Et Jacob, Jacob qu'on avait choisi comme mari pour Anna afin d'écarter Jos. Tout cela était trop cruel. Jos essaya de rationaliser cette malédiction née de rien d'autre que des différences entre les peuples et les cultures, mais seule la révolte montait en lui. Il continua un temps de suivre la foule, puis il s'arrêta dans un *saloon* où il but, à jeun, cinq chopes de bière les unes à la suite des autres. Après, il se sentit mieux. Il avait réussi pour un temps à endormir sa peine et sa colère.

C'est la tête lourde et l'estomac en bataille qu'il se réveilla le lendemain. Il se souvenait avoir chanté et dansé dans le *saloon* avec d'autres travailleurs, mais il avait oublié le reste. Jean était à ses côtés, envoyé par sa mère pour le réveiller. Il serait en retard au travail, lui dit-il. Jean recommençait à fréquenter l'école ce matin-là. C'est Jos qui lui avait offert son cartable et son crayon. Le père Houde avait de nouveau trouvé un travail dans une usine de chaussures. La machine à coudre était restée à la maison, mais Jean ne devrait coudre avec sa mère que le soir, après l'école. Jos réussit à avaler un peu de café noir et se rendit à pied au travail pour tenter d'apaiser la douleur qui enserrait son cerveau.

Le propriétaire affichait un air sévère. Plusieurs travailleurs entraient en retard. La veille, au moins dix d'entre eux ne s'étaient pas présentés au travail. Le siège d'Anna était libre.

« Vous avez voulu faire la fête hier. Eh bien moi, je n'ai pas le cœur à la fête. Nous sommes en retard dans nos commandes. Tous ceux qui n'étaient pas au travail hier auront une amende de dix cents sur leur paie de la semaine prochaine.

– Mais c'est un congé légal, osa dire un rouleur assez âgé.

– Ah oui ? Si je commence à me plier à toutes les folies des unions et du gouvernement, je peux tout aussi bien fermer la fabrique maintenant. »

Et là-dessus, le propriétaire s'enferma dans son bureau.

Le père de Jacob demanda d'un ton suppliant qu'on reprît le travail, afin d'éviter que tout le monde ait des problèmes. Les uns après les autres, les cigariers se mirent à l'ouvrage en commençant à tailler les feuilles de havane pour rouler les cigares, mais des grognements désapprobateurs se faisaient entendre partout.

Quand les cigariers demandèrent au contremaître où était Anna, il répondit qu'elle ne se sentait pas bien. Et c'est dans un silence lugubre, privés de la belle voix qui les faisait rêver, que les travailleurs passèrent la journée. Ils le savaient bien, les lendemains de fête étaient toujours tristes, mais celui-là l'était encore plus que les autres.

Anna ne revint pas le jour suivant non plus. Jos préférait qu'il en fût ainsi. En prenant place à son banc ce matin-là, il s'assit sur une feuille de tabac comme il en traînait souvent un peu partout. Sous la feuille, il y avait un petit paquet dur. Une lettre d'Anna, souhaita Jos, qui continuait d'espérer par-delà sa raison. Finalement non, ce n'était pas une lettre d'Anna, mais le contenu du paquet le réjouit quand même. C'étaient vingt cartes de l'Union internationale des cigariers avec chacune deux billets de un dollar. Jos n'en croyait pas ses yeux. Il regarda autour de lui et vit plusieurs ouvriers lui sourire en lui faisant signe de cacher le paquet. Le coup des amendes et la popularité croissante de l'AFL avaient enfin convaincu les rouleurs. Une lueur d'espoir enfin pour Jos.

En sortant de la fabrique, Jos courut à la poste afin d'expédier les cartes à New York le plus vite possible, puis il passa à Hull-House pour annoncer la nouvelle.

Il descendit au *coffee-shop* avec un résident. Ce dernier lui expliqua que maintenant, les ouvriers de son atelier avaient des droits, que l'Union internationale des cigariers, affiliée à l'AFL, pourrait les aider en cas de besoin. Ils devraient négocier des salaires raisonnables et des conditions de travail plus humaines.

Trois jours plus tard, les cigariers commencèrent à déplorer l'absence d'Anna et de ses lectures.

« C'est très ennuyeux, à la fin, dit un des vieux Russes au père de Jacob. Si Anna est encore malade, pourquoi ne pas la remplacer ?

– En fait, Anna ne reviendra pas. Anna se mariera dans un mois avec mon fils Jacob, qui vient d'entreprendre des études pour être rabbin. Ils habiteront chez nous. »

Jos avait peine à retenir ses larmes pendant que les autres félicitaient le père de Jacob. Certains regardaient le jeune homme avec pitié. D'autres vinrent lui signifier d'une tape amicale sur l'épaule qu'ils comprenaient sa peine. Jos n'en pouvait plus. Il sortit prendre l'air dehors.

Le propriétaire, qui avait vu la scène de son bureau, vint le rejoindre.

« Il faut te reprendre, Jos. Tu es jeune et la vie est belle. Des filles, il y en a des tas. Celle-là n'était pas pour toi, c'est tout. Rentre travailler. »

Jos avait envie de le frapper, mais encore une fois, il se contint. Le travail était trop rare pour qu'il s'expose à perdre le sien et il s'encouragea en songeant qu'il avait déjà gagné une première victoire avec les cartes. La vengeance est un plat qui se mange froid.

Peu après, Jos réalisa que les cigariers étaient vraiment mécontents. Le propriétaire était en train de leur annoncer qu'il ne remplacerait pas Anna, car cela coûterait trop cher.

« Mais enfin, ça ne se fait pas ! lança un des anciens. Toutes les fabriques de cigares ont un lecteur, même s'il est payé avec les cigares des autres rouleurs. Nous allons nommer un lecteur parmi nous et chacun lui donnera une partie de ses cigares. Comme cela, il ne perdra pas d'argent. Ça se fait ailleurs.

– Comment peux-tu savoir ce qui se fait ailleurs ? Tu n'es jamais allé ailleurs, rétorqua le propriétaire. Mais si tu veux y aller maintenant, je ne te retiens pas. »

Cette insulte lancée au doyen des cigariers avait choqué les autres. Discrètement, Jos indiqua la porte à l'un des jeunes rouleurs, qui se leva et sortit, enjoignant les autres à faire de même.

Une fois dans la rue, les cigariers se demandèrent quoi faire. Jos leur suggéra de rentrer chez eux pendant qu'il contacterait l'Union internationale des cigariers pour solliciter des conseils. Ils se verraient le lendemain matin au café situé de l'autre côté de la rue.

À travers la fenêtre, Jos vit le père de Jacob s'asseoir et se mettre à rouler des cigares. Il travaillerait ainsi jusqu'à la nuit tombée pour remplir les commandes urgentes de la journée.

À la fois excité et anxieux, Jos courut jusqu'à Hull-House pour demander de l'aide. Mlle Addams lui suggéra d'envoyer un télégramme à New York. Elle lui fournirait l'argent nécessaire. Avec l'assistance d'un résident, Jos rédigea son message ens s'efforçant d'aller à l'essentiel.

Dans la soirée, il reçut une réponse de l'Union internationale des cigariers :

Retourner travail. Grève non approuvée. Envoyons officier pour négocier.

L'un des résidents expliqua à Jos que l'Union internationale des cigariers voulait habituellement être avertie avant le déclenchement d'une grève. Si elle le jugeait nécessaire, elle apportait alors son soutien financier aux ouvriers. Lorsqu'il s'agissait d'une nouvelle union, elle envoyait quelqu'un pour négocier.

Lorsqu'ils se rencontrèrent le lendemain matin, les travailleurs étaient bien heureux de pouvoir retourner au travail et de savoir que quelqu'un viendrait régler les problèmes pour eux.

Le plus ancien des cigariers fut délégué pour dire au propriétaire qu'ils faisaient maintenant partie de l'Union internationale des cigariers et qu'il devrait négocier de nouveaux salaires et de nouvelles conditions de travail.

Lorsque le rouleur lui fit part de la nouvelle, le propriétaire réagit à peine. Il demanda au contremaître de répartir le travail et se retira dans son bureau avec le cigarier délégué par ses confrères.

« Qu'est-ce que ça va vous donner de plus, une union ? Vous savez bien que je n'ai pas les moyens de payer les salaires que les gars de New York demandent. Quand est-ce qu'il va venir, le représentant de l'union ?

– D'ici quelques jours. Nous ne demanderons pas l'impossible. Pour l'instant, nous ne voulons qu'un lecteur pour que le travail soit moins ennuyeux.

– Pour l'instant, oui, mais après, ils vont vous mettre toutes sortes d'idées dans la tête. Nous sommes en période de crise. Je vous donne du travail et voilà comment vous me remerciez. Qui a eu cette idée ? Dis-le-moi une fois pour toutes. »

Habitué à se méfier de tout, le vieux rouleur n'avait pas l'intention de dénoncer Jos.

« Nous tous, je crois.

– Mais il a bien fallu quelqu'un pour remplir les cartes. La plupart d'entre vous ne savent ni lire ni parler anglais.

– Nos enfants le savent. Et plusieurs de mes compagnons de travail commencent à connaître un peu d'anglais.

– Retourne travailler », lui lança le patron en voyant qu'il ne pourrait rien tirer de ce vieil entêté.

Quand ils se présentèrent au travail le lendemain, les cigariers trouvèrent la porte verrouillée. Ils frappèrent avec insistance. Le contremaître vint leur ouvrir. La fabrique avait été vidée pendant la nuit. Plus de feuilles de tabac, plus de couteaux, plus de bancs. Dans son bureau, le patron empilait les livres de comptes dans une boîte. Le père de Jacob avait insisté pour que les employés reçoivent leur dernière paie, ce qu'avait d'abord refusé son neveu, mais comme ce dernier ne voulait pas subir l'opprobre de toute sa famille, il avait fini par accepter.

C'est le contremaître qui distribua les paies. Le patron ne sortit pas de son bureau.

Sur une petite feuille attachée à son enveloppe de paie, Jos put lire que le propriétaire voulait le voir lorsque les autres seraient partis.

Jos crut d'abord que le patron savait et qu'il voulait lui régler son compte. Redoutant d'être frappé comme dans son enfance, il demanda à un autre cigarier de se cacher près de la fenêtre. S'il l'entendait crier, il devrait courir chercher un policier.

Or le patron ne se méfiait pas de Jos et il n'avait jamais pensé que l'idée de l'union venait de lui. Au contraire, il l'avait toujours considéré comme un mouton docile, mais doué. Car le jeune homme était habile non seulement pour rouler les cigares, mais aussi pour apprendre les langues. Il avait constaté que Jos maîtrisait déjà assez bien le russe en plus du français et de l'anglais. Le jeune homme avait visiblement un don pour les langues et il pouvait lui être utile pour réaliser son nouveau projet.

« J'y pensais depuis un moment, mais avec cette maudite union, j'ai pris ma décision. Je vais m'installer avec ma famille à Tampa, en Floride. Là-bas, le tabac est moins cher et il arrive directement par bateau de Cuba, qui est situé tout près. En plus, il y a des milliers d'exilés cubains qui sont prêts à travailler pour rien. J'ai besoin de quelqu'un qui apprendra vite leur langue, et qui est capable de parler et d'écrire l'anglais. Ici, tu n'as plus de travail, et puis ce serait mieux pour tout le monde si tu t'éloignais d'Anna. »

Jos était décontenancé. Voilà que l'ennemi lui offrait un emploi. L'exploiteur qui avait congédié tous ses compagnons de travail. Jos se sentait coupable vis-à-vis d'eux et avait l'impression de les avoir trompés en leur faisant miroiter l'idée de meilleurs salaires. À coup sûr, ils ne voudraient plus le revoir. Comme Anna. Comme Jacob, bientôt. Que lui restait-il à faire à Chicago ?

La Floride... Jos en rêvait depuis qu'il avait vu le pavillon de cet État à l'Exposition colombienne. Pas de froid, pas de neige. Il y faisait peut-être un peu trop chaud l'été, mais enfin, il y avait des plages partout.

« Je vais y penser. Quand devrais-je partir ?

– Nous prenons le train demain, mais je dois d'abord voir comment c'est, là-bas. Tu vas me donner ton adresse et je t'écrirai dès que j'aurai du travail pour toi. Je t'enverrai un billet de train.

– Combien serai-je payé ?

– Un peu plus que les autres travailleurs, je te le garantis.

– Mais vous avez dit que les autres travailleurs ne gagnaient presque rien.

– C'est ce que je dois voir avant tout.

– Je veux dix dollars par semaine.

– Dix dollars, tu y vas fort.

– Sinon, je trouve quelque chose ici. »

Jos sentait que pour une fois dans sa vie, il avait le pouvoir d'exiger quelque chose. On voulait l'éloigner d'Anna et le maître avait besoin d'un rouleur qui parlait l'anglais et qui apprendrait vite l'espagnol. Il pouvait donc se permettre de poser ses conditions.

TROISIÈME PARTIE

Chapitre XVIII

Les feuilles de havane semblaient danser devant lui. Malgré le soleil qui traversait les fenêtres de la fabrique, la lumière s'éclipsait. Tout devint sombre pour Jos qui se rappela avoir souhaité passer cinq minutes en enfer pour se réchauffer lorsqu'il était petit. L'enfer, c'était la Floride en juillet. Cette chaleur, c'était le prix à payer pour les hivers doux où l'on pouvait cultiver des fruits et des légumes dans le petit jardin derrière la maison. Où ni la neige ni le froid ne pouvaient empêcher la vie d'avancer sans entraves.

Jos entendit un bruit sourd – c'était sa tête –, puis une voix qui semblait venir de loin. « Vite, de l'eau. C'est le Canadien. Il a encore pris un coup de chaleur. »

Le bol d'eau qu'on lui versa sur la tête le tira du néant.

Carlos, son voisin de banc, l'aida à se relever.

« Je crois que tu ne t'habitueras jamais aux étés de la Floride, Jos. »

Le contremaître s'approcha. « Ça va, Jos, tu peux rentrer, déclara-t-il. Tu as roulé assez de cigares pour la journée. Reviens demain à l'aube. »

Jos quitta la fabrique El Principe de Gales où il devait faire au moins cent dix degrés Fahrenheit. L'immense édifice de brique à trois étages construit par le

Cubain Martinez Ybor était frais le matin, mais l'humidité et la chaleur de l'après-midi rendaient l'air irrespirable.

Trois heures. Dehors, le soleil tapait fort, mais Jos n'avait que quelques mètres à franchir pour atteindre sa maison située à l'angle de la 7e Avenue, la *Septima* en espagnol, et de la 13e Rue.

Lorsqu'il était arrivé, en décembre 1894, la vue des palmiers, du soleil et de la mer qui roulait ses vagues dans la baie de Tampa l'avait transporté. Il en avait oublié sa peine, et le souvenir d'Anna s'était bien vite estompé dans le confort de cette petite ville du Sud où de riches Américains venus du Nord venaient passer quelques semaines au prestigieux hôtel de Henry Plant. En voyant descendre les élégants voyageurs que le train déposait juste à la porte de l'hôtel, Jos s'était promis de visiter un jour ce château aux tourelles brillantes comme le soleil et aux arbres splendides.

Il travaillait à la fabrique de Martinez Ybor depuis maintenant un an. Après quelques mois avec son ancien employeur de Chicago, Jos avait vite compris qu'on pouvait gagner plus de dix dollars par semaine quand on savait comme lui dompter la feuille de tabac sous ses doigts agiles. Il avait réussi à pénétrer dans ce lieu généralement réservé aux Cubains, qui protégeaient jalousement leur territoire. Jos s'était fait caméléon et, à l'inverse des Espagnols qui travaillaient de l'autre côté de la rue, à la fabrique de Haya, il était considéré comme l'étranger sympathique qui ne dérange pas trop.

Payé à la pièce, il gagnait parfois jusqu'à vingt-cinq dollars par semaine, mais jamais par les grandes chaleurs. Même en arrivant à la fabrique très tôt le matin, il n'avait le temps de rouler qu'une soixantaine de cigares avant de sentir ses forces le quitter, écrasé par la touffeur. Il lui arrivait souvent de perdre conscience comme il l'avait fait quelques instants auparavant. Les Cubains avaient pour leur part l'habitude de cette chaleur et ils la supportaient mieux. Cuba, la Floride : les climats étaient les mêmes, et l'argent qu'on pouvait amasser aux États-Unis faisait oublier le reste.

Fuyant la domination espagnole et le manque de travail, les Cubains s'étaient d'abord retrouvés à Key West. Martinez Ybor en était toutefois vite parti et plusieurs l'avaient suivi en 1885 lorsqu'il avait fondé cette nouvelle ville à l'ouest de Tampa qu'il avait baptisée Ybor City. Tampa avait annexé la ville, en 1887, mais l'appellation n'avait pas changé.

Il était difficile pour les Cubains d'imaginer à quel point le Canada pouvait être froid en hiver. Tout l'opposé de l'été en Floride.

Jos ouvrit son courrier. Samuel Gompers voulait savoir comment allait le recrutement pour la Union Cigarmakers of America. Mal, devrait lui répondre Jos. Les Chevaliers du travail gagnaient des adeptes et la Resistancia, cette union qui regroupait presque tous les rouleurs de sa fabrique, s'était donné comme mission de lutter contre l'union de Gompers.

Jos avait beaucoup de mal à convaincre les Cubains de sa fabrique d'adhérer à l'union de New York affiliée à l'American Federation of Labor. En fait, Jos avait quelques amis cubains qui venaient souvent lui rendre visite dans sa maison, qui buvaient de la bière avec lui à la brasserie et qui l'amenaient écouter les discours révolutionnaires au Liceo Cubano. Mais, quand il leur parlait de s'inscrire à l'Union des cigariers d'Amérique, les travailleurs l'écoutaient poliment avant de lui répondre qu'ils ne voulaient pas d'une union qui séparait les travailleurs selon le métier. La Resistancia, noyautée par les forces révolutionnaires qui voulaient libérer Cuba des Espagnols, appelait à la lutte des classes, voulait réformer la société en privilégiant l'éducation et réunir tous les travailleurs dans une seule grande organisation. Les Cubains de Tampa avaient des ambitions plus grandes que celles que pouvait leur apporter une union de métiers. Tous se considéraient comme des exilés temporaires et affirmaient qu'un jour ils retourneraient dans leur pays enfin libéré.

Jos ne voudrait-il pas retourner lui aussi dans son pays ? lui demandaient-ils parfois. Jos ne le savait pas. Il ne se posait pas vraiment la question. À certains moments, il croyait qu'il avait trouvé le paradis en arrivant en Floride ; à d'autres, il se demandait ce qu'il faisait là, ressentant à l'occasion un peu de nostalgie. Le Canada n'avait pas besoin de lui. Les Cubains aimaient à penser que Cuba avait besoin d'eux. Jos ne ressentait pas le même patriotisme. Rudolphe, toujours cigarier chez Jacob à Montréal, lui écrivait parfois pour lui dire qu'il aimerait qu'il soit là pour faire avancer la cause des travailleurs de la province de Québec, mais Jos ne se sentait pas prêt pour cela. Il pensait que sa mère, son père et la veuve Girouard étaient bien contents au fond qu'il soit loin, même s'ils lui demandaient chaque année dans leur carte de vœux pourquoi il ne venait pas leur rendre visite. On le croyait riche parce qu'il avait une maison et qu'il avait envoyé un mandat de cinquante dollars à sa sœur Catherine lorsqu'elle s'était mariée en 1895. L'argent avait servi à payer le voyage en train de Sherbrooke à Montréal de Catherine, son mari et la mère de Jos, qui suppliait depuis longtemps sa fille de déménager à Montréal.

Riche, Jos ne l'était pas vraiment, surtout s'il se comparait à Vicente Martinez Ybor, mais il avait vaincu la misère.

Jos prit une goyave et la pressa dans un peu d'eau tirée de sa nouvelle glacière. Il émietta un morceau de sucre brun dans le jus, puis y ajouta plusieurs cubes de glace. Il but lentement. Ensuite, il actionna la pompe à bras qui était dans la cuisine et s'aspergea d'une généreuse quantité de liquide. Dehors, tout était tranquille. Il était quatre heures, l'heure parfaite pour une sieste.

Jos tira la moustiquaire autour de son lit qu'il avait installé dans la pièce principale. Là, deux fenêtres se faisaient face de façon à faire circuler le vent de la mer.

La maison de bois construite par la Ybor City Building and Loan Company était très haute et ne comportait qu'un étage. Ainsi, la chaleur se concentrait au sommet, ce qui permettait de dormir mieux la nuit. Jos l'avait achetée six mois plus tôt, le 22 janvier 1896. Il en avait assez de vivre en pensionnaire partout où il passait. Avec cent dollars comptant, il avait obtenu un prêt sans intérêt de six cent cinquante dollars, qu'il remboursait à raison de cinq dollars par semaine.

Plus tard, des coups frappés à la porte le tirèrent de sa léthargie. « Réveille-toi, le Canadien, on s'en va se tremper à Sulphur Spring. » Trois de ses compagnons de travail l'attendaient dehors. Jos les fit entrer.

« As-tu de la bière, Jos ? demanda l'un d'eux.

– Non, je ne me suis pas arrêté à la brasserie. J'étais bien trop fatigué. »

Les trois rouleurs étaient âgés de dix-neuf ans comme Jos, et deux d'entre eux habitaient dans une pension de la compagnie. Le troisième, Carlos, demeurait toujours avec sa famille. Chacun des rouleurs versait une partie de son salaire à la cause révolutionnaire et économisait également une petite somme pour retourner chez lui. Les trois Cubains se plaisaient donc à considérer la maison de Jos comme la leur. Il y avait deux chambres à coucher et souvent l'une d'elles était occupée par un des *amigos*. Les jeunes gens n'y amenaient pas de filles. Les Cubaines, celles qu'ils épouseraient plus tard, ils les promenaient au parc ou ils les courtisaient sous le toit de leurs parents. Les autres, les filles, ils les voyaient dans les bordels, à Tampa.

Jos avait été introduit dans une de ces maisons où il avait enfin compris les paroles de la fille du *saloon* de Chicago, celle qui lui avait offert de « polir sa tête de clou ». Alors, à l'occasion, il allait, pour un dollar, faire polir sa tête de clou. Il ne trouvait pas cela très romantique, mais il était devenu méfiant. Un étranger pouvait-il se permettre d'aimer une femme qui n'appartenait pas à son clan ? Le souvenir d'Anna lui collait à la peau comme une honte. Quand il voyait le mauvais parti qu'on faisait parfois aux Espagnols qui avaient l'idée folle de tomber amoureux d'une Cubaine, Jos se tenait sur ses gardes.

Comme il n'y avait pas de bière chez Jos, les quatre cigariers ne s'y attardèrent pas et sautèrent plutôt dans un tramway en direction de Sulphur Spring. Jos put enfin se rafraîchir et nager à son aise dans l'eau sulfureuse d'une source qui se déversait dans un immense bassin naturel. Après la baignade, ils retournèrent sur la

Septima pour y boire un verre et y manger du poisson grillé. Puis, comme Jos commençait à travailler plus tôt que les autres, il salua ses amis et se dirigea vers sa maison. Il s'arrêta à la brûlerie de café pour prendre une livre de fèves noires. L'arôme des grains frais qu'on faisait torréfier parfumait l'air. Ce café que Jos avait trouvé âcre au début lui paraissait maintenant un vrai délice. Le matin, il le préparait à la façon cubaine, à l'aide d'un petit filtre de métal, comme ses amis le lui avaient montré. Quand il voulait se réveiller ou qu'il se sentait fatigué, une bonne tasse de cette boisson chaude le gardait alerte pendant des heures. Elle n'avait rien de commun avec le liquide pâle qu'il buvait à Chicago. Arrivé chez lui, Jos rangea sa livre de café dans l'armoire en prévision des jours où il ferait moins chaud. Il aurait été fou d'allumer le poêle à charbon seulement pour une tasse et ainsi transformer la petite maison en un véritable four. Pourvu qu'il pleuve demain, se dit Jos.

Après avoir lu quelques pages de *El Ingenioso Hidalgo don Quijote de la Mancha* de Cervantes, un auteur espagnol qu'il avait découvert à la fabrique grâce au lecteur, le jeune homme s'endormit.

Dès que s'alluma à l'horizon la flamme du soleil levant, Jos comprit qu'il ne pleuvrait pas ce jour-là. Cet été était encore plus sec que le précédent. Il sortit pour se soulager et se dit qu'il serait intéressant de faire installer des toilettes dans la maison. Dès qu'il en aurait les moyens, il trouverait quelqu'un pour s'en occuper. La fosse d'aisances utilisée par deux ou trois familles d'ouvriers était heureusement assez loin de sa demeure, mais, par les grandes chaleurs, l'odeur était répugnante à l'intérieur. Jos profitait donc autant qu'il le pouvait des cabinets de la fabrique, qui étaient assez propres.

Avant d'entrer dans l'usine, il s'arrêta à une boulangerie qui sortait sa première fournée à quatre heures et qui servait aussi du café aux travailleurs. Jos demanda un bol de *café con leche* parce qu'il aimait bien ce mélange de café fort et de lait chaud ; il trempa un délicieux morceau de pain roulé en forme de baguette, puis, son déjeuner terminé, il alla frapper à la porte de l'usine. Le contremaître responsable des apprentis venait d'arriver. Après avoir ouvert à Jos, il monta au deuxième où dormaient les jeunes travailleurs.

Encore tout endormis, une dizaine d'enfants défilèrent devant Jos et s'installèrent près de lui pour le voir travailler, un morceau de pain à la main. Les apprentis, qui devaient avoir entre onze et quatorze ans, étaient entraînés pendant une année au métier de cigarier. Ils commençaient comme écôteurs et leur travail consistait à enlever toutes les nervures des feuilles de tabac de façon à les rendre douces comme de la soie. Les écôteurs, pour la plupart des femmes et des apprentis, étaient les moins payés de l'usine ; ils touchaient environ quatre dollars par semaine. Le matin, avant de commencer leur travail, les enfants pouvaient observer un rouleur pour apprendre les rudiments de ce métier. Ce n'est qu'à seize ans qu'un apprenti pouvait revendiquer le titre de rouleur. De plus, quand les cigariers quittaient la fabrique à la fin de la journée, les enfants devaient balayer le plancher, nettoyer les tables des rouleurs et s'assurer que les baquets servant à déposer les feuilles étaient bien propres pour éviter le mélange des différentes sortes de tabac. Ensuite, ils mangeaient dans un coin de la fabrique et montaient se coucher sur des paillasses disposées à même le sol. Quand il partait, le contremaître verrouillait les portes afin que les enfants ne s'échappent pas pour traîner en ville le reste de la soirée. Le samedi soir, ils pouvaient quitter l'usine pour passer la nuit et la journée du lendemain chez leurs parents. Les apprentis étaient pour la plupart les fils des travailleurs de Martinez Ybor.

Incommodés par la chaleur, les enfants avaient mal dormi, mais ils observaient Jos avec attention. Le jeune cigarier se montrait patient avec eux et, à la fin de la semaine, il leur donnait un bonbon.

Pour fabriquer les Clear Havana, ces cigares de haute qualité qui avaient fait la réputation de Cuba, on utilisait la méthode espagnole que Jos avait vaguement apprise à Montréal et qu'il avait perfectionnée ici. Il n'y avait pas de moules à Tampa, ce qui plaisait bien à Jos. Il considérait ainsi chacun de ses cigares comme une œuvre d'art travaillée avec délicatesse.

Tel un magicien, Jos disposa l'une après l'autre les feuilles de *filler* dans sa main gauche, comme pour créer une gerbe de fleurs. Le *filler* du Clear Havana était de la même longueur que le cigare et la pointe des feuilles devait se trouver à l'extrémité qu'on allumait. Placées parallèlement, les feuilles formaient un foyer qui laissait passer la fumée entre chaque couche. Au toucher, Jos pouvait évaluer si le cigare était bien moulé. Puis, une fois la gerbe de *filler* complétée, il la faisait observer aux enfants pendant qu'il la serrait dans sa paume pour lui donner la forme cylindrique.

À l'aide de sa *chaveta,* Jos découpa le *wrapper,* la grande feuille souple qui servirait de robe au cigare, et l'étendit sur sa planche de travail. Sous le regard admiratif des apprentis, Jos y déposa la gerbe pour « l'habiller », comme il disait. Il roulait rapidement, toujours en diagonale, coupant les parties de tabac qui dépassaient. Pour finir, afin de bien sceller le cigare, il appliqua sur un minuscule morceau de tabac une petite goutte de colle sans saveur, de la gomme Tragacanth qu'on importait d'Asie.

Vers cinq heures, les apprentis pouvaient aller prendre l'air dehors un moment avant de se rendre dans la chambre d'écôtage à six heures. C'était la seule chose que Jos avait pu obtenir de la compagnie, et encore, il avait bénéficié sur ce plan de l'appui de la Resistancia, l'union contre laquelle il devait théoriquement lutter. Il n'y avait pas comme à Chicago d'endroit pour aider les fils et filles d'immigrants et les autorités de la ville de Tampa se sentaient peu concernées par le problème des enfants maltraités. Elles étaient trop occupées à se battre contre les unions, après avoir attiré plusieurs compagnies comme celle de Ybor ou celle de Haya en leur promettant qu'elles auraient la paix. C'est pour cela que son ancien employeur de Chicago avait déménagé à Tampa.

Avec le départ des enfants, il y eut un moment de calme avant l'arrivée des premières écôteuses et des autres rouleurs. Jos en profita pour s'allumer un cigare, son troisième de la matinée. Contrairement aux propriétaires de fabriques de Chicago ou de Montréal, Martinez Ybor permettait à ses rouleurs de fumer chaque jour le nombre de cigares qu'ils désiraient. De plus, les cigariers avaient le droit d'apporter trois cigares avec eux en sortant de la fabrique. Jos leva les yeux vers les jeunes femmes, la plupart célibataires, qui entraient en groupe. Elles portaient de longues robes de coton blanc et des chapeaux de paille pour se protéger du soleil. Certaines lui souriaient ou lui disaient bonjour en passant, avec le respect dû aux rouleurs. Seuls les sélecteurs, qui divisaient le tabac en catégories eu égard à sa provenance et à ses vertus, étaient plus estimés et mieux payés que les rouleurs. Les Cubains tenaient en haute estime le métier de cigarier. Lorsqu'ils se rendaient au travail, ils portaient toujours une chemise blanche et un veston. Ils s'installaient à leur banc de travail et des apprentis leur apportaient tout ce dont ils avaient besoin. Des aiguiseurs affûtaient leur *chaveta*. Des garçons de courses venaient recueillir les cigares étiquetés à leur nom pour les apporter aux inspecteurs. Ils avaient le droit de se lever et de parler du moment que cela ne diminuait pas leur rendement. Les bons cigariers produisaient environ cent vingt-cinq cigares par jour, ce qui était moins que dans les fabriques du Nord qui utilisaient les moules, mais la qualité des cigares était meilleure et leur prix plus élevé.

Après s'être plu à regarder défiler les écôteuses, Jos reprit son travail, déposant son cigare dans un bac. Il devait faire vite avant de se faire surprendre par la canicule qui serait impitoyable cette journée-là. En juillet, il ne mangeait pas à midi, car il avait l'impression que cela le rendait malade et lui faisait perdre du temps. Ainsi, il pouvait rouler quelques cigares de plus.

Carlos prit place à ses côtés. Il semblait désemparé.

« Qu'est-ce qu'il y a ? lui demanda Jos.

– C'est ma sœur, elle en a assez d'être écôteuse. Elle veut apprendre à rouler. Tu comprends, quatre dollars par semaine, c'est ce que les gens gagnent dans les champs de coton. J'en ai parlé à un gars de la Resistancia. Il dit que ça ne se fait pas pour une fille de devenir rouleuse.

– Pourquoi? À Chicago, il y avait bien une fille lectrice dans l'usine où je travaillais.

– Une fille lectrice! Si les gars d'ici ou Rivero entendaient ça!»

En parlant du loup, les deux cigariers le virent apparaître. Bien serré dans son complet taillé sur mesure par un Italien récemment arrivé à Ybor City, Ramon Rivero, lecteur, propriétaire de journal, traducteur et politicien à ses heures, faisait son entrée suivi d'un garçon de courses qui portait les journaux et les livres pour lui. Rivero était également responsable du comité local chargé d'amasser les fonds destinés aux révolutionnaires de Cuba qui étaient en guerre depuis maintenant dix ans contre les autorités espagnoles pour obtenir l'indépendance de leur île.

Jos souhaita que les nouvelles soient bonnes pour les exilés cubains, sinon l'atmosphère de la fabrique serait à la morosité pendant toute la journée. Mais il n'y avait pas de nouvelles du front cette journée-là et Rivero se contenta de lire le *Tampa Tribune* qu'il traduisait en espagnol au fur et à mesure. Peu de temps après, comme il savait que Jos aimait bien Cervantes, Rivero lut pour lui un petit chapitre de *Don Quichotte.* Jos avait suggéré la semaine précédente qu'on prélève une partie de son salaire pour le comité de la guerre comme on le faisait avec les autres cigariers. Il partageait leur idéal, avait-il dit, et plusieurs des cigariers étaient ses amis. C'était la façon qu'avait Rivero de le remercier.

Dans son for intérieur, Jos se disait qu'il valait mieux soutenir la cause révolutionnaire pour éviter d'avoir des ennuis, mais, en réalité, il ne se sentait nullement interpellé par ce combat. Tout au plus était-il intrigué de voir comment cela se terminerait. La sueur commençait à ruisseler sur ses tempes. Il lui restait toutefois assez d'énergie pour écouter la belle voix de Rivero raconter les aventures de Don Quichotte qui se battait contre des moulins à vent. Imaginer pouvoir implanter dans cette fabrique l'Union des cigariers d'Amérique, c'était peut-être se battre contre des moulins à vent, pensa Jos.

Au bout d'une heure, le lecteur reprit ses journaux et ses livres et descendit de la tribune où il s'était installé. Il reviendrait plus tard pour une nouvelle séance. Rivero pouvait gagner jusqu'à quatre-vingts dollars par semaine, chacun des cigariers déboursant vingt-cinq cents par paie pour profiter de ses services. Il touchait le double du revenu d'un ingénieur responsable des ponts et des édifices, mais personne ne contestait le salaire de Rivero, un homme irremplaçable. Le lien entre les cigariers cubains, qui ne parlaient pas l'anglais pour la plupart, et la société américaine. Plus encore, il était le messager de la mère patrie. Tout en l'écoutant, Jos se disait que lui aussi connaissait l'anglais et l'espagnol, que lui aussi pouvait lire *Don Quichotte* et les journaux et qu'il aurait pu, lui aussi, être lecteur. Mais le poste de lecteur était réservé à une certaine classe de Cubains dont Jos ne faisait pas partie. Jos était cet étranger qu'on tolérait.

Chapitre XIX

Thomas était attablé devant une bière dans un café-terrasse de la *Septima.* Jos l'avait déjà aperçu depuis longtemps, mais l'Américain ne l'avait pas reconnu. Trois ans s'étaient écoulés depuis leur dernière rencontre à Montréal. Pour voir Thomas, Jos avait enfilé un complet de lin marine, sa nouvelle tenue d'automne, qu'il avait fait confectionner la semaine précédente chez un tailleur.

Jos montait la *Septima* avec fierté. Il avait vingt ans et il était beau malgré sa petite taille. Les jeunes filles se retournaient sur son passage en chuchotant entre elles. Lorsqu'il vit Jos s'asseoir devant lui, Thomas lui dit en espagnol qu'il attendait un ami.

« Je suis l'ami que tu attends, laissa tomber Jos en anglais. C'est Gompers qui t'envoie ?

– Tu as bien reçu mon télégramme, demanda Thomas sans répondre à sa question.

– C'est Gompers qui t'envoie ? insista Jos.

– Oui, c'est Gompers.

– Il se demande pourquoi je ne réponds pas à ses lettres ?

– Oui. Il veut aussi savoir pourquoi l'Union des cigariers ne progresse pas plus que cela. À Tampa même, il n'y a pas de problème. Mais ici, à Ybor City et à West Tampa, là où il y a le plus de fabriques de cigares, vous ne réussissez pas à recruter des membres. On veut savoir pourquoi.

– C'est simple, je l'ai déjà expliqué à Gompers. La Resistancia est très forte, les Chevaliers du travail aussi. Puis, à Ybor City, c'est la révolution cubaine qui préoccupe les ouvriers. Comme ce sont les mêmes personnes qui organisent les comités révolutionnaires et les unions, forcément, c'est dur à contourner.

– Mais tu avais réussi à Chicago.

– Ici, c'est très différent de Chicago. Les Cubains ne se considèrent pas comme des immigrants, mais comme des exilés temporaires. »

En parlant, Jos se rendait compte que tous les efforts qu'il avait mis pour tenter de convaincre les cigariers l'avaient rendu un peu désabusé. Thomas remarqua une certaine lassitude dans le ton de sa voix.

« On dirait que tu es découragé, Jos.

– Je ne suis pas découragé, mais je ne crois pas que je puisse être d'un grand secours à présent. Peut-être qu'une crise ou une grève nous permettrait de prendre notre place, mais pour l'instant les travailleurs semblent satisfaits de leur salaire. Tu comprends, ils touchent entre vingt et trente dollars par semaine. Les conditions de travail ne sont pas extraordinaires, mais plusieurs rêvent de retourner à Cuba ou de prendre le train pour le Nord. Franchement, je ne me sens pas toujours utile. »

Jos ne lui dit pas qu'il avait négocié avec la Resistancia le droit pour les enfants de passer une heure dehors le matin. Thomas l'aurait mal interprété.

« Je vais essayer de voir ce qu'on peut faire avec les unités locales déjà formées à Tampa pour qu'elles viennent t'aider.

– Si tu veux, du moment qu'elles ne me causent pas de problèmes. Ça ne sert à rien de brusquer les Cubains. Il faut prendre son temps. Ici, les choses ne vont pas aussi vite qu'à New York ou qu'à Chicago.

– Ou qu'à Montréal. »

Montréal. Jos pensa à Madeleine, à son père, à la veuve Girouard.

Thomas lui avait promis d'essayer de retrouver Madeleine, mais jamais il ne lui avait donné signe de vie. Aux yeux du jeune homme, l'Américain demeurait celui qui avait causé le départ de sa sœur. Jos décida de prendre deux autres chopes de bière avant d'aborder le sujet. Maintenant, c'était à son tour de demander des comptes. En attendant que l'alcool dissipe sa gêne, il parla du climat et s'enquit des dernières nouvelles de Chicago où Thomas s'était arrêté quelques semaines auparavant.

« La vie est toujours aussi intense. À présent que la crise est terminée, on dirait que tout le monde ouvre des manufactures. Nous, ça nous sert énormément. On recrute de nouveaux membres chaque jour. On est en train de devancer les Chevaliers du travail à Chicago et à New York.

– Et Hull-House ?

– Toujours aussi occupée. On vient de construire un nouveau pavillon pour les arts. Mlle Addams a eu la fièvre typhoïde l'automne dernier, mais elle va mieux. Elle revient de Russie où elle a rencontré le comte Tolstoï. Il lui a demandé pourquoi elle ne travaillait pas de ses mains pour gagner son pain comme il le faisait lui-même sur sa ferme. Quand Mlle Addams est revenue, elle a donc commencé à travailler deux heures par jour à la boulangerie pour participer au travail collectif, mais elle s'est vite rendu compte que ce n'était pas là qu'elle était le plus utile.

– Je m'ennuie parfois de Chicago. Les salaires étaient misérables, mais il y avait tant à faire ! Et l'Exposition universelle, quelle aventure ! Tu as eu raison en me conseillant Chicago à la place de New York. Tu sais, j'ai travaillé à la Ferris Wheel pendant cinq mois. À l'Exposition, j'ai vu des choses que je n'aurais jamais imaginé voir.

– Moi aussi. Je me souviens de t'avoir dit d'aller à Chicago, mais je ne pensais pas que tu le ferais. Tu avais l'air tellement innocent à ce moment-là, tellement jeune.

– Et toi, quand as-tu commencé à courir le monde ?

– À seize ans, comme toi.

– En même temps que tu as commencé à courir les filles ? » demanda Jos avec audace.

Thomas ne releva pas la remarque et continua.

« En fait, j'ai assez peu travaillé dans les fabriques. Je vais où l'on me suggère d'aller pour recruter des membres. Je voyage pour faire avancer la cause des travailleurs. Je n'ai jamais demandé d'argent à l'organisation, mais il y a toujours eu des ouvriers pour subvenir à mes besoins partout où j'allais. Maintenant que nous avons assez de membres, l'American Federation of Labor me verse un salaire en plus de payer mes dépenses. Je trouve ça bizarre. J'ai toujours vécu de l'air du temps.

– Tu m'as dit que les choses changeaient vite à Montréal. Y es-tu allé dernièrement ?

– Non, mais je me tiens au courant. Il y a plusieurs nouvelles usines qui ont fait entrer l'union, mais presque toutes avec les Chevaliers du travail. Tout le contraire de New York ou de Chicago. Moi, ce que je crois, c'est que, tant qu'on n'aura pas un bon gars canadien-français payé pour recruter du monde, ça ne marchera pas. En attendant, l'Église continue d'organiser de petites associations de travailleurs dans les paroisses en menaçant encore d'excommunier ceux qui adhèrent aux unions internationales. Mais, dans le domaine du cigare, ça va bien. On a de nouveaux membres. Par contre, il y a encore beaucoup de cigariers qui sont à la fois membres des Chevaliers du travail et de l'Union internationale des cigariers. C'est à n'y rien comprendre.

– C'est simple, c'est parce qu'il y a des assemblées françaises des Chevaliers du travail. Les Canadiens français aiment se retrouver entre eux. Ils n'aiment pas se faire dire quoi faire par des gens des États à qui ils envoient de l'argent, mais qu'ils ne voient même pas.

– Je sais. C'est pourquoi je dis qu'il faut trouver un Canadien français fiable qui va travailler pour nous à Montréal. »

Jos pensa à Rudolphe. Peut-être pourrait-il s'acquitter de cette tâche ? Mais il n'en fit pas part à Thomas. Il n'était pas sûr encore. Il tenta de parler de Madeleine.

« Tu n'es donc pas allé à Montréal récemment ?

– Non, pas depuis l'été, lorsqu'il y a eu grève chez Davis.

– Il y a souvent des grèves chez Davis ?

– Oui, parce que, même si le patron reconnaît l'union, il veut couper les salaires chaque fois qu'il y a une baisse de revenus. Nous, ce qu'on dit, c'est que ce qui est acquis, ça doit rester acquis. Lorsqu'ils font de gros profits, ils n'augmentent pas les salaires en conséquence ; ils n'ont qu'à garder cet argent en réserve pour les temps difficiles. »

Jos n'avait pas envie d'entendre un nouveau discours sur le capital. Les fins d'après-midi de septembre étaient chaudes et il voulait rentrer se reposer un peu avant d'aller souper. Il sortit la montre de Gompers et regarda l'heure pour signifier qu'il devrait partir bientôt.

Thomas observait l'objet avec attention. Jos réalisa tout à coup son erreur et le remit aussitôt dans la poche de son veston.

« Belle montre. Il me semble en avoir déjà vu une pareille. C'est européen. Comment as-tu pu trouver cela ici ?

– Je l'ai achetée à un Espagnol qui venait de débarquer. Il avait besoin d'argent.

– Mais j'essaie de me souvenir où j'ai déjà vu une montre comme celle-là.

– Il y a beaucoup de montres semblables.

– Non, peu sont anciennes et travaillées ainsi. Ah oui, ça me revient. Gompers, il en avait une comme celle-là que son grand-père lui avait donnée, puis il se l'est fait voler à Montréal. Enfin, c'est ce qu'il m'a dit. »

Thomas devenait soupçonneux. Gompers aurait-il donné sa montre à Jos ? Et pourquoi ?

Jos qui avait hâte de changer de sujet décida de poser franchement la question qui lui brûlait les lèvres.

« Te souviens-tu de ma sœur Madeleine ?

– Oui, je me suis informé à son sujet auprès de plusieurs personnes à Montréal. Je suis même allé au poste de police, mais personne n'avait entendu parler d'elle. J'ai demandé aussi à des gars des différentes villes américaines où je vais et aucun ne l'avait vue. Mais tu sais comme moi que l'Amérique, c'est grand. »

La bière que Jos buvait depuis plus de deux heures assombrissait son esprit. Une grande tristesse s'empara de lui. Il haïssait Thomas.

« Et si tu l'avais retrouvée, qu'aurais-tu fait ? Que lui aurais-tu dit ?

– Je ne sais pas, je ne me suis pas posé la question. J'aurais été embarrassé, ça, c'est sûr. Je l'aimais bien, ta sœur, mais, comme je te l'ai déjà dit, je ne vois pas comment on pouvait faire une vie ensemble.

– Tu l'aimais pas assez pour la marier et te trouver une *job,* mais tu l'aimais assez pour coucher avec. C'est ça qui est arrivé, hein ? Tu as couché avec elle. Puis elle est tombée enceinte et a dû partir. Les Cubains que je connais, si tu avais fait ça à leur sœur, ils t'auraient pendu à un arbre.

– Mais elle était d'accord pour coucher avec moi, je ne l'ai quand même pas forcée.

– Oui, sûrement qu'elle était d'accord. Elle était folle de toi. Je n'avais que onze ans, mais je savais tout cela. Tu es un salaud, Thomas, tu fais le fanfaron avec la cause des travailleurs, mais tu es un salaud. Tu as traité ma sœur comme les filles de bordel qu'on paie un dollar. »

En disant cela, Jos sentit ses poings se serrer. Il pensa aux gens autour, il pensa à son complet de lin tout neuf, il pensa qu'il pourrait se faire arrêter et se faire mettre en prison s'il se battait ici, dans un café. Il perdrait son emploi, sa maison. Il savait ce qu'il advenait des étrangers trop agités à Tampa. Un billet de train aller simple, voilà ce qui l'attendait.

Thomas le regardait d'un air incrédule.

« Je ne savais pas que tu me détestais à ce point. Tu n'as jamais eu envie d'une fille ? Je veux dire d'une fille bien, différente des filles de bordel ?

– Oui, mais je n'ai pas fait ce que toi tu as fait. Les filles, ça n'est que des jouets pour toi. Les écôteuses qui travaillent à quatre dollars par semaine, c'est rien non plus. Il n'y a même pas de femmes dans l'Union des cigariers ; pour vous, c'est comme si elles n'existaient pas. Elles triment aussi dur que les hommes et sont payées la moitié du salaire des hommes. Ça ne vous a jamais inquiétés, cela ?

– Les femmes travaillent parce qu'elles y sont obligées. Elles aimeraient mieux s'occuper de la maison. Si les hommes avaient de bons salaires, les femmes n'auraient pas besoin d'aller à l'usine. C'est ça notre but, que les hommes aient d'assez bons salaires pour que les femmes restent à la maison et s'occupent des enfants. On ne veut pas que les enfants travaillent non plus, Jos.

– En attendant, les femmes et les enfants travaillent dans des conditions inacceptables et pour un salaire dérisoire et vous ne faites rien pour changer cela.

– Tu raisonnes à l'envers, Jos. Les femmes et les enfants n'ont rien à faire dans les *shops.* On n'a pas à négocier de meilleures conditions ou de meilleurs salaires pour eux. Ils n'ont rien à faire là, c'est tout. Et ce n'est pas vrai qu'on ne se soucie pas des femmes. Gompers encourage les ouvrières à former leur propre comité et à adhérer à l'AFL.

– Mais vous ne faites rien pour elles.

– C'est parce que c'est une situation temporaire. Un jour, quand les hommes auront de bons salaires, les femmes n'auront plus besoin de travailler dans les *shops*. En attendant, même si tu me hais, on doit lutter ensemble. Il faut mettre de côté nos problèmes personnels pour s'occuper de l'union. Es-tu décidé à poursuivre ou pas ? Je suis *sorry* pour ta sœur. Veux-tu que je continue de la chercher ? »

Jos avait envie de lui envoyer son verre à la figure et de tout laisser tomber, mais il se sentait trop isolé à Tampa. Son monde, c'était celui des unions et, même si ça ne marchait pas fort, il ne voulait pas se retrouver seul ou à jouer aux dominos avec ses amis en attendant qu'ils retournent à Cuba ou qu'ils sautent dans un train pour le Nord. Non, c'était grâce à Gompers qu'il s'était senti quelqu'un. Il ne voulait pas redevenir le petit immigrant sale à qui on donnait un complet.

Jos décida qu'il s'efforcerait de moins haïr Thomas. Lui pardonner, il en était incapable. Il avait enfin réussi à lui dire ce qu'il pensait. Thomas pouvait entendre la vérité sans lui tourner le dos, il avait au moins cette qualité. Tout le contraire de ce que Jos avait connu dans sa famille où les menaces et les insultes étaient lourdes de sous-entendus et où l'hypocrisie avait fait son lit. Jos appréciait la franchise de Thomas. Pourquoi n'essayait-il pas de noyer sa haine dans la bière ? se demanda-t-il.

Jos commanda quatre autres chopes de bière et s'abandonna à la douceur de l'ivresse. Thomas demeurait sur ses gardes. Il buvait moins que Jos. Il ne voulait pas se mesurer à lui. Jos perdrait sûrement la bataille et le haïrait encore davantage. Thomas avait comme mission de rassembler les travailleurs, pas de se battre contre eux. Son nouveau statut de salarié à l'American Federation of

Labor le forçait par ailleurs à rendre des comptes. Il ne pouvait plus faire seulement ce qui lui plaisait.

Vers dix heures, Jos ne tenait plus sur ses jambes. Thomas le raccompagna dans sa petite maison et l'étendit sur son lit qui avait maintenant regagné sa place dans la chambre à coucher. Il lui enleva ses chaussures et fut tenté de regarder de plus près la montre de Jos. Il ouvrit le couvercle et lut l'inscription : Samuel Gompers, London, 1818. Le grand-père de Gompers s'appelait Samuel lui aussi. C'était bien la montre de Gompers. Comment Jos l'avait-il obtenue ? Thomas se souvenait maintenant très bien de cette manifestation tenue à Montréal en 1893. Gompers était sûr qu'on lui avait dérobé sa montre cet après-midi-là. Les gendarmes avaient même fouillé le parc où se déroulait l'événement, mais ils n'avaient rien trouvé. Gompers en avait été abattu pendant des semaines.

Avant de regagner son hôtel, Thomas admira la construction de la maison à la lumière de la lampe à huile. Les murs étaient lambrissés de belles planches de bois naturel. Dans la cuisine, il y avait un petit poêle à charbon, une grande glacière en bois de cerisier et une pompe qu'on n'avait qu'à actionner pour avoir de l'eau fraîche. Sur la table se trouvait un gros panier de fruits et de légumes, sans doute cueillis dans le petit potager derrière ou achetés au marché le matin même. Le plancher et les murs de la cuisine étaient propres. Thomas se laissa tenter par une banane, objet rare dans le Nord. Il prit alors conscience qu'il n'avait pas mangé depuis le matin. Il ouvrit la glacière avec précaution, y trouva du fromage frais et du beurre. Dans une petite armoire, il prit un morceau de pain en forme de baguette. Il était un peu sec, mais avec du beurre et du fromage c'était délicieux. Thomas voulut sortir par l'arrière de la maison pour tenter de voir le jardin, mais il faisait trop noir. Il faudra que je revienne, se dit-il.

Thomas marchait en humant les odeurs des orangers ; on ne les voyait pas, mais ils embaumaient l'air. Comme Jos, il avait été ébloui, à son arrivée, par la mer, le soleil, les palmiers et les bougainvillées, ces magnifiques petits arbrisseaux à fleurs rouges ou violettes qui escaladaient les murs des maisons. Tout en descendant la *Septima,* Thomas songea pour la première fois de sa vie qu'il aimerait bien se fixer quelque part, avoir une maison comme celle de Jos et, à l'intérieur, une femme et des enfants. À plus de trente ans, il avait moins envie de courir le monde ; de plus, il touchait désormais un salaire. Était-il vraiment un salaud, comme l'avait dit Jos ? Pourrait-il se contenter d'une seule femme pour le restant de ses jours ? Mais, au fond, pourquoi aurait-il dû se contenter d'une seule femme ?

Arrivé à l'hôtel, Thomas était dévoré par l'envie d'une femme, justement, mais il n'avait ni le courage de ressortir pour trouver un bordel, surtout dans une ville qu'il ne connaissait pas, ni celui de descendre au salon pour tenter de séduire une voyageuse sans chaperon. C'était toujours risqué et cela demandait beaucoup plus d'efforts que d'aller dans une maison de passe. Demain, se dit-il, je demanderai à Jos de m'amener voir les filles. Et il s'endormit sur son désir inassouvi.

Chapitre XX

Jos sentit la bile lui monter à la gorge. La nausée était terrible. Même ses cheveux lui faisaient mal. Il resta couché sur le dos pour faire cesser le mouvement de roulis de son estomac. La cloche de l'usine sonna trois coups rapides. C'était le dernier appel. La montre de Gompers indiquait six heures cinquante. Jos était trempé de sueur. Il fit un effort pour se lever, mais il eut juste le temps d'attraper son pot de chambre pour y rejeter le contenu de son estomac. Il se recoucha, mais quelque temps après la nausée le reprit plus violemment, accompagnée d'un pincement dans la région du foie. Après avoir utilisé le pot de chambre une seconde fois, il sortit pour le vider et rentra s'asperger d'eau froide. Son lit l'appelait, mais Jos savait que, même s'il se recouchait, il ne se sentirait pas mieux. Il décida donc d'avaler une gorgée d'eau et de marcher jusqu'à l'usine. Son pantalon avait l'allure d'un accordéon, son veston, celle d'un chiffon. Il se mouilla un peu les cheveux pour les coiffer avec sa main, puis il partit en courant. Après deux pas, il dut s'arrêter pour rendre l'eau qu'il venait de boire, mais il reprit son chemin. La porte de l'usine était encore ouverte. Il n'aurait pas à frapper pour qu'on vienne lui ouvrir et ne serait peut-être pas obligé de fournir une raison pour expliquer son retard.

Jos sentit le regard des écôteuses se poser sur lui lorsqu'il passa devant elles. Elles l'observaient avec curiosité. Lui qui avait espéré faire bonne impression avec son nouveau complet, c'était raté. Le plus discrètement possible, il s'assit à son banc, mais l'odeur du tabac l'obligea à se relever aussitôt. Il sortit par la porte de côté, faisant signe à Carlos de la tenir ouverte pour lui permettre de rentrer. Carlos le regarda vomir et lui tendit son mouchoir.

« Grosse soirée hier, Jos ?

– Oui, il y a un gars de l'American Federation of Labor qui est venu et on avait pas mal de choses à discuter. Mais je pense que j'ai vraiment trop bu, cette fois.

– Ça passera, ça passe toujours. En attendant, on va demander un crachoir. Tu peux pas te lever sans cesse comme ça. Tout le monde va le remarquer. »

Jos regagna sa place et se mit à rouler. À plusieurs reprises pendant la matinée, il dut se pencher pour soulager sa douleur à l'estomac, pendant que Carlos le couvrait en toussant. À midi, il se sentait un peu mieux et se risqua à boire quelques gorgées de thé. C'est tout ce qu'il put avaler de la journée. Quand il vit Thomas qui l'attendait à la sortie de l'usine, Jos eut un haut-le-cœur.

« J'ai été malade toute la journée. Je n'ai pas envie de discuter maintenant.

– Je comprends, mais je dois partir demain et il faut que je te donne l'adresse des gars de l'Union des cigariers qui préparent une grève à Tampa. Tu pourrais aller les aider. Ils en auront besoin. De toute façon, on ne peut rien faire pour l'instant. Il faut attendre un conflit. À moins que tu n'en provoques un.

– Je ne vois pas comment, je n'ai pas d'alliés. Il faut attendre un peu. Mais je veux bien appuyer les grévistes de Tampa. J'essaierai d'organiser une collecte quand la grève aura commencé. Comme ça, on pourra voir dans quelle proportion les rouleurs sont favorables à cette cause.

– Bonne idée. Je sais que t'as pas le goût d'une bière, mais tu peux peut-être m'accompagner au café. »

Thomas ne dit pas que son envie de femme le tenaillait et qu'il voulait que Jos le conduise à un bordel.

« Non, pas vraiment, mais tu peux venir à la maison. Je vais acheter une poule au marché et je me ferai un bouillon. Je n'ai envie de rien d'autre.

– Tu sais faire du bouillon ?

– Je sais que c'est un travail de femme, mais je n'ai pas de femme, alors j'ai appris à faire mon café et mon bouillon. Je préfère préparer ma nourriture et ne pas avoir à vivre dans une pension où on ne peut jamais choisir ce qu'on veut et où on nous donne souvent des restes. »

Thomas suivit Jos au marché et le regarda choisir une poule bien en chair.

De retour à la maison, ils laissèrent la volaille courir un moment dans le jardin. Jos mit l'eau à bouillir et cueillit quelques herbes de son petit potager pour les ajouter au bouillon. Ensuite, Thomas et Jos s'amusèrent à pourchasser la poule qui piaillait, insouciante. Finalement, Thomas attrapa la volaille et lui fit pivoter le cou à plusieurs reprises avant que la tête se détache du corps et que celui-ci se mette à sauter un peu partout, les éclaboussant de son sang. Une fois calmée, la poule fut trempée dans une grande cuve d'eau bouillante avant d'être plumée. Jos la plongea dans l'eau froide, comme le lui avait indiqué le fermier au marché, et jeta une poignée d'herbes dans la marmite. La chaleur du petit poêle à charbon rendait la cuisine humide, alors Jos et Thomas se rendirent dans le jardin pour profiter de cette belle soirée de septembre qui était aussi agréable que les nuits de juillet à Montréal.

Thomas décida d'aller chercher une pinte de bière à la brasserie située tout près. Il prit la cruche de grès que lui tendait Jos et sortit par le jardin. Pendant ce temps, Jos enleva son costume de lin, qu'il devrait apporter chez la blanchisseuse, et enfila une salopette de coton pour sarcler son allée de pommes de terre. Il avait commandé les graines du Middle West par la poste. La récolte était à son meilleur et, grâce au beau temps, il pourrait bientôt faire une deuxième semence. Même s'il avait quitté la terre à huit ans, Jos se souvenait de la façon de cultiver et d'entretenir un potager et, s'il détestait arracher les mauvaises herbes et faire les récoltes lorsqu'il était enfant, il y prenait désormais grand plaisir. Son potager faisait l'envie de plusieurs. Ses voisins lui avaient même demandé des tubercules pour faire pousser eux aussi des pommes de terre. Mais le grand problème, c'était les nombreux insectes qui venaient ronger les racines et les feuilles. Quand il en avait le temps, Jos les chassait un par un, surveillant leur retour avec appréhension. Quand il était trop occupé, il renonçait à les faire fuir et se contentait de ce que les bestioles lui laissaient.

Thomas revint essoufflé. Le bouillon était prêt et ils s'assirent à table. Thomas mangea peu. Il but surtout. Quelque chose semblait le tracasser, mais Jos ne savait pas ce que c'était. Après le souper, Thomas demanda s'ils pouvaient sortir. Il avait envie de rencontrer quelqu'un, expliqua-t-il.

« Ah, tu veux une fille, répondit Jos.

– Oui, en effet. On m'a dit qu'il y avait des endroits où l'on pouvait en rencontrer à Tampa.

– Il y a en effet des endroits à Tampa, comme tu dis, où l'on peut faire polir sa tête de clou pour un dollar. Les filles n'ont pas de scrupules et ça fait moins de dommages que de débaucher les travailleuses pour les abandonner ensuite.

– Jos, tu ne vas pas recommencer avec cela !

– Ça va, ça va. Je t'accompagne. On prend le tramway. »

Une fois arrivé à l'entrée du bordel, Jos se sentit mal à l'aise. Il n'avait pas bu une pinte de bière comme venait de le faire Thomas et n'avait jamais pénétré dans ce genre de maison en étant sobre comme il l'était maintenant.

« Je te laisse, dit-il à Thomas, je n'ai pas envie de te suivre. Je t'attends au café de l'autre côté de la rue. Pour entrer, tu n'as qu'à dire que c'est Carlos qui t'envoie. »

Au café, Jos demanda le journal et se mit à lire les dernières nouvelles. On y parlait d'une course de voitures munies d'un moteur à essence qui avait eu lieu pour la première fois à Narragansett Park, au Rhode Island. L'article faisait mention d'un certain Henry Ford, un machiniste de Detroit qui avait déjà vendu son premier modèle à deux cylindres pour deux cents dollars. La voiture pouvait rouler à sept milles à l'heure. Ce n'était pas beaucoup plus que la vitesse d'un cheval, pensa Jos, qui s'imaginait toutefois avec plaisir au volant d'un tel engin. La photo du véhicule à quatre roues le fit rêver un peu, puis il vit sortir Thomas quinze minutes seulement après l'avoir laissé à la porte du bordel.

« C'est plutôt rapide, ici, dit-il à Jos.

– Oui, rapide et efficace. Pas comme dans certains *saloons* où il faut d'abord faire boire les filles, puis attendre parfois des heures pour avoir celle qu'on veut.

– Il y a des endroits très sympathiques à Montréal avec des jeux de cartes et une salle avec un pianiste où l'on peut boire un coup et s'amuser toute la soirée si l'on veut avant de choisir une fille.

– Je ne sais pas, je ne suis jamais allé dans un endroit comme cela à Montréal. »

La discussion ennuyait Jos et le mettait de mauvaise humeur. Il se replongea dans la lecture de son journal pendant que Thomas commandait deux chopes de bière. Ce dernier avait le regard d'une bête pas tout à fait rassasiée.

Puis, comme il se faisait tard, Jos suggéra qu'ils reprennent le tramway en direction de Ybor City. Il avait mal dormi la nuit précédente et voulait se coucher. Essayant de prendre un air innocent, Thomas lui demanda l'heure. Jos hésita un instant, puis sortit la montre de Gompers. C'était exactement ce qu'attendait Thomas.

« Est-ce que je peux la voir ?

– C'est la montre de Gompers, si c'est ce que tu veux savoir.

– Oui, je sais. Ce que je veux savoir, c'est pourquoi tu l'as.

– C'est une longue histoire.

– Gompers ne te l'a pas donnée. Tu la lui as volée quand il était à Montréal en 1893.

– Non, je ne la lui ai pas volée.

– Alors, pourquoi l'as-tu ?

– En quoi est-ce que cela te concerne ?

– Gompers était découragé quand on lui a volé sa montre. Elle appartenait à son grand-père.

– Je sais, il me l'a dit.

– Mais pourquoi ne la lui as-tu pas rendue ?

– C'est mon porte-bonheur. Depuis que j'ai cette montre, ma vie va mieux. Si je la lui rends, j'ai peur que tout recommence à aller de travers.

– Vous autres, les catholiques, vous avez de drôles d'idées. Lui as-tu volé la montre, oui ou non ?

– Non, je te l'ai dit. C'est un gars avec qui j'ai travaillé chez Fortier qui l'a volée. Ensuite, nous avons voyagé ensemble en train et il me l'a donnée au cas où je serais mal pris. Quand j'ai rencontré Gompers, j'ai eu honte de garder sa montre, mais je ne savais pas comment la lui remettre et je n'avais pas envie de m'en séparer non plus.

– Mais maintenant que ta vie va beaucoup mieux, tu pourrais te décider à la lui rendre. Il serait vraiment content et ça soulagerait ta conscience.

– Mais comment puis-je faire ?

– Écris-lui une lettre que je lui remettrai moi-même avec la montre. »

Jos hésitait. Il avait du mal à faire confiance à Thomas.

« Je vais y penser », se contenta-t-il de répondre.

Jos se leva pour se diriger vers le tramway. « Je ne rentrerai pas à Ybor City ce soir, lui dit Thomas, j'ai des gens à rencontrer pour l'Union des cigariers. Bonne nuit. »

Avant de monter dans le tramway, Jos se retourna et aperçut de loin Thomas qui frappait de nouveau à la porte du bordel.

Dans le véhicule, Jos songea à une façon de restituer la montre à Gompers. Il ne voulait pas la donner à Thomas. Pas seulement parce qu'il ne lui faisait pas confiance, mais aussi parce que, de cette façon, Jos aurait l'impression de se dérober. C'était à lui de remettre la montre à Gompers.

Jos descendit sur la *Septima* et marcha en direction de sa maison. Sur le palier, Carlos l'attendait.

« Où étais-tu, Jos ? Je t'attends depuis des heures. J'ai besoin de te parler.

– Je suis allé à Tampa avec le gars de l'AFL.

– J'ai quelque chose à te demander.

– Je suis fatigué et j'aimerais me coucher, mais tu peux quand même entrer un moment.

– Oh, ce ne sera pas long. C'est au sujet de ma sœur.

– Je ne peux rien pour ta sœur. Je sais qu'elle veut devenir rouleuse, mais, comme tu l'as dit, les gars de la Resistancia ne sont pas d'accord.

– Ils ont changé d'avis. Ils m'ont dit que cela ne les dérangeait pas, mais qu'aucun des rouleurs n'accepterait de lui enseigner le métier. Et moi je ne fais que commencer, je ne suis pas un rouleur d'expérience comme toi. Les patrons, eux, sont d'accord.

– Et qu'est-ce que je peux faire dans tout cela, moi ?

– Lui apprendre à rouler. Ici, parce qu'à la fabrique ça ferait trop d'histoires.

– Mais quand ? Avec les journées que nous faisons à la fabrique, il ne reste pas beaucoup de temps.

– Il reste les dimanches.

– Vous n'allez pas à la messe et faire un pique-nique le dimanche ?

– Ma sœur veut apprendre à rouler et elle serait prête à sacrifier le pique-nique. Pour ce qui est de la messe, le révérend Carrière est un homme juste. Il nous pardonne facilement si nous n'avons pas le temps d'aller à la messe. D'ailleurs, les Cubains ne pratiquent pas beaucoup. L'église Our Lady of Mercy n'est jamais très remplie. On se contente d'y aller le dimanche quand on peut, mais on essaie de se conduire en bons catholiques, c'est le plus important pour nous.

– Je dois t'avouer que toutes ces histoires de religion, ça ne m'intéresse pas vraiment.

– Honnêtement, moi non plus, mais c'est pour faire plaisir à maman.

– Quand ta sœur veut-elle commencer ?

– Aussitôt que tu seras prêt. Elle veut apprendre à rouler le mieux possible pour montrer au maître qu'elle peut bien gagner sa vie comme rouleuse. Payée à la pièce, elle aura de meilleurs salaires.

– Il nous faudra un banc.

– Je lui en construirai un.

– Il lui faudra une *chaveta* bien aiguisée.

– Je lui en trouverai une. Tu ne peux pas savoir le service que tu lui rends. Elle sera folle de joie quand je lui dirai cela. »

Et Carlos dévala la rue en courant.

Une fois dans son lit, Jos pensa à la sœur de Carlos, l'écôteuse à la peau dorée. Elle lui jetait parfois un regard timide le matin lorsqu'elle arrivait avec les autres jeunes filles à la fabrique El Principe de Gales. Ses yeux noirs immenses, ses cheveux de jais dissimulés sous une résille de dentelle blanche, ses chevilles qu'il pouvait apercevoir parfois lorsqu'elle remontait sa robe pour monter l'escalier.

Son rire léger. Le rire d'une jeune fille innocente. Dix-sept ans peut-être. Dix-huit tout au plus. Elle était la dernière de la famille, née juste après Carlos. Il ne savait même pas son prénom. Apprendre à rouler à une femme. Devrait-il lui prendre la main comme il le faisait avec les jeunes garçons pour leur faire sentir le tabac, leur en faire apprécier le velouté et évaluer d'un seul toucher le degré d'humidité nécessaire ?

Jos se rendit compte que rouler un cigare était un geste plus personnel qu'il ne l'avait imaginé. Partager l'expérience avec une femme relevait presque de l'intimité. Pourquoi avait-il dit oui ? Jos savait pourquoi il avait dit oui. Il avait envie d'avoir cette fille à ses côtés. Pas seulement pour lui rendre service ou pour tenter de la convertir à ses idéaux, mais aussi pour avoir une femme à ses côtés, ne fût-ce que quelques heures par semaine. Il avait immensément envie d'une présence dans sa maison. Il rêvait souvent qu'en rentrant du travail il y retrouvait Anna, son ancien amour, assise en train de lire Tolstoï pendant que mijotait le souper. Il s'imaginait que, le soir, après s'être aimés, il lui demandait de lui faire la lecture avant de s'endormir. La sœur de Carlos ne savait peut-être pas lire, mais il pourrait lui apprendre. Jos sentit son sexe se gonfler et il se caressa en pensant à la belle Cubaine. Puis, une fois soulagé, il tenta de songer à autre chose. La sœur de Carlos n'était sans doute pas pour lui. D'ailleurs, elle était peut-être déjà fiancée à un Cubain. Et pourtant, quand le regard profond de l'écôteuse croisait celui de Jos, il y percevait quelque chose d'engageant.

Jos remonta le mécanisme de la montre de Gompers. Il écrirait au président de l'AFL pour lui expliquer pourquoi il avait gardé sa montre si longtemps. Peut-être Gompers lui en voudrait-il, peut-être ne lui ferait-il plus confiance, mais il valait mieux être franc. Il utiliserait ce prétexte pour faire venir Gompers à Tampa. Cette visite lui permettrait de comprendre pourquoi il était si difficile pour l'Union des cigariers de faire sa place.

Quand il arriva à la fabrique le lendemain, Jos trouva un petit billet sous sa planche de travail. Il contenait un seul mot : *Gracias,* et c'était signé Maria. Maria, quel beau prénom ! Lorsqu'il vit que Carlos l'observait du coin de l'œil, Jos prit un air sérieux et glissa le mot dans sa poche.

« Alors, est-ce que dimanche, ça va ? J'aurai fini le banc à ce moment-là », lui dit Carlos.

On était jeudi. Pourquoi pas dimanche, en effet ? Ils pourraient travailler dans la matinée, ensuite prendre le frais dans le jardin avant de recommencer jusqu'au souper.

« Oui, dimanche, ce sera parfait. »

Jos devrait demander à l'Italienne qui entretenait sa maison de passer samedi et surtout de bien nettoyer. Il lui faudrait aussi quelque chose à manger. Il irait au marché acheter du fromage et des fruits. C'était ce qu'il pouvait faire de mieux. À part préparer le bouillon et le café, ce qui était déjà beaucoup pour un homme, Jos ne savait pas vraiment cuisiner. Il mangeait souvent au restaurant et il aimait cela. Les citrons, pensa-t-il en roulant ses cigares avec ardeur, ce serait l'occasion de faire goûter ses citrons tout juste mûrs à Maria. Heureusement, le marchand de glace passait samedi. Il aurait de la glace bien ferme dans la glacière qu'il pourrait ajouter à la limonade. Il demanderait à Maria de la préparer. Après tout, c'était son travail, il ne voulait pas la vexer.

Le dimanche matin arriva enfin. Jos se leva de bonne heure pour aller chercher du pain frais à la boulangerie. Il se prépara un café et cueillit des fleurs dans son jardin pour en faire un bouquet. Il n'avait pas faim. Il vérifia que sa *chaveta* était bien aiguisée. En prévision de cette journée, il avait chipé des feuilles de *filler* et de *wrapper* à la fabrique. En Floride, les contremaîtres ne vérifiaient pas les quantités de tabac et ne fouillaient pas les rouleurs, car c'eût été une insulte impardonnable à l'endroit des cigariers.

Vers huit heures, Jos vit Carlos et sa sœur descendre la *Septima*. C'était Maria qui tenait les rênes de la jument. Derrière, dans la charrette, Carlos supportait le banc de rouleur nouvellement construit. Une belle pièce de bois blond creusée à l'avant et aux côtés pour y laisser tomber le tabac et munie d'une tablette supérieure où devaient s'entasser les paquets de cigares roulés. Tout près, une chaise du même bois. Une copie conforme de ce qu'on retrouvait à la fabrique. Un vrai banc de rouleuse, se dit Jos. Il dit le mot en français et il sonna bizarrement. Maria vivait en Amérique. Il n'y avait pas de genre pour les noms en Amérique. Maria serait un *cigar maker*, c'était tout.

En entrant, Carlos cria à Maria de faire du café. Le ton autoritaire qu'utilisait Carlos pour parler à sa sœur déplaisait à Jos. « Tu sais très bien faire le café, Carlos, c'est toi qui me l'a appris, et tu connais les airs de la maison. Maria est ici pour apprendre à rouler, pas pour faire du café. »

Maria leva des yeux surpris vers Jos, mais s'activait déjà à moudre le café pendant que son frère s'allumait un cigare.

Il n'était pas question que Carlos fasse le café lorsque sa sœur était là. Jos ne voulut pas s'ingérer dans cette affaire de famille et commença de sortir ses instruments : sa *chaveta* pour tailler les feuilles, une règle pour mesurer la longueur du cigare et une jauge pour en évaluer l'épaisseur. Il n'utilisait plus ces instruments depuis longtemps, son œil pouvant déterminer sans problème les bonnes dimensions d'un cigare, mais ils seraient utiles à Maria.

Carlos but son café, écouta un moment Jos expliquer à Maria les qualités d'un bon cigare, puis décida d'aller faire un tour. Jos sentit un mouvement de panique le gagner. Carlos le laissait seul avec Maria. Une fois la porte refermée, il se tourna vers la jeune Cubaine qui palpait le tabac de ses doigts fins abîmés par le métier d'écôteuse.

Jos aurait voulu qu'elle eût les mains douces comme Anna.

Chapitre XXI

Une vraie folie s'était emparée des cigariers, des écôteuses et des apprentis. Le contremaître venait de confirmer qu'on acceptait de fermer la fabrique pour l'après-midi. En ce matin du 20 avril 1898, le président McKinley avait demandé à l'Espagne de se retirer de Cuba. Les travailleurs sortaient en courant. Un défilé anarchique s'organisa. Sur la *Septima,* les ouvriers s'arrêtèrent devant chaque magasin pour obliger le propriétaire à fermer ses portes afin de laisser les employés se joindre au cortège. Jos réussit à trouver Maria dans la foule et lui prit la main pour éviter qu'ils ne se perdent. La jeune Cubaine fut d'abord surprise par ce geste spontané, mais elle serra fort la main de Jos. Personne ne faisait attention à eux.

Depuis un an et demi, Maria travaillait tout près de Jos ; seul le banc de Carlos les séparait. Le dimanche, Jos partait en pique-nique avec Maria ; la jeune femme devait être chaperonnée par son frère qui trouvait cependant toujours une excuse pour s'esquiver le plus vite possible. Le samedi soir, la mère de Maria invitait Jos à souper. Malgré ces manifestations de sympathie, Jos restait prudent. Il avait peur d'être rejeté par la famille de Maria comme il l'avait été par celle d'Anna. Et les temps étaient incertains. De nombreux immigrants parlaient de retourner à Cuba si l'île se libérait des Espagnols.

L'intervention du président américain inquiétait Jos. Alors que tout le monde autour de lui se réjouissait, il était inquiet. Si les États-Unis gagnaient la guerre contre l'Espagne, plusieurs Cubains retourneraient chez eux. Maria rentrerait peut-être dans son pays. Ce serait la deuxième femme qu'il perdrait dans sa vie. Il serra Maria contre lui et sentit son corps lui répondre, mais ils furent vite rejoints par les filles du Club cubain, une association sociale qui organisait des cours du soir pour les Cubaines de Ybor City. Le club soutenait aussi la cause révolutionnaire. Quand elles se rencontraient, les jeunes filles taillaient et cousaient des uniformes pour l'armée révolutionnaire. Elles préparaient des colis et certaines allaient jusqu'à écrire des lettres enflammées à des soldats cubains qu'elles n'avaient jamais vus de leur vie.

Le défilé, qui prenait de l'ampleur à chaque arrêt, se dirigea vers la rue Franklin pour voir parader les cinq troupes de soldats américains tout juste arrivés de fort McPherson, en Géorgie. Américains et Cubains se mêlaient joyeusement pour célébrer l'événement. Seuls les Espagnols s'étaient enfermés chez eux, craignant les représailles des Cubains. Même s'ils avaient l'habitude de se côtoyer, s'ils travaillaient souvent ensemble dans les fabriques, et même si plusieurs Espagnols n'avaient aucun parti pris dans la lutte opposant leur mère patrie aux Cubains, la méfiance régnait entre les Cubains et les Espagnols. Haya, le propriétaire de la fabrique de cigares située juste en face de celle de Martinez Ybor, avait déjà rencontré le maire de West Tampa pour lui demander d'assurer la protection de ses travailleurs espagnols, ce à quoi le maire s'était immédiatement engagé.

Cet après-midi-là, la vie prenait un nouveau tournant pour les Cubains. Jos, qui s'était parfois cru un des leurs à cause de ses amitiés et de son amour pour Maria, se demanda tout à coup ce qu'il faisait là à crier à tue-tête « Liberté pour Cuba ». Un Américain qui l'observait depuis un moment, intrigué par son accent et son teint qui le différenciaient de ceux des Cubains, lui demanda s'il était espagnol.

« Si j'étais espagnol, je n'oserais pas me montrer ici. Je suis canadien, ou plutôt américain, puisque je vis ici depuis quatre ans.

– Ah ! vous êtes canadien-français, peut-être ? Vous êtes un immigrant. »

L'Américain insista sur le mot « immigrant » pour bien signifier à Jos qu'à ses yeux il n'était pas américain.

« Je ne suis rien, tenez, lui répliqua sèchement Jos. Voilà qui vous satisfait comme réponse ? Ou plutôt, comme dirait Marx, je suis un prolétaire de tous les pays. Choisissez celui qui vous convient. »

L'Américain sourcilla : « Un autre socialiste ! »

Tampa était la ville des hommes d'affaires. Les gens bien de Tampa ne parlaient jamais ouvertement de socialisme ou de communisme, ces maux venus d'outre-mer. Ils ne prononçaient jamais le nom d'Eugène Debs, le chef du parti socialiste américain ; par contre, dans les fabriques cubaines de Ybor City, on lisait ses écrits et on les commentait.

L'Américain s'éloigna. Maria, fièrement accrochée au bras de Jos, se mit à rire.

« Je voudrais que tu m'aides à comprendre Marx. Carlos dit que ce n'est pas pour moi. Mais, à l'usine, le lecteur en parle souvent et cela m'intéresse.

– Non, tu n'es pas la seule à éprouver des ennuis de lecture. Marx est très difficile à comprendre. Et ce n'est pas nécessaire pour toi. »

Jos se rendit compte qu'il raisonnait comme un égoïste. Il avait soudainement peur qu'en comprenant Marx Maria ne devienne trop indépendante ; il ne voulait pas qu'elle se mette à ressembler à Florence Kelley, à Jane Addams ou à Susan B. Anthony qui n'avaient pas de place dans leur vie pour un mari. En même temps, Jos se trouvait ridicule de penser ainsi. Maria comprenait Marx et elle l'avait aimé. Il essaierait de l'aider à lire le philosophe, décida-t-il malgré ses craintes. Pour l'instant, au contact du corps de Maria, Jos avait bien autre chose en tête. Il n'ajouta rien.

Maria fit un sourire résigné, mais Jos n'aimait pas les sourires résignés.

La foule était de plus en plus joyeuse. Plusieurs manifestants s'arrêtèrent dans un café où les filles purent boire une limonade. Elles saluaient les soldats américains avec enthousiasme. Accablés par la chaleur, ceux-ci étaient partis à la recherche d'un endroit pour se désaltérer dès qu'ils s'étaient détachés du bataillon. C'est avec joie que les filles cubaines les accueillirent à leur table. Plus que comme des libérateurs, les soldats américains étaient considérés comme des dieux. Seule Maria n'essayait pas de leur plaire.

La fête dura jusqu'à minuit. Même si l'on était seulement au milieu de la semaine, les cafés et les cabarets restèrent ouverts comme le samedi.

Le lendemain, à la fabrique, les ouvriers n'avaient pas le cœur au travail. Carlos parla de rejoindre l'armée révolutionnaire, mais ses compagnons se moquèrent de lui. « C'est un peu tard maintenant que les Américains s'en viennent. On n'aura bientôt plus besoin de l'armée révolutionnaire. Les États-Unis vont nous libérer des Espagnols. »

Si les autres avaient peu dormi, Jos, de son côté, n'avait pas fermé l'œil de la nuit, trop grisé par son contact avec Maria, trop torturé par le désir. La veille, il avait eu envie de la convaincre de venir chez lui et de faire l'amour avec elle de crainte qu'elle ne reparte à Cuba. Mais il avait résisté. Il ne voulait pas faire ce que Thomas avait fait à sa sœur. Et pourtant...

Il avait réfléchi jusqu'au matin et s'était décidé. Il la demanderait en mariage. Comme cela, il saurait. Il saurait si on l'acceptait réellement. Il saurait si la famille de Maria comptait vraiment retourner à Cuba. S'il le fallait, il la suivrait là-bas. En fait, il la suivrait jusqu'au bout du monde. Il la voulait de toute son âme. Il voulait que cette femme douce et généreuse soit la mère de ses enfants. Il voulait que ses enfants soient heureux, qu'ils aient une enfance. Il voulait Maria dans son lit, dans sa cuisine à préparer le café, dans son jardin à cultiver des fruits, dans sa maison à bercer ses enfants.

La journée traînait en longueur. Tous les travailleurs étaient épuisés. Après un hiver assez doux, avril prenait son élan et la température grimpait déjà jusqu'à quatre-vingt-cinq degrés Fahrenheit. Ce jour-là, l'inspecteur avait rejeté des dizaines de cigares mal roulés. Finalement, en milieu d'après-midi, le contremaître fronça les sourcils en circulant dans les allées. Certains rouleurs s'étaient tout simplement endormis sur leur planche de travail pendant que le lecteur relevait dans les journaux les événements de la veille. « Rentrez chez vous, vous n'êtes bons à rien. Revenez demain et ne vous avisez pas de faire la fête toute la nuit», lança le contremaître sans cacher sa mauvaise humeur.

Comme s'ils sortaient d'un rêve, les cigariers se levèrent en criant «Liberté pour Cuba» et se dirigèrent vers la sortie.

Jos était encore plus content que les autres d'être libéré. Il allait pouvoir réfléchir à sa grande demande. Il la ferait d'abord à Maria, ensuite à son père.

Après avoir fait le tour de la maison, Jos se dit qu'elle conviendrait au début, mais, comme elle n'avait que deux chambres, il faudrait penser à acheter quelque chose de plus grand dans quelques années. Il devrait continuer d'économiser. Maria connaissait la maison et semblait s'en accommoder. Jos défit le lit et s'étendit dans la pénombre après avoir fermé les rideaux de bambou qui dressaient une barricade contre le soleil.

Le crépuscule avait commencé de couler doucement sur les arbres lorsqu'on frappa à la porte. Jos n'avait pas envie de faire la fête ce soir-là. Il était trop énervé par la demande qu'il s'apprêtait à faire. Il se retourna dans son lit et attendit que cessent les coups. Songeant toujours à la meilleure façon de présenter sa demande, il se dit qu'il devait trouver un endroit approprié, un décor unique. À Ballast Point où ils allaient souvent pique-niquer et se promener? Non, il lui faudrait trouver quelque chose de plus original.

La réponse lui vint quatre jours plus tard, le 24 avril, lorsque les États-Unis déclarèrent officiellement la guerre à l'Espagne. En compagnie de Carlos, Jos était allé voir l'équipement des soldats que les trains déversaient par centaines. En une journée, les rues à l'est de Tampa jusqu'à Ybor City et à l'ouest jusqu'à West Tampa furent envahies par des milliers de soldats qui installaient leur campement à proximité des maisons.

Les généraux et les officiers établirent leur quartier général au Tampa Bay Hotel à l'invitation du propriétaire, Henry Plant. Sur les hauteurs de la ville, un terrain de deux cent cinquante acres avait été aménagé pour les exercices de l'armée. En raison de sa situation géographique, juste au nord de Cuba, et de son climat qui permettrait aux soldats de s'habituer à la température avant d'affronter les chaleurs de l'île, Tampa représentait l'endroit idéal pour lancer les opérations. Jos n'avait jamais vu autant de soldats. Cela lui rappela l'intervention de l'armée lors de la grève de Pullman, mais cette fois ce n'était pas contre les travailleurs que les soldats étaient dirigés. Par ailleurs, malgré leurs manières rustres, ces derniers avaient l'air assez sympathiques. Plusieurs d'entre eux n'avaient jamais revêtu l'uniforme auparavant.

Il n'était pas facile de pénétrer dans le Tampa Bay Hotel, mais Jos eut l'idée de se faire passer pour un journaliste canadien. Il put ainsi circuler à son aise dans la rotonde où correspondants de guerre et officiers lisaient les journaux et s'échangeaient les derniers renseignements. Il s'aventura ensuite plus loin dans l'hôtel. Une salle de musique impressionnante accrocha son regard. En face, un salon avait été transformé en salle de dépêches. Jos fut intrigué par une machine qui écrivait toute seule. « Vous attendez un message sur le téléscripteur ? » lui demanda un soldat assis à un bureau avec un casque d'écoute sur la tête. Près de lui se trouvaient des téléphones et des piles de télégrammes. Les doigts du soldat s'activaient sur un clavier. Le cliquetis qui emplissait la pièce agaçait les oreilles. Jos se retira. Il faisait jour, mais les couloirs étaient éclairés par les lampes électriques d'Edison, que Jos reconnut pour les avoir vues à l'Exposition de Chicago.

Il retourna dans la rotonde où il poursuivit son exploration. L'hôtel qu'il avait aperçu du train à son arrivée de Tampa était encore plus luxueux qu'il ne l'avait imaginé. Une galerie ornée de peintures surplombait la rotonde. Jos vit des gens s'engouffrer dans un ascenseur qui les amena à l'étage.

Il sortit pour visiter le jardin. Disposées au milieu des palmiers, des plantes rapportées d'Amazonie donnaient à ce lieu une allure vraiment exotique. Des statues et des fontaines extravagantes ajoutaient au cachet de l'endroit. Le paradis terrestre, se dit Jos. Au bout de l'allée, il aperçut une dame dont la toilette se confondait avec les teintes jaunes des acacias. Supportant son ombrelle avec effort en raison de la chaleur, elle était assise sur un minuscule siège rond sans dossier. Ainsi, sa robe pouvait se déployer autour d'elle en un immense cercle soulevé par une crinoline. Jos l'écouta parler à une femme habillée d'une robe encore plus large et dont la taille n'était pas plus grosse qu'un cou d'homme. Elle avançait lentement à travers les mimosas, respirant avec peine en raison du corset qui lui comprimait l'estomac.

« Le colonel Roosevelt et son épouse doivent arriver bientôt. Je crois qu'elle se plaira bien ici. Il y fait un peu trop chaud, mais on peut se rafraîchir dans les baignoires aussi souvent qu'on le veut. Malheureusement, nous n'avons pu en avoir une dans notre suite, mais il y en a plusieurs à l'étage. Hier, j'ai demandé à deux reprises à ma femme de chambre de remplir la baignoire, c'est tellement rafraîchissant ! Elle a rechigné un peu parce qu'il faut me recoiffer chaque fois que je sors du bain, ce qui est long, j'en conviens. Cet hôtel est vraiment un paradis. On m'a dit qu'il avait coûté plus de deux millions et demi de dollars, et c'est sans compter le mobilier. Les Plant ont voyagé pendant deux ans en Europe pour acheter tous ces meubles luxueux. »

Jos s'éloigna des dames et de leur caquetage. Deux millions et demi. Il ne pouvait même pas imaginer ce que cela représentait. Henry Plant était l'homme qui avait amené le chemin de fer à Tampa. C'est tout ce que Jos savait de lui.

Retourné à l'intérieur, Jos s'aventura du côté de la serre, une pièce très chaude et très humide où poussaient d'immenses plantes qu'il ne connaissait pas. On pouvait y marcher le long des allées de rosiers ou s'y asseoir pour humer le parfum des fleurs. Jos se dirigea ensuite vers la salle à manger. Somptueuse comme le reste, elle donnait sur la baie de Tampa. L'endroit était désert. Trop tard pour le déjeuner, trop tôt pour le dîner. Jos se rappela son repas exquis dans le char-salle à manger du Chicago Limited Express. Il eut envie de partager ce plaisir avec Maria. L'idée était trouvée.

L'employé de la réception écouta Jos attentivement.

« Si je comprends bien, vous êtes un correspondant de guerre et vous voudriez emmener votre femme dîner ici samedi soir. Nous pouvons vous arranger cela. Je vais faire réserver une table pour vous. Votre nom, s'il vous plaît ?

– Helbronner, Jules Helbronner. En fait, je suis d'origine française. Je travaille pour un journal de Montréal qui s'appelle *La Presse.* »

En disant cela, Jos eut envie de rire. L'idée d'emprunter l'identité d'Helbronner l'amusait.

L'employé décrocha un minuscule téléphone que la compagnie Bell avait conçu spécialement pour le Tampa Bay Hotel et appela la salle à manger en appuyant sur un bouton situé sur le côté de l'appareil. Se tournant ensuite vers Jos, il lui signifia qu'on l'attendait vers huit heures, samedi soir, pour le dîner.

Dehors, Carlos commençait à s'impatienter. Il n'avait pas osé s'aventurer dans l'hôtel, craignant de se faire repousser, et attendait Jos près de l'entrée du jardin. Les attelages qui arrivaient à toute vitesse l'avaient couvert de poussière. Les rues de sable étaient difficilement praticables non seulement pour les cochers, mais aussi pour tous ceux qui se trouvaient sur leur passage en raison des nuages de poussière qu'ils soulevaient.

« Je viens de réserver une table pour Maria et moi samedi soir, confia Jos à son ami.

– Maria et toi, manger ici ? Comment as-tu réussi ?

– Je me suis fait passer pour un correspondant de guerre.

– Elle est bien bonne, celle-là. Vas-tu pouvoir payer cela ?

– J'ai des économies. Et puis c'est pour une occasion spéciale.

– Tu vas enfin la demander en mariage ? »

Jos était déçu. Il voulait que Maria soit la première à l'apprendre et regretta d'avoir été si facilement deviné.

« Tu sais que tu dois d'abord t'adresser à mon père. C'est comme cela que ça se passe chez nous.

– Je sais, mais avant je veux être certain que Maria veut vraiment m'épouser, et surtout qu'elle le peut.

– Avec l'argent que Maria gagne maintenant, les parents vont avoir du regret de la laisser partir, mais ils ne pourront pas la retenir toute sa vie, parce que tu ne le sais pas encore, mais, sous ses airs dociles, ma sœur a une tête dure. »

Jos avait hâte de découvrir ce côté de Maria. Il n'aimait pas les gens trop dociles.

« Alors, tu crois qu'elle va dire oui ? Mais si ta famille retourne à Cuba, qu'est-ce qui va arriver ?

– Tu sais, la guerre n'est pas encore gagnée. Et, de toute façon, une fois mariée, la femme obéit à son mari. Mais je ne suis pas sûr que Maria va toujours t'obéir. Je te l'ai dit, c'est une rebelle.

– Je ne veux pas d'une femme obéissante. Je veux épouser Maria parce que je l'aime.

– Ah ! la belle histoire d'amour ! Arrête, tu vas me faire pleurer. Non, sérieusement, je sais que tu vas traiter ma sœur convenablement, je te fais confiance. J'en parlerai au père. En attendant, il faut fêter cela. Profites-en avant d'être marié. »

Et Carlos commanda bière sur bière pour finir la soirée. Jos eut beau lui dire qu'ils devaient se lever tôt le lendemain, Carlos avait décidé de célébrer et ils passèrent la soirée à baguenauder.

Lorsqu'ils descendirent du tramway, Carlos était trop ivre pour rentrer chez lui et resta chez Jos pour dormir.

Quand Maria, assise à son banc de confection, se tourna vers Jos le lendemain matin, il sut qu'elle savait.

Il vit dans son regard que sa réponse était oui et que rien au monde ne pourrait la faire changer d'avis.

Son frère ne lui avait toutefois pas révélé la surprise qui l'attendait le samedi. Elle n'en revenait pas.

« Mais il me faut un chapeau, Jos, et des gants.

– Tu es très belle comme tu es.

– Mais j'ai besoin d'un chapeau. »

Cette idée d'un chapeau, alors qu'elle avait toujours si bien porté la mantille, agaçait Jos.

« Mais tu ne comprends pas. Toi, tu as l'air d'un Américain, tu peux aller n'importe où, mais à nous, les Cubains, on nous refuse certains endroits parce que nous ne sommes pas blancs comme neige. Il faut que j'aie un chapeau et des gants comme les Américaines. Où pouvons-nous trouver un chapeau dans le quartier ?

– Je ne sais pas, mais nous partirons tôt samedi et nous aurons le temps d'en acheter un à Tampa, près de l'hôtel. »

Pour la première fois, Jos réalisait que Maria était différente. Pas pour lui. Pour lui, elle était la plus belle fille de la terre. Mais pour les autres. Était-elle vue comme les Noirs dans les wagons de Pullman ? Soudain, cela inquiéta Jos. Aurait-elle des problèmes parce qu'elle était mariée à un Blanc qui pouvait passer pour un Américain ? Jos balaya rapidement toutes ces idées pour les empêcher d'assombrir le plus beau jour de sa vie. Il irait là où on aimerait Maria comme elle était. Il avait l'habitude de la fuite en avant.

Le samedi, ils entrèrent dans une chapellerie à la vitrine attrayante.

« Je veux un chapeau avec une voilette, lança Maria d'un air déterminé à la modiste qui la regardait de haut.

– Habituellement, nous fabriquons des chapeaux sur commande, madame. J'ai peur de ne pouvoir vous aider. »

Maria n'était pas le type de cliente que la modiste recherchait. Jos avait aperçu un chapeau mauve avec une voilette de tulle en montre à l'entrée de l'atelier.

« Combien demandez-vous pour ce chapeau ?

– Il n'est pas à vendre. Il est là pour donner une idée de notre travail.

– Combien sont payées les filles qui cousent ces chapeaux ? »

Surprise de la question, la modiste répondit qu'elle les payait cinquante cents par jour.

« C'est honteux. Vendez-moi ce chapeau un dollar, comme cela, au moins, il servira à quelque chose. »

Maria était impressionnée par l'audace de Jos. C'était maintenant au tour de la chapellière d'être mal à l'aise. Prenant de l'assurance devant la fermeté de Jos, Maria exigea d'abord d'essayer le canotier, puis en fit ajuster la voilette.

Une fois dehors, Jos héla un cocher. Il ne voulait pas se rendre à l'hôtel à pied. Pour avoir vraiment l'air d'un journaliste, il demanda à l'homme de s'arrêter près des crieurs de journaux et glissa plusieurs quotidiens sous son bras. Jules Helbronner se promenait souvent avec les derniers journaux.

Entre le dessert, une charlotte aux amandes cuisinée par un des chefs pâtissiers français de l'hôtel et le café qu'on servait dans le petit salon, Jos put enfin faire sa demande.

« Tu sais beaucoup plus de choses que moi. Je dois te sembler bien ignorante parfois. Je ne vois même pas la différence entre la Resistancia et l'Union internationale des cigariers, dont tu ne cesses de parler, mais je suis prête à lutter avec toi pour améliorer le sort des travailleurs, surtout s'il s'agit de celui des enfants. Oui, je veux être ta femme et je te suivrai n'importe où. Mon père attend ta demande. Carlos lui a parlé. Mon père est autoritaire, mais maman ne s'est jamais laissé faire. C'est une femme forte. Elle et mon père se disputent souvent. En fait, j'ai hâte de partir de la maison. Pour l'instant, je ne peux pas, comme Carlos, aller où je veux, je dois toujours demander la permission. Tout ce que je te demande, c'est d'être traitée en adulte, comme ton égale. »

Il y avait donc une femme pour lui sur cette terre.

Chapitre XXII

Jos était complètement trempé. Maria pompa de l'eau et emplit une cuvette. Ensuite, elle commença d'essuyer le corps de son mari avec un tissu doux.

S'aimer en juillet était aussi épuisant que de rouler des cigares. Depuis le début de la grève, trois mois auparavant, Jos et Maria n'avaient pas grand-chose à faire l'après-midi. Entre les manifestations le matin et les réunions du soir au Liceo Cubano, ils en profitaient pour donner à leurs corps l'occasion de se connaître, de s'explorer, de se boire jusqu'à épuisement. Ces doux moments compensaient les débuts décevants de leur union.

Jos et Maria étaient mariés depuis près d'un an. Le 15 août de l'année précédente, soit trois jours après la fin de la guerre de quatre mois qui avait opposé les Américains et les Espagnols et chassé ces derniers de Cuba, ils s'étaient rendus à la petite église Our Lady of Mercy en compagnie de leurs amis et de la famille de Maria.

Ce n'est que quelques jours plus tard que Jos avait écrit à son père et à Catherine pour leur dire qu'il s'était marié. En retour, il avait reçu un petit mot de félicitations de son père et de la veuve Girouard. Pour sa part, Catherine lui avait souligné qu'il avait oublié de les inviter, sa mère et elle. Elles n'auraient sans doute pas pu faire le voyage, mais elles auraient aimé être averties.

Après avoir essuyé Jos, Maria s'aspergea à son tour. Elle était radieuse après l'amour, moins incommodée que Jos par la chaleur. Ils burent un peu d'eau aromatisée d'orange pressée, puis décidèrent de faire une sieste. Ils mangeraient des fruits pour le souper. Le pécule qu'ils avaient amassé depuis le début de leur mariage pour acheter une nouvelle maison diminuait de jour en jour. Jos et Maria se privaient de nourriture pour donner à manger à de jeunes apprentis dont les familles, des ouvriers de la fabrique El Principe de Gales, paraissaient oublier l'existence. À l'heure du dîner, une dizaine d'enfants venaient traîner du côté de la petite maison et les deux jeunes gens les faisaient entrer pour partager le repas, habituellement composé de légumes, de fruits et de pain frais. Heureusement, il y avait le petit potager. Afin d'en tirer le maximum, Maria devait mener une lutte opiniâtre contre les nombreux insectes qui s'y installaient dès le mois d'avril.

Jos s'était écarté de Maria, il avait trop chaud. Il lui tenait seulement la main.

« Te souviens-tu de ce dîner au Tampa Bay Hotel ?

– Oh ! arrête, Jos ! Je rêve d'un morceau de viande depuis des semaines. Ne me torture pas ainsi. Je crois qu'il faudrait envisager de retourner à la fabrique. Nous ne gagnerons rien à continuer ainsi. Et toi qui pensais que cette grève nous permettrait de faire entrer l'Union internationale des cigariers ! Ils nous ont envoyé deux cents dollars que les gars de la Resistancia ont renvoyés. En fait, à part Carlos, toi et moi, il n'y a personne à la fabrique qui veut de cette union. C'est peut-être parce que les dirigeants sont trop loin.

– Ne parle pas si vite. L'Union des cigariers a gagné beaucoup de membres à Tampa et il y a plus de gars dans notre fabrique qui en font partie que tu ne le crois, mais ils ne le disent pas. Tu serais surprise de voir les cartes de membre que j'ai envoyées à New York.

– Ce serait bien qu'ils se manifestent dans les assemblées. Nous sommes toujours regardés comme des étrangers parce que nous avons adhéré à cette union-là.

– En temps et lieu, nous prendrons notre place.

– Mais, en attendant, je ne sais pas ce que nous allons devenir. Je pense à me trouver du travail comme lavandière à Tampa.

– Je ne veux pas que ma femme travaille comme lavandière.

– Tu ne voulais pas que je continue de travailler comme cigarière non plus. Pourtant, c'est l'argent que j'ai économisé qui nous permet de ne pas perdre la maison pour l'instant.

– Tu as raison. Mais si tu vas travailler, j'irai moi aussi. »

Maria s'endormit la première. Jos regarda son beau corps aux hanches solides qu'elle acceptait maintenant de lui montrer nu et songea à la peine qu'il avait ressentie le soir de leur mariage lorsque Maria s'était raidie sous lui, l'air figé et résigné. Elle avait peur. Son corps refusait de s'ouvrir. Alors qu'il la caressait pour qu'elle se détende, elle le pressa de la pénétrer pour en finir. C'était un mauvais moment à passer, lui avait dit sa mère. Mais Jos ne l'envisageait pas ainsi. Il avait connu le plaisir avec des prostituées qui savaient comment s'y prendre avec les hommes. Si toutes le faisaient d'abord pour l'argent, certaines y prenaient plaisir. Jos n'avait jamais eu à faire d'efforts. Maintenant, il devait apprendre à conquérir Maria. Il dut toutefois se rendre à l'évidence. Il ne savait pas comment prendre le corps de sa femme pour qu'elle fût heureuse.

Il alla chercher la réponse dans un bordel. Il ne se sentit nullement coupable de le faire puisque c'était pour leur bonheur à tous deux. Il demanda Rose, la belle et vigoureuse Italienne, et lui exposa son problème. Tranquillement, elle lui montra le chemin qu'il fallait emprunter pour conduire sa partenaire à l'extase totale. Prenant sa main, elle lui fit toucher un petit renflement à l'entrée de son sexe qu'il n'avait jamais remarqué. « C'est le bouton qui ouvre la porte du bonheur », lui dit-elle. Elle lui apprit comment mouvoir ses doigts dans les replis moelleux de la chair. Bientôt, il sentit un liquide s'en écouler. « Quand tu peux toucher ce liquide, tu continues pour faire jouir ta femme avant de la pénétrer. Quand tu sens des mouvements comme ceux-là – et la fille poussa un grand cri –, c'est qu'elle a joui. Ensuite, tu peux la pénétrer. Après quelque temps, c'est elle qui te demandera de la prendre quand elle sera prête. Certains, plus audacieux, utilisent la langue. »

Le cri de jouissance de la prostituée avait excité Jos. Il la pénétra et jouit une première fois. Ensuite, il voulut essayer avec la langue. « Ta femme ne voudra pas au début, mais fais-lui boire un peu de xérès pour la ramollir et laisses-en tomber une goutte dans son sexe par accident. Ensuite, va le boire doucement. Crois-moi, après, c'est elle qui t'en redemandera. »

Il fit jouir la prostituée avec sa langue. L'odeur de musc le surprit au début puis l'excita terriblement. Quand l'Italienne prit le sexe de Jos dans sa main pour le faire jouir en même temps, il souhaita que ce fût ainsi avec Maria. En fait, maintenant, c'était mieux avec

Maria puisqu'elle restait avec lui après l'amour, étendue à ses côtés, ne lui refusant jamais ses caresses par dépit ou pour le punir comme le faisaient certaines épouses amères. Et, attendu qu'ils ne voulaient pas d'enfants avant d'avoir assez d'argent pour les faire vivre convenablement, ces différentes variantes de l'amour leur convenaient parfaitement.

Après la sieste, ils se rendirent, comme à l'accoutumée depuis trois mois, devant les portes de la fabrique pour huer les quelques cigariers qui continuaient de se rendre au travail.

Ce soir-là, après une assemblée houleuse où plusieurs envisageaient de reprendre le travail, Jos prépara un télégramme pour Gompers.

Il se sentait coincé entre la Resistancia et l'Union des cigariers. Cette dernière n'approuvait pas vraiment la grève, même si elle avait offert une aide aux travailleurs. Une balance pour peser le tabac avant qu'il soit remis aux cigariers – l'objet du litige – venait d'être introduite à la fabrique, ce qui avait offusqué les Cubains qui réclamaient qu'on l'enlève. Mais, dans les fabriques du Nord, le système était en place depuis des décennies. On venait seulement de faire cesser la pratique du fouillage. L'enjeu n'était pas assez important pour déclencher une grève estimait Gompers qui avait des objectifs plus globaux comme faire cesser le travail des enfants et réunir tous les cigariers de métier dans une même union. Jos voulait que Gompers s'adresse aux ouvriers, mais il devrait le faire ailleurs que dans les locaux du Liceo. La Resistancia ne l'aurait pas accepté. Jos supplia donc Gompers de venir.

La réponse ne tarda pas.

Gompers lui fit savoir par télégramme qu'il serait à Tampa quelques semaines plus tard. Il en profiterait pour reprendre sa montre.

Lorsque Jos lui avait écrit l'année précédente pour lui confier qu'il détenait sa montre, Gompers lui avait répondu qu'il se sentait soulagé de savoir où était l'héritage de son grand-père et il lui avait demandé de la garder jusqu'à ce qu'il puisse la lui remettre en personne.

Le soir du 13 juillet, quand Gompers descendit du train, il aperçut Jos, l'air déconfit, qui l'attendait sur le quai. La chaleur et la poussière rendaient l'air irrespirable. Il faisait chaud à New York en cette période de l'année, mais c'était sans commune mesure avec la canicule de la Floride.

« Comment peux-tu travailler dans de telles conditions ? lui demanda Gompers en s'essuyant avec son mouchoir.

– Je ne sais pas, c'est terrible. Parfois, je tombe dans les pommes et on doit m'asperger d'eau pour me faire reprendre conscience. Mais il fait tellement doux en hiver que cela compense. »

Comme Jos n'avait pas les moyens de payer un cocher, il dirigea Gompers vers le tramway. Le grand homme avait les traits tirés par la fatigue ; malgré tout, il monta à bord du véhicule sans rechigner. Il avait maintenant près de cinquante ans et les voyages en train qui le menaient partout en Amérique et au Canada commençaient à l'épuiser, mais il avait une bataille à mener et ne comptait pas s'arrêter tant qu'elle ne serait pas gagnée.

« Comment ça va ? demanda-t-il à Jos.

– Mal, très mal. Ce matin, la compagnie a décrété un lock-out. La fabrique ne fonctionne plus et elle n'est pas la seule. Les propriétaires des fabriques de cigares parlent de fonder une association pour contrer les grèves à l'avenir. Nous sommes trois mille cigariers sans travail. Le comité qui s'occupe de la grève a commencé à faire partir les familles d'ouvriers qui veulent retourner à Cuba ou à Key West. Plusieurs sont désespérés.

– C'est vrai que c'est long. Que disent les journaux ?

– Le *Tampa Tribune* dit que les cigariers gagnent tellement d'argent qu'ils cherchent maintenant une façon de prendre des vacances. Mais le *Garrison Calamity*, qui est un journal socialiste, nous appuie.

– À part l'histoire de la balance, y a-t-il d'autres revendications ?

– Oui, nous voudrions pouvoir travailler dans de meilleures conditions, avoir un poêle au charbon en hiver au lieu du poêle à bois et de l'eau glacée en été. Avec la chaleur en plus de la poussière du tabac, ça devient irrespirable. »

Ils étaient arrivés à Ybor City. En descendant du tramway, Gompers ferma les yeux un instant et s'appuya contre Jos.

« C'est le voyage et la chaleur. Je suis bien content que tu me reçoives chez toi, Jos, mais l'AFL me fournit maintenant un budget pour mes voyages. Je sais que vous êtes dans une situation difficile, alors je te demande de prendre cela. » Il lui tendit un billet de vingt dollars : « Va d'abord nous acheter de la bière bien fraîche. »

Gompers complimenta Maria sur la petite maison, puis ils discutèrent des unions et du travail des enfants.

« C'est pour cela que je veux être dans votre union avec Jos, pour faire quelque chose contre le travail des enfants. Ici, il est peut-être moins répandu qu'à New York, mais c'est encore trop. Les enfants ne devraient pas travailler. Moi-même, j'ai commencé à gagner ma vie à douze ans alors que j'aurais voulu continuer l'école. Heureusement, avec Jos, j'apprends beaucoup. Il n'est pas comme les autres hommes que je connais. Il me laisse de la place. Il prend le temps de discuter avec moi.

– Selon un rapport de 1890, il n'y aurait que soixante-deux enfants dans les usines de Tampa.

– Il y en a beaucoup plus que cela, mais quand les inspecteurs viennent à l'usine on les envoie au grenier ou on les cache dans des barils de tabac.

– Croyez bien que c'est une cause qui me tient à cœur. Le travail des femmes me préoccupe aussi.

– Ça ne me dérange pas de travailler. Je préfère cela à la famine. Quand nous aurons des enfants, ce sera peut-être différent. Mais, même si les salaires sont bons, il faut beaucoup d'argent pour envoyer les enfants à l'école. Et c'est ce que je veux le plus au monde, que mes enfants soient instruits. »

Quand Gompers apprit que Maria était rouleuse, il fut impressionné. Elle aurait bien voulu démontrer son savoir-faire, mais les travailleurs ne pouvaient plus se procurer de tabac maintenant qu'ils n'allaient plus à la fabrique.

En revenant de la brasserie, Jos glissa un billet de deux dollars dans la main de Maria et lui glissa à l'oreille : « Va au marché et achète tout ce dont tu as envie. C'est l'AFL qui nous l'offre. »

Privée depuis des semaines, la jeune femme dédaigna le poisson qu'elle aimait pourtant et choisit un beau chapon qu'elle ferait cuire dans le petit four dehors. Il était tard, mais cela n'avait pas d'importance. Les hommes buvaient leur bière et, avec la chaleur, il valait mieux manger après le coucher du soleil. Maria acheta également du fromage et du pain frais qu'elle donnerait aux enfants qui viendraient bientôt rôder du côté du potager. La voiture du laitier était passée depuis longtemps, mais elle savait où le trouver et lui demanda une chopine de crème qu'ils étendraient sur des fraises du jardin.

Rentrée du marché, Maria nourrit les enfants pendant que Jos allumait le petit four. Gompers essaya de parler espagnol avec les jeunes apprentis qui lui apprirent quelques mots en se moquant de son accent. Puis, comme Jos leur demandait de rentrer chez eux, Gompers leur tendit à chacun un *penny*: « Allez vous acheter des bonbons et ne le dites pas à vos parents. La jeunesse passe trop vite. »

Jos pensa au bonbon rouge et blanc que lui avait acheté Thomas au magasin général quand il avait onze ans.

« Si cette maudite grève pouvait finir ! Je ne veux pas redevenir pauvre comme avant.

– Je suis d'accord avec toi, Jos, les ouvriers aussi ont droit au confort. Mais, pour obtenir de meilleurs salaires et de bonnes conditions de travail, il faut lutter. Il y a vingt-cinq ans que je lutte et, si je commence à voir des progrès, je vois aussi qu'il y a encore tellement à faire que parfois j'ai peur de ne pas avoir assez de temps.

Après le dîner, Jos sortit la montre de Gompers pour suggérer qu'il serait peut-être l'heure d'aller dormir. Celui-ci l'observait.

Il était temps pour Jos de se défaire de l'objet fétiche.

« Je crois qu'elle m'a porté bonheur depuis mon arrivée à New York, même si j'ai eu aussi ma part de malheurs. Mais chaque fois que je palpais votre montre dans ma poche cela me donnait de l'espoir. C'est tout ce que j'avais. Maintenant, j'ai plus qu'une montre pour me porter bonheur, j'ai Maria, le plus beau cadeau que la vie m'ait donné.

– Ma montre te reviendra après ma mort, je te le promets. »

Et, d'un geste cérémonieux, Gompers prit la montre des mains de Jos et l'accrocha à sa poche.

Le lendemain, Jos réussit à convaincre une centaine de cigariers de sa fabrique de venir entendre Samuel Gompers au Cherokee Club. Plusieurs autres cigariers de Tampa déjà affiliés à l'American Federation of Labor souhaitaient depuis longtemps voir en personne cet homme légendaire. Le nom de Gompers suscitait l'intérêt, même si en Floride sa popularité était moins importante qu'au Nord. La rencontre avait même attiré certains de ses adversaires ; en effet, des membres des Chevaliers du travail et de la Resistancia s'étaient faufilés discrètement dans l'assistance.

En reprenant le train ce soir-là, Gompers était optimiste mais prudent.

« Nous ne pourrons pas tirer grand-chose de cette grève-là. La Resistancia est encore trop forte. Continuons de lutter, la prochaine grève sera pour nous.

– Combien de temps encore va durer le lock-out ?

– Il va durer aussi longtemps qu'il y aura des cigares en réserve. Un mois, cinq semaines tout au plus. N'oublie pas que pour fabriquer des cigares il faut des cigariers. Ils vont vous rappeler bientôt, ne t'inquiète pas trop. »

Maria était plus optimiste depuis la venue de Gompers.

« Nous pouvons survivre encore un mois, mais après cela il faudra vraiment que l'un de nous aille travailler. Nous ne pouvons pas risquer de perdre notre maison.

– Je n'ose pas demander d'allocation de grève à la Resistancia. Nous ne sommes pas du même côté.

– Tu as raison. Parfois, j'ai peur que les autres cigariers ne se retournent contre nous.

– Tu n'as pas à t'inquiéter. Nous avons plus d'alliés qu'il n'y paraît. » Et, pour encourager Maria, Jos sortit de sa poche un billet de dix dollars et le lui tendit. C'est ce qu'il lui restait de la somme que Gompers lui avait laissée.

Maria voulut savoir l'heure et, comme elle le faisait souvent pour charmer son mari, tendit doucement la main vers la poche de son veston pour en sortir la montre.

« Mais où l'as-tu cachée ?

– Je ne l'ai pas cachée. Je ne l'ai plus.

– Ne me dis pas que tu l'as mise en gage ou vendue ?

– Non, je l'ai rendue à Gompers, c'était sa montre.

– La montre de Gompers ? »

Et, ce soir-là, Jos raconta à Maria l'épopée qu'avait été sa vie avant qu'il arrive à Tampa. Maria voulait en savoir plus sur le Canada.

« Comment c'est la neige ? Raconte !

– C'est blanc et très froid. C'est comme de la mie de pain qui tomberait du ciel.

– Ah ! je voudrais bien qu'il tombe un peu de neige sur nous, ce soir !

– Moi aussi, mais juste un peu. Parfois, à Montréal, il neige tellement qu'on ne peut même pas marcher dans les rues.

– J'aimerais bien aller au Canada.

– Un jour, je t'y emmènerai peut-être. »

Par la fenêtre ouverte, Jos eut juste le temps de voir venir la première pierre qui fut suivie d'une rafale d'autres. Lui et Maria se réfugièrent sous le lit en attendant que cesse la pluie de projectiles. Ils ne se demandèrent pas pourquoi ils avaient été attaqués. Ils savaient bien que la venue de Gompers avait dérangé. Les jeunes gens se demandèrent seulement si les représailles venaient de la Resistancia ou des Chevaliers du travail. Ils durent finalement se résoudre à mettre une armoire devant la fenêtre pour se protéger, ce qui rendit la pièce encore plus chaude. Ils ne pourraient pas dormir. De toute façon, ils n'en avaient plus envie. Ils avaient peur.

Au petit matin, Jos alla chercher Carlos et trois autres de ses amis, eux aussi membres de l'Union des cigariers. Ils trouvèrent des fusils. Maria installa les quatre hommes dans le salon et dans la petite chambre qui n'était pas occupée, puis tous discutèrent de l'organisation de la surveillance pour la nuit à venir. Ensuite, comme si rien ne s'était passé, ils rejoignirent les autres grévistes au Liceo Cubano qui était devenu leur point de ralliement.

Un des militants avait été arrêté par les autorités de la ville. Jos et Maria se mêlèrent au défilé des quatre cents ouvriers qui l'escortaient à son procès. En marchant, ils regardaient autour d'eux en se demandant si les lanceurs de pierres de la nuit précédente étaient dans la foule. La veille, la Resistancia avait fait une collecte parmi les ouvriers de Ybor City qui n'étaient pas en grève. Elle avait recueilli trois cents dollars, ce qui avait suffi pour payer la caution exigée par le juge en échange de la libération du militant jusqu'à son procès.

Après avoir appris l'acquittement de leur camarade, la compagnie ayant laissé tomber les charges, les grévistes auraient bien aimé s'arrêter pour faire la fête dans un café comme ils en avaient l'habitude lorsqu'ils travaillaient, mais ils durent se résoudre à rentrer chez eux.

La petite maison de Jos et Maria était maintenant remplie. Finie la douce intimité de l'après-midi, pensa la jeune femme qui devait voir à nourrir tout ce monde. On fit la sieste chacun son tour, puis on se risqua à sortir dans le jardin pour le souper. Jos donna quelques fruits aux enfants et leur demanda de ne pas revenir. L'endroit était dangereux.

« Nous allons te défendre », lui répondirent les enfants qui n'en étaient pas vraiment puisqu'on les forçait à se comporter comme des adultes.

C'est ainsi que, la nuit venue, les jeunes apprentis se postèrent dans les rues avoisinant la maison de Jos. Et, quand l'un d'eux aperçut dans la pénombre trois hommes portant chacun un lourd sac sur les épaules, il transmit aux autres le signal.

Courant pieds nus, un des jeunes apprentis prit les hommes de vitesse et arriva à la fenêtre de Jos bien avant eux. Deux amis de Jos montaient la garde pendant que les autres dormaient. En voyant arriver l'enfant, ils sortirent en vitesse.

« Les gars, ils sont là. Avec des sacs de pierres. »

Ils firent entrer le petit pour qu'il réveille les autres. Puis, armés de leur fusil, les deux gars se postèrent dans la rue, à un endroit où ils ne pouvaient être vus. Quand les trois hommes déposèrent leurs sacs pour y puiser les projectiles, les deux amis de Jos les mirent en joue : « Qu'est-ce que vous faites là ? »

Surpris, les hommes abandonnèrent les sacs et se mirent à courir. Dans le noir, il n'était pas possible de distinguer leur visage. Pour leur faire peur, les deux veilleurs tirèrent en l'air quelques coups de fusil.

Jos et Maria sortirent. Ils auraient bien voulu savoir qui étaient les lanceurs de pierres. Jos examina les sacs et vit un message enroulé autour de l'une d'entre elles. En le déroulant, il put lire en espagnol : « Retourne au Canada. » Maria et Carlos se regardèrent, gênés. Personne ne fit de commentaires. Un des veilleurs suggéra seulement qu'on change d'équipe pour terminer la nuit. Les enfants s'étaient regroupés autour de la maison, en quête d'une marque de reconnaissance, mais Maria leur ordonna seulement de rentrer chez eux : « C'est dangereux. Ne vous inquiétez pas, nous pouvons nous défendre nous-mêmes. »

Une fois à l'intérieur, la jeune femme s'effondra dans les bras de Jos.

« Quand est-ce que ça va finir, cette maudite grève ? Cela ne sert à rien de se battre, on ne gagnera jamais. »

Mais Maria avait tort. Le 17 août, après trois mois de grève et cinq semaines de lock-out, la plupart des compagnies touchées par le conflit abandonnèrent les charges qui pesaient contre les organisateurs de la grève et accédèrent aux demandes des travailleurs. Toutefois, le gérant de la fabrique El Principe de Gales refusa de retirer la balance et les cigariers s'habituèrent peu à peu à ce nouveau mode de fonctionnement. Seul le souvenir des pierres et du message continuait de hanter Jos. Étranger parmi les étrangers, il se sentait encore victime. Prolétaires de tous les pays, unissez-vous...

CHAPITRE XXIII

Maria lui avait tourné le dos et refusait désormais de lui adresser la parole. Tout l'après-midi, un de ces beaux après-midi de décembre où il faisait bon marcher sur la grève, ils en avaient discuté, mais elle refusait de céder. C'était leur première querelle de ménage. Deviendra-t-elle un jour comme ma mère ? se demandait Jos. Non, c'était impossible. Il fallait éviter cela à tout prix. Parler, continuer à parler, c'était la seule façon d'éviter de sombrer dans un duel où l'aigreur et la tyrannie s'affrontent quotidiennement et où la vie conjugale se transforme en arène.

« Maria, tu sais bien que tu n'as pas besoin de travailler. Je gagne vraiment assez pour deux. Je t'assure que nos enfants pourront aller à l'école.

– Et s'il y avait encore une grève ? Et si tu tombais malade ? Je veux continuer de rouler des cigares pour que nous ayons tout ce qu'il nous faut. Quand je serai certaine que ça peut aller, j'arrêterai. »

Jos tenta de l'adoucir. Il passa sa main sur le ventre de Maria et sentit un léger mouvement qui l'effraya. Il retira sa main. Cinq mois déjà. Bientôt six. Son premier enfant, conçu un après-midi de grève. « Nous l'appellerons Balance », disait parfois Jos pour plaisanter.

Elle prit sa main et la remit sur son ventre.

« Il n'aime pas les querelles.

– Moi non plus. J'en ai trop vu dans ma vie.

– Je veux une vie différente de celle de mes parents. Je ne veux pas que nous vivions en bohémiens comme l'a fait ma famille en arrivant de Cuba. Je veux que mes enfants soient de vrais Américains.

– Il faudra plus qu'une génération pour cela. Ça ne te plaît pas d'être Cubaine ?

– Si, mais parfois il me semble que c'est trop compliqué. Nous avons déménagé notre petit coin de Cuba en Amérique. Ybor City, c'est un petit espace qu'on nous laisse occuper à notre guise dans cette grande Amérique. Je veux plus.

– Un jour, nous aurons plus. Mais ne te fais pas d'illusions. Nous resterons toujours des étrangers.

– Je le sais bien, mais je sais aussi qu'avec de l'argent on peut tout acheter. Il n'y a pas d'autres valeurs importantes ici, en Floride. Martinez Ybor est un étranger et regarde ce qu'il possède. J'aime rouler des cigares. Aucune femme ne gagne un aussi bon salaire. Est-ce que c'est cela qui t'embête ? Que je gagne un salaire presque égal au tien ?

– Non, cela ne m'embête pas. »

Jos mentait et ils le savaient tous les deux.

« De toute façon, tu ne roules pas encore aussi bien que moi, dit-il pour la taquiner et tenter de détendre l'atmosphère.

– C'est donc toi qui m'auras mal appris. Tu étais trop occupé à essayer de voir mes chevilles sous ma jupe. »

Il souleva sa jupe et toucha ses chevilles. « Elles sont à moi maintenant. Je peux en faire ce que je veux. » Et il se mit à les masser doucement, puis laissa ses doigts monter le long de sa cuisse. Jos sentit Maria frémir et se rapprocher de lui. Enfin, la colère s'était dissipée. Ce dimanche après-midi se termina comme les autres.

Après l'amour, Maria resta au lit plus longtemps que Jos. Elle était épuisée. Les premiers mois de grossesse avaient été horribles. À plusieurs reprises, elle avait dû retourner à la maison quelques heures seulement après son arrivée à la fabrique. L'odeur du tabac lui donnait envie de vomir, mais elle persistait. À l'exception de Jos et de Carlos, aucun des cigariers n'avait de sympathie pour elle. Les écôteuses, qui ne lui parlaient presque plus depuis qu'elle était rouleuse, la regardaient avec dédain lorsqu'elle sortait en courant pour aller vomir. L'une d'elles lui avait même demandé pourquoi son mari, avec tout l'argent qu'il gagnait, était incapable de la faire vivre. Le contremaître, qui se montrait compréhensif face aux malaises de Maria, avait seulement suggéré à Jos de la garder à la maison, mais Jos avait déjà donné sa parole. Elle pourrait continuer de rouler jusqu'à la venue du bébé. Maintenant, elle voulait reprendre le travail après l'accouchement.

« Qui s'occupera du petit si tu retournes rouler des cigares ?

– Je l'allaiterai pendant un mois, puis j'engagerai notre voisine italienne comme nourrice.

– Ça va encore faire jaser. Mais, si les autres ne veulent pas d'Italiens dans la fabrique, ils n'ont pas à se mêler de ce que nous faisons dans notre maison.

– C'est donc que tu es d'accord ?

– Pour l'instant, oui, même si je passe pour un fainéant aux yeux des autres cigariers.

– Si j'étais encore écôteuse, ils ne diraient rien. Ces pauvres femmes travaillent pour gagner leur pain, mais personne ne se soucie de leurs conditions. Parce que je suis cigarière, on dirait que tout le monde est jaloux.

– Non, c'est parce que tu es mariée avec moi que tout le monde est jaloux, dit-il pour la taquiner. Va faire le souper maintenant. N'oublie pas, tu dois m'obéir, tu l'as promis devant le curé. »

En disant cela, Jos se mit à rire. Maria ne lui obéirait jamais et il le savait, mais c'était bien ainsi. Les femmes serviles se transformaient trop souvent en mégères, puis en marâtres. Pour aider Maria, il se mit à nettoyer le poisson, qu'il mit à cuire dans une feuille de chou, puis ramassa des pommes de terre dans le potager et les lava pendant que Maria écossait des petits pois. Carlos se présenta à la porte du petit jardin avec une pinte de bière. Il avait réussi à recruter de nouveaux membres pour l'Union des cigariers et il apportait les cartes et l'argent pour que Jos puisse les faire parvenir à New York. Maria voulut jeter un coup d'œil sur les signatures, mais Jos les cacha.

« C'est confidentiel.

– Si nous ne nous cachons pas, pourquoi eux le feraient-ils ?

– Parce qu'ils ont peur de la Resistancia. Quand nous aurons recruté la moitié des travailleurs, nous commencerons à faire des assemblées publiques où tout le monde pourra s'identifier. En attendant, plusieurs préfèrent être membres des deux organisations. Gompers l'a dit : "La prochaine grève sera pour nous."

– Ne me parle pas de grève pour l'instant. »

Carlos riposta : « Ça te permettrait de rester avec le bébé plus longtemps puisqu'il semble que tu n'as pas prévu d'arrêter de travailler. Maman trouve cela décourageant. Tu es la seule de la famille à avoir épousé un homme qui peut te faire vivre et tu t'entêtes à travailler. "À sa place, je me la coulerais douce et je m'occuperais de mon mari pour ne pas qu'il aille courir", dit-elle souvent.

– Maman fait ce qu'elle veut dans sa maison comme moi dans la mienne. Tu veux rester souper ?

– Oh ! mais ma sœur devient de plus en plus rebelle ! Jos, tu n'as pas réussi à la dompter !

– Non, on dirait bien. »

Ils s'attablèrent pour le souper, puis ils allumèrent le petit poêle à bois dans le salon. Les soirées étaient un peu fraîches. Maria se coucha tôt. Jos et Carlos prirent le chemin du café pour aller rejoindre leurs amis. Depuis la fin de la guerre à Cuba, les discussions tournaient souvent en rond. Il semblait à Jos que les Cubains avaient perdu leur raison de vivre. Certains de leurs chefs, comme l'ancien lecteur et imprimeur Ramon Rivero, étaient retournés à Cuba après la fin de la guerre, gonflés d'espoir, et avaient pris les postes anciennement occupés par les Espagnols. Plusieurs familles de cigariers avaient elles aussi pris le bateau pour regagner leur île, mais les conditions de travail dans les fabriques de cigares y étaient plus difficiles encore qu'à Ybor City et les salaires, très bas. Depuis quelques semaines, on voyait donc revenir ces mêmes familles à Ybor City qui était maintenant considéré comme le principal centre manufacturier de cigares en Amérique. Même les Espagnols devenus indésirables à Cuba trouvaient facilement du travail en arrivant dans cette ville. L'animosité entre les deux camps avait disparu et on voyait de plus en plus de travailleurs des deux nationalités dans les mêmes usines. Le retour des Cubains et l'arrivée en masse des Espagnols ne profitaient toutefois pas à l'Union des cigariers puisque la plupart des nouveaux arrivants allaient grossir les rangs de la Resistancia, ce qui faisait enrager Jos.

Comme il ne soutenait plus la cause de l'indépendance cubaine, Jos utilisait cet argent pour aider les jeunes apprentis. Il avait réussi à obtenir du contremaître que les garçons qui le désiraient puissent suivre des cours du soir dans des écoles mises sur pied par le Club nacional, une nouvelle organisation qui avait succédé aux différents comités révolutionnaires. Jos fournissait l'argent pour payer les livres et les cahiers et devait s'assurer que les apprentis rentraient à l'usine dès la fin des cours. Parmi les cinq garçons fréquentant l'école du soir, deux avaient peut-être des chances d'en tirer quelque chose. C'était trop peu, mais c'était le début du rêve de Jos qui souhaitait qu'un jour tous les enfants puissent aller à l'école. De son côté, l'American Federation of Labor avait promis de créer une bourse destinée aux plus méritants qui auraient ainsi la possibilité de quitter leur travail pour aller faire des études.

Outre le recrutement d'une centaine de membres, la vraie réussite de Jos à Tampa était d'avoir trouvé ce moyen d'aider les enfants. Mince résultat pour tant d'efforts, se disait-il souvent.

Quand Jos rentra chez lui, ce soir-là, il se rendit compte qu'il s'ennuyait en Floride. La révolution cubaine l'avait enthousiasmé et son mariage avec Maria aussi, mais le reste lui semblait sans espoir et la vie en Floride, particulièrement en été, manquait d'attraits. À part la mer, qu'il adorait pourtant, il ne lui restait que la lecture qu'il partageait avec Maria quand elle n'était pas trop fatiguée. Soudain la perspective de devoir faire vivre une famille lui pesa. Ferait-il mieux que son père? Aurait-il un jour envie de prendre le large lui aussi? Non, il s'était juré d'être un bon père. Quel avenir attendait ses enfants à Tampa? Rejetons d'une Cubaine et d'un Canadien, qui seraient-ils? Et que faire de la requête de son grand-père? Jos devait-il vraiment retourner au Canada pour y implanter des unions comme le vieil homme le lui avait demandé avant de mourir? Toutes ces questions le tourmentaient depuis un certain temps déjà. L'équilibre qu'il avait réussi à construire lui semblait de plus en plus fragile. Une grève, la maladie, des menaces comme il en avait déjà reçues et son bonheur tranquille risquait de chavirer d'un coup. Mais ils étaient en Amérique et tous les espoirs étaient permis pourvu qu'ils continuent à se tuer au travail. Alors espérons, se dit-il en se pressant contre le corps de sa femme réchauffé par la vie nouvelle qui se lovait en elle.

Au petit matin, Maria se tira du lit avec difficulté pour aller faire le café tandis que Jos allait à la boulangerie chercher du pain frais. Au début de leur mariage, Jos avait laissé Maria s'acquitter des tâches domestiques, mais, depuis le début de sa grossesse, elle lui inspirait de la pitié et il faisait ce qu'il pouvait pour l'aider. Parfois, la mère de Maria venait pour cuisiner un peu, même si Jos ne voyait pas d'un très bon œil cette présence étrangère dans la maison. Témoin des efforts de sa femme pour se mouvoir normalement, il déplora cet entêtement à vouloir continuer de travailler à la fabrique, mais il préféra se taire. C'est vrai qu'ils auraient besoin d'argent pour le bébé, mais également pour faire face à une grève prochaine. Celle-ci devrait être décisive, se disait-il en marchant. Il pourrait y perdre ou y gagner beaucoup. Quoi qu'il en soit, il fallait être prêts. Comme à l'accoutumée, l'odeur du pain frais mit Jos de bonne humeur, lui rappelant les arômes de la boulangerie Fletcher, à Sherbrooke. Jamais il ne s'y était arrêté. « Hors de prix pour nous », lui avait dit son père. En Floride, même pendant la grève, Jos avait toujours pu s'acheter du pain frais.

Avant de partir pour la fabrique, Jos prit Maria dans ses bras. Elle avait l'air pâle et fragile : « Si tu ne te sens pas bien, rentre. Je resterai pour rouler ta part de cigares. Comme ça, nous ne perdrons rien. » Maria sourit, mais elle était bien déterminée à faire sa journée comme d'habitude. « Je me reposerai à l'heure du déjeuner. »

Comme ils vivaient près de la fabrique, Jos et Maria rentraient chez eux pour le déjeuner. L'Italienne qui habitait tout près – cette même Italienne qui venait auparavant nettoyer la maison quand Jos habitait seul – allait au marché pour Maria et venait préparer la soupe pendant qu'ils étaient au travail. Cela permettait à Maria de se reposer un peu après le repas. Maria songeait maintenant à la payer pour qu'elle fasse l'entretien ménager à sa place. Elle en parlerait à Jos qui lui avait déjà dit qu'elle pouvait garder une partie de ses gages pour ses propres dépenses. Elle n'avait pas besoin de tout lui donner. L'argent qu'elle conservait pourrait donc servir à cela. Ayant commencé à travailler très jeune à la fabrique, Maria n'avait pas vraiment appris à tenir une maison et toute cette besogne l'ennuyait. Elle préférait de loin s'asseoir à son banc de confection et écouter des romans de Victor Hugo pendant qu'elle roulait. Quand elle était écôteuse comme les autres femmes de la fabrique, elle rêvait de rencontrer un homme qui la sortirait de cette vie d'enfer, mais plus maintenant. C'était à la fabrique qu'elle se sentait importante, pas à la maison. Elle possédait le meilleur des deux mondes. Un homme différent des autres, qui l'écoutait, et un emploi payant. Et puis bientôt un bébé viendrait se joindre à eux. Des enfants, elle en voulait, mais pas trop. Juste assez pour continuer d'être heureux.

La cloche de l'usine tira Maria de sa rêverie. Jos l'aida à se lever du sofa où elle s'était étendue. De toutes les familles qui habitaient près de l'usine, Jos et Maria étaient les seuls à posséder un sofa. Les autres maisons étaient meublées de chaises et de bancs de bois. Jos avait acheté ce meuble quand Maria lui avait annoncé qu'elle allait avoir un bébé. « Comme ça, tu pourras t'étendre au salon l'après-midi quand il fera trop chaud dans la chambre », lui avait-il dit. Mais elle n'avait jamais beaucoup de temps pour s'étendre, c'est pourquoi l'heure du déjeuner était précieuse pour elle.

« J'ai eu une nouvelle importante dans le courrier », lui annonça Jos.

Il s'agissait d'une missive du journaliste Jules Helbronner. Il avait entendu parler de Madeleine. Enfin, il croyait qu'il s'agissait bien d'elle, même s'il ne pouvait en être tout à fait certain. Le ton de la lettre intriguait Jos et ne lui en disait pas beaucoup. Il la lut à voix haute en traduisant du français à l'espagnol.

Montréal, le 5 septembre 1899

Cher Jos,

Comme j'ai toujours gardé en mémoire la requête que tu m'avais faite il y a onze ans, je t'écris aujourd'hui pour te donner des nouvelles de Madeleine. Tu as maintenant vingt-trois ans et bientôt, comme tu me l'apprends dans ta dernière lettre, tu auras un enfant. Il arrive parfois dans la vie que les gens qu'on cherche soient très près de nous. Il arrive aussi que la personne aimée ne soit plus celle qu'on a connue. Je crois savoir où est Madeleine, mais je ne suis pas certain qu'elle soit encore celle que tu t'attends à retrouver. Ne te fais pas trop d'illusions. Peut-être seras-tu déçu. Il m'est difficile de continuer cette lettre. Peut-être pourrai-je un jour t'en dire plus à ce sujet.

Je te souhaite bonne chance avec ton enfant. Transmets mes vœux les plus distingués à ton épouse.

Sincèrement,

Jules Helbronner

« Je n'y comprends rien. » C'est tout ce que Maria put dire à Jos. Il y avait un message à lire entre les lignes, mais elle était trop pressée pour y penser maintenant. Elle dut courir malgré son ventre lourd pour ne pas être en retard à la fabrique. Jos avait complètement oublié l'heure, marchant derrière sa femme d'un pas lent, perdu dans ses pensées. Maria se retourna pour lui faire signe d'accélérer : « Dépêche-toi enfin, on va nous fermer la porte au nez. »

Jos parut sortir de sa torpeur et se mit à courir. Tout l'après-midi, Jos et Maria échangèrent des regards par-dessus le banc de Carlos, essayant de se rappeler les mots de la lettre de Helbronner, tentant de les interpréter à leur façon.

Après sa journée de travail, Jos, n'y tenant plus, décida d'envoyer un télégramme à Helbronner : « Veux savoir où est ma sœur. »

Pourquoi Helbronner le torturait-il ainsi ? Il n'avait qu'à lui dire où était Madeleine pour qu'il puisse au moins lui écrire.

Pendant des jours, Jos attendit une réponse qui ne vint pas.

Cette nouvelle, venue troubler sa petite existence tranquille, le fit se pencher sur son passé, un passé qu'il eût été plus facile d'oublier. Il se questionna pendant quelques jours et se fâcha contre Maria lorsqu'elle lui suggéra que Madeleine avait peut-être donné son bébé en adoption et refait sa vie. Si cela était, elle préférait sans doute ne pas regarder en arrière. C'était peut-être vrai pour le reste de sa famille, mais ça ne pouvait l'être pour Jos. Il considérait Madeleine comme sa véritable mère ; elle était la seule personne qui se soit occupée de lui lorsqu'il était enfant, mais elle l'avait finalement abandonné ; maintenant, elle devrait s'expliquer. La rancœur et l'amertume tourmentaient Jos plus que le désir de renouer avec sa sœur. Celle-ci avait maintenant trente-trois ans. Une femme dans la fleur de l'âge. Que pouvait-il vraiment attendre d'elle ? Qu'elle le guérisse de son enfance ? Il savait qu'on ne se guérissait pas de son enfance.

Maintenant que son bonheur paisible avait été troublé, Jos n'avait plus qu'une idée : savoir où était Madeleine. Ce qu'il lui dirait, ce qu'il lui demanderait, il ne le savait pas encore. Oserait-il lui reprocher de l'avoir abandonné ? La blâmerait-il d'avoir succombé au plaisir, alors que lui avait été un modèle de vertu avec Anna et Maria ? Lui parlerait-il de Thomas ? Thomas, voilà la personne qui pourrait l'aider. Il le lui avait d'ailleurs promis. Tout ce gâchis, c'était sa faute. Thomas devait aller bientôt à Montréal, il le lui avait écrit. Jos lui demanderait d'abord de rencontrer Helbronner, puis de voir Madeleine. Malgré ses défauts, Thomas était un homme direct. Il saurait trouver la vérité et en évaluer les conséquences. Surtout, il saurait en rendre compte à Jos de façon précise.

Lorsqu'il se coucha ce soir-là près de Maria, il se sentit moins torturé. Il se colla contre elle. Elle était chaude. Pour ne pas écraser son ventre, car Jos avait toujours peur d'écraser le bébé en faisant l'amour, il glissa son sexe par-derrière entre les jambes de Maria. La jeune femme se souleva sur ses genoux pour le sentir jusqu'au fond d'elle-même. Jos aimait bien cette position. Elle lui permettait de caresser avec aisance ce que les prostituées appelaient le bouton du bonheur et de pétrir entre ses mains le derrière rebondi de Maria.

« Si tu veux aller au Canada, j'irai avec toi, lui dit Maria après l'amour, je ne veux pas que tu me laisses ici. »

Chapitre XXIV

L'homme était intimidant. Derrière une pile de journaux, le téléphone à la main, Helbronner fit signe à Thomas de s'asseoir. Pour éviter d'avoir à attaquer le sujet de front, Thomas lui parla d'abord du recrutement qui allait de mieux en mieux au Canada. Helbronner leva les yeux vers lui.

« Il vous faut un employé permanent qui connaisse bien l'organisation et qui sache parler aux Canadiens français. Vous les négligez et je crois que Gompers rejette dans une certaine mesure le fait que nous ayons deux nationalités différentes dans ce pays.

– On nous l'a dit à plusieurs reprises. Jos est aussi de cet avis.

– Comment va Jos ?

– Justement, c'est à sa demande que je suis venu vous voir. »

Thomas se sentait affreusement embarrassé. Il aurait voulu disparaître sous la pile de journaux.

« Au sujet de sa sœur ?

– Oui, vous savez, j'ai connu sa sœur dans le passé.

– Ah ! c'est donc vous l'homme qui… qui… »

C'était au tour de Helbronner d'être embarrassé.

« Oui, nous avons eu une liaison qui a mal tourné pour elle.

– Et aujourd'hui, qu'est-ce que vous éprouvez pour cette personne ?

– Je ne sais pas. Je veux dire que c'est une vieille histoire. Elle était bien gentille, mais elle ne voulait pas quitter sa famille. Et moi, j'avais autre chose à faire.

– Vous l'avez donc abandonnée. »

Le discours moralisateur de Helbronner l'irritait, mais Thomas s'était promis de s'acquitter de sa promesse. Jos et lui devaient continuer à travailler ensemble. Il lui fallait donc retrouver Madeleine.

« J'ai juré à Jos de retrouver sa sœur. Pourquoi ne pas lui avoir dit où elle était ?

– Cela ne se dit pas dans une lettre. C'est vous qui l'avez mise dans cette situation, c'est donc à vous d'aller la voir et de lui poser des questions. »

Thomas s'impatienta : « Mais enfin, ne me mettez pas tous les péchés du monde sur le dos ! Je ne suis pas responsable de tous les maux de la terre. J'irai la voir si vous me dites où elle est. »

Helbronner trempa sa plume dans un encrier et griffonna une adresse : « Vous la trouverez là. Il y a des cochers dans la rue juste en face. »

Thomas prit le bout de papier et sortit en vitesse. Il se sentait jugé et il n'aimait pas cela.

Dehors, il neigeait dru, ce qui réduisait considérablement la visibilité. Le cocher qui le fit monter était de mauvaise humeur. Le cheval avançait très lentement, essayant de se frayer un chemin à travers la neige. À deux reprises, il se cabra à la vue d'un tramway. Finalement, le cocher s'engagea dans une ruelle. Thomas connaissait le quartier. Des ouvriers l'y avaient déjà amené un jour où il cherchait une fille. La maison était assez élégante. Derrière la fenêtre, une lampe à gaz coiffée d'un abat-jour rouge brûlait comme s'il faisait nuit. Une maison de passe.

Du coup, il comprit l'air accusateur de Helbronner. Madeleine se prostituait. Non, c'était impossible, elle ne pouvait être une fille à trente-trois ans. Mais alors, que faisait-elle là ?

Une dame en noir, l'air distingué, vint lui ouvrir.

Quand il demanda Madeleine, elle sourcilla.

« Vous voulez dire Marie-Madeleine ?

– Peut-être, je ne sais pas. Elle est blonde et doit avoir près de trente-trois ans.

– Oui, je sais qui c'est, c'est elle qui s'occupe des filles le soir. Je vais aller lui demander si elle peut vous recevoir. Votre nom ?

– Thomas. Dites-lui que c'est le Thomas qu'elle a connu à Sherbrooke. »

L'Américain attendit un long moment, puis il leva la tête. À l'étage, une femme habillée de mauve avait soulevé un pan du rideau et l'observait. Il aurait donné n'importe quoi pour ne pas être là.

À l'intérieur, on le fit attendre dans un petit salon meublé agréablement, semblable à d'autres qu'il avait déjà vus. L'endroit n'était pas différent des quelque cent autres bordels qui avaient pignon sur rue à Montréal. Si l'Église catholique condamnait ces maisons, aucune loi n'interdisait leur existence. La majorité des prostituées que Thomas avait rencontrées à Montréal étaient canadiennes-françaises. Il y avait bien quelques immigrantes irlandaises ou écossaises, mais elles étaient peu nombreuses.

Thomas observait le piano muet dans un coin. À la lumière du jour, la maison avait un air triste. Quand il entendit la porte du salon s'ouvrir, il se leva, décidé à se comporter en homme du monde.

Ses cheveux blonds montés en un chignon compliqué avaient de légers reflets plus pâles. La peau était encore jeune et les yeux avaient la même expression sensuelle et timide qu'autrefois. Des centaines de visages de filles sur lesquels il ne pouvait mettre de prénom peuplaient la mémoire de Thomas. Il croyait avoir oublié celui de Madeleine. Il avait même un jour oublié son nom et ne s'en serait peut-être jamais souvenu s'il n'avait pas rencontré Jos en 1893. La femme en mauve qui se tenait debout devant lui le ramena pourtant onze ans en arrière. Une chambre sombre, une fille qui brûlait de désir, puis la déception. Il avait pris son plaisir, puis elle était partie, brisée, sans qu'il tente de la retenir. Il n'y avait pas d'espoir pour eux. Un monde les séparait.

« Madame, dit-il en enlevant son chapeau pour la saluer.

– Pour une heure, ce sera deux dollars. Je sais que c'est cher, mais je les vaux. »

Étendue sur un canapé, Madeleine commença de se déshabiller.

Un mélange de surprise et de gêne envahit Thomas. Elle savait pourtant qui il était.

« Madeleine, c'est Jos qui m'envoie. Je suis venu prendre de tes nouvelles pour lui en rapporter. Tu sais qu'il te cherche depuis onze ans.

– Tu n'auras qu'à dire à mon frère que je suis une prostituée. Il n'y a rien d'autre à dire. Quand il saura cela, il ne voudra sans doute plus me parler. Ça réglera le problème. »

Puis elle tendit la main vers Thomas : « Deux dollars, s'il te plaît, ou je te fais jeter à la rue. C'est comme cela que ça marche ici. »

Thomas sortit deux pièces de un dollar de sa poche et les déposa sur une table basse. Il n'osait pas s'approcher de Madeleine.

Elle avait déjà retiré sa veste mauve et son corsage blanc : « Depuis quelques années, je ne couche presque plus avec les bonshommes, mais pour toi je ferai une exception. Ce n'est pas tous les jours qu'on peut revoir le gars qui nous a défoncée. »

La jupe mauve glissa par terre, puis la crinoline. Elle ne portait pas de corset, seulement une chemisette de dentelle et une culotte brodée qui s'arrêtaient à mi-cuisse. Sa taille était encore mince. Elle commença de détacher ses bas des jarretières et les roula avec précaution. Le geste était lent et sensuel.

Thomas était fasciné par les longues jambes encore fermes. Combien d'hommes lui ont passé sur le corps depuis cette nuit fatale ? se demandait-il.

« Madeleine, je t'en prie, nous avons à parler.

– Je n'ai rien à te dire. »

Elle s'approcha du feu. Sur le manteau de la cheminée, il y avait une bouteille de whisky. Elle s'en servit un verre et l'avala aussitôt, puis elle en prépara un à Thomas tandis qu'elle remplissait de nouveau le sien. Elle repoussa l'écran de la cheminée et s'assit sur un petit tabouret, dos au feu. Cette pose voluptueuse, elle avait dû l'adopter des centaines de fois pour des clients raffinés. Elle tendit son verre à Thomas pour qu'il le remplisse.

Désemparé, l'Américain tentait de contrôler cet appétit vorace qui l'attirait vers Madeleine. Il n'était pas là pour cela. Ç'eût été odieux de répondre à l'invite de la jeune femme. Il savait bien qu'elle voulait lui montrer par là qu'il n'était qu'un salaud.

« Viens donc, dit-elle en lui tendant la main. Il y a longtemps que je ne me suis pas laissée aller au plaisir du sexe. Tu as payé, après tout. Toi ou un autre, ça ne change rien. Il m'arrive parfois de vouloir revenir aux petits bonheurs de la chair. C'est tellement moins compliqué que de s'occuper d'une douzaine de filles et de leurs enfants, tellement moins compliqué que de chercher de nouvelles idées pour plaire aux clients. »

Thomas se tenait à distance.

« Quand as-tu commencé... ?

– Quand j'ai commencé dans le métier, c'est ça que tu veux savoir ?

– Oui.

– C'est simple. Après ton départ, je me suis retrouvée enceinte. J'avais péché et j'ai demandé à la Vierge de me pardonner. J'étais très croyante avant de te rencontrer. Pour me faire pardonner, je ne voyais qu'une chose à faire : entrer au couvent. Je ne voulais pas rencontrer d'autres hommes après toi.

– Tu m'aimais ?

– Bien sûr que je t'aimais, idiot ! Mais maintenant, je suis guérie. Une petite coucherie à l'occasion, ça me suffit. L'amour, ça ne mène nulle part.

– Pourquoi as-tu disparu après être restée quelques semaines chez les religieuses ?

– Parce que j'avais réussi à faire passer le bébé et que la Mère supérieure l'a appris. Le curé m'a chassée de Sherbrooke. Tout le monde avait peur du scandale. J'ai pris le train pour Montréal un beau matin. Je devais rejoindre mon père pour qu'il m'amène à la maison des Repenties de Montréal. Le curé avait exigé mon départ. Mais j'avais honte, tellement honte que je ne voulais pas voir mon père. Ma mère m'avait rejetée. Que je me repente ou non, cela n'aurait pas fait une grande différence. On m'avait déjà jugée. Lorsque je suis arrivée à la gare du Grand-Tronc, j'ai vu un homme bien habillé qui circulait aux abords des trains. Quand il m'a demandé si je cherchais un endroit pour dormir, j'ai dit oui. Au début, j'ai trouvé dégradant et humiliant de coucher avec des hommes pour de l'argent. Après, grâce à l'alcool, je me suis habituée. Je n'étais déjà plus vierge de toute façon. Ce n'est pas comme les jeunes filles que je dois entraîner.

– Pourquoi t'appelle-t-on Marie-Madeleine ?

– Parce que, au début, tout de suite après avoir forniqué, je me mettais à genoux pour dire une prière, en espérant que la Vierge me pardonnerait. Alors, les habitués ont commencé à m'appeler Marie-Madeleine. Comme dans la Bible. Tu sais, la jeune fille qui avait lavé les pieds de Jésus.

– Non, je ne sais pas. Je n'ai jamais lu la Bible.

– C'est vrai, avec toutes tes idées socialistes, la Bible, ce n'est pas pour toi. »

Le ton de Madeleine avait changé. Il n'y avait plus de dépit dans sa voix. Elle avait abandonné son attitude lascive. Elle commença de remettre ses bas. Il y avait un châle sur le canapé. Jos le prit et en enveloppa Madeleine. Il se sentait mieux ainsi.

Devait-il lui demander pardon ? Non, elle lui rirait au nez.

Maintenant, il osait la regarder. Il ne pouvait s'empêcher de ressentir de la pitié pour cette femme qu'il avait trahie.

Elle remplit un autre verre et se tourna vers lui.

« Ne me regarde pas comme cela. Il y a pire. Les pauvres filles qui travaillent dans les *shops* pour trois sous ou les servantes qui triment du lever du jour jusqu'à la nuit tombée avec une bourgeoise toujours sur leur dos. Ma vie n'est pas si désagréable. Je suis une madame maintenant. Je couche seulement quand je le veux et je touche ma part sur l'argent des filles que j'entraîne.

– Assez pour vivre convenablement ?

– Oui, si l'on peut dire que ma vie est convenable. Je ne sors jamais d'ici. Parfois, je marche dans le jardin derrière, mais c'est tout. Ailleurs, je me sens jugée, souillée. Ici, tout le monde fait la même chose.

– Ne voudrais-tu pas aller refaire ta vie dans un autre endroit ?

– Parfois, j'y pense. J'ai des économies, mais je ne connais rien d'autre, je vis cloîtrée ici comme dans un couvent. Juste l'idée de voir du monde différent, ça me fait peur. De toute façon, les gens apprendraient vite ce que j'ai fait. Et puis, on prend l'habitude du luxe. Pas de besogne de maison, pas d'enfants, sauf ceux des autres. Moi, j'ai toujours su comment éviter cela. J'en ai pris de la sabine et de l'ergot de seigle ! Je ne voulais pas d'un enfant qui ait honte de sa mère. Pourtant, j'aurais bien aimé avoir un bébé. Je m'occupe de ceux des filles, ça remplace, si on veut. Il y en a même deux qui vont à l'école dans les salles d'asile des Sœurs grises. J'aurais voulu continuer l'école, lorsque j'étais petite, mais j'ai dû arrêter pour m'occuper de Jos quand il est venu au monde. Au fait, que devient-il ? »

Le visage de Madeleine s'était adouci. De nouveau vêtue, elle avait l'air tout à fait convenable et ne ressemblait pas du tout aux autres filles que Thomas rencontrait habituellement dans ce genre d'endroit.

Encore une fois, Thomas eut envie de la prendre dans ses bras et de lui demander pardon, mais il eut peur de la faire fuir. Il se borna à répondre à sa question.

« Jos habite à Tampa, en Floride.

– Ah oui ! l'autre jour nous avons eu la visite d'un homme d'affaires de Floride. Il paraît qu'il fait beau tout le temps là-bas et que l'argent coule comme de l'eau.

– Ça dépend de ce qu'on fait. Pour beaucoup d'ouvriers, la vie est aussi difficile qu'ici, mais Jos est chanceux. Il a un bon travail. Il est cigarier dans la fabrique d'un Cubain.

– Un Cubain ?

– Oui, Cuba est une île située près de la Floride.

– Ah bon !

– Il est marié depuis plus d'un an avec une Cubaine et bientôt ils auront un enfant.

– Il s'est bien débrouillé. J'ai longtemps été inquiète pour lui, mais je n'ai pas essayé de le revoir. Ma mère m'avait ordonné de ne pas le faire. Après, j'avais trop honte.

– Jos ne sait pas ce que tu fais. Il a appris la nouvelle que quelqu'un savait où tu étais, c'est tout. Comme je venais à Montréal, il m'a demandé de venir te voir.

– Où as-tu revu Jos ?

– Dans un défilé de travailleurs. J'étais avec Samuel Gompers, le président de l'AFL, et Jos m'a reconnu. Il voulait savoir où tu étais. Il a longtemps cru que tu étais partie pour me retrouver.

– Les enfants sont drôles, hein ?

– Oui. Maintenant, il faut savoir comment mettre Jos au courant.

– Est-il nécessaire qu'il le sache ? Tu pourrais lui dire que tu ne m'as pas trouvée. Ce serait plus simple.

– Non, je lui ai promis de venir te voir. Il vaut mieux qu'il connaisse la vérité. »

Quelqu'un vint frapper deux coups à la porte, un signal indiquant que le temps était écoulé. Madeleine leva les yeux : « Je te l'ai dit, c'est un peu comme un couvent ici. L'heure des visites est terminée. Reviens demain à la même heure, j'y penserai cette nuit. »

Madeleine remonta à sa chambre. Elle était plus que perturbée, elle était bouleversée. Elle avait encore envie de ce salaud. Il l'aurait prise dans le salon qu'elle en aurait été réjouie. Et elle se haïssait à cause de cela. Elle se mit à genoux devant l'image de la Sainte Vierge, l'unique objet qu'elle eut emporté de Sherbrooke, et pria. Même si elle se savait damnée, même si elle ne croyait plus vraiment en Dieu, elle n'avait pas d'autre moyen de libérer son âme torturée. Elle se demanda ce que penserait Thomas s'il la voyait à cet instant. Finalement, elle se releva. Elle ouvrit l'armoire où elle gardait sa bouteille de whisky, mais elle la referma aussitôt. Depuis quelques mois, elle essayait de boire moins.

Que dirait-elle à Thomas demain ? Non, il n'était pas nécessaire qu'elle et Thomas se revoient. Elle lui demanderait seulement d'écrire une lettre pour Jos. Elle ne savait toujours ni lire ni écrire. Les écoles du soir mises sur pied par les unions et les paroisses, ce n'était pas pour les femmes, encore moins pour les prostituées. Oui, elle enverrait une lettre à Jos pour lui dire ce qu'elle était devenue et pour lui demander de ne pas chercher à la revoir. Quant à Thomas, elle l'enverrait au diable.

Quand il se présenta le lendemain après-midi, Thomas fut accueilli par Madeleine en personne. Elle le fit monter à sa chambre, ce qui le surprit. « Je veux être en paix pour écrire à Jos », expliqua-t-elle. Elle déposa elle-même deux pièces de un dollar sur un petit guéridon situé à l'entrée.

« Je ne veux pas revoir Jos ni le reste de ma famille, est-ce clair ? Mon frère s'est débrouillé sans moi pendant toutes ces années, il peut continuer. Je veux que tu lui écrives cela. Tu posteras la lettre en sortant d'ici.

– Ce n'est pas vrai que tu ne peux pas refaire ta vie. Ailleurs, à New York, à Chicago, en Floride peut-être, personne ne te connaîtra. Personne ne te posera de questions.

– Les hommes peuvent faire cela, fuir, courir partout comme des chevaux en liberté, oublier les autres derrière eux, mais pas les femmes. Notre passé nous rattrape. J'y ai déjà pensé à partir un jour avec mon bas de laine et à m'acheter un petit magasin de confiseries rue Saint-James, mais j'ai peur, peur de tout. Et pourtant, je ne veux pas être une madame toute ma vie.

– Nous allons essayer de trouver une solution. Je suis sûr que Jos pourra t'aider.

– Je t'en prie, ne mêle pas Jos à cela.

– Bon, alors écrivons cette lettre comme tu le veux. Mais promets-moi d'y réfléchir avant de lui fermer la porte.

– Ce sera sans doute lui qui fermera la porte.

– Donne-toi du temps. »

Après qu'ils eurent écrit la lettre, Madeleine se décida enfin à poser à Thomas la question qui lui brûlait les lèvres depuis la veille.

« Et toi, qu'est-ce que tu deviens ? Tu as enfin trouvé la femme de ta vie, celle qui te suit partout ?

– Non, je ne l'ai pas trouvée.

– Tu cours toujours les filles, alors ?

– Si tu veux. Je n'ai pas d'attaches. Ma vie, c'est de recruter des gars pour l'Union des cigariers et l'American Federation of Labor, mais, maintenant, je suis payé pour cela. En vérité, la solitude me pèse parfois. Quand je vois Jos dans sa petite maison avec sa femme à la fois douce et volontaire, je l'envie.

– De nous tous, Jos est celui qui s'en est le mieux tiré, même s'il a été très malheureux dans son enfance. »

Thomas, surpris du tour aimable et civilisé qu'avait pris leur conversation, se risqua à lui poser la question qui le préoccupait.

« M'en veux-tu encore ?

– Oui, et je crois que je t'en voudrai jusqu'à ma mort. Hier, quand je t'ai vu par la fenêtre, j'ai eu envie de te tuer pour te faire payer ce que tu m'avais fait. Mais à quoi cela aurait-il servi ? Je t'en veux et pourtant je te revois encore comme il y a onze ans. Parfois, je me dis que ma vie n'aurait pas été meilleure si je t'avais suivi. Tu m'aurais sans doute oubliée quelque part. Et, s'il n'y avait pas eu cette nuit, je serais mariée avec un ouvrier et j'aurais une douzaine d'enfants à mes trousses. Je me demande vraiment si cela aurait été mieux. Il n'y a que le déshonneur qui m'ennuie dans ce que je fais. J'ai même appris à aimer le sexe. Le souvenir de cette nuit sans joie, c'est ce que je trouvais le plus triste dans l'histoire. J'aurais voulu que ce soit au moins un bon souvenir, mais j'ai appris ensuite que le plaisir ne venait pas du premier coup comme cela. Et Dieu sait si j'ai eu la chance de pratiquer. »

Madeleine riait en disant cela. Thomas était choqué par la crudité de ses propos.

« S'il te plaît, Madeleine, pourrions-nous discuter d'autre chose ?

– Comment peux-tu être si pincé ? Mais c'est vrai que vous, les hommes, vous pouvez vous permettre de coucher par-ci par-là, de laisser des rejetons derrière vous sans même le savoir et ensuite de lever le nez sur les femmes de petite vertu comme moi. Mais c'est à cause de toi que je suis comme cela, Thomas, en as-tu seulement conscience ?

– Bien sûr, et je te demande pardon.

– On ne va pas loin avec un pardon.

– Je sais. »

Thomas prit la lettre qu'il avait écrite et que Madeleine avait posée sur le prie-Dieu. Un prie-Dieu dans une chambre de prostituée, se dit Thomas, quelle bêtise ! Puis il sortit.

Dehors, il avait peine à marcher en raison de la neige qui s'accumulait. Aucun cocher à l'horizon. Il se sentait vide comme un tonneau, vide et seul. Le vent lui pinçait les joues et la neige l'empêchait d'avancer, mais le plus douloureux pour Thomas était le sentiment de n'avoir pas vraiment rempli sa mission. De la fenêtre de sa chambre, Madeleine l'observait. Et l'homme qui n'avait jamais de regrets retourna sur ses pas et frappa à la porte du bordel : « Je ne peux pas trouver de cocher. »

Chapitre XXV

Il ne restait qu'une semaine avant Noël lorsque Jos reçut la lettre de Madeleine. Nulle part il n'était question de Thomas, mais Jos avait reconnu son écriture. Il la relut plusieurs fois avant de la jeter avec rage dans le feu. Maria l'observait. Alors qu'il lui disait toujours tout, cette fois, Jos refusait de parler.

Il sortit dans le jardin malgré la pluie torrentielle qui faisait trembler les palmiers. Le ciel noir annonçait une tornade. Le vent ébranlait Jos à chaque pas. De l'extérieur, le jeune homme entendait Maria qui l'appelait. Tout à coup, il se sentit soulevé de terre et dut s'accrocher à un arbre pour ne pas être emporté. Secoué comme un prunier, il se cogna la tête à plusieurs reprises contre le tronc avant de se laisser glisser sur le sol pour ramper jusqu'à la maison.

Maria lui tendit une serviette et l'aida à se déshabiller devant le feu. « Tu veux donc me laisser veuve ? » lui lança-t-elle, fâchée. Jos ne répondit pas. Il se sentait maintenant plus calme. Sa fureur avait cédé le pas à une profonde amertume. Maria fit du café. L'horloge que Jos avait achetée après s'être défait de la montre de Gompers indiquait six heures. Le crépuscule de décembre privant les ouvriers de lumière dès quatre heures, ces derniers étaient libérés tôt.

Maria se demandait si elle devait préparer le souper. Elle décida finalement d'attendre, se contentant de gruger un morceau de pain pour calmer son appétit de femme enceinte.

Jos se retira dans la chambre et Maria l'entendit pleurer. La lettre, cette maudite lettre, que contenait-elle donc ?

Maria se fit cuire un œuf et s'assit sur le sofa près du petit poêle à charbon. Une douleur au dos la fit grimacer, mais elle ne dit rien. Elle avait promis à Jos d'arrêter de travailler dès qu'elle se sentirait fatiguée. Toutefois, même si les heures qu'elle passait assise à son banc lui semblaient de plus en plus éprouvantes, elle se sentait capable de continuer pendant encore un mois. Il lui en resterait ainsi deux pour se reposer et préparer la layette avant d'accoucher en mars.

Maria s'endormit sur le sofa. Vers minuit, voyant que la lampe à huile était encore allumée dans la chambre, elle décida de rester dans le salon jusqu'au matin. Dehors, la tornade s'était calmée. Les légumes sont perdus, se dit Maria en se rendormant, nous devrons en acheter d'autres au marché.

Au petit matin, Jos prépara du café pour Maria et lui massa le dos pour l'aider à se lever. Il était toujours silencieux. De retour de la boulangerie, il remit le pain à Maria et prit des papiers et des lettres prêtes à être postées.

Quand Maria lui demanda si les légumes avaient survécu à la tornade, il haussa les épaules.

« Ça n'a plus tellement d'importance à présent.

– Vas-tu enfin me dire ce qu'il y avait dans cette lettre ?

– Des nouvelles de ma sœur, tu n'as pas besoin de tout savoir maintenant. »

En fait, Jos n'était pas capable de dire à Maria ce qu'était devenue sa sœur. Madeleine polissait des têtes de clous. C'est tout ce qu'il avait en mémoire depuis qu'il avait lu la lettre. Sa sœur, qu'il considérait aussi comme sa mère, polissait des têtes de clous. Alors qu'il la cherchait partout depuis des années au point qu'elle était devenue pour lui l'héroïne imaginaire d'une vie d'errance, Madeleine avait passé tout ce temps enfermée dans un bordel de Montréal. Qui plus est, elle ne voulait même pas le voir.

Au cours de la nuit, les sentiments les plus contradictoires s'étaient succédé dans le cœur de Jos. Il avait d'abord maudit sa sœur, puis lui avait pardonné, avant de la condamner de nouveau et de décider finalement que c'était à son tour de lui prêter main-forte. Après tout, c'était elle qui lui avait donné le peu d'affection qu'il avait reçu dans son enfance. Il avait décidé de ne plus considérer Madeleine comme celle qui avait été sa véritable mère. Il ne pourrait vivre avec l'idée d'avoir une mère prostituée. Jos essaierait plutôt de l'aider. Madeleine avait le droit d'avoir une vie normale, une vie comme celle qu'il avait réussi à se construire lui-même.

Il regarda Maria, qu'il trouva fatiguée, mais en même temps tellement courageuse, et lui dit qu'il n'était pas nécessaire d'aller travailler ce matin-là. Ils avaient à parler.

« Que dirais-tu de toucher la neige ?

– Le Canada, tu veux qu'on aille visiter le Canada ?

– Pas seulement visiter, Maria. Je veux que nous restions pendant un certain temps. Il y a des choses dont je dois m'occuper là-bas.

– Où travaillerons-nous ?

– D'abord, c'est moi qui travaillerai. Je vais envoyer un télégramme à Gompers. Je lui propose de m'occuper de l'Union des cigariers et de l'AFL pour recruter des ouvriers canadiens-français. Je suis sûr qu'il dira oui. Il veut absolument vaincre les Chevaliers du travail et c'est seulement avec quelqu'un qui connaît bien les unions et les Canadiens français qu'il peut réussir.

– Pourquoi y a-t-il tant de différences entre les Canadiens ordinaires et les Canadiens français ?

– C'est la même chose qu'entre les Espagnols et les Cubains. Nous sommes tous les deux issus de peuples qui refusent d'être soumis.

– Ah ! je vois.

– Mais je ne retourne pas au Canada pour m'occuper de politique.

– Quand partons-nous ?

– Il faut voir avec le docteur de la compagnie si tu peux voyager dans ton état. Nous irons dans des wagons Pullman avec des chars-dortoirs. Comme cela, tu ne seras pas fatiguée.

– Mais cela va coûter une fortune !

– Ce sera notre lune de miel.

– Je sais seulement quelques mots de français. Et j'ai peur qu'on n'ait pas assez de travail là-bas.

– C'est sûr que nous n'aurons pas le même salaire qu'ici, mais je te promets que nos enfants ne travailleront pas et qu'ils iront à l'école. Il y a, dans les paroisses, des écoles qui ne coûtent pas cher. Tu vas voir, on va se débrouiller. Il n'y a que le froid qui te paraîtra dur au début, mais on aura un bon poêle au charbon, je te le promets. »

Maria hésitait et Jos le sentait. Elle avait une vie à Ybor City. Elle avait sa famille. Même si ses anciennes compagnes écôteuses ne lui adressaient plus la parole, elle s'amusait bien avec les amis de Jos. Et puis il y avait les jeunes apprentis dont elle s'occupait avec Jos, le Club cubain où elle apprenait à écrire. Jos lui avait déjà montré à lire. Elle voulait avoir sa propre vie : retourner à la fabrique, rouler des cigares, engager l'Italienne pour prendre soin des enfants et de la maison. Contrairement à ce que pensaient sa mère et les autres filles qu'elle connaissait, elle pouvait choisir de partir ou de rester. À Ybor City, elle n'aurait qu'à continuer à travailler et à payer sa voisine pour s'occuper du bébé. Les commérages, elle n'en avait rien à faire. Mais Maria ne voulait pas quitter Jos. Jamais elle n'en rencontrerait un autre comme lui. Elle l'aimait. Elle n'aurait jamais cru qu'il fût si agréable de vivre avec un homme. De plus, ses caresses lui avaient ouvert un monde de plaisirs, qui serait sans doute restreint par l'arrivée des enfants, mais auquel elle ne voulait pas renoncer. Jos discutait avec elle, lui apprenait des choses, la consultait et l'aidait à s'occuper de la maison.

Maria n'avait pas bougé. Assise à la table de la cuisine, elle en était là dans ses réflexions lorsque Jos lui demanda ce à quoi elle pensait.

« Je veux apporter mon banc au Canada. Si jamais ça va mal pour nous, je pourrai rouler des cigares à la maison. Nous essaierons de faire venir du tabac de Cuba par bateau. »

L'idée de voir sa femme travailler au Canada déplaisait à Jos. Là-bas, seules les femmes d'ouvriers devaient gagner un salaire parce que celui du mari ne suffisait pas. Sa propre mère n'avait jamais pris le chemin de l'usine. Mais, comme il s'agissait de travailler à la maison, Jos ne s'y opposa pas.

« Bon, d'accord, quand nous irons donner notre *notice* cet après-midi, je demanderai à Carlos de m'aider à déménager ton banc. N'oublie pas ta *chaveta,* il n'y en a pas comme cela à Montréal. Nous mettrons ton banc à bord d'un bateau. Il arrivera dans quelques semaines. »

Finalement, Jos était bien content de l'idée de Maria. Si les choses tournaient mal, il pourrait lui aussi rouler des cigares. C'était son métier après tout. Comme Gompers, il serait toujours cigarier.

« Ça nous fera un souvenir de Ybor City », dit-il à Maria.

Les adieux furent rapides à la fabrique. Sitôt parti, un cigarier était remplacé par un autre. Pas de regrets, pas de récompenses. Le médecin de la fabrique estima que Maria pouvait voyager à condition qu'elle ne se fatigue pas trop.

Le jardin avait une allure épouvantable. La tornade de la veille avait déraciné les légumes et emporté les oranges et les citrons. Les fines herbes étaient ravagées. Mais Jos et Maria avaient trop à faire pour s'attarder au potager. Il fallait s'occuper des préparatifs. « Que ferons-nous de la maison ? » demanda Maria.

Jos avait une idée en tête, mais il ne voulait pas en parler pour l'instant.

« Nous ne partons pas pour toujours, tu sais, mais seulement pour quelques années, le temps de faire entrer les ouvriers dans l'American Federation of Labor, et puis nous reviendrons sans doute. Je trouverai quelqu'un à qui louer la maison. En attendant, je demanderai à Carlos de venir l'habiter. Ça lui rappellera le bon vieux temps. »

Le télégramme contenant la réponse de Gompers arriva le lendemain.

Offre acceptée. Thomas t'attend à Montréal
pour ouvrir bureau. Lettre suivra.

Pendant que Maria préparait les caisses et les malles à l'aide de Carlos, Jos alla acheter les billets de chemin de fer. Le voyage serait très long, quatre jours et trois nuits avec plusieurs arrêts, mais, étant donné le confort des wagons Pullman, ce serait des vacances pour eux. Et puis, se demanda Jos, pourquoi les ouvriers n'auraient-ils pas droit à des vacances eux aussi ? Il faudrait discuter du sujet avec Gompers.

Maria tenait à fêter Noël avec les siens avant de partir. C'est donc le 26 décembre au matin que Jos et Maria s'embarquèrent pour leur lune de miel. À part le dîner au Tampa Bay Hotel, Maria n'avait jamais goûté aux raffinements de la bonne cuisine. Les repas servis dans le train la ravirent. Elle prit également un vrai bain pour la première fois et passa ses après-midi plongée dans les livres d'Horacio Alger. Cet écrivain populaire décrivait la vie de jeunes hommes pauvres devenus riches grâce à leur bonne étoile.

Maria aimait à s'imaginer qu'elle devenait riche elle aussi, mais elle ne se faisait pas d'illusions. Pour avoir de l'argent, il fallait travailler, il n'y avait pas d'alternative, à moins d'être née riche. Et la jeune femme appréciait d'autant plus ces quelques jours de rêve qu'elle savait que la vie qui l'attendait ensuite ne serait pas facile.

Avant de partir, Jos avait envoyé un télégramme à sa sœur Catherine pour lui dire qu'il arrivait et lui demander de venir les chercher à la gare. Il avait ajouté : « Avec manteau et bottes pour Maria et sans la mère. »

Il voulait d'abord que Maria rencontre Catherine afin de savoir si elles pourraient s'entendre. Ils s'installeraient chez la veuve Girouard. Jos avait résolu de tenir sa mère loin de Maria. Préserver son bonheur, se disait-il, le préserver à tout prix. Et pour cela il fallait que la mère fût loin. Dans ses lettres, Catherine se plaignait souvent des exigences d'Odile. Malgré le fait qu'elle ait deux enfants et un mari qui gagnait bien sa vie comme contremaître dans une usine de textiles, Catherine parlait parfois de retourner travailler comme secrétaire. Passer ses journées à la maison avec sa mère la rendait folle. Elle avait souvent envie de prendre quelques heures pour s'amuser avec ses voisines ou sauter dans le tramway pour aller chez Dupuis Frères, mais sa mère la sollicitait constamment, se montrant toujours plus exigeante et égoïste. Jos se sentait malheureux pour Catherine qu'il voyait toujours comme une petite fille soumise à sa mère. À cinquante-huit ans, celle-ci se déplaçait difficilement et passait la majeure partie de son temps couchée ou à se bercer en récitant inlassablement des rosaires. Le dimanche, elle exigeait qu'on la transportât à l'église pour la grand-messe de huit heures, ce qui forçait Catherine à se lever à l'aube pour se rendre à pied à celle de six heures et revenir ensuite s'occuper des enfants. Son mari fulminait chaque fois contre sa belle-mère.

Dans ses dernières lettres, Catherine s'était plainte à Jos comme s'il eût pu y faire quelque chose. Non seulement Jos était impuissant à résoudre le problème, mais il aurait préféré ne pas entendre parler de sa mère.

Assis dans le fumoir du train, Jos tira un cigare du coffret que ses amis lui avaient offert avant son départ ; il le savoura lentement en se demandant ce qui l'attendait à Montréal. Il devrait bâtir sa vie autour de sa propre famille et trouver un quartier éloigné de Catherine et de sa mère, sinon il n'en finirait pas d'entendre les plaintes. Maria ne devait pas être mêlée à cela. Peut-être le quartier des étrangers, rue Saint-Laurent. Après tout, il se sentait lui-même un étranger. Vivre en immigrant dans son propre pays, voilà qui n'était pas une mauvaise idée. Il devrait passer de longues heures en dehors de la maison et Maria aurait besoin de compagnie. Il leur fallait un quartier d'ouvriers sympathiques où les gens s'entraideraient, un quartier qui ne serait pas trop loin de son bureau.

Maria vint le rejoindre au fumoir. Ils auraient bien aimé passer un après-midi au lit comme ils le faisaient à l'heure de la sieste à Tampa, mais les chars-dortoirs n'étaient pas accessibles pendant la journée. Ils décidèrent donc d'aller prendre le thé.

Lorsque le train entra en gare le soir du 29 décembre, une violente tempête immobilisait la ville. Pas de cocher à l'horizon. Les tramways ne circulaient pas non plus. Catherine n'était pas là. Maria n'aurait donc ni bottes ni manteau d'hiver. Elle et Jos durent se résigner à passer la nuit sur un banc à l'intérieur de la gare en attendant que cesse la poudrerie.

Ahurie, Maria regardait Jos. Dans quel enfer l'avait-il donc emmenée ? Elle se risqua à regarder par la fenêtre.

« C'est beau, finit-elle par dire, c'est beau, mais c'est effrayant.

– Tu t'habitueras. Ce n'est pas toujours comme cela. »

Lui même n'était plus très convaincu de la justesse de sa décision. Sur un tableau noir, il put lire que le prochain train de New York partirait tôt le lendemain matin. Il fut tenté de reprendre celui de la Floride, mais il avait dépensé toutes ses économies pour payer ce voyage. Il était obligé de rester. Maria s'endormit, la tête sur son épaule. La réalité avait pris le pas sur le rêve du train.

Au petit matin, le vent s'était calmé. Seuls quelques flocons voltigeaient encore dans l'air glacial. Au buffet de la gare, les jeunes gens prirent du café qui fit grimacer Maria et des miches de pain sans goût.

« Je crois que je ferai mon propre pain et je torréfierai le café moi-même.

– Ce serait une bonne idée. »

Ils attendirent encore un peu. Jos sortit pour voir si le tramway circulait. Des hommes dégageaient les rails à l'aide de petites pelles. « Nous devrions ouvrir la voie d'ici une heure. »

Jos mit le vieux manteau que le père Houde lui avait confectionné et s'aventura dans la neige avec ses bottines qui se mouillèrent aussitôt. Il entra dans la première mercerie qu'il aperçut pour acheter un manteau et des bottes à Maria, puis se trouva des couvre-chaussures de caoutchouc.

En enfilant son manteau, Maria lui demanda pourquoi il l'avait choisi si grand. « C'est pour qu'il dure jusqu'à ton accouchement en mars. L'hiver ne finira pas avant cela. » Maria ouvrit de grands yeux. Elle n'avait pas imaginé que l'hiver durait si longtemps.

Finalement, les tramways se remirent à circuler. Dehors, les cochers commençaient d'arriver. Une petite file silencieuse se dirigea vers la porte pour monter dans les carrioles. Voyant que ces dernières étaient pleines de monde, Jos décida de prendre le tramway. Il trouva d'abord une consigne pour y mettre leurs bagages qui étaient trop nombreux pour être transportés. Il était temps pour Maria d'affronter l'hiver. Jos n'avait pas pensé aux mitaines et au foulard. En sortant, elle recula, agressée par le froid mordant. Jos la tint contre lui pour la protéger du vent et l'encouragea à monter dans le tramway. Elle grelottait et ses dents s'entrechoquaient. « Pourvu qu'elle ne meure pas de froid, pria-t-il, et qu'elle ne perde pas le bébé. »

Heureusement, ils n'eurent pas à marcher longtemps de l'arrêt du tramway jusqu'à la maison de la veuve Girouard. Son père et sa compagne avaient reçu son télégramme et ils les attendaient. On leur avait préparé une chambre dans le petit salon qu'on avait séparé du reste par un mince rideau. En voyant le visage de Maria bleui par le froid, la veuve Girouard lui prépara un grog avec son alcool d'alambic. Quand la jeune Cubaine lui dit *gracias,* la veuve se tourna vers Jos.

« Elle ne parle pas français ?

– Juste un tout petit peu. Elle devra apprendre.

– Comment êtes-vous venus de la gare ? lui demanda son père.

– En tramway. Catherine devait nous attendre, mais elle n'était pas là.

– Sans doute la tempête. »

Jos regarda son père et le trouva vieux. Son père avait quitté la fabrique de J. M. Fortier depuis deux ans et s'occupait des pensionnaires avec la veuve Girouard. C'était maintenant leur seul moyen de subsistance en plus de quelques économies. Soixante ans, compta Jos. Le vieux couple lui semblait fatigué mais assez heureux. Son père envoyait-il encore de l'argent à sa mère ? Que fallait-il lui dire au sujet de Madeleine ? Jos savait que son père avait été bouleversé par le départ de Madeleine et qu'il l'avait d'abord cherchée activement, mais qu'il avait fini par renoncer. Savait-il que Madeleine était enceinte lorsqu'elle était entrée au couvent et qu'elle avait fait passer le bébé comme elle le lui disait si crûment dans sa lettre ? Sa vie avait été un gâchis, un gâchis dont elle ne voulait rendre compte à personne. Elle espérait qu'il comprendrait et qu'il la laisserait en paix, lui avait-elle écrit. Non, Jos n'en parlerait pas à son père pour l'instant. Il réalisa d'ailleurs que, même s'il l'eût voulu, il n'aurait pu le faire, car dans cette famille on ne se parlait pas vraiment.

Maria resta couchée une partie de la journée, mais se réveilla en forme au milieu de l'après-midi. La veuve Girouard lui avait sorti un châle de laine auquel elle s'accrochait comme à une bouée de sauvetage. Maria voulut toucher la neige. Il sortit et lui en rapporta un plein bol. Elle palpa le contenu blanc comme pour l'apprivoiser, puis y goûta : « C'est frais et bon. » Le père de Jos et la veuve Girouard rirent de voir quelqu'un s'intéresser ainsi à la neige. « Neige », répéta Maria trois fois. Ce fut le premier mot de français qu'elle apprit à Montréal.

Alors qu'on s'apprêtait à se mettre à table pour souper, un cocher vint frapper à la porte. On réclamait Jos dehors. Un véhicule était stationné devant la pension ; à l'intérieur, Jos aperçut Catherine avec un homme qui devait être son mari et Odile emmaillotée comme un bébé.

Catherine descendit du coche pour venir parler à Jos.

Ce dernier était furieux de voir arriver sa mère.

« Pourquoi l'as-tu amenée ?

– Elle voulait absolument venir, je n'avais pas le choix. Nous n'avons pas pu nous rendre à la gare hier soir à cause de la tempête. »

Jos était partagé entre le plaisir de voir Catherine et la déception qu'elle ait dû amener sa mère. « Pourquoi ? » se demanda-t-il. Elle n'avait pas à traîner sa mère. Elle n'avait même pas à lui dire qu'elle venait le voir. Jos finit par penser que c'était une vengeance de la part de Catherine. Elle n'acceptait pas que Jos ne se comporte pas comme elle le voulait ; elle était tout bonnement jalouse de l'indépendance qu'il s'était donnée et le lui faisait payer.

Catherine lui signifia qu'elle et sa mère ne pouvaient pas entrer dans cette maison et ajouta : « Nous attendrons ici que tu nous amènes ta femme. »

Et, pour ne pas que son séjour au Canada débute si mal, pour ne pas se couper du lien qu'il avait avec Catherine, Jos céda au chantage. Il savait bien que sa sœur et sa mère resteraient dehors jusqu'à ce qu'il ait amené Maria. Il ne pouvait pas les laisser geler devant la porte.

Il habilla Maria chaudement et l'aida à marcher jusqu'à la calèche. Le mari de Catherine les salua poliment sans plus, puis il aida sa belle-mère à descendre de voiture. Elle s'approcha de Jos pour le toucher, mais il recula : « Bonsoir. » C'est tout ce qu'il dit, avec froideur. Feignant de ne pas avoir remarqué l'attitude de Jos, Odile s'élança vers Maria et la serra dans ses bras avec élan. Elle la serra au point de lui faire mal. Maria ne savait trop comment réagir. Jos enrageait. Catherine se rendit compte qu'elle devait dire quelque chose : « Attention au bébé, la mère. » Aussitôt libérée, Maria se colla à Jos comme pour rechercher sa protection.

Cette effusion artificielle dégoûtait Jos. Il reconnaissait cette attitude bienveillante que sa mère adoptait parfois vis-à-vis des étrangers et ne pouvait tout simplement pas supporter une telle hypocrisie.

« J'ai hâte de voir le bébé », dit Odile à Maria qui ne comprit pas et se tourna vers Jos pour qu'il traduise. Voyant qu'il ne réagissait pas, Maria dit oui en français, sans comprendre.

« Ça commence à être froid, dit Catherine, on va rentrer. »

Jos était soulagé. Avant de remonter dans la carriole, Odile lança un regard de haine en direction de la maison. C'est là qu'elle avait trouvé son mari, six ans auparavant, filant le parfait bonheur avec cette veuve.

« Pourquoi n'es-tu pas venu chez nous au lieu de t'installer ici ? demanda Catherine à son frère.

– C'est plus simple comme cela. »

Moins il en dirait à Catherine, mieux ce serait. Peut-être avait-elle oublié qu'en 1890 sa mère l'avait chassé de la maison en l'avertissant de ne plus revenir. Catherine ne voulait pas entendre la vérité.

Chapitre XXVI

Thomas attendait dans le grand salon que Madeleine descende. Depuis qu'il avait reçu le télégramme de Gompers trois jours auparavant, il savait que Jos ne revenait pas seulement à Montréal pour travailler à l'American Federation of Labor. Jos voulait renouer avec Madeleine. Renouer peut-être aussi avec sa famille, avec son passé.

Thomas sirotait un whisky. Avoir enfin un Canadien français comme permanent à Montréal, c'était la meilleure chose qui pouvait arriver à l'organisation, se disait-il. Gompers avait donc enfin compris. Évidemment, la proposition de Jos ne pouvait mieux tomber. Thomas n'aurait plus besoin de venir à Montréal aussi souvent. Il savait qu'il pouvait faire confiance à Jos. Ce dernier était le genre d'organisateur qui mettait longtemps avant de convaincre son monde, mais qui réussissait là où d'autres échouaient. Ybor City n'avait pas été un succès, mais Jos avait bien préparé le terrain pour ses successeurs. En tout cas, il serait bien plus utile au Québec qu'en Floride. Thomas songeait d'ailleurs à s'installer à Tampa afin de remplir le vide laissé par le départ de Jos. Il aimait bien le climat de la Floride, la vie tranquille. Partager son temps entre le Nord et le Sud lui semblait une bonne idée. Seulement, où se fixerait-il ? Il songeait depuis quelque temps à prendre femme et cherchait un endroit où s'établir.

À travers la fumée et les hommes qui déambulaient partout, une ou deux filles accrochées au bras, Madeleine parut enfin, un verre à la main. Il devait lui parler, même si c'était le soir et qu'elle était très occupée. Elle le traita comme un client régulier et le fit monter dans sa chambre.

Thomas se sentait mal à l'aise dans cette chambre. Depuis quelques jours, depuis qu'il avait revu Madeleine, il n'avait qu'une idée en tête, la renverser sur ce lit. En même temps, elle lui inspirait à la fois de la crainte et du respect. Elle était tellement forte, tellement indépendante et en même temps tellement fragile qu'il n'osait imaginer sa réaction s'il lui proposait ce qu'elle lui avait offert par dépit lors de leurs retrouvailles.

Pour se libérer de ce malaise, il l'invita à marcher dans la neige: «Une fois la tempête calmée, c'est agréable de marcher doucement. Puis, j'ai à te parler. Et cela te changera de cet endroit.» Elle hésitait comme si quelque chose l'eût effrayée. Il ouvrit une armoire en pensant y trouver un manteau, mais fit face à une dizaine de martinets de toutes grandeurs. Il se tourna vers Madeleine. «J'ai des clients avec des goûts particuliers», laissa-t-elle tomber.

Thomas examina les fouets avec amusement, puis il en prit un: «J'ai entendu dire que certains moines se flagellaient eux-mêmes pour se faire pardonner leurs péchés.» Il se donna deux petits coups sur le dos et déposa le martinet. Madeleine le ramassa et se mit à frapper Thomas de toutes ses forces. La douleur était cuisante et n'éveillait aucune sensation érotique chez lui. Finalement, elle s'arrêta, satisfaite. «C'est tout ce que tu mérites. Maintenant, je suis prête pour une petite marche. » Puis, avec l'air d'une maîtresse d'école fière d'avoir corrigé un mauvais garçon, elle mit son manteau et sortit devant lui.

Quand il lui parla de Jos, qui devait déjà être à Montréal, Thomas la sentit presque défaillir.

« Il n'a donc rien compris. Je ne veux pas le voir.

– Il le faudra bien, pourtant.

– Je n'ai rien à lui dire et je ne peux pas m'imaginer en face de lui. Je ne sais pas pourquoi, mais c'est plus facile pour moi de te dire ce que je pense, à toi que je, que je...

– Que tu hais.

– Ce n'est pas si simple que cela.

– Veux-tu dire que tu m'aimerais encore un peu ?

– Tu te moques de moi ? Après ce que tu m'as fait ? »

Malgré l'air offusqué de Madeleine, Thomas sentit une certaine chaleur dans sa voix.

« Peut-être n'est-il pas nécessaire que tu rencontres Jos immédiatement. Il est au Canada pour quelques années, le temps d'organiser les travailleurs avec l'AFL.

– J'y penserai.

– Puis-je lui dire que tu comptes le voir un jour ?

– Peut-être. Je dois rentrer maintenant. »

Thomas fouilla dans sa poche pour voir l'heure, mais il ne put trouver sa montre.

« Elle a dû tomber, tu monteras la chercher. »

La montre était en effet sur le tapis à l'endroit où Madeleine avait frappé Thomas. Le martinet gisait encore par terre, menaçant. Thomas se pencha pour le ramasser et grimaça en se relevant. « Étends-toi, je vais t'appliquer un peu d'hamamélis, c'est comme cela que je traite ceux de mes clients qui ont peur que leur femme découvre leur petit vice. Demain, tu ne sentiras plus rien. »

Il dénuda son torse et s'étendit sur l'édredon moelleux. Madeleine le massa doucement avec l'extrait d'écorce. Les rougeurs disparaissaient déjà. Elle avait envie de ce corps musclé, resté jeune comme le sien. Le pire est déjà arrivé, se dit-elle. Que peut-il se passer maintenant ? Et pendant que Thomas reposait, soulagé par l'effet miraculeux du remède, elle se glissa près de lui. Elle prit les devants comme elle aimait le faire avec ses clients, toujours impressionnés par son ardeur. Je le provoquerai jusqu'à ce qu'il crie grâce, se dit-elle en le chevauchant. Puis, quand elle sentit que, malgré ses efforts, il ne pouvait se retenir, elle enfonça ses doigts dans son propre sexe et se mit à se caresser fébrilement. Il fut à la fois choqué et excité par le geste et laissa sa semence jaillir en elle, puis il resta étendu sur le lit. La jouissance l'avait transporté dans un état proche de la félicité. Un bruit de canule qu'on remplit de liquide le ramena à la réalité. Derrière un paravent, Madeleine s'assurait qu'elle ne porterait pas, cette fois, un enfant de lui. On frappa deux coups à la porte.

« Le ministre est ici.

– Dis-lui que je suis occupée et présente-lui Mathilde. Je le verrai plus tard.

– Tu fais attendre les ministres ?

– Je fais attendre qui je veux, répondit-elle en riant. Maintenant, tu vides la place. »

La tendresse qu'il avait sentie plus tôt dans ses gestes et dans sa voix s'était envolée. Y avait-il donc entre eux une cassure irréparable ?

« Puis-je te revoir ?

– Si tu paies, oui.

– Non, je veux dire pour une promenade ou pour parler.

– Selon moi, il existe deux sortes d'hommes dans la vie. Les hommes honnêtes et les salauds comme toi. Ceux-ci doivent payer. Et ils ne paieront jamais assez cher à mon goût. »

Ces paroles perfides poursuivirent Thomas jusque dans la rue, où le froid mordant semblait s'allier avec Madeleine pour le faire souffrir davantage.

Le lendemain, il rencontrerait Jos, mais il fallait d'abord qu'il trouve une solution pour Madeleine. Elle devait sortir de ce milieu. Elle était encore belle, mais bientôt, elle ne pourrait que s'occuper des autres prostituées. Et être madame, c'était vivre en recluse. De plus, si le bordel fermait en raison de la compétition ou de la maladie, elle se retrouverait à la rue ou dans une prison, comme plusieurs filles laissées à elles-mêmes. Un petit commerce, voilà exactement ce qui conviendrait. Il faudrait que Jos l'achète pour elle. Dans la province de Québec, les femmes célibataires n'étaient pas autorisées à gérer leurs propres affaires. En songeant à cela, Thomas réalisa qu'il ne pensait pas qu'au bien-être de Madeleine. Qu'ils le veuillent ou non, leur sort à tous les deux était lié. Sinon, pourquoi l'aurait-il retrouvée ?

Jos avait choisi une taverne de Saint-Henri pour discuter avec Thomas. Il n'était pas question qu'ils se retrouvent chez la veuve Girouard. De plus, Jos estimait que ce secteur serait parfait pour établir un bureau. Situé juste en bas de Westmount, la ville riche, Saint-Henri avait une population essentiellement composée d'ouvriers et le logement n'y était pas cher. Embarrassé par ce qu'il avait à révéler au sujet de Madeleine, Thomas dressa d'abord avec Jos les orientations que devait prendre son travail comme employé permanent de l'AFL. C'était simple, il s'occuperait de tout. L'allocation que lui verserait l'American Federation of Labor servirait à payer le loyer du bureau, les dépenses de correspondance et son salaire, qui se situerait autour de quinze dollars par semaine. Ce serait beaucoup moins qu'à Tampa, mais un peu plus que ce que gagnait en moyenne un ouvrier de Montréal. Maria et Jos étaient des ouvriers, ils vivraient donc comme des ouvriers.

« Nous devrons nous trouver un petit logement, dit Jos, nous ne pourrons pas nous payer une maison avant longtemps. Nous allons rester chez la veuve Girouard jusqu'à la naissance du bébé. Ensuite, je verrai avec Maria.

– Comment supporte-t-elle l'hiver ?

– Elle n'est presque pas sortie depuis notre arrivée. Il fait encore trop froid pour elle. Mais elle s'habituera tranquillement, elle aime la neige.

– Et ta famille ?

– Avec le père, ça va, mais on dirait que Catherine a changé. Et la mère, je vais essayer de la garder loin. Les autres sont à Sherbrooke, j'irai peut-être les visiter durant l'été. Quant à Madeleine, c'est à toi de me dire comment elle va. Elle m'a écrit, c'est-à-dire que tu m'as écrit à sa place pour me dire qu'elle ne voulait pas me voir.

– Comme elle ne sait pas écrire, elle m'a dicté sa lettre. Elle a eu une vie difficile et elle ne veut pas renouer avec son passé. Elle ne veut pas être jugée, tu comprends. Mais je l'ai rencontrée deux ou trois fois et elle a finalement accepté de reconsidérer sa décision. Je crois que toi, ça irait, mais pas le reste de la famille.

– Tu l'as rencontrée deux ou trois fois, c'est donc qu'à toi, elle accepte de parler, alors que tout ce qui est arrivé est de ta faute. Madeleine semble avoir un curieux jugement. D'abord, elle fait passer le bébé qu'elle porte pour essayer de rester chez les religieuses, ensuite, elle se fait prostituée. Et maintenant, elle refuse de me rencontrer alors qu'elle discute avec le gars qui l'a rendue malheureuse.

– C'est peut-être parce que je ne la juge pas, Jos. Mais j'admets que je serais bien mal placé pour le faire. Et ce n'est pas parce qu'elle te hait qu'elle ne veut pas te rencontrer, mais parce qu'elle a honte, je crois.

– Je devrais peut-être l'envoyer au diable, ce serait plus simple.

– Non, je ne crois pas qu'il faille l'envoyer au diable. Tu pourrais plutôt m'aider à la sortir de là. Madeleine ne réalise pas ce qui l'attend dans quelques années. Je te connais, Jos, tu ne refuses pas ton aide lorsqu'on te la demande et Madeleine a besoin de toi maintenant. Elle n'est plus la grande sœur qui te protège; elle est une pauvre fille qui a souffert, mais qui a su se tirer d'affaire. Si c'est pour lui reprocher son départ que tu veux la voir, n'y pense pas, Jos, je ne te laisserai pas faire cela.

– Et pourquoi? Aurais-tu enfin décidé de prendre soin d'elle?

– Oui, mais Madeleine sait très bien se débrouiller sans moi, elle me l'a fait comprendre. Tout ce dont elle a besoin, c'est que tu achètes un petit commerce pour elle. Elle a des économies et saura les faire fructifier.

– La vie n'est pas si simple que ça à Montréal. Tout le monde saura vite qui elle est.

– C'est ce qu'elle craint. As-tu une autre idée?

– J'avais pensé qu'elle pourrait habiter quelque temps à Ybor City, dans notre maison. Comme tu le sais, aux États-Unis, les gens se moquent de savoir d'où tu viens si tu te conduis convenablement. Je demanderai à la famille de Maria de s'occuper de Madeleine. Elle pourrait prendre une pensionnaire pour l'aider à payer l'hypothèque et ouvrir un commerce à son nom là-bas. Elle en aurait le droit.

– Mais je croyais que tu voulais la retrouver!

– Je l'ai retrouvée. Peut-être ne puis-je pas faire plus pour l'instant.

– *My God,* que les Canadiens français sont compliqués parfois!»

Jos n'entendit pas la dernière remarque de Thomas. Il venait d'apercevoir un visage familier. C'était Rudolphe, le socialiste, l'ancien pensionnaire de la veuve Girouard. Il ne reconnut pas Jos lorsque celui-ci l'appela, même s'ils avaient continué de correspondre tout le temps que Jos était à Chicago et en Floride. En effet, l'adolescent timide qui avait tout lâché un soir de juin ne ressemblait pas à cet homme en complet sombre qui discutait avec le gars de l'AFL.

Lorsque Rudolphe s'approcha, Jos se leva pour lui serrer la main.

«Rudolphe, c'est moi, Jos.

– Jos, mais je ne te reconnaissais pas! Ma parole, tu as l'air d'un homme d'affaires américain!

– Je suis pourtant ici comme un simple ouvrier.

– Ah oui ? Mais tu ne m'as jamais dit dans tes lettres que tu voulais revenir.

– J'avais un peu le mal du pays. Et comme tu sais, je prends souvent des décisions rapidement.

– Ah, ça oui ! Mais que comptes-tu faire maintenant ?

– Gompers m'a donné le mandat d'ouvrir un bureau pour l'American Federation of Labor. Je vais travailler comme permanent. »

Rudolphe fronça les sourcils. Ce n'était pas une bonne nouvelle pour lui. Forcé par son métier d'adhérer à l'Union des cigariers qui était affiliée à l'American Federation of Labor, Rudolphe avait pourtant toujours milité pour les Chevaliers du travail, dont les Canadiens français s'étaient maintenant dissociés de leurs voisins américains. Ils formaient un groupe autonome. La présence de Jos comme permanent de l'AFL les forcerait à s'affronter un jour ou l'autre et Rudolphe redoutait déjà ce moment. Mais en attendant, il était content de revoir Jos et le renseigna avec précision sur les conditions de travail dans les usines de Montréal. Rudolphe était un homme honnête. Grisé d'utopie, mais bon gars tout de même, se dit Jos, qui trouvait malheureux qu'ils ne puissent pas travailler ensemble.

Rudolphe retrouva ses amis pendant que Jos et Thomas décidaient de vider une dernière chope de bière. Après, ils devaient rencontrer le propriétaire d'une usine de chaussures qui louait des locaux au deuxième étage. L'idée de travailler au-dessus d'ouvriers affiliés aux Chevaliers du travail plaisait à Jos. « Je n'aurai pas besoin d'aller loin pour recruter des membres pour l'AFL », disait-il. Quant au propriétaire de l'usine, il se souciait peu de savoir à quelle fédération ses ouvriers étaient affiliés. Pourvu qu'ils travaillaient et gagnaient leur vie, le reste lui importait peu, surtout que depuis quelques années, il n'y avait pas eu d'affrontements et que chacune des parties respectait ses engagements. L'homme d'affaires n'avait rien contre les unions, du moment qu'il encaissait des profits.

« Il faut prendre ce qui nous revient, parce que les riches, eux, ne donnent jamais rien », lui avait dit un peu plus tôt Rudolphe. Là-dessus, Jos et lui s'entendaient.

Après avoir signé le bail et payé un mois d'avance, Jos et Thomas retournèrent à la taverne prendre une dernière bière avant de rentrer pour le souper.

« Je vais voir Madeleine ce soir, Jos, veux-tu que je lui dise quelque chose de ta part ?

– Parle-lui simplement de notre projet et vois ce qu'elle en pense. Dis-lui que je n'ai plus beaucoup d'argent et demande-lui si elle peut se débrouiller quelque temps avec ce qu'elle a.

– Elle a des économies, elle me l'a dit.

– Vérifie quand même. Il ne faudrait pas qu'on l'envoie là-bas pour qu'elle vive de façon encore plus misérable. »

Quand Thomas se retrouva à la porte du bordel ce soir-là, il ne sut exactement ce qui l'y avait poussé, le désir profond qu'il éprouvait pour Madeleine ou l'envie de lui parler. Ou les deux. Thomas s'était rendu compte qu'il n'avait plus envie de filles comme avant. Il avait envie de Madeleine. Il paya ses deux dollars comme à l'accoutumée et on le fit monter directement à la chambre de Madeleine après avoir informé la jeune femme de sa présence.

Elle était assise sur son lit, l'air profondément abattu. Avait-elle trop bu? se demanda Thomas. Ses cheveux n'étaient pas montés en chignon, mais laissés à eux-mêmes dans une superbe cascade. « Laisse-moi m'arranger un peu, dit-elle en se levant.

– Ce n'est pas nécessaire, je t'aime comme tu es. »

En entendant cela, Madeleine se renfrogna : « S'il te plaît, ne te sens pas obligé d'être poli. »

Thomas s'assit sur le bord du lit.

« Qu'est-ce qui te met dans cet état ?

– Toi. Encore une fois. Toi et toutes tes histoires de refaire ma vie, de retrouver Jos, d'espérer à nouveau alors que j'ai déjà eu ma leçon. Toujours des rêves, des rêves irréalisables. Pourquoi es-tu revenu ? Pour me faire souffrir ?

– Non, pour t'aider. Je te jure : dès que je t'aurai permis avec l'aide de Jos de t'installer dans ta nouvelle vie, je te laisserai tranquille, à moins que...

– Oh, cela ne m'inquiète pas, tu ne voudrais pas vivre avec une prostituée de toute façon.

– Ce n'est pas ainsi que je te vois. Mais laisse-moi d'abord t'expliquer l'idée de Jos.

Les propos de Thomas rendirent Madeleine songeuse.

« Si cela ne venait pas de Jos, je ne le croirais pas. Tout cela me semble si compliqué, si différent », disait-elle.

Refaire sa vie, ouvrir un commerce comme elle l'avait toujours voulu, dans un endroit éloigné, cette idée lui plaisait. Mais comment se rendrait-elle là-bas ?

« Par le train. Je vais t'accompagner et t'aider à t'installer. J'ai promis à Jos de t'aider. Et crois-moi, si je ne le fais pas, je crois qu'il n'hésiterait pas à me tordre le cou. Là-bas, il y aura la famille de Maria pour s'occuper de toi. Et puis Jos retournera en Floride dans quelque temps.

– J'ai besoin d'y réfléchir cette nuit.

– Je sais que nous n'avons plus vingt ans. Je me sens parfois comme un pauvre vagabond allant d'un endroit à l'autre, sans trouver sa place, sans que personne ne l'attende nulle part. Je sais, je l'ai mérité. Je ne te raconterai pas d'histoires. Nous avons vécu assez de choses pour ne plus rêver au bonheur parfait. Je te demande seulement de me laisser t'aider un peu. Je sais que je ne vaux pas cher, mais j'aimerais tout de même savoir que je peux t'aider.

– La romance, c'est fini pour moi. Je ne pourrais pas mentir si je rencontrais un homme. Quant au bonheur, je demande peu. Je souhaite juste finir ma vie tranquille.

– Voilà ta chance. »

Madeleine savait bien qu'il ne s'agissait pas d'un choix à faire à la légère. Une fois sa décision prise, il ne serait pas question pour elle de revenir en arrière. Après le départ de Thomas, elle évalua les risques et en vint à la conclusion que finalement, elle n'avait rien à perdre. Maintenant que Jos l'avait retrouvée, il la talonnerait aussi longtemps qu'elle demeurerait à Montréal. Après lui, ce serait le père, ensuite la mère avec son chapelet de reproches, la mère qui voudrait encore l'envoyer à la maison des Repenties. Non, ce qu'elle pouvait faire de mieux, c'était prendre la fuite. Jos l'avait compris bien avant elle, c'est pourquoi il lui proposait cette nouvelle vie. Elle sortit de sous son lit le petit coffret qu'elle gardait précieusement. Sous une pile de pessaires et de préservatifs se trouvait son butin. Elle y avait déposé l'argent versé par les clients en échange de ses faveurs. Souvent, elle exigeait plus que les deux dollars que demandait la maison. Comme elle avait de l'expérience et qu'elle aimait le sexe, elle pouvait se permettre d'exiger davantage. Elle n'était pas de ces filles qui allaient et venaient d'une maison à l'autre et à qui l'argent filait entre les doigts. Elle était sérieuse. C'est ce qui lui permettait de rester et d'agir comme madame. Son seul défaut, c'était l'alcool. Elle buvait surtout par désœuvrement. Quand elle serait occupée, elle aurait moins de mal à se contrôler.

Après une nuit de questionnement durant laquelle elle réfléchit en particulier au rôle que devait jouer Thomas dans cette aventure, Madeleine se leva, alla marcher dans la neige et rentra pour préparer ses bagages. Personne dans la maison n'avait besoin de savoir qu'elle partait. Pendant des années, elle avait vendu son corps, c'était à elle seule d'en tirer les bénéfices maintenant.

Elle vaqua à ses occupations habituelles. Les enfants des filles jouaient avec les cadeaux que Madeleine leur avait offerts pour le jour de l'An. Elle les regretterait, pensa-t-elle, mais il y avait sûrement à Tampa des enfants qui auraient eux aussi besoin de son attention.

Elle ouvrit elle-même à Thomas quand il vint sonner à deux heures comme convenu. « Attends-moi avec le cocher dans la ruelle. J'arrive. »

Seul un rayon de soleil mettait un peu de vie au deuxième étage, où les filles dormaient encore. Madeleine prit ses affaires, redescendit en silence et se faufila dehors par la porte de la cuisine.

« Nous nous rendrons tout de suite à la gare, dit Thomas. Je sais qu'il y a un train qui part bientôt pour Albany ; l'on y attache un char-dortoir à Montréal. »

Madeleine était satisfaite de cela. Pourtant, elle avait pensé que peut-être, elle devrait saluer Jos et le remercier avant de partir. Dès qu'elle s'en confia à Thomas, il glissa un mot au cocher. « Nous allons nous rendre à la gare d'abord, puis le cocher ira chercher Jos. »

Madeleine sentit son estomac se nouer et commença à regretter sa décision. Elle sentit la honte monter en elle, dérangeante et dévorante.

Le cocher suivit à la lettre les instructions de Thomas.

« Monsieur Thomas doit vous consulter pour une affaire urgente avant de repartir. Je dois vous conduire à la gare. » C'est ce qu'il dit à Jos quand celui-ci vint lui ouvrir.

Jos laissa Maria et la veuve Girouard à leurs études, cette dernière enseignait le français à Maria, et suivit le cocher.

Une fois dans la gare, Jos vit d'abord Thomas qui lui faisait signe. À ses côtés, se tenait une belle dame élégante que Jos reconnut tout de suite. Madeleine, c'était bien Madeleine qui avait accepté de le voir avant de partir. Loin de la fille en loques qu'il avait imaginée ou de ces filles au décolleté plongeant et à l'allure grossière des *saloons* de Chicago, Madeleine gardait les yeux rivés au sol comme une jeune fille de bonne famille.

« Jos, dit Thomas, Madeleine a accepté que je l'accompagne à Ybor City. Je prendrai bien soin d'elle, ne t'en fais pas. Nous te télégraphierons une fois arrivés. Le train ne part pas tout de suite, je vous laisse un instant. »

Jos était bouleversé, mais il n'en laissa rien paraître. Madeleine n'avait pas encore levé les yeux.

D'un ton qu'il voulait naturel, il accoucha finalement d'une phrase banale.

« Tu vas voir qu'il y a une grosse différence entre le froid d'ici et le beau temps là-bas. »

Madeleine redressa lentement la tête, le regard humide.

« Sûrement. Je crois que ton idée était la meilleure.

– Je le crois aussi. Alors, bon voyage.

– Merci, Jos. Tu sais, entre Thomas et moi, il n'y a pas d'engagement. S'il croit que... »

L'émotion lui coupa la parole. Une larme furtive, qu'elle essuya prestement, avait coulé sur sa joue.

« Ne pleure pas, je vais t'écrire. Je sais écrire, maintenant...

– Peut-être vais-je enfin apprendre à lire. »

Ils se sourirent d'un air gêné. Jos s'éloigna. Ils avaient parlé de la neige et du beau temps. Leur complicité renaîtrait-elle avec le temps ?

Jos se retourna : comme une couventine timide, Madeleine avait passé son bras sous celui de Thomas qui le serrait avec affection. Dans un an, dans dix ans, Jos les reverrait sans doute, à Tampa ou à Montréal, avec des enfants. Comme lui, Madeleine aurait maîtrisé son destin. Leur grand-père aurait alors sa revanche.

Près de la sortie, un jeune garçon aux mains barbouillées de cirage lui offrit de polir ses bottes de caoutchouc. Jos rit et lui lança une pièce de cinq cents.

C'était l'an 1900 et tout restait à construire.

CET OUVRAGE
COMPOSÉ EN GARAMOND 14 SUR 16
A ÉTÉ ACHEVÉ D'IMPRIMER
EN MAI MIL NEUF CENT QUATRE-VINGT-DIX-NEUF
SUR LES PRESSES DE TRANSCONTINENTAL
DIVISION IMPRIMERIE GAGNÉ
À LOUISEVILLE
POUR LE COMPTE DE
VLB ÉDITEUR.

IMPRIMÉ AU QUÉBEC (CANADA)